文学鲁军新锐文丛

简默 卷

身上有锈

山东省作家协会 编

山东文艺出版社

"文学鲁军新锐文丛"
编辑委员会

主　任：刘为民
副主任：张　炜　杨学锋
委　员（以姓氏笔画为序）：
　　　　　王兆山　王耕夫　刘　强　刘海栖　许　晨
　　　　　李　军　李广鼎　李掖平　苗长水　杨文学
　　　　　杨发运　张丽娜　陈文东　武学海　罗寿宪
　　　　　房义经　赵德发　谭好哲　葛长伟

总　　序

孙守刚

　　文学事业是文化建设的重要组成部分，是各种艺术创作和发展的重要基础，担负着满足人民精神文化需求、推动文化大发展大繁荣的光荣使命。山东作为文化大省，具有源远流长的文学根脉，齐风鲁韵影响深远，众多文学大家名作构成了齐鲁文化的壮丽画卷，为山东文化建设提供了丰厚的滋养。在近现代文学史上，山东作家写下了浓墨重彩的篇章，山东文学在中国文坛居有重要地位。特别是新时期以来，山东省委省政府高度重视发展文学事业，把繁荣文学创作作为加快文化强省建设的重要任务，采取一系列政策措施加以推进。山东文学创作呈现出繁荣发展的良好局面，涌现出一大批优秀青年作家，推出了一大批优秀文学作品，在丰富群众精神文化生活、推进经济社会发展方面发挥了不可替代的重要作用。

　　山东作家队伍人才济济，新人佳作层出不穷，一批作品荣获全国重要文学奖项，在全国产生重要影响，引起广泛关注，"文学鲁军"成为新时期中国文学界的一支重要力量。为发现文学新人、扶持青年作家，山东省作家协会于2001年组织编选出版了《文学鲁军新锐文丛》第一辑，整体展示了10位山东青年作家的创作成就，有力促进了青年作家队伍的成长壮大。近年来，山东一批又一批文学新人脱颖而出，一批中青年作家崭露头角，以勤奋的创造性劳动和出色的创作成果，为文学事业发展注入了勃勃生机，山东作家群展现出薪火相传的兴旺景象和持续发展的巨大潜力。

为集中展示山东青年作家的新气象和新阵容，促进山东文学事业繁荣发展，省作家协会组织了《文学鲁军新锐文丛》第二辑的编辑出版，在面向全省征集的基础上，遴选了10位青年作家的精品力作。他们都是近年我省最为活跃的文学新人的优秀代表，是山东创作队伍的生力军，他们的作品代表了山东青年作家的创作水准，为山东文学事业增添了青春力量。

"文章合为时而著，歌诗合为事而作。"一切优秀的文化创造，一切传世的精品力作，都是时代的产物。我国正处在中国特色社会主义事业蓬勃发展阶段，山东正处在由大到强战略性转变的关键时期，我省文艺事业发展面临着难得的历史机遇。党的十七届六中全会提出了推动社会主义文化大发展大繁荣、建设社会主义文化强国的战略任务，省委九届十三次全体会议对加快建设文化强省作出新的部署，这为我省文学发展创造了更加有利的环境，为作家施展才华提供了更为广阔的舞台。真诚希望青年作家们继承发扬齐鲁文学的优良传统，以繁荣文学创作为己任，始终坚持正确方向，坚持以人为本，坚持锐意创新，坚持德艺双馨，自觉贴近实际、贴近生活、贴近群众，积极投身到讴歌时代和人民的文学创作活动之中，以充沛的激情、生动的笔触、优美的旋律、感人的形象，创作出更多思想性艺术性俱佳的优秀文学作品。牢固树立精品意识，发扬十年磨一剑的精神，甘于寂寞，心无旁骛，潜心创作，精益求精，不断挖掘作品的深刻主题，不断丰富作品的表现形式，不断提升作品的艺术境界，努力打造叫得响、传得开、留得住，富有齐鲁风格、山东气派的精品力作。

人才辈出是文学繁荣的基本条件和重要标志。近年来，省作协充分发挥桥梁和纽带作用，积极履行"联络、协调、服务"职能，创新文学人才选拔、培养、激励和服务机制，以培养文学新人为重点，切实加强文学人才队伍建设，为文学新人脱颖而出创造了良好环境条件。希望省作家协会认真总结经验，把"文丛"编选工作制度化、常态化，作为培养推介文学新人的重要措施，充分发挥丛书的影响力和带动力，努力打造成一个响亮的文化品牌，让一批批"鲁军新锐"从这里出发，走向全国，走向世界，再创"文学鲁军"新辉煌。

"等闲识得东风面，万紫千红总是春。"在加快建设经济文化强省、谱写山东人民美好生活新篇章的伟大进程中，山东文学的百花园一定会更加枝繁叶茂、硕果累累，山东文学事业一定会有更加美好的明天。

目录

卷一 时光开门

三盏灯 003
三棵树 008
三张床 015
时光九段 020
医院 026
生命凋零 035
羊走天堂 041
去北山给父亲送书 049
穿过生命的眼睛 053
K15 路车 056

卷二 身上有锈

篡改 063

声音　　　　　　　　　　071

青春期　　　　　　　　　077

煤城词典　　　　　　　　121

沿河市场　　　　　　　　138

一枚预言方向的铁钉　　　144

一路鼾声　　　　　　　　147

挑刺儿　　　　　　　　　151

一个人的站台　　　　　　154

有些熟悉的人是你的伤口　157

钟表匠　　　　　　　　　161

身上有锈　　　　　　　　164

卷三　万物花开

请把泥土带回家　　　　　169

扛一株玉米进城　　　　　181

一棵树的私语　　　　　　184

一棵树的吸引力　　　　　187

草木萤火　　　　　　　　190

车上有麦　　　　　　　　196

一个两个甜　　　　　　　198

回味　　　　　　　　　　201

好孩子有糖吃　　　　　　212

皮包火焰　　　　　　　　215

辣到心尖	219
清水洗莲	223
亲亲地瓜	227
手擀的家	231
一炉玉米笑开了花	235
路上的它们	239
后记	261
附录一	265
附录二	266

卷一
时光开门

三 盏 灯

除了亲如兄弟的火与阳光,是灯带给了我们明亮和温暖。

如果说屋子是天空,安居其间的一盏盏灯就是星星,当水墨的黑润泽漫漶了宣纸的白,是它们挺身掌亮,像飞花焊接起了黑暗与黎明。它们与生活相依为命,占据最高的天空,有时与我们平起平坐,我们在它们的照耀和陪伴下默默呼吸,必须仰望、对视或倾听才能触摸得到它们的心跳与体温。

一个诗人说,把最高的楼留给钟。我理解正如最高的天空是留给星星的,最高的屋子留给了灯。

轻轻地摁下灯,一刹那白的、黄的光公平绽射,漂白或染黄了整个屋子,像下了洁白或橘黄的雪,让黑夜有了白皮肤与黄皮肤,又像一只只蚕茧,咬破内心放飞轻盈亮堂的梦,安顿被黑暗收服的我们。但当我们又轻轻地摁下灯,黑暗像容器重新收服了我们,我们只是它内心摸黑流浪的一滴泪水。

想起了那盏遥远的煤油灯。近些年随着年岁的增长,我越来越沉醉于对那些尘封和打马远行往事的翻检与追忆,它们对于我就像鸦片之于瘾君子,让我不可救药地依赖、迷恋与沦陷,以至乐不知返地无法自拔。我知道这是我一天天地变老的表现,这老最初从我的内心开始,像传染病迅速波及蔓延遍了全身,我也觉得自己有些可怜,仅仅要靠在锈蚀的往事上反复擦出微弱的火花来维持日子,但我还是像辛勤的工蚁热衷于翻检与追忆。

你可能会笑我贱，其实我认为自己就是你笑的这样，放在植物丛中我就是一根摇着尾巴的狗尾草，到了动物堆里又是一条改不了吃屎的狗，你又何尝不是呢？

现在，我拨亮那盏煤油灯，让它照耀我回忆的道路和背影。它实在太遥远了，我得不辞辛苦地跋涉千山万水，才能在黔南群山与溪流的皱褶里找到它；它又实在太年迈了，像出土文物一样，我可以想象得到它被铁锈刺绣和吞噬的身体。那时电像油一样珍贵，东机厂这架庞大的机器离不开电的润滑与启动，但面对囊中羞涩与荒凉的电，它不得不像一个低三下四的汉奸，频繁地割地撂荒向电俯首求和。这些地方都在家属区，它们到了夜晚就像劳苦大众失陷于水深火热的黑暗中，煤油灯像红旗见缝插针地插上了生活的领地。我们全家呵护着一盏灯，聚拢在它飘忽如影的周围，像厮守着一个数世单传的小子。它往往神气地站在吃饭的圆桌上，居于最中央，这是我们当时生活的高度与中心。父亲翻着他的医学书，我比着葫芦画瓢地写拼音字母，母亲则戴着戒指一样的顶针儿，哧哧啦啦地飞针走线，为我们密密缝补日常生活的破绽与漏洞。我白天仔细看过了，那顶针儿上面排满了小窝儿，像美术老师一脸的麻子，母亲靠它抵住针鼻儿，细瘦的针鼻儿一次次地落入窝儿，恰好天衣无缝，顶针儿却不觉得疼痛。灯跃动与摇曳着筒裙那样的火舌，吐出温柔委婉的光影，一点一点地暗淡了下去，仿佛努力缩回了一豆昏黄，水深火热的黑暗就要重新蹑手蹑脚地淹没我们，那时我想到了课本上大地主刘文彩万恶的水牢。母亲连忙拨了拨灯芯，灯精神一振，眼睛一亮，火苗重新像高潮在玻璃内心腾起，像黄金一样耀眼，让我们迷醉。许多知名的蛾子和不知名的虫儿，争先恐后地被塞壬歌声似的光亮和热情诱引，刹那间奋不顾身地飞扑入火，像在穿越敌人的封锁线，它们被火苗细长的舌头席卷着舔去了翅膀，被烈焰火化游走成一缕纤细的青烟，袅袅升腾像小篆，伴以噼啪噼啪的动静。有时我像一朵向日葵打起了瞌睡，头触到了灯，头发烧焦的臭味弥漫开来，赶紧受了惊吓似的使劲揉了揉眼睛，眼前竟然幻开了千万朵亮闪闪的金花。

东山的露天又放电影了。那儿是东机厂人和附近村民的精神家园与高地。我们的楼房与那条通往东巴村的黄土路，隔着一道围墙。围墙压迫住了一楼，我们家住二楼，它即使踮脚也挡不住我们的视线，从我们家窗口望过去，可以目送那条路一直走进一家家破烂颓败的屋子。墙外逼真地送来了三三两两的脚步声与说话声，是电影散了，东巴村的大人和孩子们哈欠迭声地返回他们漆黑的家。我猜测是那盏煤油灯泄露了我们的生活，也许是一个半大的孩子，摸黑抓起一块石头，脱手扔向那盏灯，玻璃哗啦啦地碎了。父亲跃起出门下楼，跑步穿过半边楼房，路上已经没了人影。类似的恶作剧不多，我们听得最多的是像火药捻子似的连成一片的狗叫声，还有不紧不慢悠闲放任的马蹄声与铃铛声。探身望出去，可以看到一盏行走的马灯，嘚嘚地走在那条路上。马钉过铁掌的四蹄押着疲惫奔波的韵脚，脖子下的铜铃起伏不定地摇响。那盏马灯就悬挂在靠左一边的车辕上，车上一个男人抱着肩膀睡着了，长长的鞭子搂在怀里像一根旗杆。右边是与路勾肩搭背的稻田，左边脚下是一人多高的鱼塘，他却不担心什么，马灯是他瞪大的眼睛，再说熟稔道路的马闭着眼睛也会将他一路拉回自己酣睡的婆娘身旁。

  从贵州到山东，仿佛一夜之间，所有的地方都被解救出了水深火热的黑暗，插满了红旗似的电线杆，光明水泄不通地照亮了土地，灯像基座牢牢地托举起了我们的生活。现在城市停电像过大年一样，是一次美丽而浪漫的事故，与爱情有关。要停电了往往会提前通知，与停电形影不离的往往是停水，我们的生活一下子黑暗和干涸了，像一口废弃多年的古井，返回了蛮荒的史前岁月。这时我们会买些蜡烛，它们身材苗条，面色红润，一律穿着红舞鞋，被我们点燃后悠长炽热的火苗左右腾挪，上下跳跃，像受了委屈似的窃窃呜咽，很快满面都是泪水。我们却懒得管它们。我也会浅薄地背诵那些关于它们的句子，也深刻地渴望剪烛西窗的诗意与红袖添香的温情，但我清楚这只是我一厢情愿的臆想与疯癫。再说后现代的不锈钢剪也剪不出唐宋的烛花，那一朵朵风华绝世的精灵在倏忽惊艳之后，已经永远遁入了线装历史的深处。至此，我们就听任它们一直流泪，在火苗上不停地舞蹈，最终变成一捧泪水的灰烬。

  但台灯下我有我的天地。它不大，仅仅可以安放下一张书桌。轻轻地旋亮灯，光晕如水泼出，恰好洇湿了一张桌子。我在光下与灯共舞，埋头读书与写作，直到被黎明悄然捻熄。一种背扎绿纱裙的飞虫敛翅落到雪白的稿纸上，恰好占了四分之三个方格。这些方格涌动着春天的嫩绿，本来我准备栽种些绿油油的麦苗似的文字，此刻它在里面翩翩起舞，轻盈的脚尖发出若有若无的啪啪声，我想象这是麦苗扬花与灌浆的声音。它与我相对，笑我：你天天趴在灯下，会写什么东西呀？我也问自己：我会写什么东西呀？第二天一早，我发现它们都躺在稿纸上永远睡着了，仍然恰好占了四分之三个方格。可怜而痴情的虫儿啊，它们是流连忘返于纸上春天，以生命的残骸隆起了芳香的冢，像某些被性情喂大的文字一样。

  灯是黑夜的女儿，它的根深扎在人间，但顺水放流的河灯属于天堂。一条没有航标的河流是会流淌的黑夜。河灯是亮晶晶的星星，是水汪汪的眼睛，相互追逐着一路漂流，像莲花盛开在水面上。它们要漂向哪里？哪儿才是它们最后的家？佛说，人死如灯灭。一盏灯似的人走了，被泥土和泪水收藏了，属于他的那盏灯呢？从我们的祖先上溯到祖先的祖先，属于他们的有多少盏灯呢？它们渐次熄灭了。哪儿能够安放得下如此数量庞大的灯呢？我将目光俯向土地，土地沉默不语；又将目光投向了天空，星星们回答了我：它们就是那些灯，在人间寂灭了，一路顺水放流，到水与天的十字渡口汇入银河，游进天堂重新高高挂起，夜复一夜地照亮我们孤独踯躅的夜路。还有我们的记忆，它们浩瀚无穷，像夜空一样，也安放得下这许多灯盏，常常在阳光或月光下小心翼翼地捧出和擦拭，许多名字永远闪亮亲切，生命不断地像河流一样延续伸展。

  父亲刚走的那几年，母亲一下子适应不了生活的巨大留白，父亲身上渗出的清凉气息像空气流动漫溢在她四周。她终日以泪洗面，做事常常丢三落四，说话喋喋不休像转着轱辘。但她唯一牢记的是在过年前后那几天，将门口的灯换成一盏红灯，它凝聚着火红的内心，从里向外散射着热烈与温暖，像大红的灯笼。对此母亲的解释是，父亲一直盼望过上红火的日子，过年这几天他会回家来看看咱们生活得咋样，比他上次探家时是好了还是差了，咱们得高高亮起红灯，照彻他回家的路，让他看到咱们红光普照蒸蒸日上的生活，与咱们一起红红火火地过大年。

  那些日子，我们每天打开红灯，通宵达旦，望着它包饺子、守岁、拜年，仿佛父亲仍然和我们在一起红红火火地生活，他照着红红火火的灯光回家，又照着红红火火的灯光回另一个家，连做梦都红红火火，像在火焰中相互热恋拥抱的木炭。

  我柔软地体会到，仅仅需要一盏灯，轻轻地释放出灯光，我们的内心就温暖安宁，静若止水。

  幸运的是，上苍一下子给了我三盏灯，叫我用我的前生、现世与转世去呵护、擦拭与点亮他们，就像对待我的生命一样。

一盏是被我乳名点亮的母亲。

（这个与父亲姓氏和血缘无关的女子，一旦以爱的名义被选择，就为一人妻，为两人母，成为了我们兄弟生命永远的源头与上游。）

一盏是被儿子乳名点亮的妻子。

（这个与我姓氏和血缘无关的女子，一旦以爱的名义被选择，就为一人妻，为一人母，成为我儿子生命永远的源头与上游。）

一盏是用乳名点亮我的儿子。

（这个与我姓氏和血缘有关的男子，一旦响亮地呱呱落地，就成为我挚爱的亲人，是我基因密码的唯一继承人与破译者。）

现在，他们与我隔着一面墙，我可以听到他们香甜的鼾声与均匀的呼吸，翻身的梦呓是最美丽的汉字，我分辨得出他们内心踏实，善良敏感，一马平川，因此我祝福他们都有一个好梦。

（原载《山花》2008年第12期（上）；入选花城出版社《2009中国散文年选》）

三 棵 树

　　人有人场，树有树场，一棵树自有其气场。

　　我脑海中蹦出了故乡、童年这些灼热而温暖的字眼，它们起初是抽象的，支离破碎的，但当我摸索着寻到了它们身旁的某一棵树，是它以自己的根深叶茂，给予它们以荫庇，像一顶密不透风的华盖，帮助此刻迷惘的我，沿着一条明晰的乡间小路，一步一步地走进它们，一切都渐渐地具体了，完整了，明亮了，道路、屋舍、池塘、河流等各就各位，在阳光下闪着干净而单纯的光芒。

　　是一棵树，一棵不停向上生长、不断向四下扩展的树，以它的气场，从泥土内外，从地下天上，默默地影响着它周围的一切。

　　在大槐树时代以前，我们还没真正意识到一棵树对一个人的重要，那时我们的房前屋后也栽着一棵棵树，而且是一棵棵很大的树。它们将浓密的根系深深地扎入包容我们生死的土地，与土地一起托起了我们，静静地站立仿若入定，看着我们出出进进，劳作忙碌，却从不开口说话，更不会像人拔腿使绊子。我曾经写过，一棵树像一个相貌堂堂的哑巴。的确是这样，树不会开口说话，是风、鸟、蝉在替它说话。一个哑巴在与人交流上肯定要吃亏了，谁会放着嘴巴不用，费劲地打着手势，跟他没完没了地"说"下去呢？一棵不会说话的树，尽管在我们的生活和视野之内，抬头低头都能看见它，却因为它的沉默，被我们悄悄地忽略了。有时我们烦一个人了，不乐意他待在自己身边，甚至将无辜沉默的树也株连了，我们会说：你烦不烦啊，像一棵树长在我身边。

到了大槐树时代来临，千万移民就像一簸箕黄豆，被一双无形的手捧起，随便那么一撒，骨碌碌滚得遍地都是，逢土扎根生长。临走前，他们打包准备带走能够带走的物品，最后，他们发现有两样东西无法带走，一样是他们朝夕伺候的土地，另一样是看着他们长大的树。它们都是不能走动的生命，只好留在了原地，等待被他重新寻找和认领。他们上路了，向着陌生的遥远，肩头背着一棵小槐树苗。有一天他们真的回来了，是来寻找最初的根，叩拜自己的祖先。还在路上，远远地，他们就望见了自己家那棵树。许多年过去了，它长得更高了，伸出粗壮茂盛的臂膀，遮蔽了半边天，枝杈间的老鸹窝孵出了一茬又一茬生命。他们激动得溢出了热泪，跌跌撞撞地奔向它，脸贴在树的躯干上，亲热地摩挲，像一个受了委屈的孩子，猛然投入疼爱自己的长辈怀抱。他们这才真正意识到一棵树对一个人的重要，全在于它像一颗北斗星，将自己种入土地，不停地努力挣身向上生长，长成高高的塔尖，长成塔尖里的钟声，长成钟声里的手臂，指引和召唤他们重返曾经耕种和收获的家园，拾拣和重温遗失的往事与记忆。

小时候，我在黔南一个叫荔波的县城待过半年多，我的外婆一家流散到了那儿。那时我还没开始记事儿，总之是很小很小，两三岁的光景。渐渐地大了，每年都坐着长途汽车，从都匀一路颠簸着到荔波。县城中心有一棵大榕树，平地生了出来，枝干遒劲，浓荫蔽日，掩隐了半条青石板路。我见过身边的老头老太太们，但没见过这么老的树，它叫我觉得很稀罕也很新鲜。县委，县政府，还有零落的商铺与住户拱卫着它。整个县城人的日常生活，甚至他们的出行，都以大榕树为坐标和参照，他们会交代家人说，我去榕树脚的某某家。他们爱对着它说脚，而不习惯地说下，或许含有谦恭的意味，人还有比脚更低的部位吗？脚已低到尘埃去，他们本来就奔波过活在它的脚下，好像它的子孙。

隔了近三十年，今年暑假我带着妻子和儿子，辗转重回荔波。这个昔日不为人知的县城，凭借其曾经养在深闺的山水，现在一跃成为"中国最美的地方"之一，一批批游客坐着大巴，从不同的都市来这儿访山问水。最叫我兴奋的是大榕树仍在。县城不断地扩充着自己的外延，青石板路没了，代之以一条水泥的通衢大道，一切都变得越来越陌生，越来越时尚，但唯一不变的是大榕树，它仍旧扎根在原地，既没拔起自己追逐开发的热浪,也没放弃坚守自己的香火。它更见苍老了,却依然气根披拂,枝叶垂挂,青翠欲滴。环绕在它四周,是林立的商铺,与它有关的有"榕树脚舅妈家饭店"、"彭氏豆花面"等等,他们的主人都是县城的老居民了,祖祖辈辈过活在榕树脚下,接受着它的荫庇,即使到了他们这一代,也舍不得离开。大榕树已渐渐退出了城的中心,新城有大的广场,有宽的马路,有烟火缭绕吊人胃口的美食一条街,人们都被吸引去了那儿。游客们一般也寻不到榕树脚下,他们一天到晚地被装进大巴,被脚步驱赶着看山看水,已经够疲于奔命了,哪儿还顾得上一棵树?有那时间和精力,他们早已循着形形色色的气息,坐在大排档前,饕餮烧烤,狂饮啤酒,溺死了一朵朵霓虹闪烁。倒是我,久久地流连在它身旁,摸它深褐色的树干,握它垂落如帘的枝叶,仿佛在找寻着丢失的什么。以它为马,我瘸腿的记忆挎着它嘚嘚的马蹄,走遍了它四面的街巷,勉强拼搭起了一座摇摇欲坠的积木,里面住着我的童年和一刹那的少年。我真的得感谢它,保留住了它,就是留住了一代代人沦陷的故乡,留住了这座城的根、线索与内涵,让许多像我一样的人,随时能够从它出发,沿着樟江,溯向上游,在残缺中修补往事,在怀旧中将记忆擦拭出新鲜的纯银之光。

  一棵银杏树,我习惯叫它白果树。这样叫着叫着,我眼前出现了一颗颗表壳洁白光亮的白果,像一枚枚微缩的橄榄球,活蹦乱跳在我童年的绿茵上。东机厂宿舍区20号楼后,隔着一道略高于一楼的围墙,挺立着一棵白果树,四下就这一棵孤零零的树,它的身旁是一床绿毯似的稻田。白果树粗粗的树干笔直冲天,像木匠用后夹在耳边的那种最粗的铅笔,移栽到了泥土深处,笔尖向上,信手在宣纸似的白云上涂鸦着情书,一眨眼就被风捎送到了远方。我们几个小伙伴,手拉手围起一个圈,才能环抱得了它。它也够老了,但肯定不如大榕树老,一个孩子有这个直觉,也有这个判断力,你看它的干那么直,枝那么挺,叶那么新。它的底下是我们的乐园。黔南雨多,有时玩着玩着,稻田那边还出着太阳,树这边却突然下雨了,我们慌忙往树中央靠了靠,好像围炉烤火似的,树撑开它的枝叶,替我们挡住了雨水,但地面上潜伏已久的潮湿与霉烂,被雨水激活了,翻身纷纷往上涌来,呛得我们皱着眉头。春天来了,我们在树下仰着脖子,等待大孩子爬上去摘一枝枝树叶扔给我们,我们将那扇形叶子扯成小鸟,一手捏着,一手拽着茎,仿佛一只大雁不停地扇动翅膀,细微如发的气流淌来淌去。

到了盛夏，静悄悄的午后，知了烤热了薄如蝉翼的空气，我们悄悄地溜出家门，聚在树下，掏出随身携带的小圆镜，各自寻一块阳光灿烂的地儿，许多束光柱越过围墙，射向室内，投注着一圈明亮的光斑。很快，吼叫与骂声搅碎了一池宁静，紧接着一盆水浇了下来，惹得我们哈哈大笑。渐入秋天，风扬起了深藏不露的刀子，金黄的叶子相互追赶着扑了下来，我们拾了不再做鸟，而是洗净晾干，夹在书里，一整本书，夹了一个不长的秋天。橙黄色的白果终于被我们"望"落了。这是一棵野树，也许起源于一阵风刮来的一粒种子，也许是插秧间歇，某一位先人瞧着白果顺眼，又不舍得吃它，随手埋在了脚下，出落成了今天这样子。但现在，它就是一棵野树，没人管它，也没人站出来认领它。谁都可以随便弯腰捡拾落下来的果，谁也都可以扛着长长的竹竿，打树上的果，但一般没人这样做，也不值得。白果外面包着一层浆肉和皮，搓破了沾到手上，味道不好闻，就着自来水管，哗哗地冲上半天才能洗净。我们用石块砸开了，剥出里面的果仁儿，尝着却又苦又涩，像一个肥皂泡似的谎言，碰到空气就破灭了。

我是幸运的。这是因为，我家住在二楼，恰好与白果树的下半身齐平，它自由伸出的枝叶，从厨房开始，一路平行掠过我家卧室。我站在这两处地方的窗前，都可以探手扯过树枝，摘上面的绿叶、黄叶和白果。有时忘记关窗了，刮风了，下起了阵雨，将黄金一样耀眼的叶子纷纷吹入厨房和卧室，湿漉漉地贴在地下和床上，像一地一床的黄蝴蝶。

现在回忆起那时的淘气、顽皮和大胆，尤其幸运的是，我和窗外的白果树一样，都在以自己的方式，无拘无束、顺应自然地成长，这是我的儿子无法比拟的。

同样是今年暑假，我带着妻子和儿子，专程去看了我们过去的家，又绕到楼后，去看白果树。之前曾经有同学自山东重返东机厂寻根，我向她打听白果树还在吗，也许因为她不住在20号楼，也许她不像我们男孩子，有过关于白果树的乐园记忆，根本就不关心它，她一脸茫然，连说没去看，不知道。此刻，我就站在楼后，到处寻找着我们的老白果树，哪儿还有它的踪影？即使它被无情地伐倒了，也应该留下一个盆大的树桩，像一个硕大的伤疤，周遭或许发出的一棵棵新绿，也应该有手指或胳臂粗细了，除非早已连根拔起了，可那需要多么坚硬的心肠，对它怀着多么人的仇恨啊，我是真的想不明白。它的身边盖起了房子，一直延伸到路边，其余空儿杂草丛生。我不甘心，没了它，我的记忆迷路了，我焦灼地寻找它，我是如此依赖它定位和搜索自己啊。终于，让我找到了，不远处，有一棵胳臂粗的白果树，像它年轻时一样树干笔直，枝叶繁茂，却不是它。我执拗地相信，这棵眼前的树与那棵记忆中的树，一定有着某种亲密而必然的联系，或许它就是那棵树某条残存的根从地下发出来的，又或许它是某年秋天那棵树遗落的一枚白果悄然长出的……我胡乱地猜测着，手扶着这棵树，与它默默相对，幻想像它一样重新长回青葱的自己。

只是不知道，这样一棵树，要历经多久，晒过多少太阳，淋过多少雨雪，才能长成它的先辈那样。这起码是几代人的时光了，我是看不到了，仅能在记忆中一遍遍地葳蕤自己的那一棵。

回去的路上，我表情凝重，沉默不语。有一条光亮乍然泻入了我灰暗的心情，既然没见老白果树残留的树桩，也许它是被人相中了，挖进了城里，栽在了某个植物园或小区，它本来就是一棵野树。这种与树有关的行为主义，跟着一个时髦的词汇，叫"大树进城"。随即我又记起资料中说，大树在移栽进城过程中死亡率高达五至七成，我不再想它在那些人群休闲和聚居的地方正常地生长，而是愈来愈肯定它带着孩子们的笑声、鸟群的鸣声、松鼠灵巧的背影永远地去了，不再回头看我一眼。

直到返回山东，我在一周之内，去了一座道教的观，一座佛教的寺，一座孟子的庙，在它们围墙锁闭的范围内，我都迎头碰到了白果树，或一棵、或三棵，或数棵，无不老态龙钟，面目沧桑，只有叶子还一绿到底。我又忆起了我的那棵老白果树。

从前楼搬往后楼，于我看来，最大的欣喜不是房子大了，而是离父亲栽的一棵泡桐树近了。

仅仅隔着一堵内墙，墙外就是一棵泡桐树。不要问谁，问我就可以告诉你它的准确年龄，它繁复细密的年轮已经刻上了二十七圈。而我们家搬至这个院内，恰好二十七年了。那一年，父亲亲手栽下了它。那时它身旁密不透风的储藏室还没盖起来，这个与水利有关的单位被一圈儿围墙关到了里面，仅留了一个大门面朝临山路，墙外三面民居簇拥，它就像一个独立封闭的世界。院内树木不多，从大门进来一直向前走，到头有一个花坛，种着一棵松树，东墙和西墙下各有几棵泡桐。

在父亲离开前，我似乎从没在意过这棵树，尽管它是父亲栽下的，有着他的体温与气息。其实父亲也极少管它，我似乎从没看到过他给它浇水什么的，只是听任它泼辣地生长。这种树好栽，易活，长得快，它以自己的方式在生长，像一个被忽略的孩子。树与孩子到底是不一样的，一个孩子落地了，哪一个父亲会硬着心肠对他不管不问呢？但对一棵树，父亲们彻底放下了心，他们相信它有自己的生长方式，有大地母亲的温暖怀抱与呵护，他们的管纯粹是在帮倒忙与管闲事。即使在父亲离开几年后，我也没在意过它，仿佛它是一个与我无关的存在。每年春天，它撒下紫色的花，有时一夜春雨走过，水泥地上铺了一层，朵朵饱吸了雨珠儿酣睡。这时我想起它，站到它下面，却只配仰视它了。我真正地开始关注它，是在老明打它的主意，而且付诸实施之后。那天，他不知从哪儿找来了一把小钢锯，搭在了树身上。他个子不高，锯搭在了相当于他身高的三分之一处，他攥着锯，锯很锋利，一下一下地来回扯着，密集的锯齿咬中了树，一点一点地往里挺进，白如泡沫的碎屑漾了出来。如果照这样锯下去，用不了半天，这棵树就会像雷峰塔一样轰然倒掉。但锯遇到了障碍，就像我们欢畅地嚼着米饭，却吃出了一粒沙砾或石子，恶狠狠地硌了我们一下子，锯被一种坚硬顽强地阻击住了，无法继续往里挺进，一味地向前，只会硌断锯齿。他放弃了，抽出锯，不死心，换了一个部位，仍然如此。他有点儿心神不宁了，心想这是一棵什么怪树，它的同类骨质疏松，像一盘散沙，可以任他随意破坏，唯独这一棵树，偏偏身体内部生着坚硬，仿佛一棵卷心菜，层层包着一根顶天立地的钢钎。他不敢锯了，拎着蔫不唧的锯，垂头丧气地走了。

当母亲跟我说了这事，我也感到奇怪，绕着它转了几圈，眯着眼打量了它半晌。被老明锯出的那两道伤痕，一深一浅，经过日晒雨淋，变成了有点儿湿润的黑色，甚至神奇地愈合了。我发现它在我们的生活之内、视线以外，已经长得足够高大与粗壮了，我四十岁的双臂无法环抱它了，它的倾倒，无论向着哪个方向，对于地面上的一切，都是一场不可预料的灾难。还有，它发达的根系怕是已有孩子胳臂粗，霸道地探向房子下面，不断地向着深与广延伸，直至像一个毛茸茸的鸟窝托起了房子，也托起了我们，一旦破坏它，我们都危如摇摇欲坠树上的累卵。也许正是许多类似的力量，从地心迸发，一天天地潜滋暗长，最终像一股绳拧到了一起，变成了坚硬的钢钎，阻击着锯的侵略。

我只能这样说服自己。要不，我还真的找不到合理的答案。

一棵树就这样以它笼罩四方的气场，不声不响地影响着它周围的一切，同时也使自己逐渐地从内心，也从灵魂开始强大了起来。

老明永远不懂得这个道理。

他只会破坏，不会尊重一棵与我们朝夕相处几十年，覆盖在我们记忆之上的活生生的生命。

（原载《山花》2012年第3期（上））

三 张 床

人近中年，回望来路，不知怎的就想到了床。

一天的时光，像一个插满蜡烛的蛋糕，被锋利如刀刃的动词切割成若干块，比如走的、坐的、吃的，睡的自然是最大的一份了。睡的自由大抵在器具的选择上，你可以睡在沙发上，也可以扯张竹席睡在地下，但最踏实和舒适的还是睡在床上。随着年岁的增长，我的心事越来越多，睡眠却越来越好，我不否认在这上面我活得像一个滋润的败类，或一头被挠得幸福地哼唧的猪。我上床沾到枕头，身体立即不住地往下沉，床像缓缓打开内心的海洋，以蔚蓝色的梦接纳了我，包容了我，一夜都不停地在我耳边哼着催眠曲，直到天亮又悄悄提升起了我，拍打起潮湿而腥涩的波涛将我唤醒，睡眼惺忪地开始了一天的时光。

我真诚地感谢我至今睡过的每一张床，它们都是盛装我身体的容器，是我睡梦的回收站，挤满了我的呓语、尖叫与笑靥，见证了我从出生到成长的点点痕迹。这勾起了我记录它们的欲望。在我看来，在接近中年的时候，记录它们可以帮助我温习与巩固记忆，让我在一张张床的提示与引领下，将过去走过的路、见过的人、经过的事，重新再来一遍。但我睡过的床实在太多了，多得连我自己都记不清了，有些已经落满了厚厚的尘埃，随着天翻地覆的记忆地震，彻底而永远地消失了。所以，我仅能择其主要的来记。

现在，我先来记三张床。

第一张。我不是一个早慧的孩子，这点集中反映在我记事晚，到了五六岁才开始。因此，我可以肯定当时我躺的这张床，不是我一生中的第一张。我没直接问过母亲，但她偶尔告诉了我，她说，这张床是她和父亲在我一岁半后花了十五元钱从东机厂买的，一直到我读小学三年级、弟弟在一年级时，我们一家四口还挤在这张床上。那么，在我一岁半以前，睡在哪张床上呢？这已经成为永远的谜，也让我将错就错，干脆将这张床当作我生命中的第一张床。

　　这是一张足够大的床。在刷上枣红色的油漆前，它裸露出了洁白光滑的胴体，上面绽开着天然而美丽的纹理，即使是一遍遍地刷上了油漆，也遮盖不住它的纹理，反而让它们更加清晰地独自开放。它有两个床头，一高一低，一面又宽又长的床板，嵌在两个床头里面，一张床就仰面挺身站了起来。屋子有些逼仄，被它庞大而笨重的身躯侵占了大半。窗子栽上了篱笆似的钢筋，隔着长条形的空间，一株硕大的白果树被分割得支离破碎。我到过它跟前，它粗壮的树干需要几个孩子手拉手站到一起才能包围过来。它不甘寂寞的枝干到处生长，探到了窗子面前，我站到床上伸出小手，就能抓住它，枝头还有几粒有些透明的果实。但这果实并不好闻，它散发出一种说不清的气息，沾到手上轻易洗不掉。有时刮大风了，枝干乱颤，往往将一些黄蝴蝶似的落叶送来送去。忘关窗子了，等到回家床上已经铺满了一层，黄灿灿的，像一床金子。我常常拾了它，制成大雁，动作起来两只翅膀一扇一扇的，仿佛有气流扑面涌过。

　　父母亲与我们睡在一张床上，几乎都是我们先睡，奔波工作了一天的他们后睡。白天，我们像欢快的小马驹撒开蹄子四处奔跑，到了天黑又像归巢的鸟儿沾到床就沉沉大睡，做着各种激烈厮杀的梦，正当难解难分之际，疏于对小水龙头的管理，半夜不知不觉尿床了。那股温热的水来势凶猛，像山洪暴发，冲醒了我们的梦境，溢得身下汪洋恣肆，无法安身。由于没地方晾，只得用条闲置的大立橱腿撑着，它是车床车出的，瞧上去奇形怪状，像扭身探腰长出的老树，从下面支起了床单。这样撑上半天，中午就晾干了，只是印下了一圈地图似的尿渍，和满屋横冲直撞的臊味。

　　这张床被像积木一样分解后，追随着我们从贵州千里跋涉到了山东。正是躺在上面，我陌生而形影不离的朋友终于挣脱我身体的牢笼，像困兽一泻而不可收，我第一次遗精了，同样是在睡梦中。这是另一种温热的水，它不请自来，仿佛与我有着必然的默契，是我无法逃避的宿命，几乎夜夜掀起燔火的高潮，淹没了我。

没过多久，我们搬了新家，这张床覆盖了豆腐块似的房间，像庞然大象给我们以危压，梦躺在上面摇摇下坠。我们很快淘汰了它，换了一张钢丝床。当时已经用上了煤气，不烧煤了，这让它摆脱了飞蛾扑火似的命运。但家中实在没地方安放它，它又被像积木一样分解后，抬到了单位锅炉房里，与煤和火朝夕为邻。我渐渐遗忘了它。有一天我心血来潮地沿着自己青春期的出口去追寻入口，又想到了它——默默地陪伴我青春期的庞然物证。我压抑不住冲动地去看它，它委屈而落寞地倚在墙角，缀满了蛛网，落满了尘埃，高的床头被谁用硫酸腐蚀了，露出了狰狞的惨白，像一个被毁容的怨妇。那一刻，我忆起了那些躺在上面的时光，想到今夜就在这张自己一生中的第一张床上入睡，重温那些遥远而拥挤的旧梦，用我的体温与呼吸去暖和它早已冰凉的胴体，唤回它曾经青春年少的容颜，但我最终放弃了这个一闪而过的念头。后来它便不知去向了。我偶尔猜测它的命运，像对待一个人，它们都与火有关，有几次我甚至闻到了肉体烧焦的味道，听见了手臂与腿脚的呻吟。它永远以它的庞大与沉重占据了我记忆的好大一片空间，没有谁能够像愚公一样搬移得开。

第二张。这是一张钢丝床。像许多床一样，它同样由三部分组成，就像一个步步进逼的三段论一样，正是这又让它像三张并排站立的骨牌，稍有不慎便会崩溃倒向一边，因此说它潜伏着危险与动荡，像个定时炸弹似的恐怖分子。我的青春期继续躺在上面，繁忙的火焰有时忽略了我，而我是如此迫切而热烈地需要它，我开始不满足地主动寻找它，努力捕捉它，我在频繁的手淫中支起了天罗地网，身体打开了某个缺口，黏稠的泥石流一泻千里，我尖叫，我呻吟，像一只被层层包裹的蜘蛛，徒劳地左冲右突在这黏稠中，最终成为了一件琥珀——献祭于我的青春期前。床在我身下吱吱叫唤，许多次这样，我就将身下的它想象成一个女人，它像受了惊吓似的，不停地哀求呻吟，牙齿渐渐松动了，关节慢慢脱臼了。

当这种噩梦似的狂欢落幕时，我进入了恋爱季节。我和女友独处一室，我和她起初隔着许多东西，像茶杯、椅子、写字台等等，它们都像会飞似的，纷纷拔身飞了起来挡在我们中间。但它们是如此轻微，毫无重量，我们轻轻抬手就能移开它们，无须回头就轻轻放到我们身后，很快我们之间没了障碍。我们像两尾鱼儿吐着水泡，迎头游向对方，最初是嘴唇、牙齿、舌头，搅起了强大的漩涡。渐渐地，我变成了烈火，迫切需要干柴温暖因寒冷而打摆与战栗的身体，这时她勇敢地凑了上来，以干柴的形态与姿势。我们一点一点地后退，寻找着最后的陆地，一块柔软向我们敞开了双臂，揽我们倒向它的怀抱，是床在关键时刻救赎了我们，支撑了我们。我们像匆忙爬上岸的溺水者，手忙脚乱地替对方剥掉湿漉漉的衣裳，并排躺着像两个毫不相干的名词，中间空白靠粗重的呼吸填充。

这些动作刺激它发出了更大的嚎叫，它像被揭开了血淋淋的伤疤，又撒上了一把盐。这嚎叫掉头冲出了屋，隔墙就有父母的耳朵，这让我不胜惶恐，小心翼翼地匆匆中断了冒险。

事后，我却惴惴不安了许多日。愚昧与无知让我认为这样就能怀孕，我不敢问，也没人告诉我准确的结果，我很后怕，独自一人在焦灼与担心中度日如年，直到她身体的警报被另一场红色洪水解除。

她最终成为我至今的妻子，这让冒险本身与冲动有关，却与道德无涉。

这张床终于轰然倒塌了，朝着窗子的方向，像爆破似的惊天动地。

婚床。这是第三张。我们这儿的风俗是，这张床要由男方来买。它被装上了汽车，沿着那条刚刚通车的一级公路，晃晃悠悠地回家了。我理解一张床安放在屋内，就是一块悄然隆起的新大陆，我们可以在上面为所欲为，这张床也不例外。现在它坐北朝南仰躺在屋内，打开身体充满了诱惑，但火车头似的床头蒙上了透明的塑料盖头，两节厢体像车厢将载着我们的肉体和灵魂，默默追赶着生活一路前行。

头天晚上，一个小孩被"借"来了。这是一个男孩，眉清目秀，聪明伶俐。短暂的认生过后，他活泼的天性显山露水了，不安分的细胞被充分激活了。他赤脚在床上跳着，躺下打着滚儿，床单拧起了波浪，被子堆成了浅山，像一盘凌乱狼藉的沙雕，所有人在围观，面露笑容地欣赏着孩子的表演。孩子得到了怂恿似的鼓励，更加疯狂了，满头大汗，脸蛋儿像水灵灵的红苹果，终于累得躺在床上睡着了。这就是"滚床"，是在为明天的新人祝福。

第二晚，就在这张被"滚"过的床上。我和她，我们如饥似渴地剥去对方的衣裳，仿佛对方身上储存着丰盛的食物与充沛的水源，只要我们进入并占领对方身体，我们谁都永远不再饥饿，也不再干渴。

感谢生活为我们提供了这张婚床，许多次类似的欢愉过后，我无数次听到种子落地的声音，终于播撒下了饱满活跃的爱的种子。

喧嚣而骚动的床像秋天成熟的原野,在如花似玉中守望与等待收获,它变得平静、深邃而温暖,被包裹在了纯棉的气息里,落落大方,又光彩照人。

种子出芽了。是一个男孩。眉清目秀,聪明伶俐。到了那个年龄,他也被"借"去了。短暂的认生过后,他活泼的天性显山露水了,不安分的细胞被充分激活了。他赤脚在床上跳着,躺下打着滚儿,床单拧起了波浪,被子堆成了浅山,像一盘凌乱狼藉的沙雕,所有人在围观,面露笑容地欣赏着孩子的表演。孩子得到恣惠似的鼓励,更加疯狂了,满头大汗,脸蛋儿像水灵灵的红苹果,终于累得躺在床上睡着了。

一张张婚床,就是一片片平坦宽阔的原野,被大火吞噬洗劫后,敞开灼烫的胸怀,等待一茬茬相亲相爱的男女激情播种与幸福收获。

为此,至少整整跋涉了三张床的漫长时光。

(原载《天涯》2011年第2期,《散文选刊》2011年第5期(上)转载;入选长江文艺出版社《2011年中国精短美文精选》)

时光九段

我家的钟表数得清，从一到五，完了。

客厅的墙立起屏风似的雪原，一只红色挂钟踏着没膝的积雪，没白没黑地跋涉。它是父亲离开我们后，一个亲戚为了寄托哀思送的，当时它缀在毛毯扎成的花圈上，像别在那儿的一枚硕大的徽章。这个亲戚是一个机智乖巧的人，记得他送这个花圈时，对我说，送你一块月亮。我从内心感激他，他巧妙地避开了一些被泪水浸泡的伤口，一些被钟声敲响的痛苦，而选择了一个盛满温情的容器，一个种满思念的花园。的确，那只红色的钟像一枚红月亮。后来它脱离了花圈的拥抱，挂在了客厅的墙上。我们一抬头就看到了它，也就想起了父亲，他正在天堂注视着我们。天堂是最高的地方，许多人借助月亮和星星飞渡在上，边荡秋千边窃窃私语。而今夜，这枚红月亮下凡到了我们中间，为我们守夜，我理解它是在以拯救时光的方式救赎我们。父亲撇下我们独自远行了，这让我相信一个人的一生是迟早散场的筵席，昨天我们还在一起把盏言欢，今天上帝就收回了你这只杯子，同时剥夺的还有你所有的时光。我们像丢掉了偏旁无法构筑一个"家"，无法不悲伤难抑地仰望在天堂等着我们的你，泪流成河地让思念的火焰灼烧我们，我们因此烈火焚身痛苦万状，渴望与你朝夕相处地同生共死。是这枚红月亮及时救赎了苦苦坠落的我们，是它日夜奔波地替你继续你的将来，站在我们头顶与我们朝夕同处一往无前。因此我说它拯救了一个人的时光，也正因为它，你时光的横断面上年轮清晰完整，像一台善始善终的戏。

与它近相呼应的是一只蓝色的钟。它站在另一个房间的茶几上。它是真正的黑夜之子。我这样说，是因为它是一只伸展翅膀张开耳朵的蝙蝠。袖珍的它与许多庞大的同类一样，它们都是时光的心脏，时光被它们囚于身体内部，柔软绕指的刻度永远没有影子，焦虑失眠的箭头反复兜着圈子，奔走之间看不见火花四溅，玻璃的面罩拒绝阳光与月色，它们就是刻板守旧的玻璃面人。但这只盘旋在我们生活低处的蝙蝠，内心却充满了对我们的轻蔑与嘲讽，它不知疲倦的脚步嘀嘀嗒嗒地追赶时光，这声音被两个象声词牵引到一起，嘀——嗒，嘀——嗒，在白天与黑暗中像水波一般扩散开来，让我们听起来惊心动魄。当第一片明亮的鳞片贴上黑夜的额头时，它开始不屈不挠地叫喊"懒猪起床"。它的嗓音尖利纤细，像一个孩子，无知也无畏。每逢这时，我都觉得身体下面的床是温暖舒坦的猪圈，自己是慵懒堕落的猪，但它执著坚定的呼喊很快唤起了我，它便自鸣得意地继续埋头赶它的路了。大概儿子不甘心受此侮辱，有一天，他终于将它浸到了水里，水淹没了它的身体，仅露出了眼睛与耳朵。等捞了出来，它仍然秒针先行，分针尾随，时针殿后，像一支训练有素的仪仗队，它仍然脚步机械像踮起脚尖画地为牢的圆规，仍然声音嘀嗒像单调复沓的檐滴，但它开始迟到和掉队了。我们不再信赖和需要它，只那么轻轻一按，像按了一个指印，就永远轻蔑和嘲讽地让它沉默了，它变成了一只真正的蝙蝠——只有黑夜，没有白天。

　　在另一个房间，那只五斗橱是我们家最古老的信物之一，它是父亲与母亲结婚时一同置办的，比我的年龄还要大。现在它四平八稳地倚墙站立，黝黑平坦的表面斑驳陆离，仅仅一只座钟在上面盘腿打坐。父亲在时，隔上几天他就捏着一把鸟翅似的黑色钥匙（简直是我儿时那个八音盒钥匙的放大）反复给钟上弦，咔嚓咔嚓的声音坚韧结实，这让它的脉搏与心跳一直保持着，强劲有力而弹性无限。父亲不在了，它铁质的时针与分针永远缠绵重合到了十二点上，像两个滴水不漏地交媾的人。拉上厚实的窗帘，黑暗一瞬间铺天盖地，我常常分不清是在正午还是午夜。这是一个永恒的标本。被玻璃和木盒层层囚禁的它死在了时光深处，仅留下了被魔咒定身的残骸，但时光仍像识途的老马，在它之外分秒不差地埋头行走。记不清谁说过，时光的谜底是死亡，那么谜面呢？我理解的死亡永远是现在进行时，柔软或坚硬的指针有着流水的形态，像被蒙上眼睛的驴子，按部就班地环游自己的圆形世界,死亡正在悄悄地发生,谁都无法阻拦和终止。

五斗橱的抽屉像幽深宽广的暗道,就在里面的某个角落,躺着一只手表,它被无限期地遗忘了,但它永远属于父亲。它和座钟一样,时针与分针永远在十二点上缠绵重合,像两滴默契追随的孪生眼泪。这也是一个永恒的标本。被玻璃囚禁的它落入了天罗地网,死在了时光深处,像一盏熄灭的孤灯,它与长眠地下的父亲一样,没有谁能够将它重新点亮与校正,但时光仍在它之外分秒不差地埋头行走。它的表盘被怀旧的焦黄无声地漫漶了,像那种黄疸的黄,这是从时光内心一点一滴地涌上来的浊泪,恣肆汪洋地灭顶了。它与座钟比邻沉睡,谁也不羡慕谁,更不嘲笑谁,像时光遗落在沙滩上的两只鞋子,一大一小。

儿子最喜爱的是他的那只黑色手表。在学校一天的时光像一个蛋糕被精确地分成了若干块,每一块都一样大小和轻重,儿子捋着这些一成不变的线索追踪和掌握时光,因此他完全没有必要带表。如果在家里情形就不一样了,他在跑步流逝的时光面前浑然不觉,变得反应迟钝,手足无措,需要戴着手表像猎人跟踪猎物一样追赶时光,即使睡觉也不愿摘下,大概枕着时光的脉搏让他觉得踏实与安宁。那表永远进行着猫捉老鼠的游戏,每一次时针落入圈套,被分针的影子覆盖,就是老鼠被踩在了爪下,但猫并不真正想吃老鼠,它只是在以强者和胜利者的傲慢捉弄它,不停地与它玩着擒与纵、追与逃的游戏。你不必担心,在这儿老鼠永远鬼鬼祟祟地作为猫的反面与陪衬,它有足够的精力与体力与猫赛跑,它对自己前方的命运未卜先知,了然于胸,因此心无忧惧,安于现状。这让儿子十分着迷,幻想与筹划着帮助猫吃掉老鼠,但面对精心设伏的时光他却无能为力。

他迷恋的还有数秒表。他轻轻地摁下我的手机按键,飞速旋转的数字从两位开始,就像会裂变似的,眼花缭乱地不停变幻,越变越多,三位、四位、五位……直到八位。四面越缩越小的表表情整齐,顾不上喘气与歇脚,步调一致地全速奔跑。没有谁听得到它们的心跳,但谁都听得到我们自己的心跳,嘀嘀嗒嗒地往前赶路。

想起了我的钟表们。那只马蹄表细脚伶仃,锈迹斑斑,支撑着圆滚滚的大脑袋,像发育不良的"小萝卜头",但它认真而敬业,像我的老师们。它每天会按时举起小锤似的拳头,来回敲打自己磨出茧子的耳朵,像在表演一个人的拳击。它出拳的速度快得惊人,仿佛没有间歇,我们的眼睛被直勾勾地牵扯成一条线，却不见谁倒下，当然也永远打不开读秒的魔盒，直到唤醒我们起床。还有反特电影中经常转身闪现的那种钟，通常是猫头鹰（它在这里是邪恶的化身）形状的，圆鼓鼓的眼睛滴溜溜地乱转，它隐匿得很深，现身却不早不晚，一般在危险出现的时候，比如定时炸弹就要爆炸了，已经进入了读秒的关口，每当定格到这个经典镜头，数着它急促紧迫得罪恶滔天的心跳，我的精神总是为之一振，瞌睡被看不见的大扫帚一扫精光，全神贯注于接踵涌上的高潮，狠狠地捏了一把汗。这些现实和虚拟中的钟表环绕包围着我，像无边无际的水，它们携手偷走了我的童年。

　　小时候在黔南山区，到了夏夜，我们到处躲着月亮和星星的眼睛捉迷藏。有时不知不觉地跨过田埂，上了山路，吸引我们的是像小灯一样游弋在夜色中的萤火虫，它们把自己一下子泼到了夜空中，发出稠密的绿莹莹的光，漫天飞舞像喷涌的焰火或迸溅的火花。我们摘了南瓜秆，小心地剔除了表皮，像细长而透明的羊肠，然后捉了萤火虫撒到里面，透过瓜秆可以看到它们闪闪烁烁，明明灭灭。我们举着它们奔跑，那感觉像元宵夜提着花灯，随意地挥舞它们，就像舞台下森林般成长的荧光棒。但有一次我不那么幸运，我明明看见一星萤火虫扑闪了一下子，就拧身躲进了草丛中，我抓住了它，凑近月光一看，竟然是一根白骨，是它发出的磷火像萤火虫一样迷惑了我，诱引我不顾一切地追光逐亮。我吓得扔了骨头，掉头跑了，但一朵朵磷火鱼贯跳跃着一直追撵了我好远，目送我上了楼道。萤火虫与磷火多么相似呀，它们都绽放在黑暗辽阔深邃的内心，我甚至觉得附着在骨头上的一朵朵磷火就是会飞的萤火虫。这样说似乎有些对那些白骨不敬，它们都属于我们的先人，附着他们的体温与气息，是时光让它们依靠仅存的体温彼此碰撞和取暖，积攒起了足够的热情，又像灯一样充分地释放了出来。但仔细想想，草木似的人与寄生草木的萤火虫，在浩瀚的星空和强大的时光面前都是微不足道的，时光巨大的手掌像天空无所不在，在它手指的缝隙间，人与虫们发出了自己米粒似的光芒，却足以温暖我们迷失在旷野中的回忆了。后来我再捉了萤火虫，学会了将它发光的尾巴用力地擦向地板或白纸，留下了亮晶晶的痕迹，怎么看都像记忆的车辙，让我一路沿着回忆。

　　父亲乍一离开我们，我们的生活千疮百孔，一下子露出了破绽。母亲一下子缝补接续不上这生活,她常常一个人坐在屋内,从白天到黑夜,眼泪像锋利的线划开她的面庞,无声无息地掉到衣襟上,像果核砰然落到地板上。她不开灯,也不说话,就这样听任时光像一匹宣纸一秒一分地由白变黑,像液体渗透进她的体内,直到她也变成了黑夜的一部分。我想这就是孤独,透骨冰凉——一种被时光的钝刀子慢慢凌迟的疼,一种被时光的牙齿渐渐咀嚼的痛,仅仅依赖打满补丁的回忆,一点一点地添衣取暖。

时光无处不在:虾(蜕掉坚硬铠甲正在柔软成长的),苹果(抓不住自己身体被吸引向土地的),老宅(年久失修风雨飘零摇摇欲坠的),沙砾(流水反复淘洗劲风千吹万漉的),雁阵(贴着天空的头皮飒飒赶路的),年轮(新鲜湿润中渐渐枯涩结痂的),香火(燃着一寸一寸地被骨灰淹没与追忆的),婴儿(静静产房中响亮地喊出渴望与欣悦的)……所有这些都被定语施了定身法,对应的都是同样被施了定身法的时光。

有一段时间,我沉溺于围棋像一个瘾君子,这些黑白分明的精灵在纵横十九道的空间里,任我策马驰骋冲锋陷阵,我精力充沛神经亢奋,到处找人对弈,侥幸几次获胜让我得意洋洋,油然觉得每日正在进行着自己的帝王生涯。有时找不到人,我自己执黑与执白同时对弈,就像左手与右手互搏,我的左右脑袋疲于奔命地掐架与混战,昏沉沉的像泥石流猝然暴发,黏滞而彻底。这是我一个人的征战与搏杀。我飘飘然地做着九段的梦想,到处恬不知耻地吹嘘着能够让对手多少子,但在几次铩羽败归之后,我的帝王生涯有疾而终了,一蹶不振的我渐渐疏远了这种马拉松似的绝望角逐。

时光在被人从纷纭扰乱中条分缕析出来,被囚禁于各种各样简陋和精致的钟表里,被强制以分秒的节奏和速度奔跑以前,它遗世独立于空山与幽谷,活在世外桃源的真实与孤寂中,是不食人间烟火的。等到我们条分缕析了它,将它变成了形形色色的钟表,板起生硬冷漠的面孔,毫不留情地一路嘀嗒远行,它已经是一条不停传输欲望与谎言的履带,谁都不能把它拦腰斩断,我们已经被它下了咒语,我们的身体成为它的庙宇与容器,在它强大精确的影子下按照它的节律刻板生活,再也割不断与它的血肉联系。

直到这时,我终于明白了,时光才是真正的帝王,我们只是它卑微的仆人,是它让我们不由分说以至欲说已忘言,默默地与它下着一盘可笑的棋。它双目微闭，手都不抬，仅以白天和黑夜简单序替就杀得我们落花流水，拿走了我们灵与肉的全部。真正无敌天地的是时光，它天生就是九段，永远在与一切物质的沉稳对视中所向披靡，孤独求败，看着它们像城堡一样轰然倒掉，而无动于衷。

(原载《山花》2008年第12期（上）)

医　　院

　　相当一段时间，说不清因为什么，医院一直是我讨厌的地方。我承认我不是彻底的唯物主义者，对死和与它有关的一切比如医院抱着不祥的迷信似的畏惧，避之唯恐不及。每回经过它门前，远远地望见那辆乳白色的中巴车，守株待兔似的泊在那儿，时刻等着谁躺着出来，最后一次坐上车开往人生的终点站，我的心就抽搐似的难受，脚下使劲蹬了蹬车子，头也不回地将它甩到了身后。这就像我有时埋头边走边想，猛地一抬头已来到了一家花圈店门前，那儿摆着纸马、纸轿和纸汽车，我像被烟头烫着了似的惊跳起来，慌不择路地落荒逃走。

　　等到走了进去，空旷宽敞的大厅里，探出许多窗口，到处赶集似的人头攒动，仿佛人间所有的疾病与伤痛一下子都集中到了这儿。上了楼，向右拐向长长的走廊，刚刚擦过的地板散发出福尔马林的气味，飘浮在空气中，霸道地钻进鼻孔进入肺叶。这条走廊实在太长了，恍若没有尽头，那气味就像无数匹野马，桀骜不驯地跑来跑去，停不住脚。一路不断碰到行走的白色，衣袂飘飘，背影匆匆。随便推开一扇门，满眼雪一样的白，那气味混合着药水和伤口的气息追光灯似的扑打着你。千张一样摆放的床上躺着病人，从头到脚保持同一姿势，一律被简化成了一串数字。

　　一个朋友突然漫不经心地问我，你说这些床哪一张没死过人？一刹那我无言以对。他问得有道理。医院本能似的天职是救死扶伤，却拉不住朝向天堂的凋零与飞升，面对有时强大顽固如阴影的死，谁能拨云见日地躲开它的追逐与覆盖，张开光洁干净或盛开茧花的手，紧紧攥住最后一缕叹息似的生？

但我想到了另一个地方，它往往在医院的最底层，比如一楼或二楼，这颇有些意味。它是我们生命的起点。那儿有同样的气味，同样的长廊，同样的白色，它同样是医院这个庞大机器上的重要零件，是它正常运转最源头上的积累与准备。推开静静的产房，朝阳般的新生命哭声嘹亮，周围簇拥着灿烂兴奋的笑脸。

医院就是这么一个矛盾混合体。创造生，也割舍死。这二者在这幢高大的给我危压的乳白色建筑里，在器械的亲密碰撞中，在无影灯和紫外线下短兵交接，具体到一个人，这一切都让他奇异而迷人，像缓缓展开的蝴蝶的双翼。

即使现在，当我写下"医院"二字，我眼前首先闪现的是死诡异冰冷的一翼，然后是生绚美温暖的另一翼。

医院，它天天开门纳人，被拖进紧张忙碌的漩涡当中，无法自拔，像上演着一场永不谢幕的没有硝烟的战争。

东机厂职工医院匍匐在东山脚下，又叫东山医院，是一幢两层的建筑。以它为半径画一个圆，向东是热气腾腾的澡堂，往西是伸手不见五指的防空洞，对过那片扇面似的楼房也被捎带圈了进来。由于它离厂区很远，笨重的救护车往返拉上工伤的和其他的病人，穿铁路过桥洞地要花很长时间，因此这样惊心动魄的场景很少见，我一直相信它主要的服务对象是附近的居民。但那时的人都像是特殊材料制成的，似乎很少得病，除了穿白大褂的医生护士们不大能看到其他人出入。这让它看上去闲适宁静，波澜不惊，仿佛世外桃源。倒是一到了晴天，医院楼顶的晒台上，密如蛛网地扯起的绳子间，晾满了纯洁舒展的床单等，像下了大雪，又像童话的屋顶，刺得我们的眼睛无比明亮。只是这样洋洋壮观的图景也很少见，原因是晴天太少了，阳光更多时候躺在地平线下沉睡不醒。

我的父亲是医院的医生。东机厂的人都习惯随意地叫他"王大夫"。父亲每天早晨准时进入医院，换上白大褂，临下班脱掉白大褂，带着一身浓烈的气息回家。我记事起就熟悉这气息，它深深地烙在我童年的肌体上，追随着我飘呀飞啊，像我自由的呼吸，直到现在，还必将穷尽我的一生。

父亲的职业为我提供了进入医院体内的便利。我纠集了小伙伴们，脱缰野马似的从一楼上到二楼，又从二楼下到一楼，呼吸着父亲身上的那种气息，在长长的静静的走廊里跑来跑去。这些都让我兴奋、满足，甚至有些浅薄的虚荣。

那一年，我十二岁。医院过早地向我暴露了它毫不设防的一面。俊不知从哪儿找出了一把东西，它有着可疑的尿液一样的微黄色，奶嘴一样的突起，模样像是气球，攥在手心里有些油腻。我们鼓足腮帮用力地吹它，它受了鼓舞似的渐胀渐大，像一个透明的长冬瓜，诱使我们的嘴巴落入套中。我们不甘心地将它套到水龙头上，捏紧了它，慢慢地拧开一点水，水缓缓地流入，它膨胀得丰盈、晶亮了。水越拧越大，打击如注，它越鼓越大，越垂越长，仿佛与薄而亮的水合为一体了。终于承受不住了，哗地迸裂了，水龙头激情洋溢，溅射了我们一脸一身。不久我们听黄平说，这种叫避孕套的东西起着围追堵截的作用，是它挡住了小孩继续跑步前进的道路。但不知为什么，因为贪玩被尿憋得坐卧不宁的我们，从此眼前无一例外地晃荡起注满了水的膀胱似的套子。我们很快不经意地在一间屋子里发现了两件东西：一件是一副骨头架子，从它裸露的关键部位可以断定是一个男性。现在他面无表情地站立在墙角的桌子上，这让他比我们高出了许多头，几乎与墙顶持平了。他被去除了血与肉，变得干枯了，成了一具看不出过去的标本。他脑门儿宽大，双眼凹陷，白齿森然，手脚骨节突出，空洞深邃地注视着我们，瘪瘪的嘴巴浮起了一丝不易察寻的嘲笑。我们迅速转身，背对着他，面向对面的墙角，但更可怕的景象出现了：在墙角的桌子上，站着一只大大的玻璃瓶，盛满了透明无色的液体，一个婴儿蜷身浮在里面，像是从哪片水域顺流漂来的。隔着玻璃和液体，他被夸张地放大了，我们可以清楚地看到他眯起眼睛，眉头紧皱，浑身苍白冰冷，像个小老头。我们七嘴八舌地猜测着他的年龄，有人说一岁，也有人说两岁，但不管怎样，他停止了成长，永远以一种游泳的姿势停留在了一岁或两岁上。左边骨头架子，右边玻璃瓶中的婴儿，我们被夹在了中间，这是一种令我们害怕的两难境地，簌簌灰尘无声无息地飞腾，我们不约而同地闻到了那种熟悉的气息，它有着一个外国人的名字：福尔马林。此刻这气息空前强大地聚集与团结到了一起，我们忽地觉得它与这两件东西关系亲密，这让我们感觉压抑而恐惧，慌乱地夺门逃跑，像受惊无主的兔子。这两件飞来横祸似的东西一下了改变了我对医院的印象，我不再只觉得它安全而单纯，它像一个旋转物体比如我手中的魔方，被看不见的手暗暗操纵，向我展示着它千面百变的表情与内心，我不知道在它楼上楼下的每一间屋子里还藏有多少类似的秘密，我开始消极地排斥和对抗它了。

一九八四年夏，我恰满十四岁。父亲带着我们全家从黔南到了鲁南，一直向北方迁移与颠簸，许多东西被默默地改变了，但唯一不变的是父亲的职业，他挑头组建了南管处卫生室。他是一个内向的男人，但这并不妨碍他有自己的主意，在他不太长的一生中面临着不少诱惑，比如说他可以脱掉白大褂彻底与它决裂，却都被他以各种借口放弃了。因此，我承认我曾经鄙夷过他——他的懦弱、平淡与呆板。

他选择了坐在这间临街的屋子里，背对着街道，面朝南管处空荡荡的院子，一天天地与一张桌子、一张木床、一架药品默然相对，温暖灿烂的阳光在他身后揽着灰尘跳跃闪烁。这间屋子像东机厂职工医院的翻版与微缩，准确地说，就像从那儿一起迁移来的。它大概是世上最简陋的卫生室了，距离真正的医院还有相当的距离，父亲坐堂问诊像是自己内心的王。我至今仍执拗地猜测他的内心一定有所不甘。从东机厂职工医院到南管处卫生室，他人生的半径越来越短，作为一个胸怀救死扶伤抱负的医生，他或许会沮丧与失落，在这些定语一样被修饰和限制的地方，他与千篇一律的头痛、感冒、腹泻——这些来自身体的细枝末节频繁地打着交道。我觉得他仅是一只啄木鸟，在那一片林子里，疗治着一些树一样的人，掏出他们埋藏在表皮的害虫，让他们重新挺拔了身体向上生活。

我们家不分时候地成为卫生室的延伸与补充，这让我们不胜烦扰，父亲却处之泰然。直到他走后许多年，不少人见我都问我，你是王大夫的儿子吧？他们告诉我，你父亲看小孩最在行了，他最会配药了，特别是治拉肚子。这些人中三教九流都有，像卖大米的、做木匠的、开羊汤馆的等等。

我突然觉得父亲才是一棵树，他有自己的生长空间与叙事方式，我永远离不开他记忆似的浓荫密布，无论过去还是将来。

对医院，我最真实、最深刻的印象来自父亲。是父亲给了我关于医院的启蒙，它是全方位的，包括气味、色彩、空间、声音等等，它们整合起来就是一座有声有色的医院，潜移默化着脑子空空荡荡的我，至今顽固迫近得像开始一样。因此，我愿将父亲作为一个活生生的个案与标本，放到时光的流向与横面上，来揭示与描述他和医院的血肉联系。

正当父亲中年、我青年时，父亲像被上帝脱手扔出的一粒色子，画出一条仓促无奈的抛物线，身不由己地向下坠落，坠落，直到与尘埃一起落定。我清楚地记得一九九二年盛夏的一个中午，母亲陪父亲从医院检查回来，父亲表情颓丧，默默地坐在椅子上，面前放着那张诊断书。尽管医生小心翼翼地摒弃了最简单明了的汉字，而选择了原本互不相干的两个字母拉郎配似的结合到了一起，但父亲一眼看穿了这有些拙劣的伪装，所有的技巧与欺骗在他那儿都无济于事，他的清醒与明白让他如焦雷轰顶，翻江倒海，濒临崩溃。桌上的馒头和鸡蛋汤没了热气，父亲和母亲都没动筷子，他们一个都不说话，只有我在沉重如铅的气氛下，胡乱潦草地吃了几口，现在想想我真是一个没心肝的家伙。

一个活生生的人，是由一个个零件似的器官组合到一起的。我经常想，人就像我小时候玩过的节节草，一节一节地被上帝拼装了起来，又像一座会移动的木塔，起承转合地榫接到了一起。因此，在我们生活中诞生了各种各样器官似的医院，它们准确无误地对应着各种器官，与器官们保持着相依为命的供需关系。比如说这所以肿瘤命名的医院，它对应的正是人身体内部器官的聚变与裂变——有惊无险的赘生或凶残肆虐的吞噬。草木的葱茏与芬芳，追随着季节的脚步，即使在这儿也不例外。空旷无边的院内到处绿色盎然，烂漫的红、紫、黄盛开在不同的高度，我觉得这儿更像大学校园，但看不到蝴蝶似的成双结对的学生，纵横道路上邂逅的都是被肿瘤困扰与折磨的苦脸。一个妙龄少女，被剃光了头，在蝴蝶结翩翩飞翔的地方，画地为牢地圈出了紫色方框，那是生命失足偶尔留下的印记，每一天都要接受人造阳光的粗暴检阅与冷酷照射。最高大的是那尊领袖像，他顶天立地，俯瞰苍生。我的一个朋友说，医院最干净的地方就是领袖像下。领袖像不是领袖本人，他不会流泪和说话，否则面对脚下的痛苦与呻吟，他一定会泪水漫溢，彻夜难眠。

父亲住在三楼。可以坐电梯上去，也可以一级一级地爬着上去。我更喜欢后者。电梯是一个内心黑暗的自闭症患者，是人给自己设下的迷局与困境，我讨厌它的自闭与黑暗，还有咯噔地上升或下坠的感觉。经过一系列化简为繁的检查，终于确定了手术时间。我与主刀医生约定了见面，地点在领袖像下。黑夜中他踩着草坪窸窣地来了，我看不清他的脸，我认为我似乎没必要认清他，我需要的是他的那双手，它们属于经验与技巧。我掏出了信封，里面躺着六百元钱，他接了过去，似乎用手指按了按，又似乎点了点头，沉默地掉头走了。还需要说什么呢？这双此刻接钱明天拿刀的手给了我信心与踏实，我不敢假设和想象他不接信封的后果，那对我们也许意味着一场天崩地裂的悲剧或灾难。

从上午九点半到下午一点半，手术一直在持续，我们鸦雀无声地守在门前，内心被悬垂的孤线高高地提了上来。紧闭的门终于开了，主刀医生率先走了出来，身后跟着一个护士，手里托着一个白色铁盘。他浑身上下笼罩在手术衣中，仅仅露出了眼睛，我还是看不清他的脸。护士将铁盘托到我们面前，他的声音冷峻如手术刀瓦蓝锃亮的光芒，薄而锋利，说，这是手术下来的，你们看看吧。我们看到血肉模糊余温尚存的一团，它来自父亲体内，摘自他温热的胸膛，就是它日夜作祟搅得父亲不得安宁，让他一天天地消瘦和恐惧，如今终于像一只虫蛀的桃子被摘去了，我们祝福父亲从此重返健康之路。我还注意到他戴胶皮手套的手上沾满了父亲的血，甚至有几滴溅到了他天蓝色的手术衣上，缓缓地洇开了，像几朵瘦小的桃花，开在我恍恍惚惚的梦里。

父亲离开了监护室，被推回了病房，接下来是一日长于百年的等待。各种液体，无色或乳白色的，排着队一点一滴地垂直进入父亲体内，它们像一条条溪流，日夜奔流滋润着他因过度失血而干涸而焦渴而龟裂的肌体。他头脑还有些不清醒，脱皮的嘴唇紫中泛黑，一卜子像厚了好几寸，一直喋喋不休地说着什么，但谁也听不清。麻醉烟消云散了，疼痛像洪水被释放了出来，在清醒中深刻地漫漶与冲击。我们仍然满怀期望地等待着。这等待太漫长了，如烈火焚身，又如焦雷炸顶，却无雨点倾落。其实也就是那么一个声响，可它竟如沉睡了一样，迟迟不来。一贯好脾气的父亲焦躁不安，甚至指摘着主刀医生，悲观地怀疑他的那双手出了问题。就在这时，他痛苦的表情像花儿暂时舒展了，我们和他一起等到了期待中的那个声响——一个平时微不足道但此刻神圣重大的屁。只有这个伟大的屁，才让他生命的通道畅通无阻，预示着他从鬼门关又回到了人间。

我曾经在一篇文章中写过，这时的我们像打仗一样，急行军似的马不停蹄地奔波追赶着树叶——这些季节最真实的表情与内心，等到叶子凋落尽时我们回到了家。过完了年，野猫呼唤了千万遍的春天提前来了，到处汁液饱满，鹅黄嫩绿。我们又收拾行囊匆匆上路了。这次是另一所以肿瘤命名的医院，它在地理距离上离我们居住的城市近了，但格局与规模却小了许多，这带给了我强烈的心理反差。

  父亲住在二楼。他每天在病房打完针，回到后面租住的平房。那一溜儿平房每一间都是独立的，互不干扰，可以方便病人和亲属体会临时的流动的家的感觉。最西边那间与众不同，它似乎大了一些，两扇漆成灰色的大铁门生硬冰冷，地上散乱地扔着一团盘根错节的胶皮管子和扫帚、撮箕等。我印象里它大多数时间都是敞开的，阳光有些不情愿地照在里面，灰尘像长了翅膀乱云飞渡。有时半夜，可以听到两扇铁门沉重地碰撞到了一起，像上下牙齿咬合了，清晰的哭声如惊雷平地响起，穿过无边的静寂有些惊天动地。第二天一早起来，便能看到穿蓝工作服、戴白口罩、蹬胶皮靴的男人或女人捏了水管，一遍又一遍地冲洗着地面，一只赶早的苍蝇像是嗅到了什么，在门外盘旋着绕飞三匝，然后一头扎进去再也不肯出来。它是太平间，是人撒手人寰后逗留的地方，它徘徊在人间与天堂的边缘，是医院正常运转的最下游，是不可缺少的部分。这是我第一次近距离地观察它，它看上去没什么异样，只是那两扇铁门在开合之间，一个个躺着的生命在短暂歇脚之后永远走上了通往天堂的不归之路。父亲听到了铁门碰撞的声音，他默数着这声音，渐渐丢失了睡眠。为了帮助他找回睡眠，每天傍晚在夕阳慢慢熄灭的灰烬中，我们陪着他走出院门，一直沿着公路向前走。在路旁有一大片甜叶菊地，这种我此前闻所未闻的植物此刻正青春年少，清新湿润，柔若无骨的叶子像女人的手掌，有些捧出了紫的、白的花。我们形影相随地穿过田埂，我摘一片叶子放进嘴里咀嚼，却没有想象中的甜味，但这无边无际的绿确实让父亲心神安宁了许多，他似乎能够坦然面对那声音了，这有他的鼾声为证。

  父亲开始肝腹水了，肚子肿了起来，这是一个危险信号。我们不可避免地面临着两难抉择：抽取腹水会让身体像退潮一样轰然垮塌，不抽取则会放任那异常的水一点一滴地涌上脖子淹没头颅。但犹豫再三，最后，我们还是决定先让潮水隐退。他再次走上了手术台。那天下起了大雨，我们都站在手术室外，嗓子发干像过火的荒漠一样。我看着雨点探出透明的小拳头，没头没脑地敲打着玻璃，分岔成了许多条小路，像眼泪争先恐后地流淌下来。想到父亲正躺在那儿受难,我的眼睛潮湿了,从医院到医院,父亲备受折磨与痛苦,这仿佛是他的宿命与谶数,我却无能为力到替他呻吟一声。

更加消瘦的父亲头发掉光了,脸如匕首一下子刺痛了每一个人,他转院到了我们这座城市的一所医院。这是父亲执意要求的,我猜测是他清醒地预感到了什么,他内心渴望着回家,像叶子回到根温暖的怀抱一样,说出来却变成了转院。这所医院离我们家很近,从远渐近又到最近,像一朵越飘越近的云,父亲的奔波求医之路在兜了一个大圈之后,渐渐地画上了那个圆。

父亲住在一楼。窗外有一棵高大坚挺的白杨树。日复一日不间断地输液,他的双手扎满了针眼,尖锐冰冷的针头一次次地穿透肌肤刺入血管,但针头不久就碰到了柔软血肉的坚硬抵抗,再也不能随心所欲地挺进肌肤探囊取血,直面鲜红蜿蜒的血液悄然回流又悄然消失。无奈他只好一天到晚地挂着输液器,要输液了随时扎入没有知觉的瓶子。他睁大了暗淡沉寂的眼睛躺在床上,目光反复抚摸过天花板上的水渍与斑痕,那输液器一端长在手背,另一端搭在架上,孤零零地像一截多余的盲肠。他不停地喊疼,莫名地发脾气,执拗地叫着我的名字,说,你看大鬼小鬼,扫帚在哪儿?快拿了扫了它们去。见我不动,他又骂我不孝。此刻,他就像个任性烦躁的孩子,眼睛却一点一点地灰了下去,直到像一片白杨叶子悄然凋落。

他被蒙上了白布,推到了医院后面的太平间。那一溜儿砖瓦平房黑暗陈旧,房顶盖着鱼鳞似的黑瓦,父亲就躺在那儿,等待着亲友闻讯前来。四周白杨树婆娑不停,黄蝴蝶似的叶子纷纷扬扬,铺满了破败坎坷的水泥地。父亲瞪着双眼,注视天空,叶子依恋地落到他身上,却遮不住他的眼睛。有人轻轻替他拂上了眼睛。我用力摔了泥盆,憋足了劲,声音嘶哑地大声祝福他朝着西南大路一路走好。

车子拉着父亲开出医院大门,一点一点地脱离与人间的联系,一步一步地走向天堂,不可挽回。

医院渐渐成为最后的背景与影像。

若干年后,我的一个朋友喜得贵子,就在父亲最后辞世的那家医院。我们相约去看她,我吃惊地发现她就住在父亲当初的房间,躺着父亲的那张床。看着她和她身旁的婴儿，我百感交集，千言万语说不出口。

父亲与这个孩子，在这儿实现了链接与因袭，像是完成了一场神圣庄严的仪式，生命的接力棒从一双大手交接给了另一双小手。生覆盖和替代了死，帮助死开始了另一场崭新的漂泊，在另一个世界。至此，死和故人的气息荡然无存，生的圣洁与纯净被细心托举和精心呵护，像烛光一瞬间照耀得满室光明。

想到了我们常常遭遇的情景：在乡村如花似玉的原野上，一支送葬上路的队伍与一支迎亲上路的队伍狭路相逢，像两个转身背离的箭头突然面对面纠结到了一起，尖锐的死与尖锐的生针锋对峙，两支乐队热火朝天地吹奏出各自的悲伤与欢乐，仅仅尴尬了几秒钟，送葬的那支队伍主动让到了一边，迎亲队伍喜气洋洋地先行通过了。不管啥时，死总是优先让位于生，生者的背后才是亡者的身影，就像太阳身后是阴影一样。而这一幕与医院的某些场景多么相像呀！

我想我们如此信赖医院，无比放心地将生与死都交给了它，这里面有希冀与满足，也有无奈和失落，是它狠心地夺走了我们的至爱，也是它温柔地引领生命走出了黑暗。它丰富的表情一半是天使，一半是魔鬼，我不知该爱它还是恨它。它默然不语，天天开门纳人，在紧张忙碌中送旧迎新，无法自拔，像上演着一场永不谢幕的没有硝烟的战争。

我只是暗暗祝福这个唤作云儿的孩子永远健康幸福。

（原载《山花》2007年第12期（上））

生命凋零

说出了它你就战胜了它。

现在请你跟我学：深吸气，缓呼出，全身放松，表情平静，注视前方，轻轻说出它，吐字清晰，音质浑厚。

死——亡。

对，就是这个词。说出了它你就战胜了它。

一个人生下来肯定没想到过死，就像有苗不愁长一样，有小也不愁大，那时想的全是怎样尽快长大，最好按照美好蓝图一步到位，安享生活的现实阳光与浪漫月光。但人不可逆转地一天天长大，脑袋盛的东西越来越多，死亡逐渐成为最大的恐惧，当然也惧怕一切与死亡有关的东西和地方，比如棺材与墓地。

和人对生的留恋一样，恐惧死也是一种本能，它们都像从身体内部执著地渗出的清凉气息。

我小时候不常有病，吃药和打针都不多，即使到现在，我有关这些的记忆也仅止于成人后，从前已经像被雨打的墨迹漫漶不清了。这培养了我对疼痛的敏感与惧怕，面对狠狠扎向我身体的针头，我承认我是一个胆小鬼。妻奚落像我这样的人，在革命年代一定是一个叛徒，老虎凳、辣椒水往面前一摆，立刻掉转风向临场叛变了，我自己也这么认为。大概二十岁时，我发过一次高烧，白天父亲给我打了一支退烧针。我被要求褪些裤子，露出部分屁股，斜坐在高脚凳子上。我做这些时，父亲的食指和中指夹住针管，大拇指顶着管尾，针头向上闪着寒光。这个动作很标准，像护士一样，尽管医生和护士不一样。他捏着酒精棉球轻轻擦着要打的部位周围，我感到了针尖一样的凉意，从那儿缓缓弥漫了全身。他不说话，扎了下去，慢慢推入，猛地拔出，用酒精棉球死死摁住针眼。陌生的疼痛猝然袭击了我，尽管短短几秒钟，我仍然不可抑制地哭出了声。我的女友现在的妻子逮住机会就拿这事刺激我，笑话我，一支小小的针头就轻而易举地弄哭了我。

到了二十五岁那年，我的身体遭受了有生以来最大的手术与疼痛，这可能对其他人微不足道，像挂个吊瓶那样轻松，但对我绝对是一次考验和灾难。我右手腕间长出了一个囊肿，有鸽子蛋般大小，用力摁住它，似乎消融没有了，但一松手又鼓了出来。医生建议动手术摘除它，他说得很平淡，就像伸手从头顶摘一个桃子一样，但我清楚这举手之劳也许等于剜或挖。手术前母亲被要求签了字，这让她忐忑不安，抖颤着手写出来的字摇摇欲倒。在送别父亲的那些日子里，母亲一直坚强如磐石，从脚到头地沉稳平静，不乱分寸。可这一次呢？她的情绪感染了我，我越发觳觫如临刀的羊，有些后悔听医生的话了。我自己爬上了手术台，平躺下身体，被注射了麻药。医生开始手术了，他试探地问我"痛不痛"。也许是麻药量小的缘故，我感觉得到手腕被柳叶似的锋利轻轻一挑，一条口子喷着血绽开了，我无法起身坐起来看看，疼痛让我清醒了，我不假思索地呻吟。又注射麻药，天啊，他真的是在剜那个多余的囊肿，似乎刀子有些钝，在血肉中间一下一下地剜不出来，潮水似的疼痛更猛烈地冲击我，我更加清醒了，终于拖着哭腔喊出了声。再次注射麻药，开始听得见刀子摩擦骨头声，渐渐弱了下去，直到没有了，一块血肉悄悄地与右臂分离。我没住院就回家了，一连来回奔波着挂了一周吊瓶，留下了一道抹不去的伤痕。

这些是有关我身体的两次疼痛。我如此不厌其烦地描述它们，是因为它们都与父亲有关。父亲在时，他挺身为我驱赶和缓解疼痛；父亲不在了，本该签字的他换成了母亲，但他似乎仍在不远处看着我，轻轻对我说：别害怕，马上就会过去的。这努力帮助我制止疼痛，沉沉入睡。

父亲是我记忆里第一个永远离开的亲人。我亲历了他从得病到离开的日日夜夜，这对我既是痛苦的折磨，也是无奈的安慰。医生的职业本能让他无法放弃任何来自身体的暗示与譬喻，它们都与疼痛和恶变有关，一览无余地向他提供了身体的现在状态与未来走向，像天气预报一样。天天与病人打交道，让父亲见惯不惊了形形色色的死，但轮到了自己，他却不能豁达超脱地置之度外，漠视、嘲笑甚至迎头痛击它，看得出他慌乱和意外的内心充满了恐惧与后怕，这来源于他对疾病的熟稔和对健康的迷恋。我理解这与他医生的道德与勇气无关，是丈夫和父亲的责任与幸福让他因留恋生而害怕死，他不愿也不敢在我们面前说出那个词，那意味着他精神世界会像流沙一样轰然崩溃，但他毕竟是一个优秀医生，他内心深处一定比我们想得更多更远更精确，他掌握着身体潮汐的规律，更了解哪一次涨潮将彻底淹没他。从这个城市到另一个城市再到下一个城市，又回到这个城市，母亲和我陪伴他看病住院。我老是错觉我们不是在过日子，而是在马不停蹄地奔波追赶树叶。叶子发芽了，变绿了，转黄了，凋落了，我们一次次地住院和回家，往往在家里过完春节，又匆匆追赶着萌芽的叶子去住院了。手术后父亲的求生欲望第一次压倒了死亡恐惧，他一个人在医院小树林里练习着郭林气功，态度认真而舒展。在另一个城市，我们在医院后头的那排平房租了房子，父亲每天打针和治疗后回到这儿，我们仨在一间房里呼吸生活，相依为命。那排房子的最西面紧挨着太平间，它有两扇灰色大铁门（像死亡的色彩），平常大方地敞开，里面空空荡荡，从早到晚那儿传来了清晰的哭声，听上去悲痛欲绝，肝肠寸断，有时半夜听了心里发毛。第二天太阳出来时，会有人穿了胶靴戴了口罩，捏了水管冲洗消毒，却无法消灭死亡的气息与痕迹。父亲竖起耳朵谛听，来往走过那儿，进门就跟我们说昨晚走了一个，今天又没了两个，神情紧张而无奈。我注意到他没说出那个词，他像我一样小心谨慎地挑选着词，竭力回避和远离某个词带给他的伤害与打击。我知道他内心仍然恐惧它，不愿也不敢让它在自己唇边轻轻滑过，像两枚坏掉的果子悄然坠落。我们又回到了这个城市，叶子又黄了，纷纷凋落像绝望的蝴蝶，秋风中的父亲躺在病床上，常常盯着窗外走神。疼痛让他呻吟，无端地生气，说些不着边际的话，发些莫名其妙的牢骚，我们耐心而宽容地对待他，像对待一个孩子。他说"我死后……"，我听清了那个词，父亲终于说出了它，坦然直面了它，战胜了它。但我知道，他被疼痛折磨得千疮百孔的生命即将如灯盏灭了，他会接过油灯开始另一场在黑暗里的漂泊。我内心汹涌起了悲哀的潮汐，我无法代替父亲忍受疼痛，迎接折磨。我能做的只有在心里默默勾画一艘船，渡苦难的父亲出海漂流，我祈愿他在天空和水上漂泊，而不是在无休无止的隧道似的黑暗里。

第二天凌晨五点,父亲阖上了眼睛,像一本沧桑之书被上帝之手召唤回了天堂。

东是我认识的一个陌生人,我们见面象征性地打招呼,却彼此不熟悉没有深交。他长我几岁,但那张娃娃脸让他看上去像个孩子,走起路来不紧不慢永远像在给时间让路。他是那种纵情享乐的人,每晚喝酒、唱歌、打牌,通宵达旦,早晨昏昏沉沉地去上班,路上眼睛眯起走路摇晃像在梦游,一到晚上就像夜猫子精神饱满。他像一根被投入火炉的蜡烛,在这种灭顶的燃烧中迅速消耗着自己的生命,他一下子缩短了与那个词的漫漫距离。他及时行乐的胃很快被查出了一种罕见的癌,据说这种癌每四万人中才可能有一个,他不幸成了这四万分之一。他的胃已经像破棉絮一样烂掉了,再也缝合不成一件功能完善的衣裳了。他被上帝像石膏像一样坚决打碎了,仅遗下了一个虎头虎脑的儿子,和生活无着的老婆。他老婆没声嘶力竭地痛哭,大概平时已经麻木得哭干了泪水,或许她早已预见到了这个结局,只是像祥林嫂似的喃喃自语:"死鬼,你享乐快活了,可把俺娘儿俩害惨了。"

力,我的高中兼电大同学,毕业后我们分到了同一个县城。我们经常在接送孩子的路上碰面,停下车子打声招呼,说些久别重逢似的话题。他含辛苦熬了十几年,终于正式调入了一个不错的部门,并赶上该部门竞争上岗从而一举竞得了一个有名有实的职位。但随后不久他就永远地走了,不再回头。起因是一天傍晚,他和妻子带着女儿在路旁散步,一辆小汽车像失控的野马,呼啸着迎头撞向了他。一块坚硬的钢铁与一团柔软的血肉碰撞到一起,结果闭着眼睛都能猜到,他像一捆麦草一样被挑了起来,在空中翻了几个滚,重重地跌到了地上,车子粗声大嗓地吼叫着一溜烟地仓皇逃窜了。据说当时他还有一口气,离那个词仍有一点距离,出事地点就在医院门口,几个好心人帮助他吓呆了的妻子将他往医院抬,他似乎在昏迷中说了句什么。他妻子双手抬着他上身,另两个人架他下身,进了医院大厅,他妻子忽然天翻地覆地眩晕,发疯似的呓语道:"他没气了,没气了。"手上一软就将他撂到了地上。他的头重重地磕到了水磨石地板上,彻底割断了与这个世俗世界的唯一一丝联系,那口气像一缕烟随风飘得无影无踪了。我没向别人求证过这说法的真实与可靠,但我想如果它属实,他妻子事后一定会后悔得痛不欲生,甚至会痛恨自己的没用和不争气,她失手扔掉的是一个完整幸福家庭的唯一一线希望,是一个丈夫和父亲余息尚存的权利与责任,是他对她和女儿强烈本能的留恋与向往,不幸的是她的确失手了,一下子将自己和女儿推入了悲伤孤独的黑暗深渊。

还有晓,他一次次地寻欢作乐,激情碰撞与倾泻过后都会在他老婆体内播下种子,这些种子很快被选择着扎下了根,破土生芽了,但他是一个逃避责任害怕未来的男人,因此他老婆不得不在他的顽固坚持下,一次次地出入医院痛苦堕胎,我们都说他是双手沾满自己孩子鲜血的杀人犯。他亲自创造了自己的儿女,可不等他们啼破黑暗来到人间,又亲手摸黑谋杀了他们。直到现在,我一想起那些游走在道德独木桥上的灵魂就会觉得痛心与战栗,他们仅仅因为不见天日就被拒绝在了法律的阳光以外。不知晓会不会经常想到他们,为他们真诚忏悔和内疚,哪怕仅仅一点儿?

这些年,我熟悉和陌生的人中有不少永远脱离了我的日常生活,他们有的是我的亲人和老师,有的是我的同学和朋友,还有的是我借助电波与书信交往却来不及见面的人。他们有的属于正常死亡,比如我八十多岁的外公,他的离开被当作了喜丧风光隆重地操办;大多数是非正常死亡,像年纪轻轻得病死的,不小心触电电死的,喝醉了酒下水游泳淹死的,走在工地上被横空落下的钢板砸死的,用一条透明丝袜不可思议地将自己吊死的等等。他们一个个排着队陆续从我的手机里和通讯录上彻底消失了,我收不到他们的电波与声音了,但有关他们的记忆却执著地留存了下来,动不动就像电光石火,照耀和划亮了我平庸琐碎的生活。在向天堂远行的路上,他们一路相伴,沿途不断有人加入进来,形成了 支浩浩荡荡的队伍,与凋零有关。其实他们都是大地上的一个个容器,对应着天空中的一颗颗星星,却是那种脆弱易碎的陶瓷或玻璃容器,被命运之手失手打碎了,一地碎片再也无法黏合如初,一片片都像锋利的刀刃,刺痛了亲友们的心,鲜血淋漓如河流。

有一段时间,我身体的每一点细微变化与渺小疼痛都让我高度警觉,我心乱如麻胡思乱想,但我却不愿去医院与医生面对面,这也许是在虚弱地讳疾忌医。我甚至听到了那个词脚步的临近,不蹒跚沉重,相反却轻盈空灵。我怀疑和拷问着自己夜以继日的伏案努力与追求,从未觉得如此空荡与虚无,仿佛死神已经向我下了帖子,索回我那一个容器,明天我就将毫无意义一无所有地告别尘世,打碎自己,留下一地哀痛给亲友们,而这一切都是幽灵似的那个词带给我的。我尝试着说出它，反复地沉默和练习，用阳光的姿势去迎迓它，靠平常的心情去对付它。有一天，我终于说出了它，也战胜了它。它成为我最后温暖的洞穴，是我奇异旅行的目的地，也是放逐我来世航船的海洋。

那天，在菜市场买菜，一个农妇说了一句关于它的话，至今深深地扎根在我脑子里。

她说，人就像一辫辫大蒜上的一个个蒜头，揪一个少一个。

这是像露珠一样散落在民间的智慧。

我们这儿收了大蒜，往往会将它们像编长辫子一样编到一起，挂在屋檐上或其他地方，吃一个揪一个，揪没了为止，可不就像一茬茬一个个的人嘛。

（原载《百花洲》2008年第5期）

羊走天堂

一

　　这儿是一小片空地,与那根竖起来一天当中偶尔冒出黑烟的烟囱在同一条线上,一堵墙将它背后戴草帽的崮挡到了外头。它匍匐在崮脚下,像一只口袋,收集盛装着风,也就是说它是一个风眼。我看到风裹挟着灰尘和杂物旋转向上,像一个圆柱,越升越高,跑得无影无踪了。

　　我亮出天蓝色的塑料皮小本子,他打开铁链缠绕的锁。我推一扇门,它吱吱呀呀地后退,像在呻吟。扑面陈旧发霉的气息,呛了我一脸,我禁不住响亮地打了个喷嚏。我宽容地清楚这儿所有的陈设都该搬到外面晒晒阳光,但这是久违的奢望,它们有些一辈子都难得享受一次阳光普照。

　　我找到那一排,它们都是些又长又大高抵墙顶的木架子,像书橱,单元格似的空间恰好容得下一只只书似的匣子。博尔赫斯说:"我,总是在想象着天堂是一座图书馆的类型。"大概说的就是这模样。那么,那些书也是学富五车的《辞海》和浩如烟海的大部头。这儿就是人间的天堂,拥挤而凡尘弥漫,一点儿都不浪漫。旁边搁有木梯,可以搭着取下最顶上的匣子,不过得抱着它小心翼翼地下来。

　　我拿开左右两枚蜡制的桃子,在它们鲜艳而虚假的表皮下,是空荡荡的内心,没有了充盈的汁液与果肉,时光拿它没了办法。我抱起了匣子,在那一刻,我听到了断裂声,是木的呓语,谨慎而清晰。我双手捧着它,生怕它会脱离我的手掉到地上，它是如此之轻，除了匣子自身的重量，似乎若有若无，我怎么也不相信它能装得下父亲的一切，包括记忆与往事。

出门穿过月亮形门，来到那一小片空地。三张板凳似的水泥台子，台前有灰烬、烧焦的祭品、破碎的酒瓶，空气中飘散着焦煳和酒香的味道。我将匣子坐到水泥台上，燃放了鞭炮，开始烧土黄色的纸，红色、银色、金色的纸钱元宝，一边用木棍拨拉一边喃喃说给父亲听："爸爸，清明到了，我来给您送钱了。"匣子里的父亲仿佛听懂了我的话，不声不响地接过钱，在天堂买些他需要的东西。我又将带来的五色果子和切成块的苹果、石榴、葡萄等投入火中，最后将酒启开，绕着台子周围洒了一圈。

这些钱和东西，我相信父亲一定收得到，尽管他像讨厌疾病一样厌恶酒。但热闹的鞭炮和热烈的酒，没了这些，父亲会感到冷清和寒凉的。

我跪倒磕头，一共三个，一个我的，一个弟弟的，一个儿子的。

类似的上坟一年四次，分别在春节前、清明、阴历七月十五日和十月一日。

二

父亲给母亲托梦两件事。都与他的家有关。

母亲决定为父亲搬家，从一个天堂到另一个天堂。

父亲走了快十个年头了，一直住在那间叫第一陈列室的大屋子里，有那么多同伴与他并肩站在一起，像许多书亲密无间地立在架上，他或许不会感到孤独，但他始终像飘在空中落不下地。我理解在这上头，一个人不落地就扎不下根，就是一个没根的人，像空气飘来飘去，得不到片刻的安宁。只有泥土才是永久固定的家，也只有泥土的胸怀与心灵才能完全收留和包容下一个人，搭起通往天堂的路。这就是泥土的朴素与博大，一个人从生到死，都脱离不了它父亲般广袤温暖的怀抱。

母亲还决定为父亲换房子，从一间房子到另一间房子。

现在这间房子父亲住了快十个年头了。它造型简单，功能实用，木头的质地带给他温暖与踏实，但在与时光的短兵交接中，它渐渐肢体懒散，骨头疏松。我没敢告诉母亲，自己听到的那一声木的断裂，一定是它的某根骨头发出的声音。但母亲已经知道了，父亲在梦中告诉她，自己住的房子漏雨了，她为此彻夜做梦，一晚上梦境都潮湿如沼泽。

她执意要给父亲换间新房子，像亏欠了父亲似的铁了心，一趟趟地上街到处看房选房。我反复地劝说她，别人也跟她说，这房子就像老宅，轻易动不得，要是父亲想回老宅看看，一下子找不到了怎么办，那样会有麻烦的。

她仍然一条路坚持到黑地不同意。我只好对她说，父亲托梦的意思是为了护佑咱们一家人平安，搬家入土为安，不是坚持要换房子。咱们把他的新家弄得坚固结实，密不透风，淋不着雨，让他在那儿生活得好好的，他满意了，咱们就放心了。

她终于放弃了。

三

我和弟弟一起为父亲买了新家。在公墓。这儿是另一个天堂。

我们选了墓位，这将是父亲永久真正的家，是我们来看他短暂落脚的地方。它目前在最末排最偏东的位置，但我知道它背后的山体很快将被一点点地开荒，种上一排排这样的家。

我们找人刻了墓碑。碑体黑底白字刻上了父亲和母亲的名字，他们将以这样一种坚硬的方式相依同处，永不分离。但母亲的名字被用红漆小心地描过了，这红的笔画隔开了生与死，是一个生者与一个死者在这儿的醒目标示与真实距离。

到了那天下午，我们乘车去接父亲。我彻底交出了天蓝色的塑料皮小本子，有人打开铁链缠绕的锁，我将父亲请上了车，一路抱着他不肯放手。这是父亲许多次被抱出来又放进去以后，第一次也是最后一次坐上车，离开这个没根的家到另一个永久扎下根的家。路不好走，他有些兴奋，在我怀里跳跃与颠簸，像头一次出门的孩子。我真希望从此刻开始，他能以孩子的方式与我们在一起，永远不再苍老。

父亲坐车上了山。迎面另一辆车高声放着哀乐，悲伤被无限放大了，哭声连成一片，许多披白衣的人在为一个人送葬上路。与这支队伍相比，我们悄无声息，一切都在默默进行。我们在为父亲举行一次安魂仪式，他来自于泥土,直到有一天他偶尔将他的户口从泥土里用力拔出,从此他再也没有真正亲近和拥抱过泥土,但他在受了无数苦难和伤痛以后,又重新永远回到了泥土,这让他踏实和安宁。这儿真好,温暖而芬芳,承接着大地的气息,雨雪淋不着,寒风不能吹彻,是他最后的家。人这一辈子从生下来就开始织一床棉被,用一天天一月月一年年甚至一生去不停地织,仿佛永远都不会完工,等到了死才发觉这一刻就是最后的针脚,而自己一生奔波劳碌只是为了给自己织一床作茧自缚的棉被,带给自己最后的温暖,沉睡不想醒。其实泥土才是真正的棉被,它宽容博大,纯洁干净,像棉花一样。我想内向寡言讨厌热闹的父亲一定会喜欢这个新家,和这种与泥土肌肤亲近的方式,他本身就是一个像泥土一样不会喧哗和张扬的人。他在这儿不会觉得孤独,我们会常来看他,给他送些钱和爱吃的东西,过年了还要请他回家和我们一起过年,然后打着灯笼穿过黑夜送他回来;他更不会感到寂寞,他身旁有那么多热爱泥土的人,是对泥土共同的热爱让他们一见如故,他们可以自由串门儿交往,喝酒、聊天、促膝谈心,比在地上还要亲密融洽,仇恨和冷漠都被挡在了泥土外头。

安顿父亲住进了新家,我暗暗祈祷和祝福他今夜做个好梦,明早起床像平时一样喝一杯白开水后去跑步,他是一个因为爱我们而狂热地爱惜身体的人啊!

当晚,一连数月无雨的苍天突降细雨,仅仅持续了几分钟。

有人说,这是在淋棺,是家出贵人的喜兆。

我却觉得,这是父亲凝聚了一生最后的泪水,在向接纳和收容自己的泥土感恩。他在那儿已经不需要泪水了。

四

公墓是开放的。只要愿意,谁都可以走进它的内心,不管你在这儿有没有牵挂和思念,都可以找到自己短暂落脚的地方。但却很少有人去,我指的是那些与它无关的人,他们仅仅因为忌讳或畏惧,而对它退避三舍。即使那些走近它的人,他们中大多数也是匆匆地来,匆匆地去,从未真正走进它的内心,仿佛这儿不是他们亲人的家,他们来不是走亲戚访亲人的,而是被一种空洞无奈的形式驱动来的，与心灵无关。

　　踏着一路泥泞上山，刚刚下过雨，拔起两脚黏稠和沉重。路旁麦子挺直了青翠麦穗，野豌豆紫色的碎花攀着麦秆爬上了麦梢，它总是这样缠绵着难舍难分。在麦子中央，隆起了一堆土，长满了荒草和两棵柳树，它是一个坟，属于麦子的主人或其他人。它游离于公墓以外，像泥土猛然起身拱背冒出的，冷静而沉稳，却并不寂寞，我们可以将它看作一株麦子或玉米。一个老汉在山坡上放羊，他古铜的肤色与洁白的羊毛对比鲜明，一把银亮的胡子轻轻抖颤。清明前后正是青草旺盛的时候，羊群随意咀嚼着这季节的恩赐，白花花的牙齿被汁液染绿了，偶尔闪烁着一朵喇叭状的红，恰是绿肥红瘦，仿佛吹响了一连串的欢愉与满足。它们不知道这儿是什么地方，只觉得很安静，很少有人来，一切都像睡着了一样，这让它们很高兴，撒欢儿地在墓与墓中间捉迷藏，没有人会看它们不顺眼，突然跳出来叱骂它们追赶它们。有时它们玩够了，一只大胆淘气的领头下了山坡，越过小路，奔到麦子中间啃青青麦子，几只踩着它的蹄印尾随了上去。晒着阳光靠着墓碑打盹的老汉被惊醒了，急匆匆地冲下山坡，挥舞着鞭子吓唬着羊，它们只看到鞭影在眼前闪过，却并不落到身上，一哄四下跑散了，一会儿又像一块拼图或地毯纠聚到了一起。

　　我穿过面孔坚硬的墓碑，它们有的表情模糊，有的清晰，有的隐藏到了空白背后，像形形色色有声有息的人。它们被人编排了号，纵横有序，这是它们被我们认领的顺序，墓碑下沉睡的人们并不知道，他们正躺在泥土里安享时光。现在它们沉寂无声，姿势一致地插在那儿，像一张张名片，安静而简洁，被慌乱浓密如络腮胡的野草环绕。我知道它们坚硬的面孔下有一颗颗柔软的灵魂，因此当我走近它们时，总是轻轻放慢了脚步，对它们注目致敬，他们都活完了一生，躺在这儿活着下一生，却同样不容亵渎和惊扰。

　　打父亲日夜兼程投奔到这儿，像一个倦怠的旅人投宿客栈，我每年都要来几次。我随手捡起一根树枝在他面前画了一个圆，临到圆满的关头却留了个口子，我是怕风和其他伸过来的手抢他的钱花，同时担心画圆满了他没有地方伸进手来拿到。我一张一张地捻开了泥土一样肤色的纸，点着了第一张，不等它化作灰烬，又点上了第二张、第三张……还有一挂挂风铃一样的纸钱（它们不会随风发出清脆悦耳的歌唱，有的只是粗糙窸窣的私语)。我这样借助火与灰与他会面交谈,青烟缭绕如一柱曲折蜿蜒的目光,忧伤而缠绵,我们像围炉夜话顺畅通灵,倾诉着自上次到这次的思念与祝福。这些日子是一条河,放着我火焰似的灯盏,顺流漂向在泥土中永生的父亲。

一只羊不知啥时踱到了父亲面前,神态安详地咩咩叫着,像在唤谁的乳名,不紧不慢地咀嚼青草,像给父亲修理着胡子。它长着张上帝的脸,亮着两盏灯的眼睛,举止优雅内心隐忍,带给我温暖和慈祥,我忽然错觉天堂就是这模样。

是一只羊,在我面前闪开了一道通往天堂的门缝,父亲一脸幸福地站在那儿等我。

五

整个墓地像一座沉寂的空城,秩序井然,有时仅我一个过客。我老觉得它与西方的某些教堂有些相似,主要是精神气质,肃穆而平等,都保持着同样的睡姿。

小时候在黔南山区,走到山脚下,常常碰到隆起的坟,上面一竿青竹挑着纸幡迎风招展喧响,在它周围爬满了一种叫"老蛇泡"的野果,血红得像浓缩的草莓,但我不敢上前去摘,总是远远地躲了它走。但现在我不惧怕墓地。因为父亲。那儿是他最后的家,也是我们最后的家,有什么好惧怕的呢?

每次去看父亲,我都在下午,有时干脆选择在临近黄昏,这个一天中喧嚣与浮躁像大海一样退潮,留下寂静与平淡的时刻。我慢慢穿过许多面墓碑,竟有走过许多人一生的幻觉,当然也提前走过了我的一生。一个孩子站在不远处的山坡上,手里提着一只编织袋,如饥似渴地盯着我。他是一个捡瓶子的孩子。上坟扫墓的人带了各种酒给地下的亲人喝,饮料留给自己喝了,随手将空瓶子丢弃,他马上捡进了袋里,现在他盯上了我手里喝了一半的矿泉水。在这儿不像在人群聚集的地方,没人跟他争抢生意,一切都属于他一个人,包括沉寂与冷清,他在天堂边走走拾起一些落叶似的垃圾。

那次,我上山去向父亲报喜,我的儿子,他的孙子落生了。我想象他会非常兴奋，他是有些重男轻女的，我们兄弟的先后降生也曾经带给他难以计数的骄傲和快乐。临走前母亲第一次从一刀纸中抽出了一张，仅仅一张，压在了床板下，我不完全理解她这样做的全部意义，但她看上去庄重而严肃，我知道一定与儿子有关。父亲在离开我们前看到了我结婚，却没亲手抱上孙子，这或许是他最后的遗憾之一。我今天来就是要亲口告诉他，我们家族的基因链中又添了重要而崭新的一环，他血脉与精神的金丝带又一路飘扬着延续了下来。

我破例带了鞭炮、酒和酒杯。我点燃了鞭炮，它像一条金色的蛇，在石头和草丛中间乱窜狂舞，清脆的声响像炒豆似的粒粒可数，惊动了潜伏的鸟和虫儿，它们张翅或抬脚没命地逃跑。我摆上了两只酒杯，父亲一只，我一只，我们都不能喝酒，因此只能用那种最小号的酒杯。斟满了酒，我双手捧起对父亲说："爸爸，您添孙子了，我和他敬您一杯。"父亲美滋滋地仰脖喝了，居然带出了声音。我又斟了一杯，父亲开口说话了："你有儿子了，咱爷仨儿喝一杯。"说完又一饮而尽，响声愉快而惬意，我的眼睛一瞬间潮湿了，弥漫起了大雾。

记得儿时我不好好吃饭，剩了饭父亲抢着吃，他是怕浪费了；他早生了白发要我拔，我恶作剧地拔下黑的充数，他笑笑装作没看见；他怕我在学校受人欺侮，跑去求老师照顾我，说着说着眼圈红了。成人后，他病了，我陪他在异乡的浴池洗澡，替他搓肋骨凸露的脊背；他化疗了，头发快掉光了，我想为他补栽上那些错拔的黑发；他上路前我为他摔了泥盆，大声祝他一路走好，却不忍替他合上眼睛。现在我有了儿子，儿子剩的饭我会吃吗？我会怕他在学校受人欺侮吗？……我无法一下子得出这些并不太远的答案，父亲正在我头顶三尺的地方注视着我。

夕阳被黄昏抱着缓缓下沉，终于站到山坡肩头，用力挣红了脸，慢慢地呱呱落地了，溅开了漫天血光，一切正挺向大地的子宫，重新归于平静和骚动。

天渐渐黑透了，大雾像网猝然兜头撒下，浓浓雾气如洪水四处漫溢，白涌入黑的怀抱，肆意游走泛滥，像黑眼睛夹住眼白，湿润地穿过我。看不见星星，也望不到月亮，四下里潮湿清凉。我想起了我生命中那次最大的雾。我和父亲走着，父亲不说话，我也不说话，前面是雾，后面也是雾，左边是雾，右边也是雾，沉默不语但汹涌澎湃地拍打我们，埋住我们的身体，仅露着脑袋,眼睛炯炯地亮着,如瓢在随波逐流。我们很快迷失了,大声唤着对方,声音碰到雾像棉花悄无涟漪。我们彼此找寻,从黑夜到天明,我终于游进了父亲的视野和怀抱。那年,我五岁,父亲长我三十。

现在我无法下山,也不愿下山,稍动一步都会让我丢失方向,越走越远,成为今夜永远靠不了岸的孤船。守着这么多有生命的石头,我不觉得害怕,它们让我感到安全与放心。除了虫儿唧唧的歌唱和我若有若无的呼吸,我捕捉不到任何声音,它们一定都在屏声静气,以这奢侈而空旷的寂静来欢迎我——来自纷扰和喧哗俗世的俗人。我靠在父亲的墓碑上,像泊在他的肩头,小声地跟他说话,我说他在听,他一句话不说,雾夜里我觉得他更加温暖而慈祥。

整整一夜,我搂着父亲沉沉睡去,直到阳光灿然敲响,雾气被彻底扯碎。我和父亲就像两只相依为命的瓢,一路追随漂浮,从不曾分离。

这个雾夜至今仍淹没着我生命的地平线,让我明白墓地是成长的最后驿站,也是生命的崭新起点。

六

"他,他本人,已经远去……人虽远去,却比任何时候都更加注视我们。"(雅克·德里达语)

作为尘世生命个体的父亲脱离我们的当下生活远行了,留下了我们像鸟儿偎依在母亲身边,我们永远不能像葵花追随太阳一样感受他炽热的体温与心跳了,但他住过的房子我们仍在住,我们不怕他找不到回家的路,即使是在那样的雾夜,他也可以轻车熟路地推门回家;他现在的新家我们渐渐熟悉了,他也不怕我们会认不得去看他的路,即使遍地泥泞风雪交加,我们也能够给他送些钱和请他回家过年。

我仍然像相信未来一样相信,他的精神与气息从没离开我们去远行,他作为我们中永远重要的一员,就在我们中间,而且的确比任何时候都更加注视我们,我熟悉他那一双恒星似的眼睛。

(原载《山花》2010 年第 11 期(上))

去北山给父亲送书

今年清明，没有下雨。午后母亲和我去北山给父亲上坟。

上一次上坟是在春节前，我和儿子一起去的。父亲走了这么些年了，我们五年前将他的家从那间第一陈列室搬到了这片叫北山的公墓，他已经习惯了这个泥土下的新家。开始两年我们请他回家和我们一起过年，几天后借助火与灰打着灯笼照亮夜路送他回来；后来我们仍然请他回家和我们一起过年，却不再打着灯笼穿过黑夜送他回来。这是因为，他自己已经识得这个泥土下的家，不用我们送了，能够像一阵风儿轻飘飘地吹回家。

北山像一张端正安放的太师椅，从椅子脚一点一点地往上，一直到椅子背顶端，不断地被开荒，种上庄稼似的家，一半在地上，一半在地下。这些家被活着的人开垦和种植，整齐划一，秩序井然，残留着最后的体温和呼吸，却被有偿调拨给了天堂，归逝去的人永久居住，保持着不变的表情和顺序。男的女的，老的少的，都沉睡在各自的空间里，像被时光施了魔法，没有脚步和呼唤可以惊醒他们。

今年春天来得有点儿迟，坟茔上的杂草不见绿意，依旧干枯灰白，像一蓬蓬等待修理的乱发，它属于老人。午后的北山前停着一溜儿车，一拨拨的人奔向各自的亲人，跟他们拉着自上次分别至今的思念。躺在这儿，视野开阔，阳光普照，泪泪滔滔，像一眼泉迸涌着金色波光。

母亲和我一张一张地烧着黄皮肤的纸，金的、银的、红的元宝和大面额的冥币，它们被火贪婪地舔食，枯萎着消失了。阳光不动声色地漫漶，火焰探出芯子炙烤着我们，汗水顺着我的额头封住了眼睛，模糊了镜片。我取出我刚出的新书——《活在时光中的灯》。临来前我就想好了，要送一本书给父亲。我自恋似的喜欢这个书名，暗暗为此而洋洋得意，我极愿把这本书连同这个书名一起献给父亲。如今父亲在地下睡着，我在地上醒着，我和他之间多么需要这么一盏"灯"来通灵和交流啊！

我从内心里不承认我是来"烧"书的，我讨厌"烧"，本能地抗拒这个念头。"烧"太热烈，一把火后，灰飞烟灭。我只接受"送"，我对母亲说，我去北山给父亲送书，就像他过去送我书一样。

父亲并不太长的一生像一株早玉米，还没到夏天，就被横刺里伸出的一只手掰掉了正在饱满的果实，继而被另一只手连根拔起，这时他浑身上下已被蚜虫似的疾病蛀得千疮百孔，无法修补。早玉米似的父亲混迹于他的千千万万株同类当中，貌不惊人，平淡无奇。从山东到贵州，又从黔南回到鲁南，他的脚步追随火车穿越了大半个国度，但地理空间上的漫漫距离拉长不了他短暂单薄的人生经历，我可以用两行文字轻而易举地概括他的人生，那就是——成分：学生，职业：医生。

父亲执著和沉迷在他的世界里。那个世界很小，色彩：白色，味道：来苏水、福尔马林、碘酒等等，道具：听诊器、输液器、体温计等等。这一切完整而固执，生硬而冰冷，像一个符咒，魔力永不消失地作用于父亲身上，让他排斥白色以外的色彩，拒绝来苏水和听诊器以外的诱惑。如果说人生像一座构造精巧的剧场，每一扇门都是一个随时等待开花的梦想，那么父亲已经主动决然地关闭了所有可能之门，仅仅留下了一扇又小又窄的门，那儿永不倾斜地悬着红十字，通向救死扶伤。

父亲对我少年时不可救药地爱上文学很失望，他曾经狂热地寄望于我能够从他手中接过听诊器。为了引导我往这条路上步他的后尘，在我很小的时候，他就处心积虑地拿听诊器给我当玩具玩，记得还有一只密密麻麻地写满各种小字的塑料耳朵。他是想从小培养我对这些东西的亲近与热爱，更想替我关闭上所有的梦想之门，仅仅留下一扇头顶悬有红十字的门让我进进出出，但我厌恶他一厢情愿的粗暴选择，既不亲近也不热爱，而是试图打开另一扇门。那扇门在父亲的生活之外，遥远不可企及，就像天上的星星。也许在父亲的眼里，它就是一只盒子，属于潘多拉专有，打开它蜂拥奔出的是阴谋、谎言与危险。有一段时间，我正处于叛逆的关口，与父亲的关系冷漠而敏感，像一对天敌，我坚硬地抵抗着父亲，父亲也似乎看我不顺眼。后来我听母亲说，在那段时间，父亲老是跟她唠叨我思想偏激，邪恶的汁液随时可能溢出大脑的容器，仿佛毒蛇猩红的芯子伺机吞噬着什么，因此他怕我出问题，犯错误。若干年后，我的儿子也与我像一对天敌，有那么一段时间，我与叛逆的儿子如水火互不相容。我一下子想到了父亲，涌起了一阵阵悲哀，我忽地觉得，我是在替父亲真实地活着，走着父亲曾经走过的路，而今天我面前这个满脸青春痘的孩子就是那时的我。

记得父亲那时好买书送我，那些书都与学习有关，没有一本我渴望的课外书。其实父亲并不了解我的课程内容，他只是凭借自己的想象和店员的推荐去买。经历了几次天翻地覆似的搬家，我现在手头上能够找到的还有几本，比如一本《语法新编》，今天翻来简直就够一个大学生去啃的。父亲每次买了书后，都会操起大笔帽的钢笔在扉页上用他独特的字体工整地写上"王忠存阅"，仿佛除了我，谁都无权"存阅"。

此刻，我手上拿着这本《活在时光中的灯》。我扯掉了封面，投入了火中，火焰一瞬间烧焦了它，它蜷缩了，仿佛一张光洁端庄的脸被扭曲了。接下来是扉页，我一页一页地撕着，不停地以纸和密如蚕卵的文字饲养着渐渐旺上来的火，父亲在一旁焦急地伸过手，一页一页地翻看，一阵风儿刮过，发出了朗读者低沉的声音。《医院》、《羊走天堂》、《生命凋零》、《时光九段》，这些都与他有关，我毫不隐瞒地将我的心里话都倾吐给了纸，又借助火读给了父亲。这些最普通的文字他都曾经活过，有着他的体温和脉搏，但他却从未读过，它们都诞生于他走后的几年里，是我对他的无尽追忆与怀念，也可视作我以方块字串起的一个小小的花环，献于他的灵前。我的那些卑微的文字被火一目十行地阅读后，经历了炽热的考验，在烈火中蜷身曲背，但它们在迫近上来的黑与黄中愈加清晰，最后一切背景都隐退了，仅仅剩下一颗颗字像灰烬中发光的星子。我持一根枯树枝，拨了拨灰烬，黏附在一叠的纸页碎片翻身欲脱离苦海似的，重新红彤彤地腾了起来，树枝来不及抽回，燎着了梢头，飘起了黑黑的烟。忽然，一阵风席卷过去，灰烬白了，散了，再也读不出一篇完整了。

从《医院》到《时光九段》，火焰温习了父亲纸上的一生。风像一个魔幻现实主义者，不断地闪转着身形，变换着方向，我怕一波高过一波的火焰殃及我，不断地躲避着它的追赶与袭击，汗水流得更多了。火焰既不流泪，也不出汗，它干干燥燥，实实在在，没漏掉一个字，直到化灰化烟。

回到家，我在日记中郑重地写道：今天，去北山给父亲送书一本。

（原载《文艺报》2011年10月24日）

穿过生命的眼睛

老人临窗端坐，环着雪白披肩，在读《庄子》，那只唤作咪咪的大白猫跳上书桌，偎依在她身旁，入定似的守望着她，仿佛是她形影相随的亲人。阳光像一把折扇，到了下午扬手收了收，一股脑儿地都涌向了西边，漫入窗内洗亮老人，她沐浴在了灿烂柔和的光影里。

这样的秋日，是一杯下午茶，恰好适合边饮边读《庄子》。我是这样想的。

她没有起身，由于腿脚不灵便。她将一天时光分成了两部分：坐的和躺的。前者比后者多，一直到永远。即使是坐，她也在读和思，像现在。

我最先迎到了她的眼睛。从我放轻脚步进门，这双眼睛就从书上收回，缓缓地抬起，柔柔地注视着我。我读懂了它的歉意、关切、爱护……

我尽量放轻脚步，一步一步地走近她，坐在她桌旁的一张椅子上。现在我离她如此近，仅仅隔着一杯茶，我随时可以轻巧地端开它。这让我能够仔细地打量她：稍稍头向后仰，发髻梳得一丝不苟，发丝不乱像仿宋字，嘴角俏皮地向上微翘，微笑漾在了那儿。最美的还是这双眼睛。这是一双真正的丹凤眼，浅浅眯起，明亮而清澈，像庄子的一点点秋水。我奇怪她有这样的眼睛，在我的经验里，只有孩子才有类似的眼睛。上帝给了孩子一颗童心，让他去触摸善良，又给了他一双眼睛，让他去发现美好。这双眼睛纯净闪亮，没有一丝杂质，像草尖上的露珠，又像被双眼皮夹住的黑葡萄仁，到了最黑的夜也同样扑闪流转，像没有皱纹的天空中一颗最亮的星星。而我印象中老人的眼睛是混浊模糊的，那里面储满了太多的记忆与经验，像一盘有声有色的录像带，忠实记录的是生活的情景，配以原汁原味的声音。

一个人的老去，是从心和眼睛开始的。心，我们轻易看不见，它像果仁儿被包裹在了黑暗的壳里。但，眼睛可以。一个有着这样一双眼睛的人，她是不会老的，透过她的眼睛我从她的心得到了求证。是这双眼睛，和它背后的心，让老人年轻如小女孩，永远。

我也渴望拥有一双这样的眼睛，因为我不想老。但借助别人的眼睛，我看到圆滑与世故浸染了我的眼睛，它们像硫酸腐蚀我的眼睛，让它逐渐地混浊黯淡，流不出清亮的泪水。我悲哀地认识到自己正在一天天地变老，我在现实横流中贪婪地取，吝啬地舍。

老人平静地说，我不喜欢名片。我一直注视着她，她说这话时眼睛洒脱地眨了眨，像是在强调。这双眼睛阅尽沧桑，包括人和事，一个国家一百年的记忆都可以在这儿找得到。但她偏偏说到了一张纸片，一张可以随意涂鸦传递假与空的纸片，谁能相信这双眼睛容不下一张纸片呢？但，一张纸片有时就像一粒沙子，以尖锐的虚假揉痛了眼睛。

我要走了，在她温柔地注视我吃完蛋糕以后。我吃得很慢，似乎有些害羞，还有些斯文，怕发出声音似的，但只有我自己知道，我是想让这双眼睛多注视我一会，哪怕是一分一秒。我尽量慢慢地吃，她爱怜地盯着我，却没说话。我读懂了她仿佛在说：慢慢吃，喝点水，别噎着了！

我尽量放轻脚步，一步一步地向外走，像来时一样。我觉得背上有什么贴近了我，下意识地回过头，天哪，她竟然在柔柔地注视着我，瞳孔像火焰最明亮的内核，温暖地照着我。我一步一回头地望着她，与她对接着眼神，我似乎丢掉了面具似的圆滑，摆脱了阴影般的世故，一点一点地纯净和透明了起来。她仿佛觉察到了我的变化，似乎努力向上要拔起自己，肩头耸了耸。我忍住了泪水，快步走了出去。

我们活着都是一个容器。老人也是。但她长长的一生盛满了爱，任我们随时在里面清洁内心，洗涤灵魂。

因为，她坚信，"有了爱就有了一切"！

她的容器就是这双眼睛。

再见老人，她已经在天堂默默注视我几年了。她的女婿引我走进那个房间，有些凌乱而冷清，她靠在了东墙根儿，被定格在了一瞬间里，和那个在阳光下读《庄子》的下午一模一样。她女婿说，跟老人合个影吧。我站到了她身边，被定格在了她的定格里，成为永恒。

我又看到了这双眼睛，还有微笑，我记忆的闸门一下子被提起了，滚滚涌出的是温馨与思念，像洪峰一样。

至此，我才认识到她的眼睛已经穿过我的生命，贯串起了我的记忆与印象，像一缕亮晶晶的星光。

老人叫冰心，一个在爱中寻找、求索和收获的人。

一个孩子和一个老人，在这穿过生命的眼睛中，偶然相遇又离别了，就像两条短暂聚会后分手的线索，但却搭起了一座虹桥，上有阳光与鸟语，下有流水与月光，都与爱有关。

（原载《读者》2009年第18期；入选长江文艺出版社《2009年中国精短美文精选》）

K15 路车

像这个城市的其他路车一样,从早到晚,K15 路埋头拼命追赶着时光和速度。

我固执地相信,K15 路的前身是一条蛇。那时它的肚皮贴紧温暖的泥土,尾梢有节奏地快乐甩动,头顶是绿油油的麦子与玉米,往上是蓝莹莹的天与亮晶晶的星星。它吃田鼠,也捕食青蛙,追随着庄稼一茬又一茬的播种和收获,蜕下了一层又一层的皮,那是一种生命的欢愉与再生。偶尔与扛锄的农夫邂逅,彼此对视一眼,却互不相扰,演绎着古老宁静的农业寓言。

但一条叫光明大道的一级水泥公路像一柄锋利的刀刃,将乡村开膛破肚。手无寸铁的乡村无可奈何,任人宰割,成片成片的麦子与玉米被钢铁的洪流齐刷刷地推倒,被席卷着一哄驱逐出了我们的视野。它们正在养育和已经喂大的孩子——我的那些农人兄弟,守着巨大的留白欲哭无泪,他们的最后一滴泪水早已渗透和滋润了龟裂的庄稼。沿路不断有塔吊站起又倒下,不断有围墙包围又撤退,不断有"烂尾楼"矗立如永远不能愈合的伤口。分贝取代了蛙鸣,红绿灯代替了麦秸垛上升起的红月亮,斑马线绊倒了试图横穿马路的羊群和它们的主人。

通车那一天,柔软的蛇摇身变成了坚硬的客车。这听上去有些荒诞,但事实就是如此。K15 路从 A 城的长途汽车站出发,载满了欲望、喧哗、骚动与脚步,穿过解放路,驶上光明大道,一路滑行向前,不停地开门与关门，上人与下人，拐向泰山路与黄河路，最终停靠在 B 城火车站前的广场上。然后从 B 城火车站前的广场出发，载满了欲望、喧哗、骚动与脚步，穿过黄河路与泰山路，驶上光明大道，一路滑行向前，不停地开门与关门，上人与下人，拐向解放路，最终头也不回地进入 A 城的长途汽车站。我如此不厌其烦地描述 K15 路的行车路线与状态，是因为每天它都这样掐着一成不变的时间，跑着一成不变的线路，进行着一成不变的运动，刻板守旧得像活在中世纪。它数量上的反复累加，从东到西，又从西到东，像一根线索密切串起了两个城市。从这个意义上说，它又像一架天平，两个城市是两只托盘，将往与返同等重量的路程与时间各自放上去，生活四平八稳不起波澜。

在车上。统一穿着天蓝色工装的售票员，一律是年轻女性，手持票夹从前头走到后尾，用一张又窄又小的纸换得我们一张又宽又大的纸，她们都有着过目不忘的好记性，像放羊佬清点自己的羊群一样，一只都不能少。正前方悬挂着液晶电视，滚动播放着广告和歌曲、小品、大片，坐在座位上抬头就能看到，这感觉像在一个流动开放的电影院中，却无需对号入座。雪白的椅套上印着鲜红的专治性病的广告，什么"滴虫"、"流脓"、"淋病"、"糜烂"等等，样样包治痊愈。这些纠缠不清的文字痛苦淋漓，抬头低头都能看到，仰在椅背可以亲密接触。我想到了那些贴满电线杆的同样的广告，它们冰冷单薄，永远不会抬腿走路，不等落上轻如尘土的目光，马上又被新的广告盖住了。这次换了一则吓人的：黑车枪支迷药，验货付款。

羊群上路。它们完全是下意识地，不自觉地，走着走着就上了光明大道。这时不是放羊老汉的鞭子在指挥它们，而是它们心照不宣地团结起来，牵着老汉的鼻子在走。老汉挥鞭驱赶它们，张口咒骂它们，它们却一动不动，因此随便听任它们了。它们埋头寻找曾经熟悉的草地，曾经熟悉的气息，曾经熟悉的味道，幻想趁主人不注意，飞快地啃一穗矮小的玉米，哪怕是在记忆深处被某个柳树橛子绊上一跤，幸福地跌跌撞撞，咩咩地将这种幸福像水一样传递给同伴。但它们失望了，迷路了，一下子全像找不到母亲的羔羊，沉默地站在路上，抬蹄狠狠地踢着坚硬的水泥地，咚咚的声音像敲响了鼓点，柴油和汽油混合弥漫的味道呛得它们打着喷嚏，不远处一会儿红一会儿绿眨巴变幻的"眼睛"让它们不踏实，频繁咔嚓着拍照限速的闪电刺瞎了它们的方向。这个充斥人的尘世真会隐藏和迷惑它们,咋将过去的一切藏掖得那么好?让它们什么都寻找不回来了。它们在路上想得出了神,K15路卖力地鸣着喇叭,沉闷散漫的声浪借助扩音器放大成了分贝,试图冲散它们,它们置之不理,岿立不动,才不管他呢,谁叫他们侵占了它们的领地。车与群羊对峙着,直到它认为捉弄够了车,才迈着优雅的步子,悠闲地踱到了路边,那儿有一溜儿各种适宜人居的楼盘广告,每一块仰面站起,都有曾经熟悉的草地那么大。它们聚拢在广告牌前,抬头对着上面鲜艳欲滴的蓝天、白云与草地神往与怀想,表情痴迷失蹄跌入了回忆。那一刻,它们想到的一定是草原。它们低头啃噬着蹄底漏网的苍耳,浑身是刺的苍耳像个微型鱼雷,嚼在口中被引爆了,炸得它们柔软的舌头疼痛,嘴角冒出了血沫,眼底漾出了泪水。

我站起来比羊群高,比它们看得远,但我的目光却被层层叠叠的楼房阻隔住了。站在光明大道两侧,我看不到真实裸露的土地,看不到随风舞蹈的麦子,也看不到浓荫覆盖下的坟墓。只有一个个像雪球一样越滚越大的钢筋混凝土的盒子,气势汹汹地,从四面向我反扑、倾斜与挤压,我的喉咙被卡紧了,正在慢慢地窒息。面对这一切,我的书写充满了焦虑,我的文字骚动着浮躁,我像倏忽飘荡过原野的一阵风,没有根也没有方向。坐在以屏保命名的虚拟乡村前进行着虚伪而矫情的唯美书写,我不能不承认自己罪孽深重,背负着道德和情感的双重枷锁。我困惑,我迷惘,精神失落陷入了泥淖,思想进入了"亚健康"。我忽然意识到自己很可怜,活得不如一只羊,是因为羊们对逝去的一切保持着疼痛。是疼痛,让它们警觉,让它们留恋,也让它们清醒。而我面对被各种乱花迷眼的"建设"和"新"的名义折腾得死去活来的乡村,敏感正在麻木,疼痛正在丧失,愤怒正在消弭,我无所适从毫无重量,仿佛雪花消失于雪花中。

一些人走在故乡的明月中,另一些人走在异乡的孤独里,K15路也不例外。他们上车买票,报出一个个沾满泥土芬芳的名字,它们是一个个村庄,曾经将发达顽强的根系牢牢地扎进泥土中,接续生生不息的农事香火,养育了一代又一代人,没有谁怀疑它们的存在意义与现实价值。但现在,它们正被连根拔起,一个个村庄消失了,一群群人迁徙了,仅留下了无数钢筋混凝土的鸟窝。若干年后,他们记得的一个个名字,剥落了泥土和根系,将成为城镇崛起中残存的记忆,最后的牧歌。

K15路仍旧奔跑在光明大道上,丝毫没有慢的迹象,更没有停下来的意思。

有人大概嫌它跑得不够快,冲着它背后一遍遍地喊:兔子快跑,兔子快跑!

但它的前身的的确确是一条蛇。

(原载《福建文学》2009年第11期;入选花城出版社《2010中国散文年选》)

卷二
身上有锈

篡　　改

　　有一天，母亲突然说，咱们家周围住的净是疯子。我知道，她说这话别有用意，因此我没附和她。

　　小时候，我们家住在登高坡，那儿是一个高冈，可以垂直地俯瞰脚下，四周住户簇拥我们如众星捧月，当然也包括那些奔波不停的疯子。他们像拧满了弦的发条，不安分地时刻迈步走动。我经常听到大人们张疯子、李疯子地谈来论去，却对不上号，也不明白是啥意思。

　　等到大了，才知道我们这个院子有好几个疯子，比如马疯子。他原来在邻近城市的一所大学敲钟，因为自由恋爱，硬是被家人强行调了回来。在那一刻，他被彻底篡改了，为自己敲响了晚钟，开始了漫长的苦役。从此，他失足于错乱的钟声中，再也没有清醒过来。

　　还有段疯子。他是人生这盘棋上一枚蹚过河的卒子，永不回头地恋上了酒，在狂热依赖中丢掉了清醒。他的家人常常将他一个人锁进一间屋中，塞给他一瓶酒，放任他一饮而尽后胡乱砸那些伤痕累累的铁制生活用具，乒乒乓乓的声响撞击着空荡坚硬的四壁。有时到黑夜他会孤独地拉起二胡，凄怨伤感的曲调惹得不少人心里难受，像生了霉长了毛一样。

　　一个不经意的错误、挫折，甚至打击，轻而易举地篡改了一个人，释放出潜伏在他心灵深处的无数魔鬼，将他的人生轨迹掉转方向，朝着相反方向倒退，直至回到另一个起点。他的命运也在一瞬间被撕裂，像那种最脆弱的绵纸，一旦支离破碎，就无法复原。

这些人让我们避而远之，陷我们于他们的汪洋大海或天罗地网当中，左冲右突不得解围，灰溜溜地如夹尾之狗。

在他们眼里，我们是不正常的人。

在我们眼里，他们是不正常的人。

正像一个人站在桥上看风景，同时被另一个人当成风景看，两个人看到的都是不完整的自己。

乳　房

我早到一步，坐上了左边临窗的位子。

她迟到一步，坐在了我的身旁。

我没说话，旁若无她。她开口了，要我跟她换位子。我没搭理她，她也不恼，自顾自地唱起了英语字母歌："a–b–c–d–e……"唱了不到一半，她停下了，旁若无我地开始从下往上脱套头衫。露出了洁白干净的肌肤，紧接着是两只乳房，小巧玲珑，结实圆润，闪烁着耀眼的白。她没戴胸罩，这让两只乳房随着套头衫的缓缓上升，像受惊的兔子跳了出来。我看了一眼，马上烫着了似的移开了视线。我清楚，在我的前后左右，许多这样的眼睛，他们如饥似渴地读着她，像读一本未成年的书。我有些羞愧，如坐针毡，为这突如其来的暴露殃及自己。

她终于脱掉了套头衫。脸上轻松愉快，甚至有些兴奋，全然不顾后背那片洁白与前胸那两只小兔子，像吸水纸吸引了许多迷离多汁的目光。

我中途下了车。她可以坐上那个临窗的位子，一路唱着字母歌到终点。我想象着她这样猝然空降似的出现在闹市，就像烧得通红的铁块投入沸水，激起了弥天的混乱与骚动。只是不知她认得不认得回家的路？

邮政局里外两重天。里面冷气清凉，恰到好处，外头骄阳似火，热浪袭人。

她像苍蝇一样被轰赶了出来，栖身在落地玻璃窗底下，与里面隔着一面透明的墙。玻璃沉默的挤压和映照使她塌陷变形了，她将扁扁的脸紧贴玻璃，手像吸盘抓住上面的影子，内心充满了欲望似的渴望——对近在咫尺的冷。

她头顶扎上了红毛线，万白丛中一点红，熬白了的发被毛线简单缠绕，血红得刺我眼睛，像献给岁月的一道祭礼。我不止一次在集市上碰到过她，她不是偎在卖桃的跟前,就是站到卖瓜的眼前,小心翼翼近乎讨好地向人讨要一个桃或一个瓜。但她总是被人疯子呀疯子地叫来唤去,像苍蝇穿过躲闪的人群,被从这头赶到那头,又赶了回来,两手空空。

她敞开衣襟,袒露乳房,古铜色的,与身体一样,像土地的肤色。她的乳房下垂,一天天地走向干瘪枯萎,此刻像被什么吸引住了,牵坠着她俯向土地,面对熟视无睹的人流。

她随身带着几个大包袱,里面塞满了废纸、废塑料、废瓶子等等,这方便她可以随时肩扛加拖拽着它们到处流浪,同时让她变得无限单薄与瘦小,就像被大山压迫着生根似的陷入地下,又不得不被艰难地推进着向前滚动。

看到她旁若无人地晾着乳房,我相信她曾经如花似玉的乳房果实累累,汁液鲜美,哺育过许多灯盏似的乳名,他们都曾经张开贪婪的嘴巴,像吸管插入她身体,吮吸尽最后一滴乳汁,熬油为灯地点亮了她贫穷而欢乐的时光。

但现在,我唯愿替她扣上最后一粒纽扣,让她在阳光下保留最后一份母亲的尊严。

刀　子

刀子是用来被叙述的。

我的同学洋,穿着朴素,老实木讷,满脸胡子拉碴,像一颗沉睡在毛茸茸壳里的栗子。但谁都想不到,在他体内竟然蕴藏着如此巨大的力量,燃烧着如此疯狂的火焰。

故事从他分配到某乡镇中学开始。生存环境的落差,远离县城的孤寂,让他犹如困兽苦闷不安。而在县城谈的女朋友见他迟迟调不进城,恰在这时提出了分手,他脆弱如纸的心灵一下子断裂了,他守着一个人莫大的孤独如一只封闭的瓶子,在日复一日手淫的火焰中燃烧自己,不等冷却下来又马不停蹄地开始了燃烧,而后一头钻进狭窄如线的牛角尖里,将所有的愤懑与怨气统统迁怒于乡教办主任——一个根本无力改变他进城命运的人。他怀揣着刀子捅中了乡教办主任。那一刹那,他被篡改了,体内洪水似的病症摧枯拉朽破堤冲出。他被贴上了标签,划入了另类,像一瓶硫酸保留在正常人的对立面。

事后脱离危险的乡教办主任将他调到了一个最偏僻的农村小学。他像坐上了滑梯，从上往下一溜儿地滑呀滑，在头晕目眩中戛然停住了，睁开眼一看，到了社会的最底层。他在无数偶然中得到了放逐，在无数必然中得到了颠覆与解构，这让他浑浑噩噩地在世，却孤孤单单地与人隔绝，或许永远回头无岸。

林站在中关村街头。这个全中国跑得最快的地方之一，像一只强劲有力的钟摆，裹挟和带动着他不停地向前奔跑。这让他心生畏惧，但又不敢停下脚步，他是怕突然被惯性扑倒在自己的脚窝里，被随后追逼上来的脚步踩得粉碎。

一次被刀子改写的抢劫发生了。在街头，他先是看到一个人夹着一只黑色公文包，走出一种叫银行的建筑，另一个人从斜刺里像风冲了上去，紧接着眼前闪过了明晃晃的白光。随后雪亮的锋刃被红光遮盖了。他双眼中的太阳裂变成了无数个，但都血红似火，痛苦嚎叫。从此，他再也摆脱不掉这一瞬间，眼前红雾浓厚沉重，无边无际，像大幕泛起又落下。

又像反复交叠盛开的罪恶之花。

有时刀子在虚拟与想象中被霍霍磨快，跳跃着夺命亮光，无处不在地飞翔。

这时他们大脑深处已经质变了，心中悬着一把无形的刀子，从刀子出发一马平川地延伸通向了针、毒药、注射器等等——它们都代表着不同的谋杀。他们像一件件千疮百孔的内衣，被丢进超验和现实的漩涡中反复旋转，徒劳地挣扎，在自己精心营造的阴谋与恐惧中惶惶不可终日，直到像影子消失在影子中。

指　挥

不要问他们从哪儿来。问了他们也说不清。

生活按部就班地伸出五个指头在我们眼前晃了晃，他们已经有些虚无地存在了，带着闹剧似的荒谬，在热闹的马路上和集市边，就像一根遽然畸形生长出来的多余的六指头。

比如，他站在这条主干道中间，俯瞰脚下流来流去的车子。他不高的个子，被紧紧地箍在了粉红色女式吊带内衣（当然是从垃圾中扒出的）中，吸引了许多丰富缤纷的目光。他不停地变换手势，"指挥"来往车辆，表情认真而严肃，却不说话，像一个真正的交警。那些车子远远地望见了他，因为肮脏的女式吊带内衣，和他不偏不倚地站立的中心位置。它们听从了他的"指挥"，纷纷减慢了速度，从他的左边往，右边来，秩序井然不乱。这让他很兴奋，也觉得过瘾，好像在"指挥"一支庞大繁忙的乐队各司其职地演奏，仿佛日渐伟岸的身影覆盖了整条长长的街道。

每一年六月的这几天都有人欢喜有人忧愁。它像荡着秋千揪紧了许多人的心，没有谁能够延缓或阻碍它前进的脚步。它总是势不可当地不请自到，带着不紧不慢的惯性。

它就是高考。车流与人流汇合到一起，像声势浩大的洪峰，在考场外边搓起了巨大混乱的疙瘩。目光与目光相互推搡，身体与身体互相咒骂，仿佛许多火药桶交叉碰撞到一起，在焦灼与期盼中等待爆炸。

他适时奇迹似的出现了。他高高的个子，挺拔笔直，让某些人举头仰视。他戴着草绿色的棉帽，帽耳放下来护住了耳朵和脸庞，却遮不住一部打卷的浓密的大胡子。他穿着一身紧身迷彩服，袖口和裤脚都扎紧了，这让他像一根被绳索从头到脚五花大绑的柱子。他的帽子上、肩头和胳臂间缀满了花花绿绿的玩意儿，我理解他是将它们当成了勋章或其他与荣誉有关的东西，也许他就认为自己是一个将军或元帅。他左手打一把花伞，右手持一把破烂蒲扇，左肩斜挎军用水壶，右肩斜挎军用书包，走起路来速度很快，雄赳赳气昂昂地仿佛正在抬腿跨过鸭绿江，一会儿就没了人影。我曾经不止一次地与他在街上猝然遭遇，不知为什么，看到他我眼前老闪现着另一个著名形象。

此刻他耸立在考场警戒线外的一个水泥台上，脚下猛然多了这么一块垫脚石，他仿佛拔地高大了许多，像一尊沉默无语的塑像，下意识地挺直了腰杆儿。他反复上下托举着伞，左右挥舞着扇子，太阳从开始露出半边脸儿，就像蚊子叮上了他（谁叫他长得那么高，最先被阳光照亮呢），到了正午狠狠地咬住他，留下了深刻如伤口的痕迹。大门两旁警戒线内持枪挺立的武警战士面朝大路，冷漠无情，根本无视他的"指挥"。有人偶尔瞥见了他，悄悄地要另一个人看，在彼此会意的笑中，焦灼与紧张暂时分崩瓦解了，绷紧的神经暂时放松懈怠了，仿佛某些坚硬与庄严一瞬间被解构了。

他一直这样站立"指挥"。直到两天半后,全部考生像一阵风似的被车轮和脚步裹挟走了,仅仅丢下一座空楼。他才左手打伞,右手持扇,雄赳赳气昂昂地跨过十字路口,稍一犹豫,头也不回地一直向右……

　　但他们终究"指挥"不了自己。

　　某天,某个要人要来这座县城。他们大清早被从垃圾旁和废弃建筑里惊醒,被老鹰抓小鸡似的架起随手扔到警笛尖叫的囚车中,风驰电掣地开往城外,像皮球在车里抱头滚来滚去,撞得鼻青脸肿,浑身酸痛。

　　他们像垃圾被倒在了洛房桥上。这儿,向前一步是邻县,退后一步是本县。

　　直到傍晚,他们才一路跌跌撞撞地走回县城,第二天重新准时"指挥"我们循规蹈矩一成不变的生活。

　　他们仿佛是一个个先知,将时间掐算得精确细致,滴水不漏,每一次都赶上远远地目送要人们的车队在警车开道中,做梦似的消失在暮色中。

谎　言

　　谎言重复一千遍之后——仍然是谎言。

　　任何角落,我说的就是任何角落。在这个城市的任何角落,也许在我背后,也许在你楼下,也许在你身旁,诚的声音借助电波出其不意地设伏和捕捉着我,我在猝不及防中被他抓了现行,乖乖地做了他的耳朵。他总是在我就要将他遗忘时打电话给我,他超常的热情与非凡的激情,让我们之间的对话成为他一个人的自言自语,他太需要我这么一个听众了,确切地说,是这么一双忠实的耳朵,从叙述到叙述地聆听和分享他的"成功"与"快乐"。从这一次到下一次,他赶在我就要将他遗忘时,出其不意地设伏和捕捉了我,乖乖地做了他的耳朵。他翻来覆去地强化和加深着我的记忆,就像大圈套着小圈的年轮——为了永不忘却的记忆。

　　他像一个烧炭党人,被热情驱动,被激情感染,滔滔不绝地牵来一条大江,上面漂浮的是谎花似的谎言——结不出最后的果实。他没意识到他正在玩着冒险的游戏,这让他如履薄冰,随时都可能掉入自己埋设的陷阱。他就像一个前言不搭后语的木桶,四下里漏着水,他疲于奔命地奔跑着堵漏，弄得自己狼狈不堪，手足无措，左右碰壁，却浑然不觉。想想看，一个从身体内部往外到处"跑水"的人，怎么能堵得住自己泉涌似的高潮迭起的无数"伤口"呢？

他开始言语冲突，相互矛盾，叙述南辕北辙，在同一时间踏进了同一条河流，也许他根本就没意识到，继续将谎言进行到底，直到江枯石出。

他守着自己构筑的像肥皂泡一样虚幻的谎言，他被热情驱动被激情感染，活在自己巍峨高大的影子中，坚信自己无所不能横扫天下，仿佛是自己的神与所有人的救世主。

说到底，他只是一个内心空虚的沙漏，眼睁睁地被时光埋没和吞噬。

精神病院

精神病院是一个特别的地方，住着一群特别的病人。

那个人，见到我，上前几步，对我说，你是×××，我是×××，我不喜欢你。

他没跟我握手，一副势不两立不甘同流合污的姿态，仿佛一个都不宽恕。我知道，他是将我当成了假想的对手。

他说的是现代中国两个最著名的对手，他们以国与共的名义合作与分裂，一辈子纠缠不清，恩怨分明，互为生死冤家，像一对天敌。

在精神病院，我不断碰到类似的人。他们无极限地在妄想中将自己放大，放大，再放大，直到成为自己想象中的那个人。他们手握了点化万物的权杖，占有了富可敌国的金钱，也拥有了倾国倾城的美丽。所有这些，都被他们的热情与激情塑造，成为独一无二的唯一。

踏着铁管和铁板焊成的楼道，转过一个螺旋形的弯，通向病房。外间是医生值班室，宽敞幽深，从古旧的木地板缝隙里，灰尘们柔若无骨，列队在阳光下飘来浮去。打开两扇铁门，空荡荡的房间里摆着一张桌子，两条长凳。像得到了号令似的，一些人不知从哪儿冒了出来，聚拢在我周围。这个问，大哥，有烟吗？那个也问，大哥，有烟吗？见我摇了摇头，他们失望地一哄而散，站到不远处望着我。我孤零零地坐在凳子上，被他们簇拥和包围，我没觉得害怕。这时我发现他们当中有一双眼睛特别明亮，在这双眼睛下面，我看到了一张年轻光洁的脸。从这双眼睛里面，我读不到绝望与失落，有的是属于天使的宁静与清澈，像童话那样纯净。我悄悄地带上门，在我心灵的底片上，永远凝固了那一刹那。

在紫藤架下或葡萄架下，他们穿着宽条纹的病号服，静静地坐在那儿，白亮的阳光在浓荫以外闪烁，偶尔穿透叶子泻到脸上，有些地方暗，有些地方亮，像那种老照片。架下时光清凉、安宁，每一个人表情平静，内心波澜不惊，仿佛睡熟了一样。

他们肉体的健全和通畅，与精神的残缺和障碍对立鲜明。他们一日三次地一把把吞服下大小药片，有时在寂静中捕捉得到一拨一拨的声音，在喧哗中感觉得到一把刀子或一柄锤子时刻从背后或头顶逼近自己。他们的痛苦是抽象的，可具体到一个个活生生的人身上，就变成了一个个活生生的细节。他们丧失了与世界、与他人平等真诚地沟通的欲望，熄灭了热情，拒绝了关心，从幽闭的内心出发和蔓延，坚硬的隔阂像一堵墙。

想到了那些发生在医院里的段子。它们无一例外地站在正常人的立场上，对病人们毫不留情地嘲讽、调侃与捉弄，将他们等同于零甚至负数。正如一枚硬币有正反两面，那些段子像出自一个孩子之口，是不折不扣的童话，童真与童心尽在里面，从中可以读出孩子的全部世界。

而那些医院以外的人，疾病同样在他们体内投下了痕迹与隐喻，暗藏着的玄机在一瞬间释放了出来。比如搬起石头恶狠狠地砸向路面的甲，见了女人笑得无比纯真灿烂的乙；比如一年四季裸着上身却穿着裤子遮住最后羞耻像陀螺满县城旋转奔走的丙……他们分散在大街小巷，有时与我们迎面遭遇，他（她）往往会对我们友好地绽开笑容，我们却如临大敌，慌张地绕开了走。

与医院里面的人相比，他们同样被日常生活中无数普通事件修改，被我们无声无息地篡改着，我们不经意地就将他们放逐出了我们的生活，就像用橡皮不露声色地轻轻擦去了某些痕迹。

其实，又有谁想过，骨骼简单的"人"字究竟该怎样写呢？

（原载《黄河文学》2008年第2—3期，《散文·海外版》2008年第4期转载，《散文选刊》2010年第4期转载；入选花城出版社《2008中国散文年选》）

声　　音

疼痛与抚摸

　　声音是人类最深刻永恒的记忆。记得少年时,确切地说,是我上初中时,给我印象最深的声音有两种。直至今天,我操起记忆之锹翻开声音的层面,首先在刃口上跳舞的仍然是这两种声音,它们让我生出潮水似的颤抖,甚至不寒而栗。

　　一种是粉笔与黑板的声音。粗糙的黑板,阻住了粉笔挺进的速度,提醒你爱惜它守身如墨的身体,一笔一画地在它身上印下各种符号,这是平静与和谐的记忆。但如果黑板光滑,比如像一面镜子,你有过用粉笔在它身上写字的体验吗?我说的就是粉笔接触黑板光滑身体的那种声音。那是怎样的一种声音啊,就像一块泡沫板迅速地擦过玻璃,又像一匹丝绸猝然被一扯到底,还让我想起了赤脚少女踩着锋利的冰刀在冰面上鲜血淋漓地跳舞,尖锐的呼叫、凄厉的呐喊、痛彻的自虐,这些都是我一瞬间的感受。我有一个语文老师,上古文课讲到峰回路转柳暗花明时,总爱疾速转身,捏住粉笔大气磅礴地滑过光滑的黑板,哧溜一声拉出一个大大的"妙"字,然后那截粉笔随着笔画的起落,掠过流畅的弧线,像"泰坦尼克号"缓缓滑入了海底。这声音灌进了所有人的耳里,课堂上一下子安静了,我没问过其他人有什么感受,反正我心不"妙"了,像被一只留着长长指甲的枯瘦的黑手紧紧攥住了,揪心似的疼痛。

另一种是铁锨与石块的声音。上学时我们没有高强度的劳动，记得比较累的是挖校门口的沟渠和栽树，有时在校园里栽，有时爬山到划好的地方栽。栽树要挖坑，铁锨派上用场了。学校的铁锨不是农具，只是远离农人和农活的工具，大部分时间寂寞地躺在仓库的某个角落里，刃口上镀了层锈。锈的铁锨与土地打交道，有些生硬与疙瘩，像隔雾看人平添了不少陌生。这时我们往往会捡拾些瓦片或砖块，在铁锨的刃口间擦一擦，露出它本来的面目。找回光芒的铁锨卖力地深入泥土，一只脚踩在锨顶的我陡然有了下沉的感觉，就在那一刹那，一个毛刺刺硬邦邦的声音穿透泥土，顺着铁锨的刃口递到了我的脚上，又通过末梢神经散遍了全身，我觉得被钝物迎头痛击了一下，心越跳越快，越缩越小，竟要虚脱了。这是铁刺中了石头，是纯粹的锋芒相对，沉默的土地掩住了火花，却掩不住它们内心真实的声音。就像有时候我们可以伪装表情，却伪装不了内心，还有思想。一柄铁锨与一块或数块石头碰撞的瞬间，它们都完好无损，受伤与疼痛的只是我的心。有了这经验，我总是远离铁锨与石头的邂逅，像远离一个伤害过我初恋的女人，我害怕那种粗粝而沉闷的声音，逃避那种虚妄而无奈的袭击。

生来我就是一盘不太长的录音带，不放过声音的蛛丝马迹，记忆人，也被人记忆，哪怕是一声并不优雅的咳嗽，任何篡改与清洗都意味着记忆的失真与背叛，那将是一个无法填补的空白与黑洞。从父亲临终前的呻吟与叮咛，到儿子第一声响亮的啼哭，在诞生与毁灭之间，布着一条声音的小径，覆盖其间的有缤纷落叶，也有灿烂阳光。我在自己的哭声中送别远行的父亲，是在温习与挽留一种声音；我在儿子的哭声中迎迓落生的儿子，是在亲近与祝福一种声音。无数声音死了，留下了黄土与墓碑，那是柔软与坚硬的声音；无数声音活着，在行走奔跑静止，无处不在，触手可及，那是我们烟火尽染的生活。

粉笔与黑板，铁锨与石块，这些本身不会说话的事物，在亲密接触的瞬间，击中了我脆弱敏感的内心，使我感受到了一种成长的疼痛与抚摸。

暖气的呐喊

北方的冬天,冷,要烧暖气。这过程与冬天一样漫长,循着城市密如蛛网的暖气管道,冰天雪地里的我们,可以找到各自通往家的路,那儿都连接着一个词:温暖。

形容词温暖,是春天汲水顶罐的少女;动词温暖,是手拉手的呵护心连心的贴近;名词温暖,是实实在在的与煤与木炭与阳光与暖气有关的事物。

但温暖有时也会打折,比如暖气。常识告诉我,如果暖气管里存了气,阻住了水的流通和循环,暖气就热得不彻底,家的体温正一点点接近家外的体温,而这变化最初是从我们的脚开始的。

我住五层快五年了,这是房子的最高层,室内粗粗细细的暖气管道贴着墙根,将几间屋绕了个遍,大大小小的阀门操纵着上下几家的冷暖。

刚搬来住时,头一年冬天送暖气,管热不到头,片也干脆"冷罢工"了,听得见管里有水流动的声音,这声音在相对嘈杂的白天还忍受得了,但到了夜深人静就有些残酷了,听上去像山风的聒噪,岩泉的叮咛,怨妇的唠叨,扰得我久久不能入睡。好不容易生了睡意,恍惚中听见有人砸门,开门原来是楼下的小Z才添了孩子,大人孩子盖了两床被仍觉得冷,上来问问暖气怎么回事。

经他提醒,我找到了暖气不热的"祸根",也揪住了导致我失眠的"元凶"。原来我们的暖气是水暖,管里不能存气,有了气水就不能自由流通和循环了。以气为界,气阻在哪儿,哪儿就不热,而水又不甘心受制于气,攒足劲试图冲开气畅通无阻地挨家挨户流个遍,侧耳听听这家夫妻的动静,那家孩子的鼾声。人们常说,水能穿石。但在顽强甚至顽固的气面前,水束手无策了,一次次地组织冲锋,一次次地被击溃了。水和气就在那漆黑的圆柱形空间里,互相僵持着,彼此噬咬着。这是一场长长的比拼意志和耐力的战争,是两个人的战争,一人行踪缥缈,另一人随意恣肆,没有硝烟也没有血光。直至有一天水的力量如潮头一样集聚强大了,一涌过去了,冲破了气的堤防,抑或借助人的力量,拧开阀门哧哧地释放了气,帮助水摆脱了气的围堵,双方的战争才有了暂时的分晓。但第二天、第三天又依然如故了，东风和西风的殊死搏斗反复在那狭仄黑暗的空间里上演。

　　暖气晚于寒冷进入我们的生活，这个遍身质地坚硬的家伙，待人忽冷忽热，是一个贸然的闯入者和好奇的窥探者，将我们砌入了一个远离火炉的空间。它蹑手蹑脚地占据生活一隅，注视我们的一举一动，倾听我们的一言一语，与我们一起感知着季节的冷暖，世态的炎凉。

　　有时它看不惯我们，或瞧不起我们，不肯跟我们好好地合作，就给我们点颜色或耍些小脾气，让我们记住是它逼退了寒冷，比如暖气管里困兽似的咆哮与呐喊。

一只羊哀鸣过午夜

　　我是在盛夏的一个午夜，听到羊凄凄惨惨的哀鸣。那时，我和儿子纳凉后下山，山下的暑热还没消退，迎面扑来煤尘和沥青搅和的气息。在这空洞的午夜啊，星子是孤独地灼烧的烟头，我和儿子是最黑的部分。

　　一辆摩托车撒着扩大的噪音，由远渐近，在横穿马路的我们面前稍作停顿，随即加大油门，碾过我们的心驰走了。在那一刻，我听清了车后柳条筐里一只羊在用方言咩咩哀鸣，那只羊还吃力地探出头盯了我一眼，眼神里分明溢满了哀怨和凄凉，这是午夜之杯盛放不下的汁液。

　　羊锋利的哀鸣，割向城市的喉咙，鲜艳如罂粟的冷血迎风开放。薄冰断裂了，夜的航船受伤狂奔，溯向黑黑的源头。

　　驾车的小伙子庖丁是个跑单帮的，有一身好手艺，天天出入乡村和城市之间，追着羊的踪迹贩羊卖羊，为我们这个爱喝羊肉汤但没有膻味的城市，为这个城市角落里张开大嘴吃羊的饭馆，游刃有余地杀羊、剥皮、剔骨，满足形形色色的胃口，就像他那位给老庄表演过解牛的祖先一样，他们都是出色的解构主义者，但，我只当他是双手沾满羊血的职业杀手。

　　羊清洁如水的胃，反刍悬在头顶的尖刀，血腥的火焰之上，她用我熟悉并热爱的方言，大声地喊着救命。弯镰似的月亮，瞪大血红的瞳孔，一只羊用哀鸣呼唤夏天最深的沉寂。这使我想起站在夏天的祖父与祖母，怎样在饥饿和干渴的村庄，靠着一只会说方言的羊，为襁褓中的父亲哺乳，将他拱入奶香弥漫的睡梦。

我是一个手无寸铁的诗人，我手中脆弱的笔无力制止一次次屠杀，我满面的泪水洗不净我的原罪与忏悔，就像无法逃避我与生俱有的宿命一样。

"姐姐，今夜我不关心人类，我只想你。"（海子诗）在今夜，我不关心人类，我只想一只羊，和她天亮以后的命运。

一柄烙铁伸进水里

记得小时候大人们总喜欢问我们长大了干什么，弟弟有一次说打铁，惹得大伙全笑了。若干年后，沉迷于回忆的母亲从箱底翻出这些旧事在太阳底下晒一晒，给我们昔日穷困而平淡的生活找到了一个温馨的入口。

长大了的弟弟没有去打铁，他最终走向了与铁相反的温柔的一面，成了一个与水打交道的水利工作者。倒是我无数次目睹了与打铁有关的动词，比如烧得舔着舌头的炭火，拉得鼓胀欲破的风箱，锤打得热情四溅的铁器，比如一柄伸进水里的烙铁。

攥着一柄通红的烙铁，它像一个高烧不退的病人，炽热的体温冲破水银的牢笼，直逼铁匠的手臂、胸膛、眼睛，迫使他寻找冷却的出路。

平静若爱情的止水，坚硬如思想的止水，挺身迎接那致命的拥抱。

没有谵妄的呓语，没有眩晕的抽风，一柄烙铁伸进了水里，水火短兵相接。

哧的一声快感的呐喊，烙铁大汗通透，高烧被溺死了，火的真气游走，水的质地永恒，铁匠的脸像一朵雾里酡红的高粱。

只有我，旁观在旁，无数次在一柄烙铁伸进水里的瞬间，听到了水的哭泣，水的疼痛，水的呻吟，看到了水的伤口还没愈合又迸裂了，白的血还没沸腾又沉寂了。

从童年到少年，一柄伸进水里的烙铁，贯穿了我。

触摸檐滴

一场雨抢在电视气象之前来了，是那种放纵而毫无节制的雨，敞开浑身毛孔淋漓着欢乐与悲伤。

　　至此，我空洞的内心陡然竖起了巨大的落差。

　　雨住了。白天披一袭黑斗篷，只身打马陷入深邃的黑暗。

　　阳台上，儿子养的那只唤作"蜡嘴"的鸟儿比黑夜更黑，它失去了白天的活泼好动，蹲在那根横搭在鸟笼间的塑料棍上，耷拉着头，一声不吭。想想白天它金黄的大嘴不是卖弄地歌唱，就是熟稔地嗑着带皮的谷物，我怀疑它是睡着了，隔着笼子戳了戳它，还是一动不动，我想象它的眼睛里一定充满了恐惧，也不知是怕窗外无边的黑暗，还是怕窗内我佝偻的影子。就在我转身欲回屋之际，蓦地，它引颈长鸣了一声，四下潜伏的檐滴醒了，应和了起来。

　　这些雨或雪的精灵，是一群玲珑剔透的女子，受孕于水，分娩于水，有着水的骨肉，清洁的灵魂，第一声啼哭总是响亮而欢愉的。她们居高临下，沿着瓦槽与屋檐曲折起伏的内心，以水银的速度打击如注。这是一种纯粹的打击乐，天然去了雕饰，总让我想起某些重金属铿然落地的瞬间。

　　檐滴们秩序井然地排着队，一滴接着一滴，像密集的液体子弹，又像错落有致的棋子，穿过黑暗通道，从高处笔直地自由坠落，有些砸在地面粉身碎骨了，有些掉进草丛躲藏了起来，还有些不偏不倚地注入了我空洞的内心，叩问我的前尘，巨大的落差是通向回忆的唯一路径。在这空旷而明亮的背景音乐中，某些渐次隐去的亲人的面孔，夭折的初恋，凋零的笑声，青草的哭泣，腐烂的苹果，暗香一样四处浮动，一根火柴擦过含磷的黑暗，渐次点亮了我内心的烛台。这些都是我生活的一部分，是我成长的蛛丝马迹，沉睡在某个隐秘的角落很久了，是檐滴唤醒了它们，让它们在巨大的落差中笔直地站立起来，陪着我将过去重新走了一遍。

　　站在斗笠一样的屋檐下，数着更漏似的檐滴，我反复提醒自己：生活不仅在遥远的别处，也居于我们头顶某些笔直的高处，譬如檐滴带来的落差与回忆。

　　（原载《中华散文》2003年第8期；入选人民文学出版社《21世纪年度散文选·2003散文》，入选人民文学出版社《中华散文百人百篇》）

青 春 期

—— 一个"70后"的情感方程

1982年,东方机床厂子弟学校

黔南。沙包堡。

一条铁路粗暴地拦腰斩断了沙包堡,每天来来往往的火车愤怒地碾过它的身体,这个小镇在钢铁的动词中震荡与颠簸,喧嚣与骚动,像永远做不完的噩梦。

站在铁路头顶的山坡上,目光像钓钩甩过铁路,穿过公路,落到对面那一溜儿上门板的店铺中间。那川是镇上我最爱去的地方。每年的春节,多数是在荔波的外婆家过的,一大家人围坐在烧得通红的炭盆边,烤火取暖,架起了铁笼子烤糍粑吃。光滑细腻的糯米糍粑被切成了片,摆在笼子上,迅速膨胀了,热气蒸腾,捏了蘸着白糖吃,黏黏稠稠的可以扯很长,像冒着热气的白布。我扭捏着挪到大人面前,不论哪一辈的,一律不用磕头,说上几句千篇一律的拜年吉祥话,就能换得几张压岁钱,有一角两角的,最大不过五角的,却都是崭新而挺括的新钱,提前从银行换来的。钱攥在手心里,像墙上一页页的日子,我盘算着怎样花掉它们。盼到了返回镇上,年还没收尾,我到那些卸了门板纳客的店铺,买小人书,穿花袄的电光炮,点着了能喷出降落伞的烟花,还有那种拉扯后绽出毛茬儿能做风筝的绵纸。店铺旁有一条水泥路,沿着这路与正在壮籽的水稻擦肩走过,前方拉起围墙深藏其中的就是东方机床厂了。

当初建这厂子，是怕仗打起来，觉得躲进了深山沟里安全。我这样说，你可能就明白了。没错，它正是那时退避三线火热建设的产物。由于做了长期备战的打算，它被建设得更像个社会，医院、幼儿园、学校、浴池等公共空间应有尽有，就差烧人的火葬场与审人的法庭了。来自天南海北的人揣着梦想燃着热血聚到了一起，各种乡音在碰撞与融合，他们在这儿娶妻嫁人，生儿育女，有了我们这些机床厂的子弟。

　　现在让我收回钓钩似的目光。我像一个站在岸边的渔夫，在目光透迤落到厂房林立的厂区后，猛地提起目光，它钩着那些东西，弯曲欲坠，似乎不堪重负了，终于笨拙地在头顶划过一道弧线，摔到了子弟学校的操场上。

　　子弟学校离铁路不远，往下走一面缓坡就是铁路了，分住东西两区的父母们每天捋着学校身边上下班。学校怕孩子们偷空溜出校园跑上铁路，四周圈起了高高的围墙，仅留了东西两处门进出，但却犯了个愚蠢的错误，将厕所建在了围墙外面，课间孩子们蜂拥着去上厕所，胆大的趁机下了缓坡，站在对岸望着铁路，凑巧还会有一列火车轰隆隆地呼啸驶过。胜利、我和几个孩子，那时爱玩一种危险的游戏，将长长的铁钉竖着放在锃亮得可以照出人影的铁轨上，等下课了去拿，铁钉已经被轧成了一柄"剑"，摊开的身体该扁的扁，该尖的尖，攥在手里散着未降低的体温。但这危险游戏很快被大人们知道了，学校派出老师课间轮流守在路上防止我们下到缓坡。

　　我说到了胜利。他有些憨大胆，偷了家里的铁钉放到铁轨上去轧，就是他带的头。他父亲是职工食堂的管理员，生得肥头大耳，管着一群猪和一帮掌勺的、打菜的、卖票的。我们都猜大概是胜利他父亲经常偷了食堂的肉带回家给他吃，他也长得肥头大耳的，个子比我高了足有两头，嘴角似乎永远抹着亮汪汪的油，但他的智力似乎也让猪油蒙上了，学习老是不开窍。暑假的一个中午，到处静悄悄的，太阳像盆烧得正旺的炭火悬在天空。我们机床厂的宿舍建得有些奇怪，从厂区到宿舍那条最宽最长的上坡大道两侧开始，一路像羊拉屎似的沥沥啦啦，分散而杂乱，不像现在的小区整齐划一得如一个个火柴盒，而是像我们玩的那种挑火柴棍的游戏，攥了一把火柴随手那么一撒，火柴们头枕到了脚，胳膊搭上了腿，缠绵着纠缠不清。我们的宿舍在乡村边缘，沿着一条仅容两人并排走的下坡路往下走，是一块块糍粑似的水田，再往前走就是木屋和草房混杂的村庄了。路口处有一株榆树，身上的伤口常常流出清而亮的血，今天却像折扇收拢起了影子。

我说这些无非是介绍那个中午发生那件事情的场景与氛围。

那天我们演戏玩，需要一个人来演游击队长，但必须被绑到榆树上，因此这次大家都不踊跃，只有胜利演惯了坏人，听说要演好人，而且是游击队长，连忙争抢着要演。我们找来了麻绳，将胜利反剪双手捆住了，又在他身上缠了几道，这些都是刚儿干的，他干这活得心应手，打的绳扣要费老大劲才能解开。审讯开始是温和的，大家轮番问着游击队藏哪儿了，胜利演得真投入，他梗着脖子怒视着我们，倔强地一声不吭，还不停地冲我们呸呸地吐口水。他个子高，力气大，攒了口水吐向我们，准确地射中了我们的脸、胳膊和身上。戏进入了高潮，暴力随着升级了，我们摘了树枝开始抽胜利，他赤着脚，穿着裤头与背心，树枝扫过身上起了红印儿，最初他咬牙不出声，但树枝似乎真的掺杂了强烈的阶级感情，越来越仇恨，越密集，越使劲，他身上的红印儿越来越多，像重叠的蚯蚓，有些还丝丝缕缕地渗出了血，他终于支撑不住了，叫出了声，却没有低头哀求我们。如果这时他求求我们，甘心当一回叛徒，我们一定会万分鄙夷地饶了他，给他解开绳子的，但他的藐视和倔强激怒了我们，他的受虐和我们的虐待疯狂而残酷地默契到了一起，孩子心灵深处潜伏的好胜与好斗像猛兽被激活了，我们决定继续绑着他，歇歇再审他，非得让他开口求饶不可。

这时从斜对过剪刀口形的台阶上，罗平挽着他的女朋友像一张纸飘了出来。罗平瘦瘦高高的，像一竿被风刮得摇摇晃晃的竹子，他披散着有点儿黄的长发，尖嘴核桃腮，满口被烟熏得又黄又黑的牙齿。现在他穿着花格子衬衫，大开口的喇叭裤，又长又大的裤口几乎盖住了大红拖鞋。他的女朋友比他矮了一头，长相一般，穿着与他几乎一样，花衬衫，喇叭裤，眉眼都描过了，环着熊猫似的黑眼圈，嘴唇搽得红红的，像毛桃屁股尖上的那一点点红。罗平长我们五六岁，听说快十八了，没读完初中就因为打架被开除回家了，整天跟一帮烂仔混到一起，喝酒，抽烟，打架，找女朋友，家里奈何他不得，只好由着他东游西逛，惹是生非，又不得不时刻准备着像擦屁股一样替他收拾残局。此刻他口叼烟卷，手提收录机，那长方形的银白色匣子里逃出了软绵绵甜腻腻的歌儿，许多年后我才知道那是邓丽君唱的。他睃了我们一圈，眼珠子转了转，盯住了胜利，似乎有了兴趣，只见他从屁股口袋里摸出了一块泡泡糖，剥开放到嘴里嚼了嚼，吐出黏在了胜利的脚面上。开始我们不明白他的用意，但很快就清楚了，许多被太阳晒昏了的蚂蚁闻到了甜味儿,脑子一振地互相通知着,赶场似的奔了那糖去,纷纷爬上了胜利的脚面。这回胜利忍不住了,他浑身筛糠似的抖索着,口里杀猪似的嗷嗷叫唤着"放开我,我不玩了",变调的声腔里夹杂着哭音,在安静的中午格外刺耳和瘆人,撞在四周楼房上又被弹了回来,我甚至看到黄黄的液体冒着热气儿浸湿了他的裤头,顺着大腿根淌了下来。越来越多的蚂蚁得了信儿似的聚拢了,排成了一条黑线向胜利身上划去,仿佛是从墨斗里缓缓放出的墨线,而胜利正在发育的身体成了等待解剖的木料。他更加凄厉而无力地叫唤,罗平乐得哈哈大笑,大概觉得胜利叫唤得闹心,他捡起了地上遗落的几团已经干瘪得发白的马屎蛋塞入了胜利口中,胜利含混不清地叫不出了,憋得满脸通红,眼泪哗哗地往下淌。罗平觉得满足了,歪了歪头,他的女朋友探过去在他的核桃腮上亲了一口,极响亮的像甩了一记鞭子,他的脸上立刻绽放了两瓣红红的唇印,像上下对应的橘瓣。他拧大了收录机,盖过了胜利的哭泣,趿拉着拖鞋挽了女朋友扬长而去。

幸亏门上钉着军烈属红牌子的金财奶奶中午睡不着觉,出来溜达看到了这情景,哄散了吓得呆傻的我们,踮起小脚风风火火地去喊胜利的父母,边走边嘟囔:"作孽呀,作孽呀。"

胜利被背回家后上吐下泻,乱抽搐,说胡话,发起了高烧,大夫说是受了惊吓,一连挂了十几天吊瓶才好,人已瘦了一圈。

胜利的事情因绑他而引起,因此带头绑他的那几个人都受到了家里的惩罚,我被罚跪了搓板,王俊被他父亲罚跪在沙砾里,头上还顶着盆清水,他挺直了身子一动不动,盆里的水平静如镜;刚儿受罚最重,他被剥光了衣裳,用鞭子抽打了一通,然后撵到雨中去淋雨,他像一个张牙舞爪跳大神的,很多人包括男的女的都看到了他光着屁股在雨里跳来跳去的样子,这让他觉得难为情,很长时间都低着头走路,见了女生就脸红。我们不敢惹罗平,都不约而同地将账算到了胜利头上,如果他早点开口求饶,我们或许会放了他,游戏到此结束了,罗平再来也没关系了,但这个逞强好胜、自作自受的憨大个呀!

我们发誓不再带胜利玩,那时孩子们能做的就是像工农兵一样联合起来,彻底孤立谁。但仅仅过了几天,胜利又跟我们走到了一起,起因是他跑到我面前说:"我爸昨晚打我妈了,打得可狠了,我妈都哭了!"他跟王俊、刚儿他们说了同样的话。我们都很好奇,胜利的母亲长得人高马大的,身上的肉抖来抖去，跟他父亲像兄妹俩，我们暗地里背着胜利叫她弥勒佛。我们都很关心他俩打架谁能打过谁，在我们那儿大人们不大打架，更不用说是男人和女人。

　　胜利不惜出卖了他的父母，约我们晚上去他家看，他是想以此来跟我们修好。他家在一楼住，朝路一面有窗子，那间房子恰好是他父母睡觉的地方。按照胜利的安排，我们提前猫腰蹲在了窗子下，天越来越黑，蚊子稠密地嗡嗡叫嚣轰炸着我们，我们真后悔听了胜利的话来看打架，眼皮越来越沉，打着瞌睡迷糊着了。突然，有放肆而响亮、短促而热烈的叫喊压抑不住地惊醒了我们，是胜利母亲，那声音从她胸腔里如潮水滚滚涌出，伴以清晰的哭泣，由于窗子关上了，又拉上了窗帘，我们看不到他父亲打他母亲的凶狠样子，也听不到他父亲动手的声音，只听到了他母亲的叫喊，哎呀哎呀地越来越高，但那叫喊里似乎听不出恐惧与胆怯。

　　第二天我们迎着了胜利母亲，她正挎了篮子去铁路两侧赶场买老乡嵌在稻草把里的土鸡蛋。她边走边哼着歌儿，快乐得每一坨肉都在跳舞，仿佛昨天挨揍的不是她。我们面对面盯着她的脸，裸露在外的胳膊和腿脚，没发现挨揍的痕迹。她被我们看糊涂了，大大咧咧地冲我们摆摆手说："小兔崽子们，有什么好看的，都给我滚到一边玩去。"说心里话，她是个不错的人，脾气也好，但自从胜利被绑那件事情后，我们却有些怕她。

　　夏天家里热呆不住，露天电影善解人意地多起来了，人们纷纷走出了家门。那天演的是一出戏——《卷席筒》。早早地两根电线杆间就扯起了巨大而镶着黑边的幕布，幕布两面预先占了不少小板凳，像一个个的棋子。开演了，空中楼阁似的放映房亮起了昏黄的灯，射出的光投到幕布上，开始咿咿呀呀地唱了，甩着袖儿拧着腰儿地转圈。我们不爱看这种古装戏，就约着尾随在罗平和他的女朋友后面，看他们去干什么。罗平又换了新女朋友，在这上面他像一个手段老练的钓徒，老是准确无误地钓得自己想要的东西。这个女的比那个受看，走起路来如风中杨柳，仿佛带动得地面都摇摆了。他们旁若无人地挽着胳膊，擦过人群边缘，穿过楼房朝防空洞走去。那洞平时有木板钉成的两扇门拦着，拧上了铁丝，一般没有人进去。现在却被罗平弄开了，两扇门半敞着，他搀着女朋友径直进去了。他可真会玩儿，洞里尽管漆黑，伸手不见五指，但冬暖夏凉，即使在这酷热的夏夜，一进去浑身的汗立刻溃退了，从头凉快到了脚。我们摸黑扶墙前行，墙沿和顶上偶尔滴下水珠儿，落到了积水的坑里，吧嗒吧嗒，像小和尚敲着木鱼，在黑暗里传得很远。王俊不小心踢着了什么，咣啷咣啷地向前滚着，像是瓶子。我们不敢出声，怕被罗平发现，屏着气在原地站了一会儿，试探着一步一步地挪向前，双手孥着像抱着根柱子。就在这时不远处陡然升起了女人的呼喊，是胜利母亲的那种呼喊，但比她更响亮、更放肆、更大胆，这是因为在黑而静的防空洞里，那呼喊仿佛从地下长了出来，悠悠地回荡撞响着墙壁，久久不绝。我们只看到黑暗光线笼罩下，两个白白的身影在搏斗，在起伏，在喘气，却谁也不敢上前，看看就走了。返回途中，刚儿踩中了一颗"地雷"——一泡不知谁拉的屎，沾了他满鞋满脚。我们灵机一动，每一个人都褪下裤子，一人又埋下了一颗"地雷"，等待着罗平和他的女朋友。我们想象着他们像刚儿一样踩中了，"地雷"一颗接一颗地爆炸了，炸得他们满身都是，臭不可闻。胜利最得意也最兴奋，不由自主地笑出了声，他大概想到了罗平往他嘴里塞马屎蛋的屈辱。

我们走出了好远，但那呼喊仍像一条带钩子的绳子，钩住了我们，似乎不费吹灰之力，就能将我们拽回他们身边。

1982 年，我 12 岁，在厂子弟学校读小学五年级。

在这一年的一个冬夜，刚满十八岁的罗平撬开了我们音乐老师的窗子，像只发情的猫一样钻了进去，企图强奸她，被她用力推开后大声呼救。罗平被闻声赶来的人群当场扭住，赶上了严打的浩大声势，后以强奸未遂判了刑。

不久，那个音乐老师就离开了我们，调往上海了。

她是一个上海知青，漂亮得让男人想入非非，圆圆的脸蛋白嫩得像奶油，说话柔声细语很好听，拉得一手好手风琴。

我承认我曾经像对待母亲一样暗恋过她。

1983 年，物探队子弟学校

至今我都没弄明白，物探队究竟是干啥的，但我们机床厂的孩子都别出心裁颠倒黑白地叫它探物队（贪污队），好像那儿出产贪污犯似的。

物探队是沿着山势建的，它迈开一步不能登天，却可以登山。这让它君临小镇，踩在机床厂的头顶，自觉有高高在上的优越感。物探队的人瞧不起机床厂的人，物探队的孩子也不愿跟我们玩，这是因为机床厂山东人多，而他们是看不起山东人的，尽管他们中多数也是像浮萍一样被风吹雨打四处漂泊的异乡人。我记忆里仅有的几次惨烈的打仗经历，不是跟乡下的孩子，就是和物探队的孩子。我们打仗从不亲密交手，尽量避免身体接触，三五一群地远远地站着，互掷石块。石块同时如飞蝗脱手跳出，呼啸着射向对方，有些幸运地在半路相撞了，粉末飞扬如天女散花，有些不幸准确地击中了头、胳膊和身体，见了血，鼓起了包，一片鬼哭狼嚎。罗平是我们的孩子王，他打仗大胆勇猛，带领我们冲锋陷阵，被石块击中了既不哭也不后退，满脸鲜血地勇往直前，一次次地将对方孩子吓得抱头鼠窜。他一手抄一块砖头，迎着石块向前奔跑，两条又细又长的腿支持着身体快速摆动，像受了惊吓的鸵鸟。这形象让我们一下子想到了某些影片中的人，他们率先跃出战壕，一手持枪前指，一手振臂一呼说"同志们，冲啊"。如果不是胜利那件事暴露了他的残酷与冷漠，他会一直是我们心目中的"英雄"，但自从他跟物探队那个漂亮的女孩子像牛皮糖一样黏上了后，他就不带我们玩了，我们也就群龙无首了。

我猜测物探队干的是野外工作，比如勘探找矿一类，只有从事这类工作，长期奔波跋涉在荒郊野岭，与荒凉和寂寞打交道，重回人多的地方，才会珍惜热闹，懂得享乐的意义。

我这样说，是因为在物探队巴掌大的范围内，有一个棋牌娱乐室，一个灯光篮球场，一个露天电影院。它们都是热闹的地方，是聚集人气昼夜享乐的场所，像那个露天电影院，干脆就设在了唯一的主干道上，那道连接起了机床厂宿舍的起点与终点，每逢放电影了，黑压压的人或坐或站或蹲在路上，堵住了道路，来往的人只好从两侧上坡或下坡绕行，孤独地夜行在热闹和精彩的边缘。物探队跟机床厂像死对头一样 上了，就连放电影也是这样，我们不放他们放，我们放他们也放，有时两边同时放一部片子，忙得跑片子的像跑肚子似的来回奔波着送片子。

我必须坦白我到现在都没学会下象棋。在那个棋牌娱乐室里，电灯昏黄，人声鼎沸，许多人在下棋、打牌和围观。在一张棋桌前，我和伙伴像搭积木似的玩着棋子，一个如今已记不清模样的女人走了过来，说要跟我下棋，可我当时连棋子上那些刻出的繁体字都认不全，更别说下棋了。我跌跌撞撞地胡乱走着，像个没依没靠四处摸索的盲人，那女人气势咄咄逼人，举棋利索，落盘有声，引得一屋的人都朝这儿看。她横冲直撞，一会儿便陷落了我的大后方，她抚掌大喊"将军"后得意地笑了。我窘红了脸，如坠五里雾中，弄不明白是我歪打正着地下对了棋还是如我一样是个棋盲的女人在虚张声势地唬我，以至于现在我第一次描述出那一幕，历经了二十余年，迷雾仍然重重笼罩，所有的面孔都在模糊和湮没。我猜测那半路杀出的女人不是个高手就是精神病人。

我之所以后来与物探队联系密切，是因为表妹一家。表妹一词，那时单纯得很，不像现在，表弟成了官面上流行的称呼，表妹则直指某些情欲含糊的意义。表妹一家是不久前从异地迁到物探队的，那时她是个黄毛丫头，黄黄的头发扎成了两个刷把子，人抠，嘴巴厉害，吃不得亏。我们两家住得近了，走动也频繁起来了，有了点好吃的，常常差了我和表妹送来送去。跑得多了，机床厂的孩子，我的那些伙伴们弄清了我和表妹的关系，隔着老远看见她来，就一哄孤立了我，聚到一旁鼓起腮帮叫着我的名字，说"你媳妇来了"。我打小是个内向的孩子，此刻更是羞红了脸，表妹却扔了手里的东西，冲上前在领头的孩子脸上狠狠地抓了一下，他脸上霎时绽放了一条灿烂的指印，他们纷纷作鸟兽散，不甘心地跑远了继续喊，气得表妹抹了把眼泪，掉头回家了，自此就极少来我们家了。许多年后，我初恋的女朋友翻看我的影集，我指着表妹跟她说起往事，她笑言"看样子以后我得首先跟她搞好关系了"。

但暑假开学不久，我就和表妹坐在了一间教室里，成了她的初中同学。我转学到了物探队子弟学校。

我说过物探队有一个灯光篮球场。那球场在学校的面前，面积不大，仅有两个球架，头顶上方悬吊着一行行灯泡，像垂挂的累累果实。我们放学后到天黑了都有人打球，亮起灯光打的时候却很少，大概都没让我赶上。经常打球的有谢，这是他的本行，他是我们的体育老师。他原先是机床厂的电工，学校缺体育老师，就将他借了过来。他矮胖的身材，像武大郎，也像潘长江。关于他的传说很多，比如他打起老婆来跟打球同样凶，他是将老婆当作了一只篮球，随意而狠命地拍打和投掷。最神奇的莫过于传他会轻功，他长年累月地穿着一双电工鞋，里面灌满了铁砂，不停地往上蹿，像禾苗一样拔高自己，个子没见长，轻功却这样练成了，轻轻一跳就让我们难望其项背，但我从未亲眼看到他施展过。黄，我们的女英语老师，与众不同地戴着副宽边眼镜（那时候戴宽边眼镜的女人和懂英语的女人一样稀有），长相一般，引人注目的是满脸布着鲜艳欲滴的红疙瘩，密如繁星，红似杨梅，我那时还不知文雅地称其粉刺或青春痘，只会跟在人家屁股后面喊骚疙瘩，我理解是因为人骚脸上才出落了这玩意儿。她的打球伙伴很多，像谢，还有许多年轻小伙子，据说其中一个是她的高中同学，正借助篮球攻势凌厉地追求她。我们那时希望她跟谁好都行，就是别跟谢好，因为谢有老婆且打起老婆来跟打球同样凶。

我那时审美意识觉醒得早，身体知觉却像新大陆迟迟没有醒来，这让我的看和想少了行动的支持，多了某些纯洁的成分，这在今天听来有些滑稽甚至不可思议，有人肯定会怀疑你不是不会冲动就是"主芯"出了问题，但这的确是我当时的真实状态。我们班上有几个少数民族女孩，她们是苗族、水族、布依族，有的母亲是汉人，但父亲都是少数民族，汉人的血与苗人的血在源头上流到了一起，在奔腾洄游的过程中，走上了一条寻根之路，最终选择了寨子、大山与月光，也不可篡改地决定了自己的文化和风俗。她们面目黧黑，身材矮小，我怀疑是大山和又湿又重的柴草压的，穿着与我们毫无二致，平素不爱说话，也听不到她们唱歌，仿佛还有些压抑。她们不是我心目中的美神，但蓝是。蓝同我一样，也是从机床厂子弟学校转去的。她是我的同桌，长相也一般，但我就是喜欢她微凹的大脸盘，像半边脸的月亮，修剪得恰到好处的刘海，像疏密有致的栅栏围住了她光滑照人的额角。她身上发散着淡淡的清香，像夜风中远远送来的栀子香，那是一种"友谊"牌的香油油，但她嗓子不好，老是捧着片纸张口吐痰，好像由于吃药身上弥漫着有些腥苦的气息，这一切都让她苍白得有些病态，文静得有些动人，而这正是我迷恋的。我有时觉得，男女之间就像螺丝和螺母，彼此曲折起伏的内心纹路吻合了，严丝合缝了，生活就会润滑自如，爱情也会游刃有余。尽管那时我不懂得爱情，但我偏执地相信自己是一颗螺丝，蓝正是隐身于万千同类中的那一颗螺母。

我记得有一次她端正了身体，捧着书在那儿读，我却心乱如麻，啥也看不进去。她离我如此近，教室东墙的窗子敞着，晨风破窗涌入如入无人之境，送来了淡淡的清香，混杂着露水、青草和牵牛花的气息，我听到了她均匀而柔和的心跳，徜徉在她婉转好听的读书声里，我甚至捕捉到了她有些腥苦的气息，是从胸腔里如游丝般一缕缕地飘出的，像甘草片，我猜想她又吃药了。我关切地侧头盯着她，像是从她脸上能够读出课文来，足足有一堂课。她读累了，休息了，猛然觉得脸上像被啥东西黏上了，湿润而热烈，推也推不掉，甩也甩不脱，当然不是刚出锅的年糕，是我的目光。她受不了了，扭头看着痴迷的我，有些嗔怒地问："你老是看我干什么？"声音不大，仍然穿透了四周嘈杂的读书声，唤醒了我的目光，我看到她苍白的脸上腾起了红晕，刘海围起的栅栏半掩半开，当时也没多想，就脱口反问："你没看我怎么知道我在看你？"好像不是我一堂课在盯着她看，而是她主动而持久地看我，这或许正是我内心深处所渴望的，但她不会，她是一个矜持而害羞的女孩。现在回想，我的反问有些巧妙，似乎含着某些禅机，也有无赖撒泼的意味，这不能不说是那个年龄的狡诈和机智。她脸上更红了，像探出半边脸的红月亮，很快垂下头去一言不发，仿佛真的是她主动看了我，被我当场逮住了，而她也因此犯了一桩难为情的错误。电铃声毫不设防地响起了，下课了。

　　像其他男生女生一样，我和蓝的桌子间也有一条"三八线"。那线是我用铅笔刀一遍遍地划出的，刷着红漆的桌面上纵深着这么一条线，白茬茬的很醒目，仿佛万顷红色波涛中裂开了一道白色缝隙。不怕你笑话，划这条线时，我有意往蓝那边侵占了一点，这是我的一个小小的阴谋。蓝学习很投入，双臂交叠，正襟危坐，但被我侵占了那么一点，感觉很别扭，常常不自觉地就越过了"线"。这正是我盼望的，我不像别的男生那样用胳膊肘去拐她，挤她，将她赶过"线"去，而是学着她的样子双臂交叠地坐直了，这样我和她的胳膊肘就碰到了一起，尽管仅是鸡蛋大一块，但足以叫我兴奋得心花怒放了。到了夏天，我们都穿着短袖衣裳，大半只胳膊裸露在了外面，蓝的胳膊很白很细，像那种最纯洁的山茶花，上面的绒毛如蜜蜂的触须。她还是双臂交叠地正襟危坐，我也双臂交叠地凑了上去，两只胳膊神奇地黏到了一起，这次是她主动的，但却是不自觉的。心怀鬼胎的我猝然像被电流击中了，一种既幸福又紧张的感觉迅即从胳膊肘传遍了周身，我脑子一片空白，汗水唰地淌了下来，与她肌肤接触的鸡蛋大一块地方出汗最多，潮乎乎的。我偷眼看了看，她听得十分专注，眼睛一眨不眨，丝毫没觉察到什么，我却眩晕似的迷迷糊糊，心就要跳出来了，直到老师猛然将我唤起，我呆若木鸡地不知所措，又在四下如花瓣开放的哄笑中坐下。

　　但我万万没想到她受了欺负，看露天电影时还会帮我占位子，从这点可以看出她是一个不计前嫌和懂得遗忘的女孩。她家在东区的机床厂宿舍，旁边就是电影放映房，我记不清那晚放的是啥电影，我跑到时刚刚开始放，银幕上枪声大作，炮声隆隆，煞是热闹，银幕下两面都坐满了人，还有不少在边上站着的，鸦雀无声。我在边上站着，立刻后面有人喊"挡住了"，正当我站着不是蹲也不是时，蓝在黑暗中从前排弓起腰来，朝我招招手，我惊喜地弓着腰挪过去，坐在了她身旁的空凳子上。她递给我一个纸包，一句话没说，打开了是煮螺蛳，接着她又递来了啥，亮晶晶的，是一根大头针，还是没说话。我心领神会地一边用大头针挑螺蛳肉吃，一边抬头看电影，她却随着情节的深入叹息，轻笑，甚至摸出手绢擦了擦眼圈儿。那晚真是幸福，以至于此刻我还记忆犹新，忘不了那香喷喷的螺蛳，精彩的影片都退隐为背景和氛围，一个男孩和一个女孩挨边儿坐着，像那两张板凳，各自内心都上演着怎样的情节与曲折？更让我好奇并疑惑的是，一贯矜持而害羞的她怎么那晚变得大方而主动了，怎么单单就空了一张板凳，又雪中送炭地递过了一包螺蛳，这些对我不能不说是百思难得其解的谜。

　　但没等我问明白，她家出事了，是她的父亲。那个男人我见过，高高的个子，有些瘦，长着一张长长的马脸，满脸水草似的络腮胡，沉默少语。据说当过兵，枪法好，经常挎了一杆土铳串寨子，进深山去打猎，有时一去一连几天。看电影的那晚他也出去打猎了，这次去的是苗家寨子，后来听人说那天他没放一枪一弹，却对一个苗家妹起了歹心，企图奸污她，她大声叫喊，被寨子里的人发现了，男人们乱刀砍死了他，割下了他尿尿的玩意儿，他的尸体被拉了很远，放到了铁轨上，那玩意儿则被挂到了寨子里最高的那棵树的尖尖上，猫头鹰凄厉地围着它叫了三圈，就蹲到一旁打瞌睡了。

　　出了这种事，机床厂和物探队的人像寻到了兴奋点，平静的生活被这粒石子激起了涟漪，人们口耳流传着各种版本，说啥的都有。

　　蓝第二天仍然来上课了。她的眼睛哭肿了，红得像那种可以染指甲的凤仙花，哀伤如浓雾笼罩着她，我想到了火车，一列列火车裹挟黑夜迎面冲来，像潮水席卷走了蓝的父亲的肉体与灵魂，沿途带到了许多知名和不知名的地方，如一次长长的下葬安魂仪式，却带不走蓝火车般如影随形、风驰电掣的哀伤,也许火车将成为她一生噩梦的入口与出口。

第三天她不再来了。

第四天也没来。

从此我再也没见过她。

几乎同时,黄,我们的英语老师的肚子仿佛在一夜之间隆起了,像一口翻扣的锅。这在当时十分保守的沙包堡镇,是一件惊天动地的大事,这个公开的秘密将人们的视线和注意力从蓝的父亲身上转移了过来,明枪冷箭一次次投射向黄。但她仍然毫不在乎地打球,脸上的骚疙瘩又红又亮,仿佛熟透的桃子,就要一枚枚地落下来了,等待她的不知是一马平川还是坑洼凹陷。

没有人知道谁是孩子的父亲。但我们都盼着不是谢,因为他有老婆且打起老婆来跟打球同样凶。

而黄曾经是一个多么活泼和单纯的女人啊。

1984 年,郭城中学

鲁南。郭城。

我曾经说过,举家北迁是我们家族史上的一件大事。日夜被乡愁缠绕的父亲,为这次北迁精心筹划和准备了十几年,终于在我即将升入初二的那个暑假前夙愿得偿了。为此他不仅苦口婆心地成功劝说了母亲,让生在贵州长在贵州的她经过漫长的犹疑与动摇之后,最终毅然下定了决心,洒泪挥别父母姊妹们追随父亲来到了陌生的北方。关于母亲北迁,有一个笑话,据说她担心北方吃面食,没有大米,自己被南方养大的胃适应不了,就反复地问父亲要去的地方能吃到大米吗,父亲蛮有把握地说能,母亲才放心地下了决心。父亲没有食言,从定居下来那天起,他最重要的任务之一就是到处奔波联系为母亲购买大米,不仅温暖了母亲物质化的思乡之欲,也满足了我们兄弟俩被母亲带大的胃口。

而且父亲煞费苦心地选择了郭城,这个交通便利、出产煤炭和传奇的小城,那时这儿还到处是玉米地、果树林和茅草土屋。其实他当时至少有三个地方可供选择,比如说一个叫固镇的江淮小城,郭城仅是其中之一,但他仍然选择了它。我想主要因为它属于真正的北方，捋着它出发到埋下父亲胞衣的那个小城费县，不过百余里路程，郭城与费县都是一棵地瓜秧上同父同母生出的两块地瓜，尽管连着各自脐带似的根系，但都通向裸露在外的同一条母根。就像父亲青年时怀揣着理想被一列火车从济南拉到了东方机床厂，到南方去到南方去是点燃他热血的火焰，到了中年又追赶着乡愁被一列火车拉回了郭城，回北方去回北方去是踢踏前行的滚滚车轮。

一列被漆成春天颜色的火车，载着父亲、母亲、我和弟弟从都匀站出发，一路迤逦起伏，穿桥钻洞，广西湖南江西浙江江苏时缓时快地踮着脚后跟向后倒退，湘江赣江长江水浪打浪地挽手涌来，地势渐低渐平，视野信马由缰，又见水稻，遍地青绿，泼洒丈余大写意。这次旅行坚决而彻底，整整三天四夜，火车最后在郭城吐出了疲惫的我们，像一个个举目无亲、等待被招领的包裹，其实在陌生的郭城和熟悉的沙包堡之间，我们都是被脚步驱赶的盲流。

步我们后尘，半个月后，那些捆绑了手脚被钉进木箱子的家什与我们团聚了，它们是被一列锈迹斑斑的火车拉来的。至此，这次迁徙结束了，沙包堡少了一户王姓居民，郭城多了一户王姓居民，我们的脚步挺进在天平似的两地间，对两地都无甚影响，但却因此改变了某些人的命运。

比如说我。

暑假开学第一天，我转到了郭城中学。到了这一天，这一年已经过去了三分之二，年就像一架跷跷板，偏沉一头高高撅起的是涉足远行拒绝回头的日子，另一头是拔足欲奔日夜兼程的日子，等待着一天天地被招安了，新的一架跷跷板又在不紧不慢中拉锯似的开始了新的争夺。

也是在这一天，郭城中学历史上一下子爆出了两件无颜载入校史的丑闻，并迅速像病毒一样在校园内外流传开来了。这让地处荒凉城区的郭城中学猛然热闹了，像叶可怜的小舟颠簸和挣扎在小城的舌尖与耳鼓间，各种猜测和谣传像水泥和碎石子混杂在一起，被倒进搅拌机里反复飞速地旋转滚动，搅得一塌糊涂。最忧心忡忡的莫过于那些女生的家长。他们是花季生命的父亲母亲，曾经为灿烂花季骄傲、自豪和心疼，但现在却坐卧不宁，茶饭不思，有的筹划着为孩子转学，有的奔波着叫孩子休学，甚至有的干脆让孩子退学。

因为，两件丑闻都指向一个字：性，而这正是女生的家长最担心的。

晨读课开始后，班主任老师将我简要地介绍给了同学们，然后我坐在了靠门边的正数第三排，班主任出去了，大家开始扯着嗓子读书了。我惴惴地打量着周围，我的同桌是一个女生，矮个、圆脸、短发，前排是一个男生，个头比我高，腰杆儿挺直，穿着干净的白衬衫，恰好挡住了我的视线，却看不到他的脸。正在这时，班主任去而复返，进门站到了门边，一脸的严肃，似乎还有些萎靡，空气立即凝固了，读书声自觉停止了。大家都抬脸望他，等待他说些什么，他却不看我们，叫着一个人的名字，说"你出来一下"，我惊讶地看到他竟是朝我招着手，清晰地叫着的却不是我。我前排的白衬衫应声站了起来，迟疑地离了位，缓缓地向前走去，身体有些摇晃，脚步有些踉跄，柔而黑的头发有些起伏波动，当时我的感觉是他的内心一定充满了恐惧和不安，因为他的肩头也在不由自主地战栗。他在我们火力密集的注视中，终于挪到了门外，跟在班主任身后朝办公室方向走去。胆大的同学起身扒着墙上的窗子往外看，只看到了他白衬衫的背影和黑凉鞋，还有同学下了位蹑手蹑脚地踱到门前，样子滑稽可笑，抓着门框探出半边脸往外看着，白衬衫和黑凉鞋早已没了踪影，他像被马蜂蜇着了似的缩回头说："哎哟，警车。"

警车？大家似乎都预感到了什么，但还是不敢肯定它是否与白衬衫有关。

前排的书一直那样子摊放着，像两只掌心摊开平放到一起，定格在了第一页，新的学期刚刚开始呀！要定格到啥时呢？没有谁知道。也许是永远。永远有多远？也没有谁知道。

挨到了下课，消息像夏日的雨点扑面打了过来，一下子粉碎了我们的想象和猜测。白衬衫叫强，他母亲是这个学校的历史老师，他是因为强奸一个幼女而被告发了，被警察推进警车带走了。基本事实如此，具体细节究竟是啥样，说啥的都有，不一而足。

但有人亲眼看到，白衬衫被带走时双手戴了手铐，衬衫被掀了上去，蒙住了头，露出了白皙的脊背，白得醒目而耀眼，像一件紧身的白衬衫。

一直到白衬衫被带走，我都没注意到他的脸。本来我是能够看到他的脸的，就在他离位走向前，过了第二排、第一排，向右拐向门口的那时候，但我着迷似的被他的白衬衫吸引住了，目光像口香糖黏住了白衬衫，又追随它出了门，最后像一片叶子忽忽悠悠地栽了下来。这过程至多一节课的时间，四十五分钟，也就是说这是我们共同在一起的时间。

那书那样摊放着，定格在了第一页，第一节是语文课，老师讲的就是这一课，可书在人去，空荡荡的座位像塌陷的地面，多少目光都跟着掉了进去。

上午放学后，那书和书包不知被谁悄悄地拾走了，我们猜是强的母亲。

第二天，后排的一个男生坐上了这个位子，他个矮、脸黑，鼻尖上有颗黑痣，我从未见他穿过白衬衫。

听说强被送到一个很远的地方去劳教了。他或许永远不会回来了，即使回来了接着上学，也不会坐在郭城中学的这个位子上了，对这点我们都十分肯定。

与同学们处久了，渐渐熟悉了，说到了强。同学拉我到一面橱窗前，指着里面一张半身照片，说这就是强。被定格的强面庞宽阔，眼神俏皮，笑容灿烂，像一个动感强烈的动词，我一下子记住了这张脸，白衬衫反而退居到了脸后。

有一天，同学朝校园的甬道上努努嘴，小声说那就是强的母亲。我看到一个老人低着头蹒跚前行，漫天黄叶旋舞如飞，追赶着她，像黄蝴蝶围绕着她，映衬着她满头白发，其实她才刚过四十岁呀，据说那头发也是在强被带走的当夜一下子全白的，像顶着一头愁绪的秋天芦苇。

几年前，我在小城的人流中邂逅了强，我肯定地认为那就是强，是因为那张脸，又让我想起了某个动词。快二十年没见了，他长高长胖了，戴上了眼镜，只是眼神冷漠，笑容也荡然无存了，似乎成熟稳重了许多。我盯着他看了一会，他偶尔瞥了我一眼，很快将目光移到了别处，我认为他根本没看到我，也许看到了也记不起啥了，他的眼睛里除了冷漠与平静，没有一丝恐惧与不安，我是一个无法让他重拾往事与回忆的陌生人。

我跟一个同学说了这事，他听了我的叙述后，肯定了我邂逅的就是强，并介绍说他劳教了几年后，又在外地上了几年学，回到小城后在银行谋了份差使，娶妻生子，但他改了名，也不跟过去的同学来往，仿佛在努力忘掉过去。

下午，我们正在上课，警车一天之中第二次光顾了郭城中学，同样是悄悄地来，悄悄地走，就像啥都没发生似的。

这次带走的是一位方姓体育老师。下午有他的课，他正在操场上教同学们做仰卧起坐，办公室来人喊走了他，到了办公室，四个警察已经在那儿等他了，他蓦地全明白了。其中一个警察问他你是方某某吗？他机械地答是。那警察冲他扬了扬一张纸片，说你被逮捕了。他竟下意识地探出了双手，另一个警察咔嚓给他锁上了手铐，他被押着推入警车。他没来得及换衣服，仍然穿着那身运动服，脸色苍白像失血了，额头上沁出了豆大的汗珠，但就在抬脚上车那一刻，他无限留恋地回头望了教学楼一眼，并与站在楼道上扶着栏杆看热闹的一位女老师对接了一下眼神，那女老师脸唰地红了，扭身进了办公室。

这一切都是一位当时自始至终在场的老师描述的，他有着非凡的语言表达才能，因此我们听上去像是在看电影，也许电影本身就是生活的翻版，身临其境的电影其实是我们的日常生活。

方的罪名是诱奸幼女，还有他的学生。那些花季生命的朵数是抽象的，也是惊人的，但都被方摧折而凋零在了春天的门槛边。

据说他与学校的几个女老师也有染。我同学庆的父亲是学校老师，他家与一位女老师住对门。几乎每天入了午夜，别人早已都睡觉了，那家男人都会暴打那位女老师，可能挥舞的是鞭子，也可能是皮带，听得见赤脚在屋里没命地奔跑，从这间屋到那间屋，响亮的啪啪声抽在肉体上如裂帛，女人撕心裂肺的叫喊与压抑不住的哭泣四处逃散。男人边打边怒吼着追问她跟其他男人的关系，问得最多的就是方，折腾够了天也快亮了。这一夜夜惊心动魄，一朵朵黑色梦魇被女老师以血与泪浇灌了，怒放在少年庆贫乏单调的梦境里，他一次次地像鲤鱼挺身被惊醒坐起。

庆神秘地跟我说了后，每天早晨上学后，碰到了那位女老师，我都会装作不经意地观察她，寻找她来不及愈合的伤口。我发现每次她都精心化了妆，脸上敷了粉，嘴唇描了口红，但这些粉和口红肤浅薄弱，无力遮住那些青肿淤血，一次次地揭露和出卖了她。奇怪的是她还笑得出来，而且是那种不讨好谁、矜持自负的笑，仿佛雨中一朵伤痕累累又粉面朝天的牡丹花，显得楚楚可怜，不容亵渎。许多年后，我才认识到，这是一个一次次嚼碎了牙齿往肚里咽，努力将残破的生活像七巧板一样拼接好，然后从容不迫地端到大家面前的女人。

方一审就被判了死刑。尽管他和亲属们从内心里不服，极力争辩那些花季女生都是自愿献身的，但没人理会他们微弱的声音。一个精力充沛、欲望强烈的男人，披着老师的外衣像披着羊皮的狼，以种种不正当的手段为诱饵，亲手毁灭了那些含苞花季的纯洁与梦想，还有什么值得辩解能够宽恕的呢？

公开宣判那天是阴历十月初一，这天是地下鬼们的节日。郭城的法制建设进程中有这样一个传统，每逢十月一日这天，都要集中公开宣判、游街、枪决一批罪犯。这天是他们的忌日，同时是他们的节日，更是全郭城夹道驻足翘首的看点。上午，我们不上课了，被组织了去观看。像过去一样，会场设在了火车站的站前广场上，罪犯站成了一排，被推到了最前列，他们统一穿了囚服，剃了光头，脖子上垂挂着牌子，上面赫然写着名字、罪名、宣判结果，名字被两根鲜红的斜线交叉钉死了，他们反剪的双手捆绑后被警察牢牢地抓住了。

有人借助扬声器高声讲话，声音回荡在空旷的广场上空，嗡嗡的，像千万只蜜蜂一齐扇动翅膀。终于讲到了方，人群霎时安静了许多，这是因为那天我们全校师生都去了，广场上有一大半都是我们的人，讲到了一个与自己同呼吸常见面打交道的人，大家感兴趣于他究竟干了啥坏事，被定了啥罪。我说过，我到郭城中学的第一天下午方就被带走了，据说他一直被关在了"八十三号"里，因此我至今没有机会见到他。我踮起脚尖，目光穿过许多葫芦瓢一样漂浮的人头，看到最前排偏左的一人低着头，刚剃过的头泛着青色，像青皮的颜色，在阳光下像灯泡一样晃眼，但我还是没看清他的脸，据说他长得不错。他脖子挂着的牌子上，白底黑字又被打了红×的是三个字：方某某。

公开宣判完了，准备游街了。方他们被押解着推上了草绿色的解放牌无篷汽车，他们并排站在了车栏杆的两旁，仍然挂着牌子，仍然被反剪双手捆绑后牢牢地抓住了。最前方的一辆警车头上立着口大喇叭，反复地解说着他们的罪行，引领着方他们的车将郭城几条主要街道走了个遍，惹得人们都跑出来站在路两旁观看议论，直到车行远了，喇叭里的声音还像灰一样簌簌飘落在空气里和大街小巷。

我想跟着再看看方长得啥样，但庆一把抓住了我，嘀咕道："跟我来。"我跟着他悄悄地游离出了队伍，穿街入巷，来到了两扇黑漆木门前，他吱吱呀呀地推开门，进去跟里面说了句话，风风火火地推出了辆大金鹿自行车。他从前面掏上了腿，催着我快上车。我问他干什么去，他说去看枪毙方某某。我听明白了他是想去城外那片乱葬岗，那岗在铁路下面，四周没有人烟，过去是乱丢死人的地方，现在则成了郭城的刑场之一。庆将车子蹬得很快，车子像肋生双翅飞了起来，我骑坐在后面，风像子弹呼啸着掠过我的耳际，我的衣服灌满了风鼓胀了起来仿佛就要炸了。拐上了通往乱葬岗的那条土路，车子猛地断链了，倒向了一边，我和庆摔到了地上，车轮仍在快速地转动，仿佛继续去追赶那要命的枪声。事后我们才知道，那天的刑场不在乱葬岗，而是沙河南的那片荒地。

我到郭城中学第一天，它就以两件沸沸扬扬的丑闻欢迎我，让我很长时间都替那些女生心有余悸，为那些被摧折的花季生命而惋惜不已，也羞于承认自己是郭城中学学生。

强和方被带走的第二天，学校开始在各班级清查收缴一本叫《××之心》的手抄本。强和方都是传抄看了这书，走上犯罪道路的，可见这书有多么大的毒性和诱惑力呀。

而方正是一切罪恶的源头，是他在郭城中学第一个传抄了这书，并送给了自己的男女学生抄看，其中某些女生不幸成了他的猎物。

我们班方曾经带过，又出了个强，是重灾区。班主任安排班长在班里逐个搜查书包，那时金庸、琼瑶之类尚未大举进入校园，因此一无所获。

这么声势浩大的行动，又没彻底讲清楚这是本啥样的书，只笼统地斥之为黄色一类，听说过的，没听说过的，都被勾起了神秘的好奇，蠢蠢欲读，就像后来上生理卫生课时，关于男女生殖教育那两章，老师有意回避不讲，要我们自己看或不许我们看，无论怎样都会使这两章迥然独立于其他章之外，仿佛长势良好的麦地里突然蹿起了两棵大葱，大家课上不好意思看，课下回家按捺不住好奇，关上门对照着自己身体看了个够，还不忘联想着同桌女生将另一章瞧了一遍。

某日下午放学后，在电影公司正拆迁的废墟里，借助残垣断壁的掩护，勇从贴身的衣兜里摸出一叠折得方方正正的纸片，说《××之心》，你看不看？勇是我们这些人中比较早熟的一个，会唱很多哥呀妹呀的情歌，还会讲许多和尚光头洗澡之类的厕所"荤段子"。我的心猛地一动，接着紧了一下，勇看出了我的犹豫，假装往兜里装纸片说不看就算了。我迫不及待地伸过手去，迭声说看，看。勇坏坏地笑了笑。那叠纸片只有三张，攥在手里却像抓住了个惊天动地的大秘密，手轻轻抖动，手心出汗。回到家胡乱扒了几口饭，我支走了弟弟，转身插上了门，小心地掏出纸片展开了，夹在了语文课本间。纸片是用圆珠笔手抄的，字迹小巧娟秀，不是勇的字，像是个女生写的，由于汗浸和折叠的缘故，有些地方已经漫漶不清了，需要仔细辨认才能读下来。我看着这纸片有些眩晕，可以听得见我的心扑通扑通地跳，像在扬臂擂鼓，又像青蛙争先恐后地跳入了池塘，我觉得嗓子冒烟，似乎那颗心越提越高，张嘴就要滑出来。我定了定神，趴在桌上从头到尾看完了那三张纸片，眩晕得更厉害了，眼前如幻似电，心跳加速，血液沸腾，身体内部升起了异样的感觉，耳旁像有湍急的水流排山倒海地冲泻下来，我像踩着棉花，浑身乏力，脚步踉跄，整个人虚脱了似的，但我分明觉得有一丛火，一半是渴望一半是无奈，就像海水与火焰，在我体内聚集、涌动，暗暗地焚烧，寻找突破口。我长吁了一口气，不敢再看了，小心地收好了，开门站在水龙头下，咕嘟咕嘟地灌了一肚子凉水，火恋恋不舍地渐渐退潮了，没留下脚印和灰烬。

当晚惶恐不安的我钻进被窝里，漆黑的房间静悄悄的，我沉沉入睡了。纸片中那一幕幕开始上演了，男主角换成了我，女主角却面容暧昧，若隐若现，记不清是谁了。这一刻，青春期寻到了突破口，泥石流似的不速而至了，弄得我惊慌失措，应接不暇。我遽然醒了，紧绷绷的短裤黏稠冰冷，腥涩的气息逃出了被窝，弥散在整个房间里。我感觉筋疲力尽，像做错了什么，淋漓的潮湿冲洗着浑身上下，我不敢动，也睡不着，胡思乱想着什么，一直熬到了天明。短裤已经被体温和被子的热度烘干了，白色的底子上结了一层，硬刮刮的，有些晶莹透明，像胶水一样。

我像逃避蝎子一样将纸片还给了勇，勇看了看我的脸，笑嘻嘻地问："昨晚跑马了吧？"我不懂他问的含义，但我想一定与昨晚的经历有关，含糊地点了点头。

谁知自那晚开始，那情景一次次地重现，像个老朋友，久别重逢后再也舍不得离开了，我仍然筋疲力尽，胡思乱想，却不再惊慌失措，睡不着觉。尽管我有时渴望那情景成为我身体的真实经历，而不是睡梦中的虚拟狂欢，但如此无休无止地纠缠和刺激，还是让我恍惚和痛苦，我找不到驱遣和解决的办法，也不敢对任何人讲，一个人闷在心里让我看上去心事重重，内心却热火焚身，仿佛扔一根火柴就熊熊燃烧。

入冬了，天气渐渐转冷了，学校进入了休眠似的平静。勇、庆、海和我，结伴偷偷跑到了城外的沙河，沿着河一直往南走，有片荒地，是郭城的刑场之一。河水没有结冰，太阳有气无力地照在上面，似乎还冒着袅袅热气。庆提议我们游泳吧，几个人一起响应，除去了衣裤，仅穿着条短裤，准备下水了。海忽然挑逗地问勇："有人说你只有一个蛋仔？"然后一脸坏笑地盯着勇。勇被激怒了，像只好斗的公鸡，上前唰地拉下了短裤，愤愤地说："看好了，谁只有一个蛋仔？"我们一齐朝勇的那儿望去，他的那一嘟噜器官零件齐全，两个蛋仔一个都不少，我还惊异地发现他的器官上方稀稀疏疏地长了层淡黄色的绒毛，正在随风没有立场地飘拂摇摆。此刻更神奇的事情发生了，勇原本耷拉着头的那家什竟然抬起了头，而且变得又长又挺了，这使它看上去像辆坦克，悄悄地探出了火炮，绒毛是有些拙劣的伪装，我想这坦克一定性能良好，火力威猛，平时勇尿尿都比我们高而远，像消防队灭火用的那种水枪。勇的脸憋得通红，眼睛迷离恍惚，我读出了和我内心一样的东西——火，他手足无措，样子有些痛苦，借口躲到杨树林里尿尿了。

海捉弄了勇，不再管他了，和庆涉入了水中。我一直很相信自己的预感，它们总在事前轻描淡写或电光石火地提示着我，又在事后嘲笑着我的偏执与疏忽，包括隐入杨树林的勇，我预感到他避开了大家是另外有事。我悄悄地跟在了他身后，远远地我看到他仰躺在落叶间，一把扯下了短裤，右手攥着那家什上下套弄着，像频繁捣蒜似的，他微闭着眼睛，仿佛很陶醉，身体打摆子似的不住颤抖，嘴唇翕动嘟囔着什么，一会儿一股白色浆液喷泉一样射向了天空，又洒到了他的身上、脸上，他弄脏了自己，然后像死了似的不动了。

我不敢惊动他，但我看到的情景暗示和刺激着我，我渴望表达和喷发，被内心那团火燃烧殆尽，化灰化烟。我不顾一切地跳入了河中，河水冰冷刺骨，激得我打着冷战，浑身涌起了鸡皮疙瘩，我有些绝望，自虐地往水里扎，让水没过我，我用力地揉搓我的短裤，日夜残留的痕迹融化了，手心又黏又滑，水面上浮起了白而碎的泡沫。我感觉火正一点点地消退，我和我的体温逐渐与水合为了一体，脑子一片空白。上岸后我特意瞅了瞅那一嘟噜器官，只见它卑琐地紧身了，像一颗拧回去的螺丝，又像一只丑陋的蚕蛹。

晚上，我发起了高烧，满口胡话，吓得母亲慌忙给我盖上了两床棉被，我透彻地出了身汗,溻湿了所有的衣服与棉被,像从水里捞出来似的。

那晚我究竟说了些啥,没人听得懂,也不会有人在意,只有我自己知道,那不过是身体与内心压抑不住的呓语,在寻找表达的途径与通道,就像勇弄脏自己的方式一样。

1986年,实验中学

出了家门,是临山路,一路骑向前,到了十字路口,仍然向前,向前,绕过火车站,拐入水塔街,两旁棚户连成一片,灰头土脸像从未洗过似的。

上学路上,我们院里的孩子自觉分成了两帮。一帮人多,以涛和波为首,他们骑着清一色的"大金鹿",这种车子粗手笨脚,停下要靠踩住脚蹬子往后倒,但骑起来像坦克一样横冲直撞,现在已经很少见到了。几个女孩子愿意跟着他们,大概是觉得热闹、威风和安全,几辆玲珑小巧的坤车载着几个花枝招展的女孩,穿插于"大金鹿"们中间,被黑色飓风裹挟着前进,我那时怎么想都觉得像一群土匪席卷了几个押寨夫人。另一帮只有一个人,那就是我,骑着从贵州坐火车跋山涉水来的"凤凰",沿着一成不变的时间,孤零零地走着一成不变的路。熬到星期六下午放学,通常伟会搭我的车去火车站坐车,他的家在井矿,上坡时我弯下身子憋红了脸吃力地蹬着,伟跷着脚哼着歌儿大模大样地坐在上面,下坡了我挺直身子攥紧车把注视着前方,他拍拍我的肩膀居高临下地说"注意安全",尽管一趟到站累得够呛,但我还是愿意带着又高又胖的他,只为有一个人跟我说话,在我耳边哼着歌儿。我在一个人的落寞里真实而疲惫地行走。

涛他们说笑着浩浩荡荡地落在了我后边,他们在十字路口掉头向了另一条路,那是县城外围的路,就像包子最外层的皮儿,最后与我会合到了同一条路上。爬上了坡,是铁路道口,一根黑白相间的木棒恰巧从天降临,像标杆拦住了我们,一个穿旧军装戴旧军帽的老头手持小红旗随风摇动,口含哨子嘟嘟地吹响,提醒着我们刹车停步;一列火车,仅仅是火车头,遍身漆黑,隆隆地开了过来,突突地喷着大朵大朵的白烟,示威似的在我们面前歇下。正当我们焦灼得冒烟时,它突然后退了,像一个训练有素的士兵,步伐整齐而有力,接着蓄力向前,后退,如此反复数次,我们一次次升腾的希望在进退之间降落了,甚至有些绝望了,那老头却身体前倾仿佛听到号令枪响就要起跑,侧耳捕捉着火车的每一点动静,神情陶醉甚至有些迷乱,似乎在欣赏一场美妙无比的音乐会。它又一次向前,气喘吁吁,稍作停顿,终于下定决心地走了。木棒缓缓地被扯起了,翘趄着身体斜插在空中,像被施了魔法的指挥棒,人流一瞬间被激活了,像无数自由电子扑上前去,只有那老头仍然沉浸在一个人的迷醉里,被推搡得东倒西歪浑然不觉。

那老头是一个老铁道游击队员,过去与鬼子捉迷藏似的周旋在铁道线上,一生的光荣和传奇都像火车和铁道紧紧焊接在了一起,现在守护人民的铁道是在重温和延伸记忆,是记忆让他欲罢不能地陶醉和投入,他是一个到老也没丢掉记忆的人。

过了铁道,下了坡,眼前是一片被切割得七零八落的水塘,一人高的芦苇疏密杂生。有人在那儿逮着过龙虾,通身血红挥舞着两只钳子,一副趾高气扬不可一世的样子,像街上的痞子,玩够了送给了学画画的大军,他放到桌上比照着写生,画到纸上怎么看都不如白石老人的虾顺眼。

路平缓了,学校就到了,上课铃也催命似的叫响了。那时印象深刻的有一钟、一黑板。那口铁钟锈迹斑斑,据说是用子弹壳铸成的,却没有战火和硝烟味,它是学校最早的集体财产,是一口中年的钟。它被吊在进门往西的树林里,由于有了电铃,它渐渐被遗忘了,像某些埋藏得很深的往事。只有在停电的时候,它才被钝物偶尔敲响,沉闷粗放的声音乘着簌簌飘落的灰尘和铁渣,盘旋环绕在校园里,往事也在这时出土重见天日了。几年前,母校举办盛况空前的校庆,出了一本纪念文集,许多土生土长的校园诗人作家都不约而同地写到了那口钟,这让我相信,往事和记忆有了抓手,才不至于迷路和丢失,而那口钟就是我们记忆的抓手。现在说说那块小黑板。我们迈进校门正面对着它。它斜靠在椅子上,有一张八开报纸大小,上面用粉笔写了名人名言,隔天一换,黑底白字像教室墙上的黑板搬到了这儿。它的主人是一个王姓老头,过去在一所乡镇中学当校长,离休后到这学校看大门,这差使像长长的铁路延伸和重温了他关于校园的记忆,每天在开关之间迎来送往一张张朝阳般的面孔,让他欲罢不能地陶醉和投入(又是一个到老也没丢掉记忆的人)。我觉得他有很深的教师情结,小黑板满足了他狂热的教育欲望,他像一个精心求变的厨师,在小小黑板上调制出了不同风味,有时是名人名言,有时是好人好事,有时是学习方法,每天与我们迎面遭遇开始了一天海绵吸水似的学习生活。许多年后,我受邀为母校编了几本书,小黑板的主人开始频繁出入我的办公室和家中,我首先闻到了他灰黑色中山装上散发的浓烈扑鼻仿佛永远洗不净的汗味儿,才握住了那只拿过粉笔的手。他已离开学校好几年了,耳朵聋得很厉害,需要大声说话像喊一样才听得见,他找我与小黑板有关,他是想将那些内容汇编成书,当他抖索着从手提包里掏出那些曾经每天与我们迎面遭遇的文字时,我恍惚觉得一切都在昨天,那只黑色手提包就是长出了两只耳朵的黑板,密密麻麻地排满了我的记忆,他是唯一的目击证人。

  我被分到了一班。这个班像是临时拼凑起来的,之所以这样说,是因为体育生多。那时学校就爱降低门槛地招一些体育生,他们有的练跳,有的练跑,有的练打,有的练跨,有的练掷,尽情地在各自领地里像国王一样挥霍着精力和体力,关键时刻代表学校参加各类比赛,靠力量和速度换回了全校的荣誉,最后一哄冲刺过高考提高了升学率。他们像四肢发达的乔木被引种进了校园,又被栽入了各个班,但在我们班多而茂盛,占据了最后三排座位,这让我们常常产生进错门的感觉。他们男多女少,高大威猛(与他们相比我们就像灌木),肤色黝黑(这是在烈日下奔波的烙印),嗓音粗犷(鹤立鸡群于变声期的我们),胸肌突出像两扇结实的门板,蜷起胳膊肌肉像小老鼠到处乱窜。他们时时穿着作为符号的运动服,旁若无人又大大咧咧地招摇进出,双手插进裤兜里,一个个像骄傲的小公鸡,拉开架子随时准备冲上去斗上一斗。他们与身俱有着过剩的荷尔蒙,这种物质像血液流注在他们体内,时时沸腾如滚烫的开水。他们男女亲密接触,在一块训练,一块比赛,一块生活,像自家人一样,这种超越同学的关系让我们既羡慕又嫉妒。他们像跨栏一样轻松跨过了性别界限,远远地站在终点嘲笑雷池这岸的我们,学校和老师对他们保持着极大的克制与放纵。因为他们是体育生。

  自习课上,前半排静悄悄的,后半排闹哄哄的,体育生们在大声说话,似乎在议论着昨晚的球赛,很快整个教室炸锅了。高大健壮打篮球的明把玩着苗条黝黑练中长跑的静的头发,她的头发光亮浓密,仔细编成了无数绺麻花小辫,像个维吾尔族少女,此刻它们缠绕在明粗大的食指间,他像在笨拙地纺线。不知是谁激了明一句,他体内的荷尔蒙像被草棒挑逗的蟋蟀，一下子跃出体外站到了背后的黑板面前，他捏着半截粉笔不假思索地写下了：静，我爱你！潮水般的掌声顿时拍响了，我们都扭过头去，看到了黑板上那几个歪歪斜斜的大字，和静羞红了但掩饰不住幸福和满足的脸。许多年后，同学们在一起聚会，还有人提起明那节自习课上的惊人举动。那几个字给我们的印象太深刻了，就像用刀一笔一画地刻在了脑海里，我们谁也无法否认，明大胆热烈地写出了我们内心对静一样的如花少女的朦胧渴望与真实热爱，但我们谁都不敢像他那样赤裸裸地表达出来。

  我们的教室背后是办公楼，绕过楼两侧或穿过中间那道小门，是食堂和男生女生宿舍。女生宿舍是一溜儿灰砖平房，外面有围墙，院里栽着树，却没有大门，可以自由进出。女生爱干净，在树与树之间扯了绳子，有空就抢占了中央那排水龙头，洗了衣裳晾晒在那儿，绿肥红瘦的衣裳滴着水儿，洇湿了灰砖地面，滋润得地衣格外青翠水灵。有一段时间，那些晒干或半干的长裤和内裤，在贴近最隐秘部位的地方，被人用香烟烧出了洞，它们铜钱般大小，圆的标准，仿佛用圆规画出的，像黑黑的眼睛，可以想象得出那人捏着燃烧的香烟，找到要烧的地方，毅然摁了上去，一个洞现身了，慢慢地向四周扩展，像挖着一个地窖。他的注意力集中，动作沉稳而平静，他或许听到了烟头灼过光洁皮肤的声音，嗅到了青烟中袅袅上升的焦煳气息，看到了恐惧和痛苦得像鸟儿缩成一团的眼睛，他的嘴角滑过了刺激而满足的狞笑，如罂粟瞬间凋谢了，他陷入了空旷无边的空虚与焦灼当中。所有晒在绳上的长裤和内裤都被开了"天窗"，所有女生又羞又怕，孤立无助地全哭了。学校派来了保卫科的人，除了现场一个个被狠狠地碾灭的烟头，没有任何收获。他们昼潜夜伏了好几天，一个个弄得像耷拉头的向日葵，但那情景却没再重现。有人怀疑是体育生干的，理由是只有他们才在校内公开抽烟，整天无所事事地到处游荡，浑身上下攒着使不完的劲，挥霍不尽的精力。但谁都没有证据，这件事也就成了一个搁置的悬念。

  我的脸上一夜之间冒出了无数小红疙瘩，它们密密麻麻，鲜艳得像熟透的草莓，每一颗都汁液饱满，同伴们戏称是青春美丽疙瘩痘，也有人简洁明了地叫骚疙瘩。我偷偷地翻了书，清楚这些圆锥体的有的绽开黑头的疙瘩与我体内一种叫荷尔蒙的物质有关，它们全盘呈现了我内心的欲望和身体的秘密，让我在许多张年轻而光洁的面孔中被指认了出来：瞧，这个人！我为此羞愧难当。我不停地挤压着它们，噗嗤的声音回荡着复仇的快感，溅射的白浆像破碎的肥皂泡。最让我难以说出口的是夜半来临，仿佛约好了似的，我常常在迷糊中被快乐的战栗弄醒，双腿间和裤裆里包裹着潮湿而黏稠的灰烬。一次我和明去教堂玩，那位长着山羊脸的冯神甫端详了我一会儿，将我叫到了一旁，奇怪的是他对我夜半发生的事情了如指掌，他送给了我一小瓶液体，清清亮亮的，像眼泪，说是可以帮我摆脱这种困扰，但我终究没听他的，就像踯躅在黑夜与白天当中，我在公开和秘密的双向度上送走旧的一天，又迎来新的一天。

我最爱去的地方是新华书店，那是郭城唯一的书店，在那儿有一个高个子的女人，她是我那时的偶像。她仙鹤似的身材高挑挺拔，两根长长的辫子垂到了腰肢，我一个人叫她"大辫子"，我可以肯定她比我至少大三五岁，但我从未见过男人一起与她逛马路，也许她根本就没有。那时书店的书还没开架，这让我有了可以不买书就近距离接触她的可乘之机，她在柜台里面，我在外头，我不断地要她拿书给我看，我挑剔地换了一本又一本，只为能够和她面对面地正视一瞬间，从她手中一次次地接过烙着她体温的书，最终却一本也没买。她的脾气好得出奇，没见她不耐烦地发脾气和怀疑我的别有用心，而是频繁地转身为我拿书和放书。对她朦胧而狂热的迷恋培养和加深了我对书店和书的热爱，我一趟趟地奔波在学校家庭和书店之间，乐此不疲得像只辛勤的蜜蜂。我没跟她说过一句话，往往是我要她拿某一本书，话音刚落她就默默地递了过来，她对书的熟悉让她转身就能找到它们，因此她总是一言不发地转身再转身。我反复地故伎重施，顽固而执著，到后来我甚至觉得她仿佛一眼穿透了我的内心，那儿燥热而骚动，但她却不屑或不愿在那儿逗留，也许她认为那儿不够健康和纯洁。油然生了这感觉，我做贼心虚似的去书店少了，也怕见到她了，只是那两根长长的辫子经常扫过我梦的边缘，有时竟像柔软的柳丝垂入我的内心，随着风儿钓起了涟漪似的心事。我渐渐忘却了她，生活的惯性推动着我按部就班地落寞前行，她脱离了原来的轨道不知所终。就在不久前，我意外地在临山路上碰到了她，和一个矮个子男人并排走着，那男人仅到她腋下，穿着件背后印着"中国电信"的汗衫，我脑海里蓦地闪过了冯骥才的小说——《高女人和她的矮丈夫》。那一刻我经历沧桑的心异常平静，我找不到合适的方式来表达此刻的情怀，她垂腰的长辫子已变作了满头波浪，再也钓不起我涟漪似的心事，我与她陌生得像隔了好几个世纪。

学校一年要举行两次运动会,春季一次,秋季一次。运动会是体育生们的节日,就像妇女节是女人的节日一样。他们过剩的荷尔蒙终于找到了喷发的突破口,他们在跑道上和操场间所向披靡,遥遥领先,以运动的名义淋漓尽致地狂欢,记录一次次地被他们刷新,平常对他们不屑一顾的眼神因为发现了英雄,变得温柔而热辣辣,追随着他们优美的弧线和矫健的身影一直到终点。三天时间一眨眼被席卷掠过,像飓风扫荡着树叶。

　　我是彻头彻尾的旁观者。运动会上没有我的竞赛项目,我坐在跑道一侧的人群中,漠不关心体育生们近乎炫耀的表演,充耳不闻那些狂热的欢呼与激动的呐喊,我是一个讨厌运动总想方设法逃避上体育课的人。我魂不守舍地东张西望,东的目光与我遭遇了,像碰碰车擦出了火花,我们会心地一笑,一个计划完成了交换。

　　我叫上琴,东约了红,我们决定一起骑车子去微山湖。从郭城到微山湖有几十里地,东带着红,我带着琴,我们都卖力地蹬着车子,车轮滚滚一路穿村庄过平原,我们没觉得累,倒是她们在后面坐累了,嚷着下车休息了几次。当湖像一幅巨大的水墨画一下子展现在我们面前时,我们惊呆了,真想拥抱到一起像那些体育生们一样,但我们没好意思,只是象征性地雀跃了几下,算是跟湖打过招呼了。

　　我们返回郭城时,夕阳已经收工准备回家了,运动会在教工们的压轴比赛后结束了,留下了一地垃圾,像刚散的筵席。

　　中间隔了一个星期日,第二天上课后,班主任将我和东叫到了办公室。

　　我们的班主任姓郑,教我们化学,脸色黝黑像撒了煤灰,这种脸在农民兄弟中最常见,事实上他正是从农村千辛万苦地考出来后毕业分到这所学校的。他爱穿四个口袋的衣服,不管是中山装还是其他样式,一律扣子扣得一丝不苟。

　　进了办公室,所有目光都从桌前抬起,齐刷刷地投向我们。我们早该想到,体育生们都参加比赛了,我们班少了那么多人,剩余的人中又少了四个,这样的减法谁看了都一目了然,但我们没想到我们会被贴上"早恋"的标签,就像化学实验室里那些面孔鲜明的瓶瓶罐罐,成为学校整顿风气开的第一刀。那时早恋的暗流正在同学们中间汩汩流淌,一些轰动一时的小说都写到了这种朦胧而隐秘的情感,学校如临大敌,唯恐暗流渐渐汇聚成滔滔洪水,这与对体育生们的放纵与默许截然不同,因此让我们愤愤不平仿佛受了歧视。

时至今日，我仍可以发誓，我和东的思想纯洁，行动单纯，我们仅是为了逃避与自己无关的运动会，才叫上各自的同桌一起去微山湖的。我忘了介绍了，琴是我的同桌，红是东的同桌，我们四人平时相处得不错。但班主任对我的解释显然不满意，他一遍遍地诱导和暗示着我们，往早恋的路上引，仿佛不承认早恋就是死路一条。他甚至说他知道女生脸皮薄，答应我们只要承认了，就放过琴与红，否则还要像这样与她们谈谈。男生自以为是的冲动与盲目占了上风，我们只想保护她们，不曾想却掉入了班主任精心布置的圈套。我们不再往下扛了，咬牙承认了，但这时琴与红已经被推入了漩涡抽身不得，就像一个巴掌拍不响，一个人的早恋只是自恋。我们一遍遍地写检查，那过程像打麻将，一圈圈地推倒了重新开始，一切得按班主任的意思去清洗和摆放那些麻将似的汉字。终于过关了，我们又被要求在班上念给大家听。一想到讲台下人头攒动，我有些打退堂鼓了，班主任着急了，磨破嘴皮地做我们的工作，我们终于答应了，这让他露出了难得的笑容。

那天晨读课我们班没上。我和东一前一后走上了讲台，站在老师平常站的位置，面对全班同学磕磕巴巴地念检查。眼前没有镜子，我看不到自己的表情，但我的脸火辣辣的，我想一定红得像照相用的大红布。我捏着检查盯着念，声音颤抖像走钢丝，读破了句子，不敢抬头，更不敢望下面。奇怪的是下面异常平静，没人幸灾乐祸地窃窃私语也没人哄堂嘲笑，这可是我事先没想到的，我将这理解作了同情与抗议，我知道就在他们中间，许多确定和疑似早恋正在如火如荼地酝酿与燃烧。我仍觉得自己是一个蹩脚的演员，被迫收拾起了真实，将虚假拙劣地表演给观众看，但我想观众和演员有时会相互转化的，昨天你还在台下看戏，没准今天你就粉墨登台表演了，这点不久就得到了证实。

我们成了学校"名人"，走到哪儿仿佛都有目光潮湿地黏着，有手在背后悄悄地指着。班主任答应放过琴与红，他做到了，他没找她们谈谈，也没让她们在班上做检查，当我和东站在讲台上念检查时，她们正静静地坐在桌前听着，身旁的座位空着，仿佛一个形声字被去掉了偏旁，或许她们满面通红，头深深地勾了下去。但事实上，只要我们承认了早恋，别人马上就会想到或追问跟谁恋的，她们和我们一样，是被一根绳子拴着的蚂蚱,都被那个可恶的标签无情地伤害了。面对那个标签,我们既痛恨又神往,那种朦胧的好奇像浓雾从我们身体内部升起,我和琴,东和红,我们的关系迅速升温了。我不知道这叫不叫恋爱,没人告诉我们,在被班主任粗暴地打过一棒之后,我们不再相信任何成人,他们似乎都是扼杀纯真与美好的冷面杀手,像校园草坪上不分好坏突突吃草的剪草机一样,尽管他们的手上没有一丝鲜血。如果这也算早恋,那么我们就像在风平浪静的水里自由游泳,不知不觉糊里糊涂懵懵懂懂地被一个巨大的黑洞吸引住了,它张开大口有着强大吸力,所有的水都往它的口里奔涌聚集,我们也不由自主地被它吞没和卷走了。

冬天教室没有暖气,也没生炉子,冷得我们老想站起来跺跺脚跳跳高,仿佛这样可以将一身的寒气都甩掉。琴从桌下捅了我一下,我看到她伸过了左手,鬼使神差地想都没想,我探出右手迎了上去,两只手胜利会师似的扣到了一起,竟然那么默契亲密,像一个人的一双手。它们握在一起,相依取暖,开始冰凉,渐渐有了暖意,最后变得热烘烘的,捂出了汗。我感觉到她的手温暖、湿润,像一条春天的河流,在汩汩流淌中将心跳和脉搏源源不断地传送给了我。整节课我脑子一片空白,心扑扑跳得厉害,直到下课抽回了手还平静不下来。

后来琴一家跟随她当兵的父亲转业到了邻近的城市。我央求着东一起在暑假去看过她。我们早晨从郭城坐上火车,经过四五个小时晃悠到了一个陌生的城市,又转乘汽车一路颠簸到了另一个城市,下午搭上公交车跑了大半个城市,最后找到了她家。当我们突然出现在她面前时,她吃惊得语无伦次,却没有我想象的高兴。我和她一时不知从哪儿开始话题,完全不像在信里有那么多话要倾诉,我后悔费尽周折来看她,千百次设想的热情与亲热一下子都随风跑了,我忽然对她没了任何感觉。她父母要下班了,她没留我们,我们也根本不想在这城市多待一刻,又坐上车原路返回了,东埋怨和数落了我一路。我在拼命追赶时空的旅程中,满脑子都是夭折一类的字眼,却无法表达出口。

我们班有两朵红梅,两个国庆。现在,花开两朵,各表一枝。

先说李红梅。她长得不算漂亮,眼睛近视,爱戴变色镜,这种眼镜出门见光就变成了黑色,像两泓深不可测的古井。但她说得一口流利的英语,写得一笔遒劲的好字,她人如其字,大方干脆,像男生一样。最有个性的是她上课举手，别人都是规规矩矩地慢慢竖起，像一根桅杆，只有她，是斜刺里射出，像猛然陡起来的坡或扬起的吊桥，那架势瞧着眼熟，没错，就是盖世太保见了元首行的那种礼，我们都暗地里叫她"纳粹"。这些都让她有些叛逆飞扬，被同类视为异类，她就自然而然地从女生堆里退了退，往男生阵营里靠了靠。

她家住在矿务局。在冬天，矿务局的房子是所有郭城人向往的地方，那儿被滔滔不绝的煤散发的热量拥抱，洋溢着结实的温暖，是冬天里的春天。大年初一上午，外面天寒地冻，我们相约到一起去她家拜年。几间灰头灰脸的砖瓦房，陷入了周遭楼房的汪洋大海之中，客厅很小，但非常暖和，我们十几个人站到那儿很拥挤。她的父母见一下子进来这么多陌生面孔拜年，大概觉得很自豪，脸上喜气洋洋的。她站在一旁，下身穿着一条秋裤，上身仅套着一件薄薄的内衣，看得出她脸上挺有光彩，红扑扑的像富士苹果。这时站在最前头的虎忽然跪倒了，我们这儿拜年讲究磕头，但此刻……我们顾不上多想，跪倒了一大片。她的父亲忙喊她拉起我们，她走到虎面前，弯腰想拉起他，虎奇怪地磨蹭了半天，头往前探眼睛盯着什么，她就一直弯腰站在他面前，俩人仿佛配合默契，直到我们都站了起来。

出了门虎双眼放光，兴奋地边比画边咋呼："看到了，看到了，像小毛桃那么大。"

原来他有意那样做，是为了看她隔着薄薄内衣的乳房。

我浑身莫名地燥热。那一刻，我竟觉得虎不是诗人，就是哲学家。

但真正喜欢她的却是孟国庆。这个与伟大祖国同一天生日的孩子，狂热地恋着红梅，恨不得化作皑皑白雪天天呵护着自己的公主。我这样说是有根据的，因为和他同一个宿舍的同学反映，他经常辗转反侧睡不着，像烙饼一样，而且一入睡就说梦话，叫着红梅的名字，拽着她念诗给她听，有时激动得满含泪水。一宿舍的人都静静地听，感动于他的痴情，随后煎饼咸菜臭脚丫的气息中又弥漫进了一种浓而腥的味道，第二天一早不少人忙着抢占水龙头洗内裤，那是酣畅淋漓地遗精的味道。

红梅大概听说了这些，继续若无其事地与我们有说有笑，唯独对孟国庆一人冷漠如冰。国庆神情落寞像秋风中的孤树，他不明白自己做错了什么，默默地喜欢一个人有什么错，他也许不知道深夜幻梦中的逼真细节，但身体内部夜夜虚拟狂欢过后释放的心事，让他精神恍惚，成绩一落千丈。

他开始无休止地怀疑自己身体哪儿出了问题,打开了出口或通道,不可抑制地恣肆汪洋,吞没了他。

离高考还有两个月,他没等到最后的冲刺,就被送进了精神病院。他像一块拔足狂奔奋力追赶时间的手表,需要不停地上弦加油,才会精力旺盛健步如飞,但有一天终于拧过了劲,弦断表毁,时间仍在表盘以外不紧不慢地行走。

李红梅就是他永远不可企及的时间。

李红梅后来考上了郭城师专,学的是英语,毕业后分到一所中学当老师。那样斜刺里冷不丁举手的她注定不会安于现状,听说她后来辞职去了南方,被一个老板包养了几年,在这几年里,她像金丝雀一样靠着开发沉睡的身体实现了原始积累,又出人意料地一个回马枪杀回了郭城,生意像滚雪球越做越大,爱情却像一穗秕谷至今颗粒无收。同在郭城屋檐下,但我却从未见过她,不知她是否还戴着变色眼镜,还保留着过去的记忆吗?即使偶尔见了面怕不怕我认出来,或是还认得我吗?——此为后话。

田红梅仿佛茫茫雪地里一株风姿绰约的红梅。

我们像被分数推上膛的子弹,被指着头一天天地逼向高考阵前,仿佛站在危崖,踩着薄冰,手心冒汗,腿肚子抽筋,一次次地睁着眼睛失眠,又一次次地在噩梦中醒来,只有偶尔喝点酒、说点女生才能让我们身心片刻放松,绝境逢生。而田红梅是我们在舌与齿间咀嚼最多的女生。

她是我的初中同学,同级不同班,但我们都知道她。她性格活泼,爱好文艺,是学校播音室的播音员,她甜美清脆的声音像百灵鸟,借助扩音器飞遍了校园的角角落落,又与我们并肩走进了眼下这座校园。她的声音代表着学校,也代表着学生会,插翅回荡在校园里,先声夺人地给我们留下了有声记忆,让许多年轻的心像草芽儿拱破地皮似的有了朦胧的骚动。关于她的传说很多,都指向男女方面,却都隔着薄薄的雾,没有谁能够说清楚,这让我们既好奇又同情她,我们迷恋着她的声音,害怕这声音淡出或消失在铺天盖地的传说中。

张国庆喜欢她,这谁都看得出来,她似乎也喜欢张国庆,却不是谁都能一目了然的。张国庆是个大个子,喜欢像体育生在运动场上没完没了地挥霍过剩的体力与精力,练就了浑身上下结实的肌肉(他叫"块"),像钢板一块。他无可争议地领导了我们班男生健美的潮流与方向。他走路双手攥拳，绷在两侧，像提着千钧重物，胸大肌饱胀突出，脚底沉稳有力，一副重任在肩砸烂旧世界枷锁的气概与样子。但到了红梅跟前，就水似的疲软下去了，像一个放净了气的皮球，说话慢声细语，像在捏着嗓子，唯恐冲撞和冒犯了她，这让他坚毅的形象在我们心目中大打折扣。红梅经常跟他去焦化厂俱乐部看电影，去河堤上踏着月色散步，但也跟别人一块这么做，比如在一个月明风清的夜晚，就和我一起去看过电影，随后又一起走上通往郊区的马路。红梅就像一只辛勤的蝴蝶，大大方方地穿梭在我们中间，我们每一个人似乎都是她甜蜜的秘密。国庆被弄蒙了，他固执地认为她的声音与她是两码事，我们可以喜欢她的声音，甚至可以与他一起慷慨共享这美妙的声音，但她却只属于他一个人，是他一个人的蝴蝶，翩翩飞舞在他一个人的春天，她既然跟他一道看电影和散步，就不应该再和其他男生做同样的事情。他同样固执地认为这不是她的错，而是那些男生们（当然包括我）的错，是他们像苍蝇叮上和勾住了他一个人的红梅，因此他们都是他不共戴天的敌人。

但亮的横空出现最终改变了他的看法。

亮是我们一直努力接近的终极目标，他像赛场上在终点拦起的那一道线，远远地召唤着我们，被我们羡慕和嫉妒，他是省城某大学的在读学生。他到我们学校是来实习的，谁都明白地偏庙小的我们学校留不住他，他最后还是要回到省城的天空与阳光下，而当时在我们面前，铺就一条胜利通向省城的高考之路是多么困难和幸运呀。

他实习的是体育课。他来了，原来的老师乐得将我们甩给了他，他领着我们不停地跑和跳。他最爱做的是测试脉搏，即在运动前、中、后找一个学生，将手搭在那学生的脉搏上，眼睛不眨地默数着他跳动的次数，以此来作为科学训练的依据。他最爱找的是田红梅，他将手轻轻搭到她的腕间，通过这种肌肤亲近的方式，大拇指一下一下地捕捉着她或急促或平缓或剧烈的跳动，他的神情有些努力掩饰的慌乱，有时与她四目相对了，竟怕羞似的躲开了，倒是红梅不错眼珠地盯着他，眼神迷离而恍惚。他一次次地找着红梅，一次次地重复那些动作和眼神，最后竟发展到仅找她一个人了。国庆在一旁冷眼瞧着，一言不发，牙齿紧紧地咬着嘴唇，他是在努力克制着自己，我看到有血丝从他洁白的齿间渗了出来。他双拳紧握，浑身不住地抖动，胸大肌挑衅似的鼓胀，就像蠢蠢欲喷发的火山，我相信他最终会出拳击向亮那张痴迷的脸，庆幸的是他的拳头慢慢泄气了，人似乎立刻矮了下去。

亮跑步的姿势实在太迷人了，不光红梅她们这么认为，连国庆在内的我们也不得不承认。他最新的一次亮相是在运动会的教工接力跑上，他与我们学校的三位老师搭档跑 4×100 米接力，他跑最后一棒。当红白相间的接力棒传到他手中时，另外几组已经起跑了，只见他左手攥棒，撒开长腿向前狂奔，他的起跑标准有力，步伐波澜壮阔，像飞奔自如的猎豹，身体所有部位恰到好处地展示着健与美，他的脸上跳跃着阳光般灿烂的笑容，一瞬间点亮了所有人的目光，让人禁不住想追随他一起快乐而生动地奔跑。

他终于领先其他组近五十米冲过了终点，左手举棒轻轻摇动像红旗，鲜花般绽开的笑容闪烁在汗水里，全场爆发了地动山摇的掌声。

我相信他就是在那一刻彻底走进了红梅内心，驱赶不走了。

有人开始看到红梅与亮一前一后地出现在通往焦化厂俱乐部和河堤的路上，他们像地下党接头似的碰面了，并肩说笑像一对恋人。红梅一个人悄悄地走进亮的临时宿舍，一待就是半天，国庆像找不到家的幽灵焦灼地徘徊在附近，影子无奈地印在地上，最终被汹涌的黑夜无情吞没了。亮与红梅在操场上越来越拘束，越来越沉默，像陌生人一样，但我捕捉到了他们迅速而频繁地交换着眼神，甜蜜而满足。

一个多月后，亮突然离开学校回了省城，事先谁都不知道，包括红梅。

不久，红梅请了长假，说是动了阑尾炎手术。

但她再也没有重返校园。

好长一段时间，我们都诅咒那该死的阑尾炎。她连同她甜美清脆的声音淡出直至消失了，我们年轻蓬勃的心忽地闪了一大截，仿佛生活不可避免地现出了黑洞。很快一个新的声音开始回荡在校园里，听上去尖利枯涩，折磨着我们的耳朵，像砂纸磨砺着玻璃。

听红说红梅曾经去人民医院妇产科动过手术，却不是阑尾，而是一个胎儿。我们对她的说法深信不疑，因为她母亲就是那儿的大夫。

国庆好像也听说了，一声不吭地更加没完没了地挥霍过剩的体力与精力，但他却从此开始讨厌和逃避上体育课。热爱运动的他阴差阳错地成了我的同伙，我们一起远离体育课，躲在教室和其他角落虚度本该跑和跳的时光。

几乎同时，马波与张玲，李旺与苗晓丽双双退学了，他们都是自小订的娃娃亲，一根红线拴着他们共进退，听说他们是顶替父母们工作去了，但我们不关心他们将干什么，我们似乎谁都清楚他们共同要走的路。

那个窜到女生宿舍用烟头烧长裤和内裤的人，在销声匿迹一段时间之后，终于水落石出了。让我们大吃一惊的是，竟是邻班那个戴眼镜的男生超，他腼腆、敏感、多疑，像个女孩子，听说他家从小就是将他当女孩子养的。有人在他家里的床底下搜出了整整两麻袋内裤与胸罩，有新的，也有用过的。

他退学了，不久一家搬到了一个谁也不知道的地方。

再不久，我们分科了，我转到了五班，与朝夕同处的六名同学，随身携带着亲密而真实的共同记忆。

我们像移民开始了与理化的决裂，但无法决裂的是过去的记忆，它们时时像千万线头缠绕着我们，我们都穿上了往事的毛衣，忽冷忽热，像个打摆子的病人。

直到毕业。

1988年，郭城广播电视大学

我们差点成了高考的弃儿，正当我们走投无路之际，是这所学校像避难所收容了我们。但我们却不热爱和感激她，在相当一段时期，我们在生人面前羞于暴露与她的关系，恨不得从记忆和履历中彻底抹去她，就像抹去我们某些不光彩的身世和历史，仿佛她是我们人生途中与凯旋门对立的耻辱柱。

我们当中有不少人是在高考这口油锅里反复炸过的"老油条"，一次次地攒劲冲刺试图跳跃龙门，一次次地被命运挡在了门外，像一尾掉队的鱼被风浪扬上了一败涂地的沙滩，接受阳光的残酷曝晒，艰难而卑微地呼吸，高考对于他们是一生不可企及的高度，在最后奋力一跃以后，他们认命却不甘心地被这所学校收容了。

还有像我。我是在唯一的一次冲刺过后，自愿放弃了接踵而至的压力与挑战，在短暂的失落与彷徨之后，被她像捡拾漏网之鱼似的丢进了篓里，我在这个人生战场上像一个仅仅放了一枪就缴械投降的逃兵。我的数学老师评价我与数学的关系是"妈门不通"。我们这儿管乳房叫"妈门"。一个男人的"妈门"是一条干涸的河流,是瘪瘪的秕谷,即使念上一万遍"芝麻开门",也打不开通向生命源头与绿洲的门。我也打不开通向数学源头与绿洲的门。这致命的隔阂与堵塞让我吃尽了苦头,我仅仅考出了满分(一百二十分)的零头还不到,幸运的是我的语文和其他挽救了我,使我不至于一沉到底地两手空空,最终被淘汰出局放逐于社会或重新回锅做一根"老油条"。

通向这所学校的主干道仍然是临山路。和所有这个方向的路一样,它也像一根两头锐利横放的钉子,向东射向临山和它脚下的学校,朝西指向火车站,我们都是被它沿路串起的线索。

1988年的临山路上,天天都可以见到的有两个人。他们每天早晨几乎同一时间,从不同的门里出来,一个从东向西,一个从西向东,漫无目的地在路上游荡一天以后,到了晚上又几乎同一时间,回到不同的门里。

他们一个是疯子,一个是傻子。

平是疯子。她是我的一位老师的妹妹,胖乎乎的,像电视里的观音,纷乱的头发则像刚出窝的母鸡,那儿一天到晚扎着一根红头绳。她沿着路边不停地走着,从这头到那头,又从那头到这头,像在寻找着什么。但她的眼睛平视,像顺水推出的舟,步子匆忙而沉稳。我很少见她在路上闹,仅有一次,她在红绿灯旁手舞足蹈,笑嘻嘻地说自己是某歌星,有人恶作剧地逗她,她就果真用心唱了这个歌星的一首歌,还真像那么回事,引得来往的车和人都停下来观看,没人理会闪烁变化的红绿灯。

傻子是他,但到现在我都没弄清他的名字与年龄。他家在附近一条巷子深处,他大概不小了,下巴间扎满了又浓又黑的胡须,记忆里我读初中时他就在这条路上来回游荡,那时他至少比我高了一头。他穿得不好,都是些过时的旧衣服,鞋子大方地露出了脚趾,但浑身上下很干净,看得出有人天天给他洗和换。他一手捏着张硬纸板,边扇边嘿嘿地笑。他从早到晚都是这副表情,笑得那么轻松,那么真实,那么自然,仿佛不知世上还有忧愁,我有些羡慕甚至嫉妒他。我不知道,除了笑,他是否还会其他表情。这样说是因为我经常看到上下学路过的小学生逗他"捆左脸",他马上抬起巴掌扇了一下左脸,清脆而响亮;不容他歇息,又逗他"右脸",他立即抬起巴掌扇了一下右脸,同样清脆而响亮。做这些时他的脸上一直在笑,仿佛笑是他天生的皮肤,轻易脱不去了。阳光下他奔跑着追逐一只蝴蝶,满头汗水横流,表情兴奋而迷醉,蝴蝶隐身不见了,他看到了一群蝴蝶似的女孩,他不敢追逐她们,放轻脚步慢慢地接近她们,生怕吓着了她们。远远地看见他,她们尖叫着一哄跑散了,像受到惊吓的花朵。他失望地盯着她们的背影,摇了摇头,却不追赶。但他终于被拳打脚踢得头破血流,浑身裹满了污泥,笑容因痛苦扭曲与变形了。起因是他当众脱掉了裤子,展示了他最隐秘的角落,紧接着就被勒令提上了裤子,遭到了同类们的迎头痛击,让他一下子丢失了方向。

1988年的临山仍是一座野山和荒山,远不是现在这个样子,开发做了不伦不类的公园,天天被喧嚣的脚步和背影覆盖。一条狭窄的黄土路蜿蜒通向山顶,到了雨雪天泥泞缠绵,两旁荒草萋萋,浑身是刺的酸枣摇曳着细碎的黄花,冷不丁探出腿绊你一下,麦子与蔬菜一路延伸到了大路边,空地上粗壮的枣树与桃树撑起了浓荫如盖的天空。围墙内是我们的学校,一条黄土路横过她门前,到了雨雪天同样泥泞缠绵。跨过围墙就是山了,这让我们不由自主地浪漫与放任,脚步常常走着走着就上了山。我印象里雷和琴天天吃过早饭就形影追随地挎着书包上山了,一直到天黑才像归圈的羊儿回到学校,谁也不知道他们在干什么,但大山肯定知道,没有什么秘密能够躲过它的眼睛,他们最终结成了夫妻,至今幸福美满。下坡出了校门,向右有一家小酒馆,孤立在村庄边缘,条件简陋,光线昏暗,但菜做得比食堂的好吃,我们隔三岔五地在夜色掩护下推杯换盏醉生梦死,为它带来了滚滚财源,后来它随着我们毕业也关门大吉了。

我真正开始了初恋。我的初恋与成人都没有仪式,她们像孪生姐妹相伴同来,仿佛初恋是成人的必然衍生,因此说这次我是有准备的。但不幸的是她迅速凋零了,像一朵午夜昙花,来不及在黑暗内心曝光就枯萎了。

我那时迷恋长发飘飘、多愁善感的女孩,她们符合我的审美理想,像一个和谐的音符,触动着我敏感的心弦,让我久久不能平静。邻县的她面对面走过来,投石问路似的一下子击中了我,拉近了我审美理想与现实的距离。她正有着一头长发,齐整的刘海儿搭在了前额。说老实话,她并不漂亮,小鼻子小眼睛,包括娇小的体形,但她的受看正是越看越小的小。我这样说你可能有些不明白,那些被时光与上帝恩宠的女人,她们得到的不多不少，不偏不倚，都是不可复制的绝版，在岁月的显影液中日益清晰与牢固，就像一张被深刻的黄漫漶的老照片，唯一不可篡改的是纷呈在其中的表情、姿势与面孔，而她得到的恰恰是小，对比着周围的大，被我们阅读和欣赏。

  秋老虎咆哮着最后的余热。她穿着一条蓝白相间的裙子，领子像阔叶植物翻到了脑后，长发用手绢随意扎起了，桌上放着一只插着吸管的卡通水杯，她不时俯身优雅而小心地吸上几口。蓝与白的亲密接触正是我喜欢的色彩搭配，我坐在后排贪婪地盯着她的背影，她的动作，想象和虚构着她的表情与心境，她像一株在海水和歌声中袅袅上升的海带，带给我丰饶茂盛的清凉。

  从秋天开始，到冬季结束，初恋像一个被剪切过的情节，开始在结束时，短暂得让我猝不及防。现在我回头翻检那时的情节与细节，我的记忆意外地大面积地丢失和被屏蔽了。我不知从哪儿突破记忆的囚笼，甚至记不清我们是怎样开始与结束的，就像拔剑四顾茫然却找不到目标，剑剑刺向的都是虚无的空气。我的记忆也是这样，我怀疑自己得了失忆症，我想得头痛欲裂筋疲力尽。我相信岁月如水缓缓冲刷和消弭着记忆的堤岸，却给我留下了一个活生生的影像，一个落花流水的结局，和微生物似的蛛丝马迹，我决定潜入水底寻找记忆的沉船，打捞被颠覆的往事。

  第二天就要考试了，我却陷入了痛苦与烦闷当中，白天她突然提出了分手。我像第一次投身惊涛骇浪游泳，排空巨浪一下子打蒙了我，我不可救药地呛了水，显得手足无措，好半天缓不过神来。有人轻轻敲门，是母亲开的门，她竟然来了。我狠狠地吃了一惊。入学不久的我们暂借了别处房子当校舍，那儿与实验中学一墙之隔，她首先出了铁门，上了马路，来到实验中学门前，然后踏上那条我高中三年走了无数遍的漫漫求学之路，上坡，穿铁路，下坡，拐入水塔街，绕过火车站，一路笔直地经过临山路，我闭上眼睛都能想象得到她徒步行走的路线。等到天黑时，她终于站到了我们家门前，一溜儿刘海儿被汗水紧贴在了前额上，脸庞在昏黄的灯光下蒸发着热气，她犹豫了好一会儿，鼓起勇气敲响了门。她徒步穿越了大半个郭城，在黑夜来临的时候找到我，仅仅为了亲口告诉我一件事情，这也是她提出分手的唯一理由，那就是她有乙肝。她比我大一岁，懂得多一些，清楚乙肝为未来生活预先投下的阴影，她说她怕将我一起拖入泥淖之中，因此提出了分手。我当时正被她的突然出现弄得既幸福又激动，她告诉我她沿着临山路一路前行，黑暗中走过了我们这个院子，走到河堤旁时，几个年轻人站在长长的堤上，边扯着尖利的嗓哨边大声地冲她唱："妹妹你大胆地往前走，往前走呀……"她单薄的背影像一堵墙无声地对抗着不怀好意的歌声，她一直不回头地走到临山脚下，发觉走错了，又折了回来。再次走到河堤旁时，那几个年轻人仿佛知道她要回来，仍然站在长长的堤上，面对面地冲着她边扯着尖利的嗓哨边大声地唱："妹妹你大胆地往前走，往前走呀……"这回声音更响亮更放肆，她内心充满了恐惧，几乎小跑着进了院子。我用心地听着，一个独自大胆地向前走了那么长夜路的女孩，仅仅为了向你袒露与自己身体有关的一个秘密，这秘密已经变得无足轻重了，我坚定地安慰着她，陪她踏上了回学校的夜路。

　　考试后就放假了。我们约好了我去市驻地，她带我去看她小时候生活的地方。去的那天，我的父母觉得我要去她家，出于礼貌很郑重地让我带上两瓶酒和两瓶橘子汁给她父母，尽管我有些难为情，还是随身带上了，一路汽车颠簸跳跃，瓶子与瓶子碰撞像在举杯互致祝福。她在车站接到了我，领着我穿街入巷，看了她被一棵大槐树荫庇的童年生活。她没让我去她家，我们也没地方去，就进了人民公园。我拎着酒和橘子汁与她并肩走着，到中午了，她仍然没有让我去她家的意思。我举了举手里的东西，说，你捎回家吧，我回去了。她却不愿意拿回家。没办法，我们买了两个面包，坐在树下就着两瓶橘子汁吃着。我不知道她的感受，我喝着那有些红的液体，又甜又黏，从嗓子眼儿艰难地流入肠胃，却感觉不到甜蜜的幸福，而像一只掉进蜜罐里的蜜蜂，自由的双翅被蜜牢牢地黏住了，左右脱身不得，哪里还顾得上品味甜蜜。酒最后被她带走了。她是想偷偷地放到柜子里，与其他同类并肩站到一起，我盼望她能有好运，不被她的父母发现和识破，捋着这两瓶不翼而至的酒提供的线索追踪到他们想知道的一切。

　　我说过我是一个相信直觉的人。这一次，我准确无误地预感到一切都结束了，但我仍借着空想安慰自己，像面对虚幻烤鹅的卖火柴的小女孩。

　　开学后，一切彻底结束了。据她说是她的父母知道了我们的事，最后通牒要她跟我分手，她稍稍动摇以后屈服了。她一贯是一个听话的孩子，她说过，父母和那个家是她最后的退路，她不能失去这岸和避风港，要丢掉的只能是没有把握与出路的感情。

她放弃了最后的抗争。

我结束了最初的恋爱。

坦白地说，我那时单纯而幼稚，像单晶冰糖。跟她交往，从头到尾都很规矩和纯洁，仅仅一次，我们一起爬上了临山顶，阳光在头顶照耀着我们，风吹起了她的长发，一根白发倏地一拧身，像雨丝晶莹剔透。我惊问，咦，你有白发了？她笑答，你帮我拔下来吧。我拨拉着她的长发，找到了那根白发，轻轻地拽了下来，放到了她摊开的掌心，她却扬了扬手，那根白发闪烁着飘飘飞走了，像一支洁白发光的羽毛，又像一片来去匆匆的云。

同时带走了我不懂得爱情的初恋，还有记忆。

她有一个挺别致的笔名：箫无怨。这名字与席慕蓉的一本诗集有关，我不知道现在与我同在一个城市却毕业后一直没再见过面的她，在她现实生活的箫管里还有没有剪不断理还乱的怨？是她此刻又让我怀上了一种遥远的旧。我真诚地祝她幸福。

诚终于疯掉了。就在不久前，他还给我打电话，告诉我他到中央党校读研究生回来了，即将去某县任副县长了。在更不久前，他在电话中说自己到某镇挂职了，一个不是他妻子的女人在黄河边的一个城市给他生了一个儿子。

我知道这一切都是假的。我和他，都是往不惑路上一天天地奔的人了，啥真啥假还能分不清吗？我捏着听筒一言不发地听着，他努力踌躇满志地讲着，话音快而高富有激情，像在对着我演讲，却丝毫感染不了我，我像手术台上的医生面对着病人似的他，他终于说累了，匆匆道了声再见挂上了电话。他的声音偶尔这样借助电波出其不意地设伏和捕捉着我，我在猝不及防中被他抓了现形，乖乖地做了他的耳朵。他兴高采烈地介绍着自己的壮丽旅程，芝麻开花节节高的为官之路，仿佛只为找一个能够倾听的耳朵，讲完就撂了电话。我不知道他在哪儿，可以肯定的是他从未离开这个城市，也许在任何角落，即使是反复地住院和出院。隔了好长一段时间他又想起了我，充满激情的声音不知从哪个角落钻出来攥上了我，永不疲倦地让我防不胜防无处逃遁。

而我最近的一次见他也有几年了。那时我还在原来单位工作，有一天他突然打听着找到了我，见面就像子弹远远地向我扑来，热烈地拥抱我。我们也的确快十年没见面了。中午我请他喝酒，然后到我办公室聊天，说着说着他大梦初醒似的想起了丽，执意要给她打个电话，我苦苦劝阻不住，只好随便他了。看得出他为自己这个突如其来的念头感到激动和兴奋，他的手在颤抖，一把抓过了电话，一字一顿地点着号码，电话通了，居然是丽本人接的。他沉默了，气流凝固了，那端丽一遍一遍地追问着是谁，有些不耐烦了。他怕她撂了电话，有些迟疑地报出了名字，顷刻丽恶毒和愤怒的咒骂像铺天盖地的冰雹，仿佛压抑了许久终于爆发了出来，将他砸蒙了。他惊呆了，不自觉地挺直了身子像在被谁训话，脸涨得通红，眼珠子几乎鼓射了出来。我不忍看下去了，忙摁死了电话，最后一句咒骂前半句趁机跑了出来，后半句卡在了电话里，但我们都听清了，我敢保证那是世上最恶毒的话。他终于恍恍惚惚地走了，像一页轻飘飘的纸，连手都没跟我握一下。

1988年的诚与丽是一对生死冤家。他们之间的纠葛与故事像雾里的花，似乎没有谁能看得清，说得明。

诚与他原本坚冰一块的死党像猝然碰到了烈火，一刹那融化了，他们集体背叛与抛弃了他，在学生会改选这件事上，他们临阵倒戈与反水了，从背后给了诚致命的一推，他就以加速度孤独地落选了，而他曾经视之为头等大事并信心满怀呀。紧接着他被查出了乙肝，他们再次枪口一致地对准了他，将他的铺盖扔出了宿舍，他寂寞地无家可归了。他被迫到外面租房子住，将自己一个人与潜伏的病毒关到了一起，他的情绪与精神都降到了零度以下。

这时丽拯救与激活了他。我们无从得知丽出于什么想法和动机，是同情，还是其他？她就像冬天里的一把火，烤化了他情绪与精神的坚冰，将浑身湿透冻得瑟瑟发抖的他拉出了水，用热情与关心烘烤和温暖着他，他重新焕发出了腾腾热气，似乎寻找回来了独自流浪的家。

丽频繁出入于学校与诚租的房子之间。诚不再来学校了，有时丽也不来了，我们都猜测他们发生了什么事，怀疑他们一起私奔了。

让我们想不到的是，有一天丽红肿着眼睛跑回了宿舍，一个人趴在床上捂着枕头嘤嘤地哭，没有谁知道发生了什么，但从此她不再去找诚了。

诚又回到了学校。丽视他如陌路人，甚至仇人，一眼都不愿多看他。我们惊诧于她态度转换的神速，更加弄不清他们之间发生了什么，冷漠与仇恨没有铺垫地压倒了一切。诚开始没完没了地缠着她，上门去找她，半路拦截她,在除了女厕所和浴室的一切地方,遭遇的都是冷脸与打击。他顾影自怜似的自我安慰,喃喃地说"我爱丽与丽何干",这句话似乎给了他无穷的力量与信心,但也很快成为我们久盛不衰的笑柄。

他终于忽发奇想地要去丽家跟她的父母好好谈谈,他一直固执地认为问题出在他们身上,是他们影响和左右了丽,施压和操纵丽像躲避瘟神似的远离他,他坚信只要做通了他们的工作,丽也就回心转意了。为此他做了精心的准备,他不知从哪儿借来了一套旧警服,找了一辆旧吉普车,兴冲冲地搭车到丽家了。他敲门进去,说了自己是谁,就被一通劈头盖脸的拳脚打出了门,滚下了楼梯,跌跌撞撞地溜了。但他仍不死心,继续上门要好好跟丽的父母谈谈。他一次次地遭到了迎头痛击,一次比一次手重,他发达的痛感神经经受住了洗礼与考验,他警服的领章被扯脱了,像一个舌头垂挂在肩头,脸上、额角都是青一块紫一块的伤口,殷殷地往外渗着血。他终于被打怕了,嘴里仍喃喃自语"我爱丽与丽何干",但声音已经逐渐微弱了下去。

一天他小心翼翼地拿出了一份报纸复印件给我们看,上面介绍着他读高中时在教室勇斗歹徒,被恶狠狠地在头顶砸了一板凳的事迹。

从那时开始他的脑子就坏了。

他是一团自以为是的火,丽就是一把粗粝如沙的盐,撒到了火里,噼噼啪啪地激起了他内心狂热的火焰,谁也熄灭不了,只有他自己。

听说后来他结婚了,和一个粗眉大眼的农村姑娘,有了两个孩子,老大是女孩,老二是男孩,我印象里老二叫大雷。我们这儿重男轻女,不少人都拼命想法子要个男孩,诚也不例外。

和我们一样,他也过着两点一线的日常生活。不同的是,他身心疲惫地奔波在精神病院与家庭这两个点之间,串联起了一个个惊心动魄与风平浪静的日子。

我有时想想,命运真会捉弄人,翻翻手掌就改变了一个人掌纹似的河流的走向与伏笔。

可惜了诚那么一个优秀青年。

正当诚一次次地上门以柔软的身体迎接丽的家人坚硬的拳脚时,玲尾随在霞的身后,走上了一条坚持不懈追赶霞的漫漫长路。

霞频繁地恋爱,又频繁地失恋,在得与失的空隙之间,不是她被甩了,而是她一脚蹬了别人。她就像天气热了，随意脱掉一件外衣一样将那些男生团弄揉皱，随手扔出了身外。从甲到乙又到丙，她乐此不疲地玩着这种游戏，她走马灯似的爱情让我们眼花缭乱，热度却一律仅仅维持了三分钟，她仿佛急不可耐，不等完全冷却，又开始了下一个三分钟。她的美貌成了这种游戏唯一的砝码与钓饵，我们都认为她的举动危险而可怕，是在挥舞无数毒蛇似的火苗燃烧自己，但她似乎在游戏中得到了快感，没有人劝得住她，她就暂时一直这样一路玩下去，自我感觉满足而得意。

我至今也揣摩不透玲的心理，她封闭的内心到底是怎么想的，但我们都清清楚楚地看到了她的行动。她步了霞的后尘，像一个忠实的追随者，但她不是像霞一样试穿又脱掉一件件外衣，而是跟在霞的身后捡拾她一路淘汰和丢弃的外衣。比如霞蹬了甲，玲马上跟甲好上了；乙被霞踹了，立刻被玲爱上了。霞和玲像一根链条上密不可分的两环，环环紧扣，配合默契。霞在分，玲在合；霞在散，玲在聚；霞在制造痛苦与麻烦，玲在抚慰和愈合伤口。霞是上游纷乱残局的肇事者，玲则守望在下游等待着收拾，一颗又一颗的心在霞那儿被伤害得遍体鳞伤，转眼间又在玲那儿康复如初。玲疲于奔命地为霞丢弃的感情救死扶伤，她仿佛是霞的替补，在为霞弥补和偿还着什么，她其实一点都不欠霞的。这让我们不可思议，也更加看不起玲，她就像一个吃霞嚼过的馒头的乞丐，又像嚼着霞吐出的甘蔗渣滓，不知她能不能品出一丝儿味道和甜蜜？霞在前不断地脱外衣，玲在后不停地穿外衣，她们形影追随，这成为我们学校那时茶余饭后永不枯竭的话题。

霞的游戏终于出了纰漏，火熊熊烧到了她身上。两个郭城师专的学生，都是霞的外衣，一个被霞脱掉不久，另一个刚刚被她穿上。他们互相迁怒，都认为是对方在纠缠霞，这桩公案从嘴开始，最后拔刀锋芒相对，一死一重伤。两个人的家庭都将愤怒和怨恨一股脑儿地集中清算到了霞身上，他们空前团结地汇聚在一起声势浩大地闯入校园，要当场打死霞偿命。没见过这阵势的霞一下子疯了，眼前老是有红的刀子、白的血在飞舞，四处迸溅，连阳光都是鲜红的万道血柱，她不停地脱自己的衣服，脱了外衣脱内衣，直到一丝不挂，从此她再也没真正清醒过来。

只有这一次，玲没来得及捡拾霞丢弃的外衣，听说她堕胎后去一个陌生地方休养了。

我们背地里都叫霞"花痴"。有一次我和妻在电影院门前的台阶上碰到了她，她一把抓住了妻，踮起脚尖做出比身高的样子，煞有介事地问妻："你还记得咱俩一块儿比个子的事吗？"其实妻根本不认识她。她比以前白了胖了，原来的红润与苗条荡然无存，眼睛暗淡而呆滞，许多梦想熄灭了，化作了一潭死水。

还有一次，她趁家人不注意，偷偷地抱了刚满月的女儿溜出了门，搭上出租车到了火车站，说是要坐火车去北京看毛主席。幸亏家人及时发现了，追回了她和孩子，却不敢让她独自和孩子在一起了。

听说她有时当众脱了上衣，露出浑圆丰满的乳房，步步紧逼地往人多的地方凑，嘴里喃喃自语着英语字母，我不由自主地想到了那些被她随手丢弃的外衣。

熄灯了，黑暗四下沦陷了，另一盏灯被伟点亮了。他趴在床上，开始了每天花样翻新的讲述。他是一个暴露狂，我这样说，是因为他的经历和往事无法在他体内过夜，他像一千零一夜一样地夜夜讲述他私生活中的隐秘细节，这些讲述都与一个叫慧的女生紧密联系在一起，他们是其中唯一的男女主人公。

伟迎合着我们倾听的欲望，从他和慧接吻开始讲述，一下子跳跃到了上床。他第一次与慧躺在同一张床上，是在一个飘洒着毛毛雨的夜晚，在校外小旅馆里，但这次他们什么都没做，只是脱光了衣服并排仰面躺着，像在沙滩上晒着太阳，他们彼此陌生而新鲜的肉体在黑暗中闪闪发光。他们有一搭没一搭地说了一夜话，眼看天快亮了，就穿上了衣服。事后伟却怕得要死，是怕慧怀孕，过了一段时间慧的身体没有动静，像沉睡不醒的荒原。他的胆子逐渐大了，无师自通地找到了窍门，学会将那家什像注射器一样推向了慧的体内。这回身体最亲密接触了，他真的害怕了，日子在惴惴不安中一天天地苦挨……他有意卖了个关子，不再往下讲了。

我们听得正带劲，一个个浑身燥热，口舌发干。在这样的夜晚，伟充满激情和悬念的讲述撩拨起了我们情欲的火苗，我们原本黑暗沉寂的内心一下子被照亮了，豁然开朗了，那些火苗像蛇芯子一样不停地挣身向上抖动，仿佛就要冲出身体奔向原野与花朵。我们如饥似渴地催着他往下讲，他却像卡壳的磁带戛然止住了。栋愤愤不平地骂道："都是尿尿的玩意儿，有啥大不了的。"

吊足了我们的胃口，伟又开始了讲述。他怕慧真的怀孕了，那将是一件麻烦和头疼事，又怕碰到熟人，不敢在当地医院检查，就带着慧坐车到了邻县医院，化了名给慧做检查。坐在B超室门口长长的连椅上，慧不停地喝水，她的身旁已经堆起了四个空荡荡的矿泉水瓶，她得让子宫充盈丰沛如河流，充分膨胀起来，最好是来一场史前大洪水，才能看得清那个意外生命的胚芽，同时她还得忍住一波高过一波的释放河流的强烈欲望。她进去了。伟坐在连椅上，焦躁不安地等待着仪器的公正宣判，他的心情既矛盾又复杂，作为男人，他盼着慧怀孕，仿佛为了证明什么，但又怕慧怀孕，努力逃避着那个日渐成长的负荷。慧终于出来了，手里捏着张纸片，他飞快地扫了一眼，上面水平线似的"－"号让他石头落地似的放心，又有些失望得像轻飘飘地放飞了一只风筝。

讲完了这些，伟独自一人呼呼大睡了，撇下了我们清楚地醒着，我们无一例外地望着茫茫夜空似的天花板，骚动不宁的内心渴望着倾盆雨雪。

一天，伟将我叫到外面，他努力压抑住兴奋和激动，先兜着圈子说了些其他的事，然后表情神秘，有些炫耀地说："我让她怀孕了。"

我一时没反应过来，没头没脑地问："谁呀？"

他却不回答我。

我猛地想到了慧。他终于阴谋得逞了。

接着他哀求我带慧去人民医院堕胎。他知道我中学语文老师的爱人在妇产科当主任。

我无奈地答应了他，但要求他必须自己带慧去，我介绍完了就走。

他可怜巴巴地点了点头。

那天，我把他们带到医院介绍给了我老师的爱人，就逃也似的走了。

当晚熄灯后，伟又开始了他的讲述。他坐在妇产科门前的椅子上，慧犹疑着进去了，看得出她内心恐慌，身体不住地打战。那一刹那，他下意识地想跟着进去，但被大夫冷冰冰地拦住了，他被要求去买了一包卫生纸，预备慧出血时用。过了一会儿，他听到了痛苦而锐利的尖叫，直抵他的心房，让他浑身不寒而栗。他想象着慧的面孔一定因疼痛扭曲变形了，那些金属的光芒一定让她恐惧得闭上了双眼夹紧了双腿。

大约一小时后慧出来了，她弯腰捂着肚子，走路有些摇晃，脸色苍白像张纸。他走上前扶住了她，她却借势仰倒在他怀里，尖尖的手指用力插进了他的肉里，趴下身子狠狠地在他肩头咬了一口，攒足了劲说："我恨不得杀了你。"

　　他进去替她拿衣服时看到了那团肉，从她最隐秘的地方吸出的肉，鲜血淋漓，模糊黏稠，仿佛还在跳动。伟津津有味地讲着，我一下子从黑暗中跳了起来，站在床上指着他骂道："够了，你他妈的还是不是人？"

　　整个宿舍沉默了。

　　伟不敢说话了。

　　我不知道其他人的感受，我听了伟的讲述，眼前老是晃动着那团模糊黏稠的血肉，我觉得一种深刻而尖锐的疼痛从内心缓缓升起，如雾似水地弥漫和淹没了我，我嗅到了浓重的血腥味，我摆脱不掉它，我呼吸急促张口欲呕，我害怕自己会吐出红的心、苦的胆，最终还原成一团一无所有的血肉。

　　一个生命在身体中摸黑走向了毁灭，仅仅源于一次猝然片刻的激情碰撞，一切却在毫不设防和懵懂无知中结束了。

　　我忽然觉得那团血肉就是我们的青春期，她曾经与我们朝夕形影相伴，如今却以这种惨烈的方式与我们挥手作别，日渐走远了。它终于脱离了我们的身体，不再与我们有关，也不再与我们的身体有关了。

　　我们仿佛一夜之间沧桑了许多。

（原载《山花》2011年第5期（上））

煤城词典

先有煤，后有煤城。

煤是定语，是形容词，决定和修饰了城，使它有了黑的肤色和表情，有了煤的内涵和分量。

从第一块煤开始，古老的煤在沉睡亿万年之后，有一天忽然被人们发现和认识了，貌不惊人的它重见了天日，以黑色血液滋养和喂大了一代代人，崭新的城因之诞生了，发展了，兴旺了，像一个婴儿一天天地长成了青年，当然有一天也会因之衰落了，滞后了，萧条了，像一个一天天地走下坡路的老人。但曾经，这城里的每一个人、每一笔财富、每一项荣誉，甚至淌下的每一滴汗水，流出的每一腔热血，都与黑黑的默默的但一投身入火便喝醉了酒似的满脸通红浑身热乎乎像在热恋的煤难解难分。

走进黑脸膛的煤城，首先映入你眼帘的是平地拔起的矸石山，接下来你会看到高高的井架、旋转的天轮，还有黑亮到骨头的煤，嗅到又浓又重的煤味儿，这时你已经进入一个煤的世界、煤的海洋了。

煤是乳汁，是大米，是面粉，养活了城与人；煤是精血，是骨头，是脉搏，支撑起了城与人。煤是煤城的基座与起点。一座姓煤的城，从一两煤末末、一个煤黑子起步，踩着矿山和矿工的肩膀扶着矸石山站立起来。它往往有着一个祖父似的老矿，至少已经上百岁了，是这座城最早的雏形。它见证了煤城的兴衰荣辱，沉浮沧桑，是煤城的缩写与梗概。而从它往前推三代，谁会跟它和煤一点儿关系都没有呢？他们的爷爷、父亲和他们自己，三代人并排站在一起,就是一部煤城有体温和脉搏的历史,是与煤相依为命的记忆总和。

走在煤城乡村和街头,我亲密接触着煤,零距离感受着城,煤城以一个个词语孕育和包容了我,让我活在煤扑面的雄性气息与真实中,它们像散落在民间和口头的珍珠串起了生活,像潮涨潮落的浪花拍打着历史,为我们提供了煤城的实际生活原貌与现实喻指。

于是,我虔诚地俯拾起了一粒粒珍珠,掬捧起了一朵朵浪花,连缀成了这部残缺不全的词典,我像扑身保持流失水土似的挽留住了某些濒临消逝的煤城。

我不知道我的努力是不是一种垂死挣扎,就像一个重度尿毒症患者,在日复一日家常便饭似的繁琐透析中慢慢地衰竭。

但我想得更多的是,一座城没了煤,它还姓煤吗?它还有资格有底气叫自己煤城吗?如果不姓煤它会姓什么,又会叫自己什么呢?

作为工业粮食的煤,高居于经济生活的上游,同样在我们日常生活的上游,与我们的光明、温暖甚至炎夏的清凉密切相关。端起碗没了粮食,我们可以种可以收。但没了煤呢?我们种得出收得了吗?

谁都知道最后的答案。

煤用一点少一点,总有一天是要完全枯竭的,像一口泉一样。

到了那一天,我不知该怎样直面煤城,我还能从心底叫一声亲爱的煤城吗?

窝

走遍煤城,在你身边,最常听到的一个词。比如,某人进到饭馆,看到里面坐满了人,没有空桌子了,边嘟囔着"没有窝了"边转身走了。又比如,单位要开会了,一个人临时有点事晚去一会,就对另一个人说"给我预个窝",意思是帮我占个座位。窝是安身立足的地方,是四肢和身躯坐卧的空间,可能是一张板凳或椅子,也可能是一张床,是你现在的位置,和你在这座城市不断移动的坐标。窝是远离动荡亲近温暖的家。比如"金窝银窝,不如自家的狗窝",说的就是自己的家。这听上去有些粗俗,甚至自贬身份，等同于狗了，但却对自己狗窝似的家怀有一种朴素而深刻的感情。窝有时随意而潦草，像在农村常见的窝棚，在道路旁洼陷的地方，几根木棒，几捆麦秆，一块塑料布就搭建起了它，乡亲可以或蹲或坐或仰躺在里面避雨遮阳看青，还有我描述过的看铺的窝。一个煤城人从农村到城市，在城里买了房，有了窝，可以随时穿过猫眼和防盗门坦然自由进出某扇门，在那儿安妥自己的身体，就算在城市站稳脚跟扎下根了。而一个一辈子困守在农村的煤城人，他有两个梦想：生子和盖屋。孩子特别是男孩生得越多越体面，脸上越有光彩，人丁兴旺，劳力充足，没人敢惹，撑得起门面；生不出男孩则被嗤作"绝户头"，意为绝了后断了香火，抬不起头，被人看不起。盖屋是在创造与实现，与生男孩一样，屋盖得越多越好越有本事，越有油然生自内心的成就感与满足感，像吸上鸦片过足了瘾。拆了茅草屋盖瓦房，舍了瓦房造楼房，他一生最大的梦想就是勒紧裤腰带砸锅卖铁，也要营造一个安乐窝，养一群儿子。他不停地拆了盖，舍了造，窝主宰和占据了他的全部生活。许多人像他一样，村庄周围的地被圈占满了，一个个窝拔地建起了，另一些窝却被蛛网和灰尘封锁覆盖了，颓败了，没了人气和炊烟，像内心空空荡荡的萝卜，被叫做空心村。还有另一种窝，与天堂有关，是另一类人的家。它们大都建在自家或别人的田地中央，醒目地高高隆起，像大地长出的硕大乳房，上面栽种着柳、桑、榆等树种，下面安详地躺着密如根系的先人。

窑与炭

它们形影相随，密不可分，像源与水。它们是煤城真正的母词，是建筑词语煤城的起点与基础，是它从村到镇又到城市的历史见证。它们都属于久远而亲切的记忆与印象，像老照片一样，只有上了年纪的老人偶尔回忆往事时，才会不经意地说起它们，现在的年轻人有他们的活法和说法，早已与它们疏远得像隔了几个世纪。比如煤城过去叫小窑，也叫东窑。这听上去很贴切，也不难领会，代表了那时的工业工艺与认识水平。在《现代汉语词典》中，窑指土法生产的煤矿，比如小煤窑。那时煤城的煤矿都是土法生产，依赖驴拉人背，是不折不扣的窑。矿工穿的工作服叫窑衣，举头三尺有窑神，窑神为太上老君，比如煤城的焦山上有座窑神庙，庙里有块碑，就叫窑神庙碑。而炭是煤的另一张面孔。今天它更广泛地与煤联姻到了一起，成了煤炭，但有时在农村，不论老幼仍习惯叫炭。比如有一种块煤就叫炭巩子。我理解这就像一个你一天天地看着长大的人，叫乳名远比叫大号自然亲切得多，炭就是煤往黑里生黑里长的乳名。

湖

你绝对想象不到，它会是煤城最古老最原始最本分的词，它说的是田野，是播种生长庄稼等待收成的土地。第一次听到这个词，我困惑不解，同样困惑的还有儿子。我无数次地闭上眼睛，美丽地想象眼前这些长满庄稼的田野曾经是一片湖，等我睁开眼睛，短暂地陶醉过后现实却粉碎了我的想象，我找不到它作为湖的蛛丝马迹，比如温柔与娴静。煤城从农耕文明姗姗走来，镰刀、锄头、耩子这些农具与它相依为命，这是它的源头与上游，是一汪湖的存在意义与现实喻指。现在在煤城农村，"湖"仍在最广泛地漫溯与流淌，它是煤城词语丛林中最古老的一棵树，是流传至今的活化石，保持了最初的痕迹与意义。听到他们说"下湖"，我就知道他们到地里干活了，眼前总出现一望无际的湖浪似的麦子，他们穿行在中间，像挥舞手臂在击水游泳，又像在随水舞蹈，这一切都与劳动和收获有关。

矸石山

如果你有机会乘火车或驱车与煤城擦肩而过，你会发现在坦荡的平原上突兀起了一座座"山"，像是猛然横空出世的，不远处，依傍它周围的是稠密拥挤的房子和人烟。远远望去，"山"是单调的灰红色，寸草不生，当然也就没有一丝绿意。看得多了，你会纳闷这些"山"怎么都是一个模样，刀削斧劈地耸立在那儿，没有山的起缓沉伏，就像是人一点一点地堆积起来的，这证明你的感觉很对。初见这"山"的人往往会像哥伦布发现新大陆一样，指着车窗外好奇地问："那是什么山呀？"了解者顺着他手指的方向望去，不屑地撇了撇嘴，却并不回答。

　　这时你或许会嗅到一种味道，纯净、古老，有些呛人，好像是从大地深处遁出的，混杂着沉默的泥土，坚硬的石头，腐烂的乔木、水草还有其他植物的气息，这同样证明你的感觉很对。这味道从你的鼻子开始，进入嗓子眼最终落定在肺叶间，如果你忍不住打上一个响亮的喷嚏，这说明你的肺叶很敏感，很娇嫩，也很细腻，同时也说明你与这城市、这"山"、这味道都有一定的隔膜与距离。

　　如果你再有机会进入煤城，最好是住上些日子，你就会被脚步牵引着来到这"山"前。这完全是不由自主的，是冥冥中的力量与气息引领着你，一步一步地走向和接近它。站在它面前从下往上地仰视，你会惊讶地发现它像一个矗立的三角形，坡度平缓棱角鲜明，的确是一点一点地堆积起来的，堆积它的东西叫矸石，是混迹于煤里的寄生物质，与煤一起被从数百米地下采了上来，"山"就叫矸石山。有人会告诉你，这"山"久经太阳曝晒和暴雨冲刷，会自燃滚滚冒烟，还会激情爆炸喷发，碎石像流星雨似的四处迸溅，当场烧死灼伤过人，你或许因此会对这"山"生了些畏惧与困惑。还有人会告诉你，这矸石可是好东西呢，三年自然灾害时期，日本人要用一斤大米换咱一斤矸石，听说矸石里可以提炼出类似铀的物质，可咱勒紧裤腰带饿着瘪肚子硬是没答应换，你或许又因此会对它重新认识似的刮目相看。

　　当你问这"山"有多少年时，有人会自豪地一笑："比我爷爷的父亲还要老。"这听上去像一道难解的算式，等你算出这"山"至少已有上百年历史，那人已撒下一串笑声飘然远去了，背影的方向直通矸石山。

　　这些"山"有的站在郊外，有的就在城市中心，比如眼下这座，高耸在煤城腹地，是最早的"山"，从第一块矸石开始，它至少已经存在上百年了。以它为坐标，煤城不断向四周辐射和扩展，外延越来越大，道路越来越广阔，直到有了今天这样子。或者说，煤城是以它为最初基础和原始积累，踩着它的肩膀发展起来的，它确定了煤城以煤为主的内涵，为煤城献出了第一桶煤。煤城人像感恩父亲一样感恩它，在记忆里重温它，在往事中擦亮它，每天抬头望见它，与它相互交换眼神，在它的光荣与梦想下生活，心里就觉得特别温暖和踏实。假如有一天它不在了，被谁一夜之间搬走了，煤城人放眼望见的都是高楼和玻璃幕墙，他们像猛地被闪了一大截子，记忆断裂脱轨了，心像悬在半空的桶老是着不了地，这就是失去父亲的感觉。

矸石山的海拔就是煤城的高度。从矸石山开始，崛起了煤矿们，矗立起了煤城。环视四周，煤城长高了，矸石山矮了，一座座高楼林立陆续超过了矸石山，不少将它比到了肩膀以下，但再高的楼也没有矸石山高，它是与煤城人的记忆和感情密切关联的丰碑。煤城年轻了，矸石山老了，但谁能否认，这座城市的一切不是一天天地在这"山"的基础上发展起来的呢？它以血肉身躯和坚实骨骼扛起了煤城，是煤城的神经与灵魂。

与煤有关的它们一旦站起来就高过了云。它们是煤城沉默厚重的图腾，是立地顶天的历史，是没有铭文的纪念碑，插在每一个人的心头和记忆里。

铁 道

铁道是钢铁的路，它靠两条腿奔跑，与火车相依为命。在煤城，有两类火车：一类与旅途和远方有关，它们穿梭在煤城身边，来来往往，脚步匆忙，根本无暇顾及煤城感受，深入它的内心，只是暂时若即若离地停靠歇脚，在上与下中完成自己的使命，就埋头赶路奔向前方了；另一类行走在煤城内心深处，喷云吐雾像一个烟鬼，与煤和电有关。你可能注意到，我没习惯成自然地使用奔跑这个词，而用了速度显然慢于它的行走。这是因为，铁道像一条盘旋弯绕的大肠，九曲十八弯，绵延不绝地穿过煤城内心，火车在上面行走，一路串起了这座城市，一幢幢楼、一张张脸在它两旁轻轻后退。它不敢奔跑，尽量降低声音，是怕扰乱了煤城的日常生活，但它与铁轨不可避免地碰撞与颠簸，压抑不住的鸣声，释放蒸汽的喘息，都让它脚下的土地强烈震动，分贝穿透时空四处跌跌撞撞，婴儿被从甜美睡梦中惊醒哭了，生活的和谐与平静一次次地被打破了。

铁轨和火车上的城市。这是煤城特有的景象。我不知道这条铁道从哪儿起步，这列火车从哪儿开出，每次我与它邂逅总是在路上，我被一根木棒拦在了外面，它在里面缓缓驶过，旁若无人地吐着飘飘然的白烟儿，像一朵朵硕大的蘑菇，亲密无间地盛开纠缠到一起，不断地挣身滚滚向上，站在城外远远地就能望见。它敞开的车厢里盛满了黑的煤，它们闪烁着油亮亮的光，有时是成块的，有时是细末末，都冒了尖地抓住你的视线。如果凑巧一阵大风刮过，车厢里没遮拦的又黑又亮的颗粒会随风起舞，与地上的灰尘一块漫天飞扬，猝不及防的你也许会被灌上一口，而后你会手忙脚乱地揉揉眼睛，边咒骂边自认倒霉，转身或掉头将它挡在了身后。

  还有时，它慢腾腾地走路，到了最繁华的道口像累了，走不动了，忽然停下了。你幻想它歇歇脚，喘口气就走，它背了长长的满满的煤还要赶路呢，于是，你停下来开始等，别人也和你抱有同样的想法，但它似乎睡着了似的一动不动，有一刻难得动了动，向前走了两步，却往后退了三步，又向前，后退，像翻了个身又接着睡了。你身后的车和人越排越多，人们坐在车里，骑在车上，他们都心存侥幸，想着快了快了，就这样一个个地自投罗网，被牢牢地挤在了当中，像失足陷入了黏稠的泥淖，动弹不得，但它始终没动。你心里焦灼似火燃烧，口头上骂着娘，后悔一头扎进了这里面，但你看看身后赶大集似的车流与人潮，一眼望不到边，你进不得退也不能，只得与时间一分一秒消耗对峙。时间按部就班地流逝，你心急火燎地等待，一个小时，两个小时……正当你打盹要睡着了时，它缓缓迈步向前了，这次是真的走了，栏杆随即抬头了，车和人像绷紧的疙瘩一下子被拽开了，前俯后仰地奔涌。有人愤愤不平地抱怨，是这铁道和火车阻碍了煤城前进的脚步，扰乱了煤城人一潭清水的平静生活，渐渐滋养了他们等待观望的惰性。而在某些没人值守栏杆悬吊的道口，火车隐身在拐弯处，屏声静气地走了过来，等发觉时已经到了跟前，偶尔与一些只顾埋头赶路的汽车、摩托车和人惨烈地碰撞到了一起，血腥气息一连几天弥漫在煤城上空。

  但我知道这条铁道的终点在哪儿，这列火车最终到达哪儿，是电厂。煤在上游，电在下游，是煤舍身入火转化成了看不见的电，因此说电厂张开血盆大口吃的是煤，吐出的却是电。一条铁道和一列火车，构成了煤城的主动脉与生命线，唯一的作用就是运煤，这是它们存在的最初与终极意义，与我们这座城市的生活与 GDP 密切关联。许多年前，它们就活跃在煤城心脏当中，源源不断地运来了作为工业粮食和血液的煤，像钻进铁扇公主肚子里的孙猴子，为我们的生活驱走黑暗带来光明和幸福，同时扰乱了我们的和谐与安宁，让我们欢喜让我们忧。

烟 囱

太阳出来喜洋洋。每天清晨,最早享受这喜悦的不是我们,而是那些高高站起来的烟囱。它们最先被阳光照亮。阳光是另一种火苗,烤得它们通体灿烂,温暖明亮。

它们在煤城随处可见,除了取土烧砖的砖窑烟囱外,最多的就是与温暖有关的烟囱。它们从平地竖起,散落在各个单位和楼群边缘,像一棵棵大树,却永远没有春天,只有冬天。它们有的是红砖砌就,从底到顶脸色通红像喝醉了酒,站在塔似的它们面前,你必须仰视才能看完整它,也许你会觉得自己很渺小,它甚至会带给你沉重而高大的压力,事实上你就是很渺小,但你却不必杞人忧天地担忧它会像醉鬼一样栽晃着垮掉。有的乌黑冰冷,铁锈斑斑,由于怕被狂风刮倒和吹折,被蛛网似的铁丝紧紧牵引,像炮筒笔直地指向天空。在冬天,它们脚下堆满了煤,铺天盖地,像表里乌黑如一的山和海洋,又像煤在沉默不语地集会,一天天地努力踮起脚尖往上生长,仿佛要向它们看齐比高,但又一天天地卖力蹲矮身子向下收缩,好像黑着脸自惭形秽似的,因此永远只能匍匐在那儿。它们无一例外地会像火车头喷吐出白烟或黑烟,白烟缭绕轻飘飘的像云彩,黑烟滚滚直冲高空像犯了坏脾气。它们大口大口地咀嚼着煤,像一个狼吞虎咽的饿汉,一天到晚火光明亮,大汗淋漓,沿着四通八达的管道,将温暖送到了办公室和家家户户,让每一间房子暖和如春,面对阳光,水仙花开。

我以前住的是矿务局的房子,那儿暖气充沛,昼夜不停,是煤城最温暖的地方,即使三九严寒也像是在春天。我似乎从未意识到寒冷的存在,从当年十一月到次年三月,烟囱们喷云吐雾,像一截截长长的履带,一瞬间将温暖输送到我们身边。但从去年开始,我搬离了矿务局的房子,住进了没有暖气的房子,其他季节没觉得有什么,一到了冬天,寒冷乘虚袭入了,我一下子意识到冬天离我如此近,我像站在冰天雪地中央,又像掉到了冰窟窿里,手脚无法伸开,更无法握住笔,不得不早早上了床,过起了黑夜比白天多的日子。每回到了沿河公园,远远地望见那扇熟悉的窗口,正对着高高矗立冒着烟儿的烟囱,如今搬入了陌生的新主人,我内心总充满了渴望与向往。我真的认识到了温暖的无比珍贵,心里只巴望着冬天马上过去,春天立刻来临。

我们的生活已经离不开这些烟囱了。离了它们,我们弱不禁寒,感觉一日长于百年,比如说我。

人

在煤城,走着走着,你会随时随地碰到一些人,他们最突出的特征是黑,是那种沉淀入生命的黑,是那种刻骨铭心的黑,是那种水洗不褪刀剜不去的黑,不仅脸黑,眼圈黑,鼻孔、耳朵里也都是黑。他们常年在井下采与掘,额头下皮肤沿安全帽檐的一圈儿地方印有明显的红斑,那和军人额上被军帽箍出的那圈痕儿一样,也叫"帽晕",但对他们来说,还意味着那是在潮湿漆黑环境下长期形成的,是风湿与皮肤病症;他们的眉梢间粘着煤黑,眼睫毛里藏着煤粉,日子久了,长进了肉里,洗不净了,变成了一对黑色的圆圈,明显地刻在脸上,就像两只熊猫眼。

他们乘着罐笼呼呼生风地直线下降深入大地内心,四块石头夹一片肉,柔软与坚硬狭路遭遇在黑暗和漫长里。他们穿过巷道,嗅着煤的芬芳,在掌子面并肩采煤,一起与意外和伤亡擦肩而过,就是生死兄弟了,凑到一块儿,端起碗喝酒,放下碗说女人,没遮没拦,荤七杂八的,只为图个痛快自在;在他们中间,没人认你是啥官儿还是天王老子,他们不尿那一壶,只认与煤有关的东西,比如煤癍、煤黑、煤味儿等等。

我说到了煤癍。如果你有幸和他们在澡堂里洗澡,你会发现他们的身上也黑,还有一块块的癍痕,像天一样蓝,像煤一样黑,醒目得像印刷物间的黑体字,这也与煤有关,就叫"煤癍"。它们忠实地记录了一次次危险、幸运与光荣。

有人说,他们出差在外,远离了煤城,一周后吐出的痰里仍有黑丝丝。也有人说,他们的老婆尿出的尿也是黑的。这说法粗俗了点,但他们,以及他们身边的一切都与煤和黑有着不解之缘却是不容置疑的。

他们中一些上了年纪的老人,刚下井采煤那阵子,井下沿用的是风钻干打眼,石头末末像开花似的四处飞扬,粉尘弥漫浓度很高,不少人吸了都患了矽肺病，好端端的肺变黑了，钙化了。这种病年轻时还不怎么觉得，但随着年龄逐年大了，那就遭罪了，频繁地咳不说，还不时感觉胸痛与闷，喘不过气来。在煤城土生土长矽肺病，如果你有机会到这儿住上一夜，清晨首先唤醒你的准是那一声紧似一声此起彼伏的咳嗽声，那咳声很痛苦很沉闷也很无奈，夹带着心灵最深处的血丝，黏稠稠的，即使再用力也压抑不住，像严冬里腌制风干了的香肠，像被纷飞战火洗礼撕扯成一条一条的破布的旗帜，又像钝物敲击空荡荡的大瓮内壁回荡不散的声音。这时你循声敲开一家门，这家准与煤矿息息相关，而且家中还有一个上了年纪的老矿工，清晨唤醒你的就是他，是他的伤痛与苦楚牵引着你来到了他身边。

他们有时闲得慌了，内心没了着落，觉得自己像一台机器一样老化了，生锈了，这时最好最有效的办法就是乘上罐笼到井下去擢擢煤，闻闻煤的香味，摸摸煤的体温，活动活动臂膀和腿脚，从头到脚透彻地出上一身汗。等到一个班下来，又乘上罐笼上井去洗个澡，浑身都活动开了，年轻了，润滑了，内心踏实和平静了，再往床上一躺摆个"大"字，那才叫放松与舒坦呢。

他们自嘲为煤黑子，有人说他们傻大黑粗，黑不溜秋地靠边站，其实他们就是矿工，俯下身子采煤，抬起头来脸上有煤，他们是煤城的历史与记忆，更是神经与灵魂。

表　情

我第一次接触煤城，是在少年时的一个暑假。父亲将两只旅行包用布带系了，一前一后地搭到肩膀上，它们像两只大拳击手套反复击打着他的前胸与后背，我和弟弟紧紧跟随在他身后。他带着我们从贵州经过三天四夜的颠簸与煎熬，一路穿山越岭地来到煤城，除了看望几位多年没见的长辈外，主要任务是考察煤城环境，他那时已经动了寻根回山东的念头，离老家不远的煤城当然是不错的选择。

当时煤城表情模糊暧昧，看不清楚，琢磨不透，像在隔雾看花。这是因为走在路上，煤尘漫天飞扬，能见度不高，连太阳瞧上去都灰蒙蒙的，像是被长长的绒毛包裹住了。如果你穿了一件白衬衣，到街上走一圈，回到家你会发现衬衣上落了一层黑煤尘，即使领子也不能幸免，那些煤尘都是末儿，似乎肉眼分辨不清，专找了洁白的表面往上依附。我们到了市中心的一个煤矿看亲戚，这儿是那些煤尘的主要发源地之一。正是中午下班时间，大喇叭热火朝天地高声唱着《咱们工人有力量》，工业广场上走过一群穿蓝工作服戴矿灯的矿工，除了眼白外脸上都是黑的，这儿同样煤尘弥漫，吸一口呛你半天。

父亲最终选择了煤城。我想除了它离老家不远外，最主要的大概是他觉得这儿地下有挖不尽的煤，一座靠煤吃饭的城市怀抱着老天爷的丰厚赐予，再差也差不到哪儿去，这让他内心踏实，无比放心，对未来生活充满了信心与激情，像燃烧的煤一样。他的选择让我们一家跨越迢迢旅途，从黔南山城来到了鲁南煤城，这儿或许将是他和母亲以及我和弟弟生命最后的停泊地。

现在采用了新技术工艺，降低了空气中煤尘含量，煤城一年当中超过半年是手搭凉棚一眼望得很远的明朗天，偶尔一列火车穿过城市从你身边轰响驶过，抑或一辆加长拖斗的货车鸣着笛儿警告你躲远点儿，一群妇女不知从哪个角落里飞跑了出来，手里拿着铁锨、耙子、扫帚等工具争先恐后地扒车上的煤，打扫着地上的煤末末，混杂着几声响亮的咒骂。再凑巧一阵大风刮过，煤尘与灰尘纠集到一起，扬得满世界都是，迷得你睁不开眼睛，灌进了鼻孔和嘴巴里，你仿佛又面对面地看到了那个并不遥远的表情。

但你很快被另一个表情吸引和震惊了，这个表情单一传统，就像一个面部肌肉僵硬的人，脸上老是相同的样子。它属于煤城经济的脸。半边脸黑，半边脸白，在煤城的经济舞台上同台唱戏，共领风骚。唱黑脸的是煤，唱白脸的是石膏。有人戏称这是"黑白电视机"，上演的是煤城严重依赖资源，靠老天赐予和看市场脸色吃饭，与资源和市场损荣与共的独角戏。

速　度

到了别的城市我想你不一定看得到这种景象，但在煤城可以，即使是今天。我说的是马车、毛驴车与汽车并行在煤城的同一条主干道上。夕阳照在大道上,各种汽车抗议似的鸣着喇叭,声嘶力竭,一溜烟地来往穿梭;一辆运砖的马车靠右边向前有板有眼地踏着步子,车把势竖起鞭子搂在怀里,耷拉着头打盹;一辆拉泔水的毛驴车尾随在马车后面,毛驴低头慢腾腾地挪着碎步,它已经习惯了这样,再说桶里盛得满满的泔水也需要它这样,它偶尔抬头响亮地叫上几声,很快就被喧嚣与骚动淹没了。看到这景象你或许恍若做梦,弄不清自己身处的时代,红绿灯与斑马线叫你更加困惑迷惘。

但这就是煤城的速度。生活的脚步有时奔驰如飞,有时迟缓似爬,还有时干脆停滞不前,就像被囚于时间腹地的钟摆,摆与停都丝毫无法影响永远埋头赶路的时间。

我想的是马和驴从久远的农耕时代一路踢踏走来,背负着农业的使命与希望,直到一点点地被工业文明排挤和驱赶出了我们的生活和视野,被放逐到了落后和贫困的边缘。但在煤城,它们依旧与工业时代的汽车并肩同行,是否可以说较早靠煤起步的煤城工业化与现代化的脚步仍较迟滞,农耕与工业在存在和意识上仍然混乱地纠缠到一起,在同一条道路上以不同的速度徘徊踱步?我内心茫然像涌起了千重迷雾,不知该说什么。

还有一种人力三轮车,带着帽檐似的顶篷,奔波在煤城的大街小巷。驾车的绝大多数都是下岗工人,他们穿着过去企业的服装,那衣服被汗水反复浸泡,咬得发白了,但仍可以辨出他们的过去。他们给这车起名叫"神牛",这"牛"可真够"神"的,不吃草料也不喝水,完完全全靠人出力流汗地蹬着满城跑,他们挣的是汗水跌碎八瓣还要拼起来但又极其微薄的辛苦钱与脚力钱。

这同样是煤城的速度。与出租汽车、摩托车一道,被人力推动向前的速度,是许多人埋头弯腰大汗淋漓的生活。

声　音

有一段时间,我住在煤城一条主干道身旁的一幢楼上,开门见路与斑马线,这方便我随时投身热闹生活,收集捕捉形形色色的声音。

各种汽车,拖着长长尾巴的货车,大腹便便像阔佬的大巴,轻盈灵巧如甲壳虫的轿车，车轮滚滚行色匆匆地埋头赶路，像赴永远重要迫在眉睫的聚会，一路风驰电掣，摇曳喧腾，纷纷扯开嗓子粗声粗气地掠过地面，重金属似的节奏烦躁而密集，狠狠地敲打在空中，沿路玻璃不由自主地抖身颤动，声浪盖过生活悠悠遁入室内，拥挤真切得像集市。到了半夜还有轰隆轰隆声疯狂轧过，像囊囊的皮靴踩在头顶，那是赶夜路的货车，雪亮的灯光像探照灯劈开黑夜，我老是错觉像在白色恐怖下的旧时代。

  有一次我在室内读书，猛地听到吱啦一长串声音，像锋利的绵长的伤口，痛切而深刻，划过我的耳朵和心灵。路上一辆大巴与一辆自行车猝然相撞了，那自行车后面带着宝宝椅歪倒在了一边，不见了大人与孩子，只有一只高跟鞋斜躺在恣肆流淌的血泊里。许多人像潮水一样围观议论，我隔着玻璃居高临下地看着他们，听不到他们说些什么，但内心一下子像被攥住了似的紧张与担忧，为那对母女或母子，那串声音就像噩梦一直纠缠困扰了我很久。以后每次走到那儿，我都会想起那惊心动魄的一幕，提醒自己加倍小心。

  除了雨雪天，每天清晨，一阵悠扬动听的音乐从远处依稀传来，渐渐近了，越来越清晰和响亮，渐渐远了，越来越模糊和微弱。它像一成不变的某个时间，唤醒了一些人的睡梦，同时提醒着另一些人，儿子听到了总能准确地脱口说出现在的时间，分秒不差。

  这是城管的洒水车在洒水。它从一条街道开始，到下一条街道，再到另一条街道，一路边唱边洒水，然后又从最后一条街道开始，到下一条街道，直至回到最初一条街道，仍然一路边唱边洒水。这样就等于一条街道洒了两遍，洒了这边洒那边，水雾朦胧像毛毛雨，水过地皮湿淋淋的。有时喷洒到了粗心的行人身上，或随风飞扬溅上了头和脸，惹得他们啐着它湿润的背影破口叫骂。类似工作一天一般要洒三次，早中晚各一次，那音乐也就一路响彻三次。

  一些人认为这样做是城市文明的标志与表现，另一些人认为是哗众取宠赚热闹，是扰民伤财不伦不类的形式，煤城再描再画说到底仍然是一个大村庄。

  村庄的说法是偏激了些，但有些似乎应该属于村庄的事情的确在煤城反复上演，比如在城市主干道上出殡。就在各种汽车和洒水车经过的街道上，先是远远地传来了炮的轰鸣声，一声比一声响亮，震得地动天惊，撼人心魄,沿路停放的汽车、摩托车、电动车防盗器响了,尖利悠长,车灯同时亮了,闪烁迷离,稍歇,炮又鸣防盗器又响灯又亮。这种炮我见过,原来是一种铁炮,像"二踢脚"一样,立在道路中间,陆续点着了轰地炸上了天,现在改成了靠机动三轮车载着气瓶到处跑,用电子打火将气点着,几根探向空中的炮筒几乎同时爆鸣,火光冲天,震耳欲聋,比铁炮更快更响了。接着听到了音乐声,是当场演奏的声音,节奏缓慢,凄凉悱恻,2/4拍子,听上去哀痛欲绝。不一会儿,果真就见几个人手持喇叭、唢呐、芦笙等一类乐器边吹边缓缓走来。在他们身后,有人举着纸马,抬着纸轿,挑着水桶(盛满了照得见前世与转世的清水),紧紧跟随着一个个身披孝衣头戴孝帽腰扎麻绳脚蹬白鞋的男女,从头到脚一身白色。他们中有的一手抓着胳膊粗的木棒,有尺把长,光秃秃的,是刻意削成的,他们拄着它们戳到地上,必须弯腰才能蹒跚行走,他们是亡者最亲近的人。到了十字路口,他们泼光了水,放起了火,将纸马、纸轿等熊熊燃烧了,留下一片黑色灰烬随风起舞。就这样按照既定路线走过了一条街道,又到另一条街道,最后停下脚步当街行起了礼,三跪九叩,彻底堵塞了道路,车和人簇拥到一起拧成了线团。不少人站在路边,或扒着窗子,像看戏一样表情痴迷地看这种叫"路祭"的仪式。

这种事情与民间最深的悲哀有关,在乡村我多次看过,也参加过,它有一整套严格规范的程序,专门有叫"大老总"的人执掌操办。但一股脑儿地挪到了城市,在斑马线和红绿灯的街道上旁若无人地上演,我却无论如何不敢苟同它属于城市和文明。

夜与昼

还没到下午下班时间,煤城街道两边有人点着了炭炉,摆开了桌椅,支起了案子,放上了一只只盆,盆里盛着各种菜。在一个个紧凑连贯的动作中,一切都按部就班地各就各位了,一个可以随意拆装组合流动的小饭馆被搬到了露天下。

它们一字排开,一家紧挨一家,从街道这头到那头。下班了,陆续有食客光顾了。摊主打开鼓风机,炭炉像受到鼓舞似的热情高涨,火焰舔着漆黑的锅底四下奔跑。他麻利地捞出菜,滑入锅中,伴随着噼啪爆响腾起了油烟,很快菜被热气缭绕地端上了桌子。随后几瓶啤酒像手榴弹一样提上了桌,或是一大杯扎啤,仿佛沸腾似的泛着泡沫,端起来沉甸甸的。食客们有滋有味地吃喝,他们紧张劳作一天的神经放松了,空荡荡的胃被白酒的火焰、啤酒的阳光燃烧和照耀了。

　　天慢慢黑了。食客们越来越多。摊主扯出了一只大灯泡,吊在了头顶,足有几百瓦,像一个微型太阳,打开光芒四射,亮如白昼,热度也随着散开了,与炉中的火焰彼此呼应。酒菜不停地被端上桌,像流动的水,食客们放开胃口大吃大喝,他们的肠胃是巨大无边的容器,敞开了盛装流水似的酒菜,贪得无厌。喝到兴头上,他们扒掉上衣,甩开膀子继续吃喝。他们满头大汗,前胸后背也布满了汗,汗珠在灯光和火光的映照下熠熠闪耀。他们满面红光,眼睛通红,像输红了眼的赌徒,全身每一根神经与每一个细胞都被调动和激活了,亢奋而激昂,说话粗声大嗓气势如牛,手势夸张像在指挥千军万马。作为煤城人,他们热爱这种叫"大排档"的露天流动饭馆,和这种自由开放无拘无束的吃喝方式。他们可能不是大排档的创意者与发明者,但他们绝对身体力行地将它推上了峰巅,发挥到了极致,不信请你到各条街道上走一走,只要有人的地方,就有大排档的身影,烟火缭绕,酒菜飘香;只要有大排档的地方,就会食客爆满,放开肚子甩开膀子吃喝个够。这种场面火爆而热烈,像饮食上的劲歌辣舞,满足和慰藉了许多人的胃口,他们坐下就不想起身,边吃边说,边喝边侃,直到凌晨才缓缓散去,留下了一桌狼藉和一地垃圾。

　　煤城有一个广场,在山脚下,有几个篮球场那么大。广场两旁有不少饭馆,到了夏夜,这些饭馆将家什都搬到了露天,他们像拆装一件玩具似的,随意将饭馆们拆来装去,现在就装成了大排档。偌大的广场上,一下子摆满了白色桌椅,像下了一场大雪。许多盏电灯高高挂起来了,一齐散射出光亮,照彻了广场。烧烤的浓烟与炒菜的油烟混杂到一起,飘荡在广场上空,被山上盘旋下来的风刮送远了。数百人仿佛同时坐下了,狂吃滥饮,像轰炸机一样。他们有说有笑,猜拳行令,声浪一拨压过一拨。这景象就像某个大户人家摆的露天流水席,风卷残云,一泻千里,有声有色。一些小女孩,手里攥着一把玫瑰花,侧着纤瘦的身体来回叫卖;另一些小女孩,一个挎着吉他,另一个拿着歌谱,哀求着你点歌。你好像回到了几十年前的十里洋场，迷离而纷乱，繁华而畸形。

煤城最大限度地张开了自己的胃口，一个个漫漫黑夜被这样轻松打发掉了，生活的潮水气势汹涌地席卷上岸又无声退去，除了垃圾什么都没留下。到了冬天，天寒地冻，一些大排档冬眠了，另一些退进了屋里，安宁和平静又久违地回来了。

但在白天，随处可见的是各种牌场，它们比大排档更无孔不入，见缝插针，遍地开花。在街道两旁的树下，在沿河公园的堤坝下，在通往乡村的黄土路边，甚至在乡村中心地带，成群的人围坐到一起，搓麻将、打扑克，陶然娱乐于这些游戏不知疲倦，他们各自面前往往堆放了数目不等的钞票。有人瞅准了其中的潜在市场，选择一些僻静人少的地方开辟了赌场，吸引了不少人像苍蝇闻到腥膻一样聚拢参赌，一时间到处人声鼎沸，汹汹攘攘，筹码交错，煞是热闹。这些赌场像正常上班一样，从清晨开门，陆续有人进场聚赌，一直要到深夜才恋恋不舍地收场，人们伸着懒腰，哈欠连天地回各自的家，第二天聚到一起的仍是这些熟悉的面孔。

在街道两旁的树下，隔上几步远，就有一张牌桌，几个人坐在马扎子上打扑克或搓麻将，更多的是或站或蹲的旁观者。他们中有些是我的熟人。路上车和人来来往往，噪音和灰尘同时袭扰着他们，但他们浑然不觉。我认识的一个人，早年大学毕业，分到一家棉纺厂工作，后来厂子关门了，他回家了。他每天上午准时到这儿打牌，中午回家吃过饭后再打，一直到晚上吃饭。听说他老是赢，我忘记交代了，他们玩总是有大小不一的彩头，我不敢肯定是他的手气好还是牌技高，但我的心底却有些悲哀，为他正当中年，也为他曾经掌握的知识，超群的智力。

而在乡村，到了农闲时节，农民们无所事事，夹张马扎子聚在谁家门前或院里搓搓麻将，已经是非常普遍的现象了。我曾经在一个村子住过一些日子，闲下来我会到处走走，我看到村内不少人家都摆起了麻将场，男女老少一齐上阵热火朝天地搓，像是一场全民动员声势浩大的竞赛，哗哗洗牌声和吆喝出牌声连成一片，许多人围拢袖手旁观，等一圈和了不失时机地高声议论上几句，瞅着机会就坐下来玩上几圈。

我的一位乡党和朋友从京城来，我们一起住在一个煤矿里。从吃过早饭开始，在这个矿的工业广场上，成群的人扎堆儿在树下打牌，到了夜晚，仍然有人在借着灯光玩，他们像磁铁吸引了越来越多的人，许多人像河流汇聚到一起,很快分成了若干支流,牌场不断扩大和增加,摆满了整个广场,人声嘈杂像开了锅,一直持续到天亮,一个个揉着眼睛拖着疲惫回家了。其时这个矿正面临着停产关井,我理解是矿工们看不到光明,寻不到出路,举目茫然,内心苦闷,没白没黑地打牌是他们自我麻醉似的缓释与排遣。朋友见了很是好奇,不明白怎么能将好端端的时光都挥霍浪费在打牌上。这让我脸上发烧似的难为情。但据矿上的朋友介绍,这样的场面经常而火爆,一年四季一个样,是该矿的悠久传统,是他们唯一的娱乐,如此说打牌与他们面临的形势和境遇关系不大了,他们或许仅是为了消遣和取乐。

从黑夜到白天,许多煤城人挥霍着时间和精力,他们流连在大排档吃饭、喝酒,扎根在牌场玩扑克、搓麻将,任何流行的牌技都落不下他们,比如拱猪、够级等等总是在第一时间被他们熟练掌握并投入实战。他们拉动了煤城的节奏,缓慢而持久,仿佛停滞了一样。这也是许多煤城人的生活节奏,悠闲而热闹,享乐而放纵,恨不得将所有的白天都当作黑夜,在消磨与虚度时光中慢慢地滋长和蔓延惰性,像生命力顽强活跃的细菌一样。

(原载《文学界·原创版》2008年第7期)

沿河市场

就像世上本没有路，走的人多了，便也有了路。

沿河本没有市场，聚的人多了，便也有了市场。

我曾经在一篇文章中写过，沿河其实是一条泄洪通道，叫着叫着就成了河。

在沿河临山路段，从沿河西岸出发，一直平行向西，穿过一片栽满林木的绿地，爬过一面斜斜的石头陡坡，攀上一条又高又长的大坝，再拾阶下去，面前是一条柏油路的入口。

路不长，百米左右，十分钟能够走个来回；也不宽，里侧扯起高高围墙，墙内是一个小区，规模不算小，还有接踵的商铺，因此，仅可容一辆轿车来或去，如果有两辆车迎头相向而行，那是决计行不通的。

住在附近的人，每天天蒙蒙亮爱抄这条路，去临山爬爬山跳跳舞，或到体育场甩甩胳膊踢踢腿。这条本该冷清的背街小路，这时候被许多轻盈或沉重的脚步踩醒，在形形色色的足音中开始了崭新的一天。

有精明者瞅准了其中蕴藏的商机，率先在路两旁摆起了地摊，卖点自家地里出产的新鲜，从不远的乡村驮或拉到这儿，还挂着亮晶晶的露水珠儿，叫来往者停下脚步不问不行，问了不买不行。开始是一户两户，往后是三五户、七八户，越来越多，就形成了目前这个规模和样子。

由于是大伙自发聚集的，没了大檐帽们统一强制的规划与管理，小路像一个容器，随着商贩越聚越多，路两旁盛不下了，就不可避免地溢了出来，淌到了临山路和永兴路上。

还是说说永兴路吧。隔着一条永兴路，市场斜对过，就是县委大院。今天的县委已经拆去了围墙，再叫它大院，似乎有些勉强，但我仍然习惯这样叫。原来盖在门口的传达室也没有了，保安们都后退进了楼。你千万别认为这样可以自由出入这幢楼，其实过去那一套程序一点儿都没变，登记、电话联系，拒绝或放行，一样都不能少，保安防你甚于防火防盗，只不过是从楼外搬进了楼内。

县委上班时，正是市场最热闹时。这时晨练的人们舒活了筋骨，浑身攒足了劲儿，就想干点什么试试。恰好可以顺便捎些蔬菜瓜果粮食回家，充实和丰富一天的餐桌。还有一些爱睡懒觉的，赖着枕头不丢，瞧瞧室内已经完全漂白了，恋恋不舍地爬起了，想起冰箱空空荡荡，顾不上吃早饭，就奔向市场了。

县委开门，车进进出出，如过江之鲫。淌到永兴路上的那一部分商贩，占据了路两旁，在县委眼皮底下。车无法畅行了，拼命地摁着喇叭，却没人买它们的账，就像被人流和市声冲上岸的铁盒子，原地抛锚了。

那些办公室的人，隔着玻璃，捕捉着路上的动静，安定不下心，起身站到窗前，望着不远处的热闹，想到了自家的餐桌，油然生了出门加入其中的冲动。

有人的地方就有矛盾，就会吵架，也会动手。路上不时响起吵架声，不是商贩跟商贩，就是商贩跟顾客，分贝一浪抬高一浪，这儿成了粗口脏话荤话的集散地。

城管的来了，公安的来了，警车在前开道，像一个长长的"——"，身后紧跟着客货车。他们穿着光鲜的制服，头顶卡着挺括的大檐帽，钻出各自的车，边粗声大嗓地吼叫，边动手抢夺商贩们手中的秤，有的掀翻了商贩的摊子，将他们的临时柜台、卖早点的桌椅等一股脑地扔上了客货车。商贩们从内心里怕这些吃官饭的人，沉默的是大多数，极少数跟他们理论和争抢，这让他们高高在上的大檐帽受到了挑战，他们恼羞成怒了，死死地抓住那极少数人，推搡上了车。

我亲眼看到过卖苹果的摊子被掀翻了，苹果像皮球滚得遍地都是，沾满了泥和土，滑入了污水坑中；还有一个卖知了龟的老汉，花白的头发，这些知了龟盛在一口破铝盆里，个个不停地蠕动，瞧上去眼花缭乱，是他的小孙子打着手电筒，在杨树行里寻了半夜的战果。此刻，也被城管的一脚踢翻了，铝盆骨碌碌地打了几个滚，掉下了台阶，翻扣了过来，像一顶烂草帽。知了龟倾盆撒了，有些被刹不住的脚步踩中了，成了泥泞的一摊；有些迷迷糊糊地藏起了自己，譬如别人摊子的塑料布下，自行车、机动车下，剩下的被过路的人弯腰一哄抢走了。老汉坐在地上，双手拍打着地面，号啕大哭，边哭边控诉，好像是说卖了这盆知了龟准备给小孙子交学费的。

经此劫难，市场没了商贩，只有行人，重新变得空空荡荡，仿佛真的被取缔了。

城管的、公安的，每天早晨开着车，停在路口，下车站在旁边，抽几支烟，开几句荤玩笑，看看市场一切正常，待上一会，上车扬长走了。

有的商贩不甘心，跟他们捉着迷藏，早早地来到市场，那时他们还没上班。商贩们将三轮车停在各个路口处，提心吊胆地兜售自己的新鲜。待到他们上班了，商贩们也卖得差不多了，一眼觑到他们的身影出现，慌乱地跳上三轮车，没命地蹬进小巷深处。有一次，我走小巷，碰到一个卖菠菜的，一车水灵灵绿油油的菠菜，看见我心有余悸地问："城管的走了吗？"这儿背对着墙，晒不到阳光，我内心泛起一阵阵悲哀。

渐渐地，城管的、公安的，放松了警惕。

渐渐地，商贩们重新被吸引回来了，一天天地多了起来。

终于，传来了一个消息，允许他们在此摆摊了，只是不能再上临山路和永兴路。

至于是谁允许的，他们不清楚，也说不出来，他们只知道是上边。上边是一个笼统而宽泛的概念，从城管、公安往上都在这个范围内。在他们当下的生活中，海拔最高的上边就是与他们一路之隔的县委。

就像沉寂的死灰中，偶尔遗下的一粒火星儿，终于又燃起来了。

那个卖菜的大个子老张，见谁都攥起拳头，向空中有力地挥舞着，喊道："我们胜利了，胜利了！"

城管的、公安的，不再公开管他们了，他们仿佛与商贩们画了一条线，达成了一个默契，只要商贩们不将摊子摆上那两条路，他们就将两只眼全部闭上，大伙也就彼此相安无事。但他们此时在内心里仍然不认定市场是合法的，因此他们就不能按照一本正经的规定收费，一收费就承认了其合法性。他们很快想出了新法子，睁开一只眼，另一只眼仍然闭上，委托了俩人替他们管理。

这俩人一男一女,男的留着光头,胳臂上、前胸与后背刺着青色龙凤,纠缠盘踞在一起;女的扁长脸,烫着卷发,脸绷得像皮筋。以卖油饼的为界,以南的地盘归光头,以北归扁长脸。每天早晨,光头腰间围着包,扁长脸手捏提包,从各自的头开始,挨户收取管理费,直到在卖油饼的摊前会面,他们互不搭理,看上一眼,转身回去。每户每天一元,听上去似乎不多,但如果乘以一个月、几个月甚至一年,就很可观了。关键是他们没有光鲜的制服,也没有挺括的大檐帽,总之没有吃官饭的人的身份,这就让他们与商贩们没啥区别,就像商贩们中的一员。谁也搞不清楚他们和那些城管的是啥关系,也没人跟商贩们公开说今后就由他俩来向你们收费了,他俩仿佛是一夜之间冒出来的。商贩们一觉睡醒,骑着车子拉着蔬菜瓜果来到市场,他俩随后就到了,手上捏着一把票,像公交车上卖票的,开始板着脸收取管理费。他俩遇到了阻力,苍白无力地辩解,说是替城管的收的,钱也不归他俩,要如数上缴给城管的。商贩们不是三岁小孩,谁心里都亮堂得很,没有好处他俩会起早惹这个麻烦,再说他俩打着城管的旗号,问题是城管的也没当着他们的面指定说从今天开始,就由他俩来替我们向你们收费了。有老实巴交者如数缴了,有的人却死活扛着不肯缴,缴了的见有人没缴,也不愿缴了,叫着喊着要索回已缴的。在乱成一锅粥的相互攀比中,收费越来越难,他俩吼着嗓子,跺着脚跟,尽量扮得凶神恶煞,但没人吃这一套。

光头帮他妻子在入口处摆了一个摊子,卖点海鱼、水果等;扁长脸也摆了一个地摊,卖些日常生活用品。这让他俩与其他商贩彻底没啥区别了,都得依赖这个市场,他俩已经真的成了商贩们中的一分子。待到他俩舍了摊子,再去挨户收费,就更没人给他俩了。以大个子老张为代表的明白者,站出来公开质疑他俩的合法性,要他俩拿出收费的依据与规定来,还说要举报到有关部门,引得四下一片附和。他俩开始还强辩,声音却越来越弱,便不再吭声了,也不再收费了。

市场重新红火了。每天天麻麻亮,商贩们从自家地里,或批发市场,蹬了三轮车,拉着蔬菜瓜果来卖,一直到十一点左右,还有散兵游勇似的几个商贩,坚守着最后的阵地,等待着忙中偷闲的顾客。

有一个垂着又长又白胡子,头戴柳条帽的老汉,每天蹲在那儿,脖子上挂着一只木箱子,就像我们在老电影中看过的卖香烟的那种箱子,箱子盖向后仰,靠在他的两条腿上,里面摆满了老鼠药与万能胶,他卖的是两种毫不相干的东西。他身旁的小喇叭不知疲倦地替他喊道:老鼠药老鼠药,万能胶万能胶。对,语调就是这样急促而短暂,像是中间没有停顿,一口气喊了出来。每次路过,我都在他面前停停听听,却从未掏钱买过。是我不相信他卖的东西,本能地抗拒它们,从内心里认定它们是一堆毫无用处之物,我只是觉得好玩而已。此刻我写下这些话,忽然觉得有些惭愧,是啊,我没买来用过,怎么就断定它们是一堆毫无用处之物,我凭的仍是经验与猜测而已。

有一群人,至少三五人,男的女的都有,他们在利用绿豆粒行骗。这是一种小把戏:一只浅浅的碟子,盛了十余粒绿豆,然后用另一只碟子盖上,叫你先下赌注,再猜碟里绿豆的粒数。他们眼疾手快,像变魔术一样,你眼睁睁地在碟子盖上前瞅准了是几粒,充满信心地下了赌注,但等碟子一揭开,却发现根本不是那样,他(她)早已做了手脚,你只有乖乖地掏钱。他们中的一个充当了托儿,每回都下着大赌注,都能赢得钱。其实这钱只是从他的左手换到了右手而已。过路人看到了,起了贪念,蹲下试一试自己的运气,越试越输,最后竟输了个精光。我就看到有人掏光了身上所有的钱,他们又盯上了他手中的鸡,说这个也可以。那男人已经意识到上当受骗了,最后关口,为自己家中午的餐桌留住了那只鸡。

上当的人越来越多,大家相互告诫着别往那几人面前凑,他们仿佛有一股魔力,只要你往前凑了,就会不由自主地掏钱。其实没那么玄乎,是我们的贪心在这看似简单的表象背后蠢蠢欲动,做着发笔意外横财的美梦,叫我们自己跳入了圈套,梦醒时已囊中空空。

越来越多的人不再相信他们,冷漠地绕着他们走,甚至连瞧都不瞧他们一眼。他们又换了花样,安排原本两手空空的同伙,也装模作样地手提一袋菜,或是一把葱,扮作赶集买菜的顾客,围绕在碟子前,起劲地喊着"二十"、"五十"、"一百",他们中有的输了小钱,有的赢了大钱。他们以这种互相配合和帮衬的表演,继续诱使过路人上当受骗,却没人真的愿意上当了,他们又移到另一处继续"表演"了。

还有卖假药的。我的一个同学就买过,花了一大笔钱,回家后发觉上当了,折返去找,要求退钱。卖药的说啥不认账。俩人又吵又骂,响彻了一条路。我的同学真够绝的，就像一棵柳树一样长在了他摊前，卖药的在那儿吐沫横飞地鼓吹他的药的神奇疗效，我的同学不说话，待到有人被吸引着往摊前来了，我的同学开口说话了，说他卖的是假药。那卖药的卖不下去了，又不想退钱，只好收拾摊子另寻他处了……

沿河市场每天开张，风雨无阻。大家的胃口和餐桌越来越依赖它。一个原本没有的市场就这样走进了我们的生活，与我们朝夕相处配合默契，我们都是它的建设者，是我们的双手与脚步，推动它扎下了根，长成了一棵结满可能的生活之树。

一枚预言方向的铁钉

要从黔十万大山中开出一条铁路来,不是一件容易的事情,至少柔软的身体得不可避免地与坚硬的石头狭路针锋面对。

但当一列火车穿过石头的心脏,扯起一阵刺耳的汽笛,身体随着山的走势蚯蚓一样曲折迂回,最终喘着粗气经过我们的生活时,它就像一条目的明确的线索,沿路串起了山里山外的情节与细节,那就是记忆的路径,也是生活的全部。

各种各样的火车,有时漆成了春天的绿色,车厢上黑色的文字和箭头简明地指清了开头和结尾,许多表情暧昧的脸湿漉漉地贴在有些脏的车玻璃上;有时是深夜的黑色,还有一块块墙皮大的铁锈,有秘不示人的闷罐车,有敞开内心的"棚车",牛们羊们猪们被圈进围栏里,像插上了翅膀从我们眼前飞过,撒下了一串或幸福或惊恐的叫声。那时滇南边境上正进行着一场自卫反击的战争,经常有"棚车"拉着在绿篷布和仿真草皮下伪装得很好的大炮和坦克轰隆轰隆地奔向战场,这时九岁的我和伙伴们站在山坡上,兴奋地指着驶过的火车:"看,大炮,坦克。"却不知这列越跑越远的火车越来越近地靠近了战争,越来越远地疏远了和平。它漆黑的厢体上没有黑色的文字和箭头简明地指清开头和结尾,但历史常识告诉我们,任何战车都从战争开始,到和平收尾,这列身上有锈的火车也不例外。

无论啥样的火车,都有起点和目的地,都会义无反顾地冲向前方,将我们撂在原地不动,仿佛我们是某盏灯或某个站台一样,这就是旁观者的结局和下场。对那一条条目的明确的线索来说，我们不过是一个个微不足道的省略号，没有我们火车照样可以凭着记忆一往无前。

铁路粗暴地斩断了山路，冰冷的铁轨铺展了我们的想象，许多目光追随火车向远方跑去但最终被半路甩下撞得骨折了，谁也不知道匆忙赶路的火车内心的感受，每天准时上路到站偶尔晚点还要拼命追赶时间的它们在时间和空间的平面上擦身驶过，根本无暇思考，上帝也不会因它们而发笑。

我们很快跟着大孩子们学会了一种危险的游戏，那就是将一枚长长的铁钉放在铁轨上，听任火车将其轧成一柄又扁又薄的"剑"。那些铁钉都是崭新崭新的，刚从油纸中取出来，浑身上下还沾着油儿，在空气中泛着明亮而幽蓝的光，它们注定要在生活的某些关键部位发挥某些作用，迎接生命中某些能够承受之重，但到了我们手上，就只有接受火车和铁轨的洗礼，尽管这也是一种生活的锤炼与重击，但与酣畅淋漓地穿木或墙而过相比，已经失去了生活的本真，蜕变成了一柄刺不中生活心脏的扭曲之"剑"。

我和胜利一人拿了一枚铁钉，竖放在锃亮得可以照出影子的铁轨上，长长的鸣笛自北向南破空传来，狂野的火车头水牛一样仿佛要挣脱车厢的缰绳冲了过来。我们本能地跳离了轨道，我在这侧，胜利在那侧。

一眨眼的工夫，火车驶近了，笨重的车轮接触到铁轨裸露的身体发出了激动的轰隆声。它掀起的强大气流鼓荡着我，我的衣服、裤筒、头发甚至身体都蓄满了风，像一只大鸟，把持不住了，马上就要追随火车飞了。我不错眼珠地盯着那枚有些颤抖的铁钉，它似乎有些害怕，又有些亢奋，轰隆隆的潮水卷起飓风冲击波一样推着它，它不由自主地要拔腿向前狂奔。近了，近了，终于来到了。车轮毫不犹豫地压向了铁钉，我快活地叫喊起来，但立刻被轰隆声湮没了。车轮仅仅疑惑了一秒钟，心想今天是怎么了，铁轨光滑锃亮的身体上啥时多了一颗痣？这让它多少有些不舒服，它甚至听到了有极其纤细的血管爆裂的声音，但没有血，只有明亮而幽蓝的光。不容它想下去，它已被惯性带动着向前狂奔，紧接着车轮滚滚来了，一共十九节车厢。铁钉被一次次地碾压，血管一次次地爆裂。大约一分多钟后，火车开过了，将我、胜利和那两枚铁钉撂在了原地。

我拾起了铁钉，攥在手里像刚从高烧病人腋下取出的体温计，还留着火车亢奋的体温，和一朵滚烫的火焰。或许它也曾想跟着火车的脚步向前跑，但在突如其来的力量面前，它像生了根一样被焊在了铁轨上，成了铁轨的一个零件或一颗铆钉。车轮像一个铁匠，一次次地将它锤打、碾压成了一柄扁扁的"剑"，它的角色被一次偶然置换了，从一枚实用的铁钉变成了一柄满足我们虚荣的铁"剑"，这让它有些丧气，也有些困惑，仿佛弄不清楚自己的性别了，觉得自己的身份可疑起来了。

我和胜利一人站一侧，就像被火车抛下的两只罐头，茫然不知所措。我们这才发现，他面朝着火车开走的方向，我则面对着火车驶来的方向，那是一南一北两个永远射不到一起的箭头。

那两枚铁钉也是一样，一枚锐利的伤口指向南方，一枚指向北方。

仿佛是生命中的一个谶语，为我们长长如铁轨的生命亮起了一盏信号灯。后来，我和胜利，沿着铁钉的方向，一个到了北方，另一个到了南方的南方，都坐着箭头一样飞驰着追赶时光的火车。

面对一切，我宁肯相信，是那一枚铁钉，为我预言了未来生活的方向。

（原载《阳光》2009年第4期；入选长江文艺出版社《2010年中国精短美文精选》）

一路鼾声

夜行火车是一张长长的通铺,躺满了睡梦和鼾声,移动在两根滑竿似的铁轨上,领跑在黑夜前头,沿路撒下了废弃物似的站台。

车票的失而复得,终于让我在好一阵焦灼与慌乱过后,从一个被拒乘的可疑的人还原回了凭票登堂入室的旅客,踏板在我身后收起了,火车缓缓启动了。

我找到了下铺,像寻回了丢失的睡梦,内心前所未有地踏实和平静。这儿是梦的下游,所有的梦都要蹑手蹑脚地从它身旁攀缘向上,找到自己的床铺。梦像一挂瀑布,一旦站起来就高过了铺,它从上往下地流淌,拍打着单薄的床栏,鼾声是此起彼伏的水声。

受了不速降临的惊吓,我像疲累的鸟儿飞回了窝,顾不得啄理散乱的羽毛,迅速入睡了。梦像狼嗅到了我的足迹,一路追踪来了。我一遍遍地重放着丢失车票的情景,总是在被惊醒前一刻,在纷沓来往的脚步下找到了它,原来它像羽毛从我掌心悄悄滑落了,轻飘飘地飞呀飞,最终掉到了地上,许多匆匆赶路的脚步像扎不下根的飓风裹挟着它,遗弃着它,一只黏着口香糖的鞋准确地踩中了它,它服服帖帖地不敢动弹了,那只鞋竟然是我的。我的梦清晰而可靠,像刚下过雨的沙地上,一只有着繁复精美花纹的鞋落脚留下的痕迹和印记。

天亮了,我醒了,到站了。同去的对面的江羡慕地说,你昨晚睡得不错,打了一夜的鼾声。看着他无精打采的样子,我想象自己的鼾声一定响彻了一夜，它一定追随着梦大河奔流滔滔不绝，惊心动魄，他一定被扰得彻夜失眠，痛苦不堪，耳朵灌满这声音睁眼到了天明。我歉意地笑笑，掩饰似的说是累的。我听不到自己打鼾，也感觉不到，我的鼾声仿佛与我无关，脱离了我的身体，独自游荡在江和其他人的黑夜。

但我清楚地捕捉到了江的鼾声，在异乡的夜晚。旅馆的房间局促紧凑，两张床并排摆放，像左右两个同样的字，组成了不同的梦境。我和江躺在上面，我们可以听到对方呼吸，当中隔着一条空白地带，像两个字的距离，这就是梦境的分界线。江的鼾声陡起，悠长响亮，这波断了，那波又续上了，我无法进入他的梦境，刺探他内心的秘密。但他的鼾声扯着空气爬上了天花板，像荡秋千似的荡遍了角角落落，所有睡着的家具和醒着的壁灯都竖起耳朵在凝听，我无处藏身，像兔子支着耳朵任那声音汹涌灌顶。鼾声终于停了，是江起夜了，他看到我瞪着眼睛失魂落魄的样子，问清了缘由，要我先睡，等我睡着了他再睡。我如获大赦地往睡里睡，脑子却不听使唤地胡思乱想，我一只一只地数着羊群，可它们淘气地半路走失了，我不得不一遍一遍地重新开始，这时江的鼾声再次拔床响起了。我彻底绝望了，像坐上了火红鏊子的猴子，恨不得跳起来到处奔跑。但我忍住了，在焦躁不安中盼着天明，仿佛这是我唯一的解脱。黑夜脆弱如玻璃，被鼾声完全粉碎了，无数尖锐锋利的碎片扎中和刺痛了我。

这一夜，我的睡眠荒芜了，一直撂荒到了天亮。

我刚参加工作时，被分到了三〇八附近一个叫莱村的地方。三〇八是一条国道的代号，那儿有矿务局的一个仓库。我们的工作就是负责看管仓库里的设备，不断地对外出租和回收，那些设备躺在荒草中，有些已锈迹斑斑，像沉睡的记忆。我们白天正常上班，晚上轮流值班，防备有人打那些设备的主意。我和老薛一起值班，同时我俩也住在一间宿舍。我的床在外，他的床靠里，我们躺倒了，脚与脚遥相呼应。很快老薛鼾声大作，他的鼾声真是有气势，像热锅里噼噼啪啪的炒豆，又像同时喷射的密集枪声，连绵不断，针插不进，水泼不入，我想象他的鼾声与梦境纠缠在一起像密不可分的水银。隔壁的勇去年夭折了一个男孩，今年又新添了一个男孩，那孩子到了夜晚就大声啼哭，没完没了，是个标准的夜啼郎。勇夫妻俩也抱头陪着痛哭，他们的哭声穿透那堵墙壁，清晰嘹亮地回荡在我们屋内。老薛仍在继续他的鼾声，我却像被水深火热交相夹攻，失眠在鼾声和哭声中。

有些日子，老薛在鼾声中加入了梦话，这让他的鼾声不再连绵不断，也给了我进入他曲折隐秘内心的机会与通道。他在睡梦中轻轻反复唤着一个叫"巧儿"的名字，竹筒倒豆子地说着俩人相识相爱的情景，地点从老屋到河岸又到瓜棚，一气呵成的情节连贯起来就是两个人的恋爱史，说到动情处竟放声哭醒了。我静静地听着，不再觉得那鼾声单调烦闷，鼾声响亮在讲述间隙，仿佛"且听下回分解"地连接起了上下讲述。那些日子，我是他唯一的听众，连隔壁的哭声都被他深情生动的讲述原封不动地送了回去，直到有一天他猛地不讲了，我像坐车突然被闪了一下子，又开始了在鼾声与哭声中失眠。后来我才知道，老薛小名叫"巧儿"的爱人那些日子病重，徘徊在生死边缘，他揪心似的牵挂与疼痛，直到她奇迹似的慢慢地好了。还有一次，老薛在鼾声中一连叫了几声"油"，滚身爬起来就往仓库里奔，我也跟了出去，只见一个黑影仓皇越墙逃走了，一辆汽车旁撂了一截皮管和一只油桶，桶里盛了半桶黑黑的柴油。原来那人正在偷偷地放汽车的油，被老薛和我吓得抱头鼠窜了。让我觉得不可思议的是，老薛的鼾声就像警报惊醒了他自己，仿佛那一串串鼾声联系着黑夜的神经，随时都在清楚地醒着，一举一动都逃不过它的眼睛。

不久我就调离了那儿，再也没见过老薛。我有时想起那段生活，第一个登台亮相的就是老薛，我仍记得他的模样，耳旁仍回荡着他非凡的鼾声和梦话。在现实生活中，他是一个沉默少言刻板执拗的人，似乎没谁真正喜欢他，但他的鼾声和梦话像文白相互对照，不经意间向我袒露了他丰富细腻的内心世界，也舒缓了自己强大紧迫的压力，他站在热闹纷繁的生活当中暗暗地释放和表达着自己的爱恨情仇，像一条内心凶猛奔腾向前的地下河。

儿子猝然发起了高烧，他滚烫的体温追随着水银柱迅速上升，在服过退烧片大汗淋漓过后，体温直线下降了，他开始了昏然睡梦。他蜷缩在床的角落，面孔潮红，像一只可怜的猫儿。他呼吸粗重，腹部起伏夸张，像一面敲响的鼓。那一刻，他竟然扯起了鼾声，粗犷急促，像北风呼呼刮过，又像卖力地拉着风箱，推动得火苗熊熊燃烧。这是我头一次听到他的鼾声，我有些不知所措，平稳均匀的生活秩序一下子被鼾声粗暴地破坏和打乱了。

第二天，他剧烈地咳嗽了，迅速转成了肺炎。我一直固执地相信，是鼾声暴露了他身体的弱点，让暂时强盛的病毒长驱直入了他稚嫩的气管与肺叶，但病毒和鼾声渐渐被药和盐水围剿消灭了，平稳均匀的生活秩序重新恢复正常了，整个过程像抽一只蚕茧一样漫长。每天看着毫不迟疑的针尖扎入儿子的手背，鲜红的血像泉眼一样汩汩涌出又抽身退回，我心如刀绞，忙替儿子捂住双眼躲避这咫尺苦难，儿子却勇敢地推开我的手，眼睛不眨地正视着自己的鲜血，我理解这是他在坦然面对成长的疼痛。

鼾声从身体出发，像与身俱有的一个器官，一路嘹亮像凯歌高奏，沿路奔跑像夜行火车串起了我们的梦境。是它在和平的呼吸和梦境以外，留下了痕迹和皱纹，种上了枪声与豆荚，让我们的梦境有声有色，像一场没有硝烟的战争一样。

(原载《文学界·原创版》2008年第4期)

挑 刺 儿

如果不是因为一根刺，这个夜晚将和所有的夜晚一样。

吃过饭后，我收拾碗筷，开始刷碗。在这上面，我们家有着明确细致的分工，就像一架运转正常的机器，在它流水似的下游，我们以爱家的名义，每天重复着各自一样的动作不厌其烦，仿佛它们天生是依附我们的谓语。

先洗筷子。我习惯打开自来水龙头，左手攥着筷子，右手握住丝瓜瓤，一根一根地冲洗。在这以前，我从未留意过家中已经换了一把新筷子，它们竹的身体有棱有角，潜伏着毛刺儿，像张开口子的陷阱，窥伺着我，随时准备袭击我。

我用丝瓜瓤使劲地擦洗一根筷子。妻常说我干啥事都使劲，仿佛对事情本身怀着刻骨的仇恨与非常的不满，又好像在抡起汽锤狠狠地将这个动作揳入地下。比如洗菜，我愣是将水灵灵的小白菜揉搓得稀烂，像被霜打了一样。

突然，疼痛像野兽咬中了我，逼我喊出了声。这声音一定很凄厉，嘹亮在厨房，又跑了出去，回荡在所有房间，引来了所有的人。我低头看到筷子留了一根刺在我的食指上，鲜血正从那儿缓缓渗出，我慌忙将食指伸到水龙头下，不停地冲洗，针刺般的剧痛被冰凉暂时镇压住了。

借着台灯昏黄的灯光，我看到一根刺横贯在我的食指中，它不长，很细，静静地躺在血肉里，像一条顽固的线索，用手拔也拔不出来。妻胆小，举着针不敢去拨它，唤来了母亲。我坐着，母亲站着。母亲取出一根缝衣服的针，点亮一根蜡烛，将针凑到火上反复烧了消毒，又用棉球拭去了针上的黑灰，针绽开了细微的光芒，刺入肉中挑刺。她一点一点地拨着，刺像跟她捉迷藏似的，拧身到处躲着针尖儿，针陷入柔软的肉里不能自拔，肉被挑开了，翻了出来，范围越来越大，疼痛越来越深，渐渐像血液淌遍了全身。我咬牙切齿，左手攥紧拳头，汗珠儿啪嗒啪嗒地砸到桌子上。母亲一边提醒我放松点，一边更加小心地拨。她俯下身子，脸上有汗，一头白发银光闪闪，汗珠儿更近地砸到桌子上，啪嗒啪嗒，一滴一滴的，接踵不断，听起来惊心动魄。极静，静极，隔着凝固的空气，她的心跳如此迫近可闻，像强劲的鼓槌悄然擂响。这样反复地拨着，刺断了，一小截儿从针尖儿跳了出来。母亲继续拨着，又挖出了一小截儿。它们都浸透了红的血，散着我的体温，没了本来面目，却嗅不到血腥。

  母亲终于挑完了。她面色苍白，嘴唇淡紫，神情疲惫，仿佛虚脱了，到一旁去休息了。伤口皮开肉绽，肿了起来，疼痛难忍。这让我想到了一种叫倒刺儿的东西。它不时现身在我的手指上，形状如刺，是生活埋下的细小伏笔。我们有时也叫它倒枪儿（它就像枪刺或红缨枪尖儿）。它一律迈步向前生长，像草皮掩住了伤口，但一不留神，它就向后转身，草皮被掀开了，高高翘起了，露出了鲜红湿润的伤口。这时它会让我觉得疼痛。如果你要像对待钉子一样拔除它，只能顺着它前进的方向，千万不能往后生拉硬拽，否则会越扯越大，鲜血淋漓。记得有一次，我大拇指右侧生了一片倒刺儿，我试着向前拔它，它扎了根似的不理会，又往后扯它，这回它愤怒了，带动一大块血肉倒戈了，鲜血汩汩奔涌如箭，让我疼痛了好长一段时间。倒刺儿设下了伪装和陷阱，时常以这种疼痛折磨我们，让我们不得安生。

  一根刺，让这个平淡的夜晚变得不寻常了，我带着深刻的疼痛入睡了。

  一连几天，我不再刷碗，每天习惯抚摸渐渐愈合的伤口，总觉得有一点儿坚硬，像碎石子儿梗阻在那儿，从里往外散着尖锐的疼痛，一波一波的，像水。

  又一个夜晚。在炽亮如白昼的灯光下，我寻到了一点儿头绪，用指甲尖儿掐住一使劲拽了出来，原来是残存的刺儿。它在血与肉的滋养下，已经渐渐变黑了。自此，食指彻底安生了。轻轻抚摸，还有些粗糙，像砂纸打磨着大拇指肚，但疼痛却悄悄隐身了。

我又开始刷碗了。每次拿起筷子,我都心有余悸,浑身不寒而栗,想到了那个不寻常的夜晚,小心翼翼地擦洗着它们,像侍候一件绝世珍品。

许多年了,我习惯了以挑剔的眼光看待别人,以指摘的口气对待别人,他们中有些是我的亲人,有些是我的朋友,有些则与我素不相识。这是日常生活中的挑刺儿,我曾经理解他们就像倒刺儿,我只有反复地对他们挑刺儿,帮助他们拔掉这些倒刺儿,才觉得心安理得。

但一根刺,一根短短的尖锐的刺,让我不可避免地成了被挑刺儿的对象。一根刺像一张嗜血的尖细的嘴,畅通无阻地扎入我的血肉,又一点一点地被挑出,血淋淋地带着我的温度,是它把我从冷漠和麻木中唤醒,让我有了一波一波的警惕与疼痛,同时一针见血地教会了我宽容与理解。

因此,对这根曾经搅得我不得安生的刺,我除了感谢,还是感谢。

(原载《齐鲁晚报》2009年5月22日)

一个人的站台

我相信,这种尴尬而倒霉事情的发生极其偶然,至少应该在几万分之一。就像一个苹果极其偶然地垂直掉到牛顿头顶,又打着滚儿滑向他的肩头。

小时候,我大概五岁,听了牛顿的故事,搬张板凳坐在一株苹果树下,双手托腮支撑在膝盖上,等着有些青涩的苹果掉下来。正午的果园看不到人影,只有树影,蓬蓬松松的一大团,像一杆披头散发的大号狼毫。我躲在树影里,成为树影的一部分,白白闪闪的阳光筛过叶子的掌缝,像亮晶晶的雨滴打在我的头上、脸上和身上。一阵风刮过,叶子像书页被齐刷刷地掀了过去,黯淡的一面翻向了上,明亮的一面朝向了下,像无数片摔碎的镜子,阳光从四面汩汩地向我涌来。就在那一刹那,我仰头看见许多苹果笑岔了气,捂着肚子弯下了腰,似乎要掉下来了,我甚至想站起来用头去欢迎它们,但风止树静,一切又恢复了原样。一滴又黏又稠的液体响亮地落到了我的头顶,是鸟粪,一只鸟儿受了惊吓似的张翅飞了。从正午到傍晚,除了阳光,这是唯一落到我头顶的东西,一滴鸟粪,与苹果毫无关联。这个过程让我相信,等待一个苹果掉在头顶的过程远比一滴鸟粪漫长和偶然,尽管苹果树上结不出鸟粪。

但这种事情偏偏发生在了我身上,也就是说我至少应该是那几万分之一,因此说我是一个尴尬而倒霉的人。

我说的是不久前一次自京返乡的旅程。事先没有一点儿征兆,直至事情发生了，我也没觉得那个夜晚有什么异样。

火车就要开了。它载满了灯光，漂浮在黑暗的铁轨上，就像一只尾巴长长的萤火虫。借助灯光我看到车身上，贴着有些暧昧的脸的车窗下方，简洁明了地标着两个城市的名字。这列从祖国心脏开出的火车，经过一夜的匆匆埋头赶路，将到达一个叫徐州的城市，然后美美地做个白日梦，当晚又载满灯光和有些暧昧的脸匆匆往回赶路。有时我甚至觉得，一列火车，当然是客车，运送的不是活生生的人，而是新鲜滚烫的血液，沿途那些或大或小的城市就是粗细不一四通八达的血管。火车到站，吐出了些人，又吞进了些人，是在为一根根血管输血或准备血液。如此说，我也是一滴新鲜滚烫的血液，要去的那个有我气息的城市也是一根毛细血管。

车票捏在我的大拇指和食指间，窄窄的，像是一张献血卡。此时它对于我意味着一扇门和一张床，下铺，还有一个注定并不太宁静的夜晚和在滚滚车轮上行走的睡眠，其他似乎都不那么重要了，输血也是明天清晨的事情了。

据说一只鸟放在了手心，你可以不必担心它会飞起来甚至飞走，因为手心是软的，使不上劲，而鸟需要借助力才能拍翅飞起来，就像竹篙在石上轻轻一点或深深插入水下接触到泥土，船才能够借力行走一样。一张捏在我手里的车票，即使是一只鸟，也是一只受制于我飞不出我掌心的鸟。但我至今都没弄明白的是，它究竟如何鬼使神差地借助冥冥中的力量，挣脱我的手飞了，而且飞得那么决绝，没有一丝留恋，那一刻我真的意识到了自己的软弱无力。

我眼睁睁地瞪着它像片树叶子打着旋儿飘落，惊呆了，激动了，胡乱地用手去抓，就像溺水的人急于捞住一根救命的稻草。但起风了，正在不停地扭动身子跟我捉迷藏的它来精神了，朝我扮了个鬼脸，迅速翻了几个跟头，灵巧地钻入了火车底下。

此时汽笛鸣响，有人熟练地收起踏板，关上了门，火车动身了。

我站在原地，火车扬起的巨大气流迫使我不自觉地后退，它要匆忙赶路去为第一根血管输血了。

我看到在火车的尾巴后面，那张车票迫不及待地追随着它上路了，就像一只幸灾乐祸的蝴蝶。

我大梦初醒地撒开腿努力向前狂奔去追赶车票，确切地说，是追赶火车，但火车已经喘着粗气逐渐加速，吼叫着隐身于黑夜中，急速闪过的是一窗窗变形的脸和破碎的灯光，还有车轮与铁轨摩擦出的火花。

火车终于跑得无影无踪了。

一张车票独自上路了，留下了一个人还在原地等待，这意味着按部就班的生活露出了破绽，一扇门对一个人关闭了，一张床铺在这个夜晚暂时荒凉了。有人会很快发现这种情况，奇怪这是怎么了，心想不能让它一路荒凉下去，得种上些庄稼一样的梦境和呓语，不久它就住上了人，但不是我。

人能够真正进行在一个人的状态时并不多，譬如说一个人的战争、一个人的抵抗，甚至一个人的爱情，这听上去就像一只独脚圆规用尽浑身力气摇晃着却画不出一个水泄不通的圆，总有些悲壮、孤独甚至无奈。

孤独的人是可耻的。

没人同行的人是可怜的。

就像此刻，一列属于我的火车抛弃我上路了，另一列火车正在等待上路，它将沿着昨天的足迹去输血或准备血液，许多新鲜滚烫而热闹喧哗的血液凭借一张献血卡，拥挤着等待被推入车厢长长的针管，但它却不属于我，我是一滴逐渐冷却和被遗忘的血液。

这是我一个人的站台。

我被排斥出了某节车厢，丢失了睡眠，也暂时找不到自己那根毛细血管了，我因为丢了献血卡似的车票而变得身份可疑，就像一条被火车气流拍上岸的小鱼，孤独无助。

明天，火车正点到站，我的妻子和儿子站在人群中看着别人纷纷领走自己的那一份等待，又纷纷散去了，站台上仅仅留下了两手空空的他们，就像我此刻的遭遇，他们在失望之余，怎么也想不到我正像一个破包裹被随意丢在了一个作为起点的站台，等待下一列火车的招领。

(原载《当代小说》2006 年第 12 期（下）)

有些熟悉的人是你的伤口

　　有些熟悉的人是你的伤口，这听上去是多么荒谬好笑的一件事情啊。你肯定会努力否认，还会笑话我，我这样想。

　　我在路上和市场上不止一次地碰到过 A。我和她住在同一个小区，在一起的还有一些人，我们一周五天每天两次地走出不同的门，进入同一个门，最终回到不同的门。我说这些你就明白了，对，我们是同事，但事情发生后 A 就要求内退了。从此我们不再一周五天每天两次地进出同一个门，这个门在某种契约似的关系上永久对她关闭了，尽管她仍然可以随时自由出入。按道理说我们还应该经常见面，打打招呼，说说话，同住一个小区为我们提供了这种机会和可能，但我的确极少见到她，听那些人说也是这样。这让我很纳闷，作为一个活生生的人，她总得吃饭、穿衣，拿着水卡和电卡到小区办公室充值输入水源和光明，进入各类营业厅取款和交费，等等，而这一切都需要走出家门，接触形形色色的人，当然也可能与我们这些人迎头遭遇。

　　我仅见过她两次，一次是在市场，在一个羊肉摊前，她先去买羊肉，我后到买羊肉，我们说的几句话都没离开羊肉；另一次是在路上，她往小区里走，我朝小区外走，我们不可救药地狭路相逢。这两次她都抬不起头，神情落寞而沮丧，举止慌张而忸怩，可以看得出她内心是多么不希望见到我甚至怕被我看见，仿佛做错了什么事害怕被我责骂似的，又像无意中被我撞见窥到了一个不为人知的秘密。后一次她一定提前发现了我，她或许想折身往回走，将背影留给我，但她想到了我会追着她的背影上前喊住她，她又想往门两旁躲，只是那儿空空荡荡，除了一根电线杆，无法藏起她和影子，她就这样硬着头皮扮着笑脸与我碰面了。

我觉得她的确不愿甚至怕碰到我。我们曾经在一起工作了那么长时间，是那么熟悉，直到那件事情发生以前，我们一直自然融洽地相处，我们之间没有矛盾与冲突，天天见许多次面，一起打水，有说有笑，至少我们不像某些人一样，互为彼此的伤疤与芥蒂。正因为我熟悉她，她见了我就重温了往事，找回了记忆，就像镜子在镜里找到了真实，斧头在刃上寻到了锋利，当然包括那件事情。

那件事情其实是一个落入俗套的故事：关于一个男人和两个女人。他们都是我的同事。一个女人是A，另一个女人是B，男人是A的丈夫。B和我在同一办公室，高高的个子，眼睛有些特别，像闪着寒光能够剜出你血肉的刀子。妻到办公室找我，头一次看见那双眼睛，就说这个女人不善。在这上面，我相信女人的直觉。有些人在生活的洪流中站稳脚跟，靠的是坦荡真诚，还有的靠的是圆滑逢迎，B靠的却是撒泼耍横，胡搅蛮缠，得理和没理都不饶人。她没有人缘，但谁都怕她和让她三分，主要是担心引火烧身。她啥时和A的丈夫好上的，我一点都不知道，不过她平时说话就流露出了对他的好感与向往，大概别人都知道，对这种事我永远麻木不仁。他们之间的故事是在A大闹宾馆以后，才像一尾上钩的鱼一下子被提出水面，大白于天下的。那个深夜有点燥热，似乎注定要发生些事情，B和A的丈夫一同走进了宾馆房间，他们迫不及待地熄灭了灯，几乎同时有一个神秘的人往A家里打电话，告诉了她自己看到的一切。A风风火火怒气冲冲地赶到宾馆，疯狂地踹开了房门，她看到黑暗中他们扑闪着白光，像两根麻花一样紧紧纠缠到一起，此刻灯大胆热烈地亮了，仿佛故意展示着什么，是A打开的。不等A反应过来，B已经像豹子从床上爬起扑向她，撕扯着她的头发，腾出手来扇她的脸，抬脚狠狠地踢向女人最隐秘的部位，嘴里还愤愤不平地咒骂着："死×，烂×，我打死你。"A的头发被一绺一绺地带着血连根拔起，脸上留下了红红的掌印，捂着肚子万分痛苦地蹲下了。在高大的B面前，她是如此不堪一击，像一个孩子在被一个大人教训收拾，她蹲下更方便了B，拳脚更没命地砸向她落到她渐渐忘记疼痛的身体上。她的丈夫不慌不忙地穿上衣服，眼睁睁地看了她俩一会，悄悄地溜走了。

事情到这儿远没结束。第二天早上,B闯到A家,敲开门在她家里再次痛打了她,可怜她像一株枝残叶落的花,仰着满面伤痕又添新伤。临走B命令似的说:"你现在和他离婚,我马上就和他结婚。"从此,B碰到A就用最恶毒的语言骂她,用最强硬的拳脚踢她打她,她仿佛是B的陪练与靶子,一次次地被B逼上疼痛和逃跑之路。她像怕天敌一样怕B,逆来顺受得像一个任B摆布的木偶,唯一的办法只有慌不择路地躲和逃。

她的丈夫迁怒她不识相地哭闹,搅了自己的好局,让自己在人前抬不起头来,毁了自己的前程(他不久就被迫辞去了那个令人忌妒和羡慕的领导位置),关上门结结实实地痛打她一顿之后,不顾一切地跟她离婚了,从此再也没进过这个门。就连她的一对儿女也嫌她窝囊,整天数落她的胆怯无能,跟她若即若离。

这种事情跑得比风还快。从一个人的目击讲述开始,到另一个人添油加醋的转述,许多灵巧柔软的舌头像搅拌机一齐咀嚼着它。而A夫妇曾经是多么恩爱甜蜜啊,她曾经在我们的注视下挺身为丈夫鸣冤抱不平,甚至不惜采取当众喝药的过激方式,但现在一切都结束了,仅留下了伤痛与仇恨。

我们熟悉她的过去和现在,可以如数家珍地讲述,就像讲我们自己的故事。我们的记忆坚不可摧,牢不可破,像一张大网罩住了她,她像与水隔绝被无数网眼拦堵的小鱼,无处躲逃,仅靠舔食自己的泪水与血痕苟活。她不愿甚至怕见到我们,千方百计地躲闪我们,像在跟我们捉迷藏,压根不想跟我们照面,是因为我们都是她往事和记忆的见证与坐标,如果说她是一根粗粗的主血管,我们就是许多细细的毛细血管,捋着我们当中任何一个人都可以摸黑找到她的往事和记忆。她没丢掉往事和记忆,却被我们刻在了脑海中,攥在了手心里,像把柄一样,我们都是她往事和记忆的收藏者与保管者。如果有一天她真的丢了它们,不必惊慌也不必沮丧,我们谁都能迅速帮她复制和再现。但她却不这么想,在她看来我们都是她的伤口,可以随时横陈裸露在外,鲜血淋漓。她一次次地碰到我们,一次次地被揭开伤口,永远不能愈合。我看出了她内心的尴尬与苦痛,她竭力想掩饰和遮盖着什么,甚至强装笑颜地扮演轻松和平静,但我知道她的心在汩汩流血,处在水深火热的战栗与伤痛当中无法自拔。

这一切，都因为我们拾到了她丢失的血淋淋的颜面，是她堵不住和永远不能愈合的伤口。

　　A 的丈夫终于没跟 B 结婚，但据说他们仍然藕断丝连，悄悄过着暗无天日的地下生活。

　　时隔一年后，这个单位几乎被检察院掀了个底朝天，许多人像萝卜被拔出了各自的窝，带出了一地钞票。几乎所有人都说，如果不发生那件事，这些人中一定有 A 的前夫，而且他被拔出带出的钞票恐怕比谁都要多，是 B 无心间接帮了他，让他在一场惊天动地的闹剧和丑闻中黯然下台，苟全于风暴以外，直至不知去向。

　　我不知道该替他庆幸还是悲哀。

钟 表 匠

街角有个小伙叫旭东。他留着小平头，宽额头，窄下巴，小眼睛。从早到晚，满面红光，像是喝了高粱酒。

他开了一间钟表修理店。钟表店被夹在了中间，左邻是刻章店，右舍是粮油店。

这儿是十字路口，中央立着一个台子，像是一大一小两面鼓摞到了一起，周圈刷着红与白的油漆。白天，一个穿蓝制服的警察站在上面，探出长长的胳膊，一板一眼地打着手势，牵着来往车辆和行人的鼻子走。顺着他手指的方向，向西通往火车站，往南一直延伸向比徐州更远的南方，转身朝北则回到了我们温暖的娘家——煤城。

我晒的是许多年前的芝麻与谷子了。

那时我在读初中。旭东是我的同班同学民勤的舅。民勤姓王，是一个女生，长得又高又瘦，扎着两只刷把子，左右摇头像两面拨浪鼓。她最显著的特征是，脸上的颧骨高，仿佛是那两块骨头挑起了皮肉，天天向上生长。不知是谁懂得多，率先在她背后议论道：女人颧骨高，杀夫不用刀。这说法很快像瘟疫到处流传开来。

因为民勤，我想当然地认定旭东也姓王，就没想过他还可能姓其他。那时的我就是这么一张傻乎乎的白纸，就像我的班主任说过的，吃别人嚼过的馍不甜，但我却乐意像吃别人嚼过的馍一样，接受并重复别人说过的话，这毛病一直贯穿了我的整个成长。

钟表店沿街，一间房，一扇门，两扇窗。迈开大步，纵五六步，横三四步。里有柜台，有桌子，有橱子。到处都是钟表，它们有各种各样的体积和形状，站着、坐着、蹲着、躺着、趴着、靠着，所有人能做的动作，它们都以时光的面孔模拟了出来，惟妙惟肖。它们中有些被修理过了，集中校正到了同一个时间，走着整齐划一的碎步；有些仍像来时一样，胡乱踩着醉汉的步子，深一脚浅一脚，或在时光的漫漫驿道上，彻底停下脚步，背靠某棵一成不变的树，沉沉地蒙头大睡；还有些被锁入了橱子，就像被关了禁闭，在自言自语中摸黑兜着圈子。

钟表们有血有肉，丰满富有，秒、分与小时，这些从小到大、环环紧扣的单位，就是它们的血与肉。它们穴居在表盘里，像一个夸父，卖力地与时光赛跑。这叫它们的身体有时出了问题，不是血流不畅，就是肌体劳损，抑或器官老化。

旭东坐在中间，四周是怠工或罢工的钟表们，嘀嗒声连成一片，他却充耳不闻，仿佛它们与他无关。在这儿，他热衷于向每一个到访者谈论钟表的知识，同时出售全城最好的手艺。看到我去也不例外。他指着一只样子古旧、镀着珐琅的座钟，向我介绍着它的珍稀，它的精确，它的明亮。它的确像一个绝代女人，逃脱了时间的无情法则，保持着永远年轻的容颜。他在啧啧赞叹的同时，也不忘低低一声叹息，感慨它像一头负重跋涉的骆驼，积满上世纪的风尘，终于掉队了，让他有机会接近它、抚摸它，像一个奴仆一样为自己高贵的女王服务。他痴迷而陶醉的神情让我相信，出了这间房子，他谈论最多的仍是关于钟表的知识。

即使是白天，他也拧亮台灯，坐在桌前，埋头趴在灯下校正时光，他似乎混淆了白天与黑夜，但他的视力却出奇地好，任何时光的蛛丝马迹都别想逃脱他的眼睛。一桌狼藉，一桌鸡毛，一桌乱麻，一桌飞尘，一桌琐碎，一桌齿轮，一桌秒针，一桌螺钉，一桌发条，一桌表壳，一桌表膜……这些都是我所看到的，也是目前他所面对的。这是一个开放的时光现场，仿佛刚刚经历了一场战争的洗劫，惨烈而冷酷，遗下的都是时光的碎屑，细微而无序。他却不动声色，像一个娴熟的外科大夫，操起各种工具，专注地修理它们，苦苦地校正它们。我仿佛看到许多不同的人，正被他无情地打开、修理、校正，有的再也无法复原，被时光狠狠地踹了下去。

我真的很羡慕他，时光在他手中是一只魔方，他可以借助双手，从任何角度、方向穿越它，进入它，譬如坐在它的背面，或在它的心脏当中，长时间地，一言不发地，打量着它，摆弄着它，然后凑近耳边，谛听它的心跳。

而在他的时光之外，许多人的时光正马不停蹄、脚不点地地向前，就像来去无踪的风。譬如我被忧伤浸泡和侵蚀的时光。

再见旭东，他已搬离了那间房子，寄身农业银行旁边摆了个流动摊子，背后是一条泥泞的小巷，蜿蜒曲折，通往他的家。

他在又白又亮的天底下，不再拧亮台灯，也不再谈论钟表的知识，却仍旧埋头趴在桌上，苦苦地校正着时光，出售全城最好的手艺。

从早到晚，他满面红光，像是喝了高粱酒。

后来，这一片儿改造拆迁了，他就连同摊子一起消失了。

时光过得真快呀，一转眼，快三十年了。不知小伙旭东被雕塑成了啥模样？

初中同学聚会，碰到了民勤，我试着问她旭东的下落，她一脸茫然，说不出来。她告诉我，旭东姓王。我曾经为此想当然过，但现在我却想，百家姓中那么多姓氏，他怎么就偏偏和民勤一样姓王呢？

他见证了许许多多的时光，亲手打开了它们，校正了它们，修复了它们。其中就有我的那段青涩如毛桃的时光。

最终，他本人却像桌上的那些碎屑，被时光一扫帚刮得不知去向了。

(原载《文艺报》2012年3月23日)

身上有锈

生活是从常识开始的。

譬如说,人是铁,饭是钢,一顿不吃饿得慌。

这个常识是我儿时守在收音机旁,听讲评书的刘兰芳说的,就深深地刻在了我脑海里,一直到此刻,还将到永远。

就像一个望云识得天气、看地识得收成的老农,所能告诉和提醒我的,它也告诉和提醒我:人是一块会生锈的铁。你牢牢地记住了这点,我就可以往下写了。

在与时光的对峙中,锈是颓废的,没落的,就像最后搁浅的贵族,弥漫着传染病的气息。譬如一把菜刀,它所有实用的功能都体现在了它的坚硬与锋利上,正是锈站到了它们的对立面,像一对反义词,在不动声色中悄悄地软化它,默默地使它反应迟钝。有一天,我们忽地想起了它,拿起来一看,不得了了,它已经浑身长满了锈,摸摸沾满了手,像血。

生活中还有另一种锈,它来自我们的身体。

有时我们身上某个隐秘的部位,譬如膝盖间、大腿根、手臂上,不知何时突然多了一道伤痕。隔着穿着整齐的衣服,这让我们十分费解,谁也说不清它的来历。我们在发现它的那些地方,譬如更衣室、洗澡堂、被窝里,傻傻地想着它从何而来,苦苦地寻着它突然现身的路线,却一无所获。其实待到我们发现它时,它业已结痂了,有时是一块,还有时是一道,隆起在皮肤之上,颜色暗红,像干涸的血,是真正的锈。它与那些胎记不同,它们与身俱有地长进了皮和肉中，是皮和肉的一部分，只是色彩深沉、灰暗，像沉积入身体的页岩或片岩，谁都无法轻易清除得掉。

抑或痂落了，它才被我们无意中发现。此刻，一道的它，绽开细细的苍白的光，像皮上滚过的一条闪电，隐匿在皮毛之间，将自己藏得很深，不想被我们发现。但它的白，丢到黄土一样漫漶的黄中，就像霜降后结霜的土地，生动地暴露了它，招供了它。那些个一块的它，是一个小小的独立王国，划皮而治，露出了血与肉的真面目。它张扬而嚣张，本来就不想藏起自己，而愿"招摇过皮毛"。它以纷呈的表情和形状昭示我们，却都面色鲜红，像最初的，婴儿的皮肤，吹弹即破。

也许直到一个或几个在漫漫中渐渐凉下来的夏天之后，作为一道或一块的它们，才会像一条条蚯蚓，努力挣身钻入皮肉深处，任何惊蛰的雷声都唤不醒它们沉睡的梦，任何丰沛的谷雨都动摇不了它们潜伏的欲望。

夏天不懂得什么是历史与记忆，也不知道什么是忘记与背叛，它埋头如一头老牛，屁股后面拖着犁铧，走了又来，来了又走，将那些伤痕翻到了地下，不见天日。

一次，我去理发馆理发。我是那儿的常客，那个仿佛无所不知的刘姓小伙子，熟悉我的头顶就像熟悉他的手掌。每次我环着一条又长又大的围巾，像幼儿园一个等待开饭的孩子，他站在我身旁，不时地移动，从左侧到右侧，又从右侧到左侧，手上不停地为我修理着不断疯长向上，快要埋葬和湮没我的荒芜时光。这一次，他烂熟于心的记忆没有走错路，他娴熟的手上技艺也没有发挥失常，只是，我的后脑勺间，靠近头顶的左侧，不知何时鼓起了一个包。我看不见它，仅能凭借手指轻轻抚摸它，指尖与发根接触后，发出沙沙的响声，像悬在旷野的半空中的电线，漏电后与空气碰撞发出的呻吟。我很快断定它是一道伤痕，凌驾在头皮之上，因为它摸上去有些疼，从头皮开始，这疼像触电一样，迅速过向了我全身，叫我不寒而栗。小刘仍然固执地坚信他的记忆与经验，他的推剪豪放地推进收割，反反复复，直到触上了这道伤痕。在所向披靡的推剪下，伤痕无疑是一个小小的障碍，它被掀翻了，推倒了，大概由于连着某条纤细的血管，鲜血被引爆了，不可遏止地涌出，挟着凌乱的头发像一条雨丝，沿着后脑勺垂直的下坡路，一口气淌了下来，钻进了脖子里。小刘吓坏了，先引我到水龙头下用水冲洗，又叫我用卫生纸死死地摁住它，血终于止住了。

但从此，这道伤痕就死心塌地地跟定了我。手闲来没事时，我就抚摸它，疼仍像触电一样，迅速过向了我全身，叫我不寒而栗。偶尔我狠狠心，试图将它连根拔起，待到我煞费力气之后，得到的只是更加深刻与猛烈的疼，一些痂被强行剥掉之后，仅仅一夜，又追随着太阳长出了，像野草一样。

倒是小刘，再给我理发，推剪每到了那儿，原本轻车熟路的收割忽然停滞了，变得小心翼翼了，绕着它缓缓地走，就像正在录音机里痛快淋漓地歌唱的磁带，一下子卡了壳，最后的音符像火山灰慢慢飘了下来。

我真的不知它的来历，也许来自某次碰壁，但怎么才能碰到这个位置，我想象和模拟了许多次，都无法做到，只好放弃了。

类似的伤痕从头到脚，是我们的身体在与时光的殊死搏斗中，沉积下来的斑斑锈迹。它不时地现身于我们的肉体之上，提示我们这就是被无意中忽略的那一部分生活，它天生爱以疤或痕的表情逼自己现身，告诉我们：你是一块会生锈的铁。

（原载《文艺报》2012 年 3 月 23 日）

卷三
万物花开

请把泥土带回家

一

我又一次走向市场,两手空空。

一周当中,像这样走向市场,总有几次。我是在为一家三口,一日三餐,拎些新鲜和丰富回来。

我们家,具体地说,是我们家的餐桌,与市场之间,连着一条青黄相接的传送带。或者干脆地说,我就是这条传送带,一趟趟地奔波在餐桌和市场之间,源源不断地为我们的胃口输送来生产动力的物质。

从市场,我又一次走回家,提着两手沉甸甸。它们仿佛被一股漩涡似的力量吸引,不住地下坠,拖拽着我的整个身体。我感觉自己就像一棵树,从左右两边,被两根绳子分头绑上了,而且不停地往地下拉,有可能真的沉入地下,重新变回一粒种子。

市场中有两类卖菜的:一类在台上,另一类在台下。

台上的趁着天黑,起早从批发市场批发了各种蔬菜,风风火火地往回赶,待到天亮已经摆满了面前属于自己的那一段水泥台,像一个割据者,在自己的领地内,开始向过往的路人兜售别人土地上的果实。

台下的不像那些台上的,他们没有属于自己的水泥台,也不天天雷打不动地出摊,他们能够伺候和耕种的土地本来就少,至多那么一分两分地,他们卖的是自己口中的富余或节余,赖此贴补拮据的家用。因此,他们不慌不忙，趁着天亮踏着露水，到自家地里摘半篮辣椒，刨一袋土豆，砍几棵白菜……这些都是他们头天提前瞧好了的，已经记在心里了，今早来了就扛着锄或操着刀直奔它们而去。然后，他们不紧不慢地蹬着三轮车，来到了市场，在地上摊开塑料布，从车上卸下自己的汗水，它们就像他们喂大的水灵灵的孩子，被我们一哄领回了家。

他们安于现状，上不了台，渐渐地，他们最初在地上摊开的那一塑料布大的地方，就自然而然地成为他们的领地。他们来了，直接奔向那地方，摊开塑料布，小心地卸下收获，在车轮和脚步中静静地守候。

学着其他人的叫法，我也叫他们自卖头的。这意思很好懂，是说他们自产自销，卖的就是自家地里的收获。

他们很好辨别。在市场如海似潮的摊子中，有经验的人，能够一眼发现他们，找出他们，被脚步牵引着走向他们。在台下不是辨别他们唯一的、最牢靠的依据，还有许多条可以作为参考，譬如那些台上的一口气掏出了所有的果实，摆满了整个水泥台，它们几乎囊括了市场间所能见到的全部品种。而他们就像一个小小的专卖店，有的专卖葱或辣椒，有的兼卖土豆或白菜，至多三种。

最重要的是，他们身上所散发出的那种气息，那是一种与泥土朝夕同处、相亲相爱的气息。仔细地嗅嗅，他们身上有粪味儿、腥味儿、水味儿，这些味道或浓或淡，从头到脚，一马平川地奔跑在他们身体的原野上，像种子扎根在每一个毛孔间。还有气度，那同样是一种与泥土有关的气度，不轻不飘，不急不躁，不张不狂，静如处子，默默埋头耕耘，静静守望收获。

他们栖身于挬着公路能够通往的乡村，或被城蛮横的手势与脚步威逼利诱到了城乡结合部。

但谁都无法否认，他们离泥土最近，阳光照得最多，最懂得风调雨顺对庄稼和收成的意义。

就凭他们身上的气息。

二

在市场上，我直接奔向了那些自卖头的。

从骨子里往外，他们都是一群真正的农民。

在他们的摊子前，我蹲下身子，与他们等高，面对面地对视，中间隔着他们茧花结出的果实。但我改不掉挑三拣四的坏毛病，粗暴地动手拨来拨去，像在轻佻地打着算盘。

那些黄皮肤的土豆，是泥土中的黄金，就算出土现身了，身上也沾着一片一片的泥土，仿佛在默默地证明它的身份。穿绿裙子的小油菜，从茎到叶越来越绿，像浸了豆油，它与那些台上的同类相比，最明显的区别是没在水中洗过澡，这从它挂着泥土、留着芽瓣儿的根可以一目了然。

我的右手指间沾上了泥土，它集中在我的大拇指、食指和中指上，颜色发黑，起初有些湿润。我的内心像网兜一样纠结着：是弄掉它，还是留着它回家？

趁我犹豫的空儿，它借助我指尖的温度，烤干了自己，更加牢固地沾在了上面。我终于做出了决定，以大拇指通过中指搓过食指，一遍又一遍，从头开始，反复不弃，这一套动作像极了数钞票，但那是在清点拥有，我却在努力遗弃。泥土一点一点地往下掉，剩余的顽固地长在上面，仿佛寻到了适合的去处。我又改以左手掌与右手掌合并到一块儿，像两盘磨吻合在一起，严丝合缝地搓着，火焰激发出了汗水，泥土挟着灰垢纷纷扬扬，落地无声，我的双手重新光洁如新。

拎回家的蒜头，被剥掉了周圈儿骨膜似的外皮，剩下一瓣瓣蒜，拱卫着孤零零的一茎蒜白。它被放在餐桌上，将以它潜伏的火焰，释放浓郁的辛辣，从我的心脏一直上升到眼睛。它坐在金黄色的橡木桌子中间，波浪似的纹路张开手掌，结实地托起它，这使它像一艘小船稳稳地泊在那儿。它胡子拉碴的根须彻底干燥了，被齐崭崭地削去了，疤痕间残存着同样干燥的泥土。轻轻碰碰，或拿起又放下，泥土掉到了桌上。我的内心再次像网兜一样纠结：是保留着还是擦去它？

仅仅一刹那，答案出来了，像电光照亮了我：擦去。

走上餐桌的泥土已经是垃圾。

于是，我一手捏抹布，边擦边走，另一只手在桌沿下张开，等待它顺势滑下。

待布走到桌沿，另一只手仍然空空荡荡。

隔着老远，它就嗅到了布上水的气息，义无反顾地扑了上去。

我悲哀地发现，我消灭得了它的肉体，却根除不掉它的蛛丝马迹。

三

　　闲暇之余，我会找点事干，譬如打扫房间。我不喜欢运动，甚至不愿出门下楼，但我又需要运动。坐得久了，血流不畅，腰酸脑涨，我扔下笔，操起扫帚，开始打扫房间。我是想借此活络筋骨，放松神经，为继续打坐积攒耐力与体力。

　　那把高粱秸绑扎的扫帚很好用。它呈扇形，向两边扩张，梢头细致入微，就像一台吸尘器，侧身探入旮旮旯旯，那些灰尘、头发和碎屑等等，被一股脑儿地赶了出来，集中到了一起。随着扫帚的缓慢移动，灰尘们飞了起来，轻易不肯落下。只有借助如瀑布倾泻的阳光，我们才能明亮地发现它们，它们正轻飘飘乱糟糟地浮在生活之上。

　　无疑，灰尘不是泥土。泥土不像它那样轻浮，蹬着风往上爬。

　　环顾室内，除了被我领回家的蔬菜，就是各种形状和体积的花盆。

　　它们都与泥土有关，离我最近。

　　花盆曾经是泥土的一部分，但自从它投身入火燃烧自己，就像在天堂走了一遭后，它站到了泥土的对立面，蜕变为泥土的叛逆。它拱土为各种模样地展示给我们，但一切都不在尘世，包括味道。

　　花盆也是个容器。它盛着泥土，种着花木，搁置在各个角落。它近在眼前，触手可及，是我们残存的有关种植记忆。由它上溯，我们可以一直寻到农耕的源头。

　　至于每天依附在我们脚底、衣服上，追随我们出出进进家门的灰尘，只是没有根的生活细节，漂泊不定，随遇而安。

　　而泥土的根牢牢地扎在了大地深处，它看似疏松平常，朴拙木讷，一旦你试图拔动它，大地会喊疼，借助双脚，我们也会感受到犁铧穿心而过的痛。

四

　　春到阳台，才算春天真正来临了。

　　这是因为，阳台是家的一部分，春天挟着春风都进家入户了，若她还不算真正来临了，什么才算呢？

　　阳台上摆着一溜儿花盆，种着最普通的花草，是母亲退休生活的点缀与延伸。

　　每天她浇浇水，闲了松松土，修修枝。有一段时间，她看了电视上的介绍，用淘米水泡黄豆浇花。这水悄悄发酵了，散出臭烘烘的气息，浇到了花里，被风一吹，倒灌进了室内，一瞬间就跑遍了几间屋，好半天散不去，惹得我们纷纷掩鼻。在我们的一致抗议下，她放弃了这种做法，却有点儿失落。

　　这些花草有向别人讨来的，有自己花钱买的，都很常见，也不贵，少者三五块，至多十块八块，热闹地穿插到一起，好像一个微型花园。

　　在母亲的侍弄下，阳台上绿意葱茏，花朵艳丽。有时兴致来了，她会在花盆里种点蒜、辣椒什么的，我们都吃过她割了送来的嫩蒜苗。

　　阳台东墙根儿闲着一口大花盆，过去栽过小橘子树，也爬过葡萄藤，都死了，拔了枯枝败叶，只剩盆荒废在那儿。

　　母亲早已瞄上了它。去年，她独自一人回贵州探亲，从三姨家讨得一包种子，说是大猫丝瓜。据她说，她亲眼看到三姨家的园子里，种着这瓜，爬上在半空搭的架子，结出的瓜像一个个大胖娃娃，蜷腿枕手，做假寐状，憨态可掬。

　　我仔细地观察了这种子，黑黑的肤色，薄薄的嘴唇，与一般丝瓜种子没啥明显区别。但能够在空中生出"娃娃"的丝瓜，颠覆了我们对丝瓜的常识，一定程度上满足了我们的好奇心，叫我们觉得既好玩，又值得期待。

　　种子被埋入泥土中，一觉醒来，以它自己的方式发芽、生长。

　　与此同时，儿子自楼下墙角剜得一棵玉米苗。它实在太孱弱了，也许是院内李老太太养的某只鸡口下的漏网之鱼，或是被一阵风、一双脚步像跳舞一样偶尔带到了这儿。它抽出两片略显苍白的叶子，像是营养不良的两瓣小小的手掌，沾着泥沙的一条主根上，连着一颗瘪瘪的玉米粒儿。

儿子小心地将它种进了花盆。这之前，他在盆中种过一株葡萄苗，一棵小桃树，为了养蚕，还种过两棵桑树。它们都是他自野外随手拔来的，是某次偶然催生的小生命，活在城的角落人的脚步下，最终大抵也是自生自灭，很难成小小气候的。

像过去一样，他对它充满了如饥似渴的期待，也许在他香甜的梦中，他已经提前收获了饱满结实的玉米，而且是那种他爱吃的黏玉米。孩子就是这样，随心所欲，没有定力，本能地保有探究万物生长的兴趣，这兴趣像是一只会在他脚底板挠痒痒的蚂蚁，提前上路了，在前面引着他不由自主地走啊走。待到他突然有一天没了兴趣，自己停下脚步不再尾随着走了，那他就真的长大了。

大猫丝瓜与玉米默默地较着劲儿生长，在我们经意或不经意的目光中。这当中，有两双目光最灼热，也最明亮，一双是母亲的，一双是儿子的。

先是玉米，长到半人高时停止了发育，也开花，也结穗，只是果实皮包着皮，捏不到一点儿坚硬。

接着是大猫丝瓜，怀胎数月，终于没生出想象的大胖娃娃，两个又瘦又小的瓜蛋子挂在防盗棂上，渐渐地从瓜蒂处开始变黄，不声不响地落了。

母亲与儿子的失望是显而易见的。

特别是儿子，在他的阳台种植记忆中，又多了一次失败的经历，这次是一棵萍水相逢的玉米。

他也许不会懂得，在阳台上种玉米，种大猫丝瓜，被铁笼子似的防盗棂关在了里面，成为家的一部分，却将阳光与雨水关到了外面，而这些都是它们生长的关键词啊。隔着花盆，就是水泥钢筋的栏杆，它们的根在一成不变的泥土中喊饿叫渴，它们想吃松软如面包的阳光，想喝美妙如爱情的雨水，因此，它们躁动着寻找突围的出口，想象着接通新鲜的地气，投入一个广袤肥沃的家园，痛痛快快自由自在地呼吸。

但曾经易如反掌的这些，现在对它们，却是一场可望而不可即的噩梦。

五

以人民医院为半径出发,没人会怀疑,这儿周圈不是城里。

与医院一墙之隔,马路对面,楼房和商铺林立的包围中,有一片庄稼地。

它呈半月形,约半亩地,平整如镜。站到它的正对面,放眼望去,视线一路畅通地掠过庄稼地,被高高的围墙挡住了,墙内是以白色堆砌起自己世界的医院。

它的东边是一个小区,往西是一排三层高的商铺,穿过马路,是一家私立幼儿园,不大的院内,陈放着滑梯、秋千、跷跷板等,再往前又是一个小区。这样的四邻,叫它置身于水泥钢筋、各种市声的汪洋之中。往形象里说,它像不翼飞来的一块魔毯,落到了好大一片楼和声音的水面上,一眨眼变成了小小的岛屿,覆盖着真的草皮。

我不清楚它属于谁,更不明白在推土机横扫一切的浩劫之下,它何以会像一茎柔弱的小草,从四周战栗和咆哮的轰然倒塌中,奇迹似的生存下来?

与周围的繁忙、喧嚣和热闹相比,它是冷清、寂寞和安静的,因为一直深入内心的泥土,和泥土之上的麦子。

我头一次邂逅它,就狠狠地吃了一惊。我是真的想不到,在这城的腹地,竟然还残存着这么一片麦地,对这城的熟稔使我相信,它肯定是城内最后的麦地。此刻,密密匝匝的麦子绿到了骨头,不用谁搀扶,也不用喊号子,一齐挺立如箭,掀起了盖头,扬花飞粉。在尾气、浊气、灰尘甚至来苏水的混合气息中,我嗅到了麦香味儿,它是如此微弱,隐隐约约,若有若无。我早已习惯了呼吸那种鸡尾酒似的混合气息,对此我是无奈的,被动的,就像一个吸"二手烟"的人,出门在外随时呼吸得到,回家关上门窗,也逃避不掉,它会寻着那些无处不在的缝隙,侧着身子挤入室内,与室内污浊发酵的空气握手拥抱。但我还是捕捉到了麦香味儿,它从那片地上逸出,四下随风奔跑,我仿佛一个溺水者,情急中抓住它重新浮出了水面,是它拯救了我,提升了我。

它敞开身上每一条通道,让营养源源不断地输送进来,让每一粒种子都灌满浓浓的乳浆。它尖尖的麦芒摇曳在夕阳下，闪着毛茸茸的细碎光芒，刺痛了谁的神经？

　　在乡村，许多次，路过收获前夜的麦地，我都会按捺不住冲动，揪几朵麦穗，放到右掌心，然后双掌吻合成一盘磨，用力地搓，麦芒扎着我的血肉，叫我感到了快乐的疼痛。麦皮纷纷扬扬，张开双手，凑近轻轻吹去残留的麦皮，剩下绿莹莹的麦仁儿，一股脑儿地丢进嘴里，夸张地嚼啊嚼，在牙齿和舌头的强大搅拌下，化作了黏稠的一团，清香自唇间丝丝缕缕地溢了出来。

　　但现在，隔着一条随时能够穿过的马路，我却凝聚不起一丝冲动。城是乡村肌体上划出的伤口，在推土机和挖掘机的反复喘息中，一天天地溃破、发炎、糜烂，结成了一个个疤痕，它混乱、斑驳、丑陋，触目惊心。我是在想，这片地，和它之上的麦子，还能存在多久？深陷于城的腹地，它就像一只羸弱的羊，被残忍地投到一头时刻张着血盆大口的老虎的眼皮底下，它能够保持得住自己的完整与活力吗？还有，在劳动者的体温已经荡然无存，仅仅散发着点钞机冷冰冰的气息呈几何级数上升的钞票面前，它还能够坚守得住自己的独立与诗意吗？

　　也许就在明天，在麦子收获的前夜，那一片丰收在望的麦子就被推土机一遍遍地推倒、碾压，然后是挖掘机，接着是塔吊。有人不在乎麦子的哭泣，他们的心肠硬如铁石，仿佛他们不是吃麦子长大的，他们追求的是时间与速度这些像洪水一样泛滥的东西，为了能够让这泛滥彻底淹没麦地，他们的大脑像一台全速运转的计算机，一切除了数字还是数字。

　　这附近的人，站在自己家里，再也看不到那一片庄稼地了，看不到那一片绿油油了，嗅不到一丝丝麦香味儿了，也许他们没觉得自己一成不变的生活中少了点什么，但其实就是少了，譬如一片视线没有障碍的土地，一片让他们赏心悦目的麦子，会跳舞会唱歌会画画像少女一样的麦子。

　　最失落的也许是孩子们，除了幼儿园那些早已玩腻了的玩具，他们可以穿过马路，奔向麦地，在里面疯狂地玩耍。我说的是麦苗初长成时，这时表面娇气、柔弱的它们，其实暗暗滋长与蕴藏着一股力量，它们扬起了绿色的小手，招引着孩子们的脚步。待到乱七八糟的践踏过后，仅仅一夜，它们仍若无其事地扶起自己，向上生长。

　　而挖掘机留下的那个大坑，则是城最后的伤口，一天天地溃破、发炎、糜烂，结成疤痕，混乱、斑驳、丑陋，触目惊心。

至此，整座城，就是一具叠满伤痕的残体，我们像蜘蛛一样，寄生在它摇摇欲坠的网上觅食过活。

六

是土地，隔开了城市与乡村，而不是那一纸户口。

作为一个所谓城里人，我在某派出所的户籍档案里有一页薄薄的卡片，在某房产部门登记有一套属于我自己的住房，有一个相对稳定的职业，有一份还说得过去的薪水。

这是我在这座城所有的全部，也是我目前的生活状态。我赖此养家糊口，得过且过。

但不知啥时，谁扔了一卷洋葱在我眼前，随着洋葱皮一层一层地剥去，我被辛辣击中了，双泪横流，痛苦难忍，同时正一步一步地接近给我以辛辣讽刺的真相。譬如说，我那套沉睡在房产部门，但每天笼罩和遮蔽我的睡眠的住房，我就仅仅拥有70年的产权；如果，我是说如果我失了业，就没了那一份还说得过去的薪水。这么说，我所有的全部，我目前的生活状态，其实都蕴含着动荡，是不稳定，也是靠不住的。

尽管如此，心虚的我在面对来自乡村的人，还是悄悄隐藏起了自己的软肋，仍有意无意地表达出了优越与骄傲。譬如嗅到他们身上浓烈的粪味儿，听到他们口中土得掉渣的方言，看到他们像一条河流来淌去的生活习惯。

还有那些借助上学，或其他方式，搭起一座进城的桥，将自己的户口像一个萝卜拔出泥土已经十几二十几年的人。譬如我经常见面的一个女同胞，就是从乡村通过上学进城二十多年了，她说到了吃，总爱说菜水，每逢这时我总不客气地纠正她说是菜汤。她丝毫没觉得难为情，说我习惯了说菜水。不管我怎么纠正她，下一次说到了吃，她说的准是菜水。还有吃咸菜的习惯。从呱呱落地开始，饥饿在她生命中扎下了根，那时没啥喂的，就喂地瓜糊糊，还差点儿饿死。大些了没啥菜吃，又啃上了咸菜，煎饼卷子卷咸菜，吃得津津有味，一直吃到上高中，家庭条件渐渐好了。但这习惯却像病根一样落下了，真的做到了顿顿食有鱼，顿顿还是想着吃几棒（又是一个菜水式的词）咸菜，那才叫爽呢。这些都是那片土地上土生土长的东西，像胎记烙进了她的血中肉里，也许一辈子都根除不掉了。

　　我的一位朋友曾经说过，从这辈往前推三代，谁又不是农民呢？听了这话，我脸红了，照出了自己的浅薄，和轻飘飘如一张纸的得意。是啊，那时我们的先人，谁又与脚下的土地、怀中的粮食，没有血肉交融相依为命的关系呢？

　　那一纸薄薄的户口，隔开的不仅是城市与乡村，还有土地，是它使我们与土地被生拉硬扯开了，剑拔弩张地站到了土地的对立面，一切都以土地为楚河汉界，双脚迈出了土地是非农业，固守在土地之上仍是农业。

　　试想想看，因为各种机会从泥土里用力拔出户口，进城拥挤着落下脚来，你带得走所有的物品，甚至鸡鸭猫狗，甚至记忆往事，但你带得走土地吗？你有多大的包袱，能够将默默不语的土地打包扛走？即使你能够扛走它，进了城你准备怎样安妥它渴望播种与生长的骚动灵魂？你又有多宽广的胸怀，能够将这片土地上曾经载满的脚印、汗水与喜怒哀乐统统装下？即使你能够勉强装下，进了城一旦它们在斑马线与红绿灯下迷路，你又怎么替它们找到一条回家的千年老路？

　　你做不到，永远都做不到。

　　你带得走的仅是你能够带走的，你带不走的，则永远留在了那儿，譬如土地。

　　进城的人闲得慌了，捋着记忆想起了土地，翻检出了残损不全的种植记忆。他们寻来了弃置已久的锈锄头，找一片瓦一遍一遍地擦拭，直到锋利如初，晃得见人脸。他们着魔似的到处寻找土地，开荒拓土，在自家院里，在房前屋后，在市场身边，在体育场一角，在荒山野岭，他们乐此不疲地挥锄开拓，汗水重新像自来水流淌，双手重新磨开了茧花，血迹斑斑。

　　甚至将泥土从它的户口所在地挖出，坐上车拉到楼下，乘着电梯，一直抬上楼顶，撒在混凝土的地面上，幻想着堆土为地，在空中种花种树种庄稼。

　　我觉得，这些在锄下仓猝开垦出的地，都不是真正的土地。真的土地是有温度的，这温度千百年凝聚不散，一直搭在农人的脉搏上，它像一个历尽沧桑的老中医，懂得望闻问切，准确判断得出你是真的将自己融入了这片土地，依赖它养家过活，还是仅仅浅耕辄止地做做样子，从未也不愿与它呼吸与共生死相许。

我的叔伯哥哥从老家农村来玩，告诉我几个孩子考学出去了，户口迁走了，他们名下的土地就被收走了，重新分给了别人。哥在为孩子们高兴的同时，也流露出一丝失落，如今他家里头的土地越来越少了，在那个以沂蒙山而著称的山区，人均还不到一亩地。我忙劝慰哥，孩子们都争气，有出息好哇，泥土里刨食终究不是长远之计。萝卜拔走了，剩了坑，当然得有新萝卜顶上。

哥像没听见，仍然重重地叹了口气。

自小远离土地，只是偶尔到土地上舒活舒活筋骨的我，永远不会理解他对土地那种难舍难分近乎病态的感情，他像一个狂热的饕餮者，梦想着生出千手千足，能够攥住和踏着更多的土地。

几天前，我去买鸡，等候的工夫，铁笼子中的一只公鸡出我意料地引颈长鸣了一嗓子，听上去高亢而嘹亮。对这座城来说，卖鸡的摊子所在的位置，就是城抬手划进的势力范围。能够在这儿面对面地听到公鸡打鸣，而且是一只来自乡村土地上的鸡，于我是一种久违的奢侈。我顺便跟他聊了起来。他说不久前对面卖香油的大哥，从他这儿抱走了一只鸡，专门用来每早打鸣报时，比这只叫得还高亢还嘹亮。又说以后养鸡的越来越少了，因为地都被征用了，人都被上楼了，谁来又到哪儿去养鸡呢？总不能将鸡养到空中去吧！

我听了内心一动，想着把这只会打鸣的鸡抱回家，听它每天按时打鸣，将我唤醒，不是一件很田园很诗意的事情吗？

但我马上浇灭了这差点儿燃上来的念头。鸡抱回家了，我在哪儿养它？这是一个大问题，我住的也是电梯繁忙地上上下下的楼房，总不能将它养到空中吧。

我真的很羡慕那些真正的农人，譬如我的叔伯兄弟们，当他们在房屋内一无所有之后，至少他们还有土地，还能够在土地上耕种希望，生长活力，收获成熟，繁衍不息。

而我们呢？当我们一无所有之后，我们还有什么呢？

除了一具走投无路的臭皮囊。

请把泥土带回家吧，这是我们最初的根，也是最终的穴。在一个无土时代,一个无土的家,是无根的家,像灰尘一样四下漂浮不定;一个有土的家,才算扎下了记忆与梦想的根,深不见底,让我们日复一日地生活得踏实而安详。

(原载《文学界·原创版》2012年第6期)

扛一株玉米进城

市场是块调色板。

经常去市场买菜，使我有机会接触五颜六色的人，看见经过调和异彩纷呈的情景。

譬如有一类人，他们卖各种蔬菜，像黄瓜。顾客们往往以顶花带刺为依据，来判断它是否新鲜。他们为了迎合顾客们的心理，寻了谎花安在黄瓜顶上，又往瓜身上不停地用矿泉水瓶洒自来水，营造一种虚假的新鲜和水灵效果。有经验者不被这些小把戏所迷惑，弯腰探手摸一摸瓜身，平滑无刺，当然也没有被密集刺中的疼痛，当即断定它已经不新鲜了，扭头便走，留下露馅的它如一个弃儿。

他们不是真正的农人，不懂得土地上扎根和生长的事儿，不熟稔被农谚催生和收获的香火。他们只是蔬菜起早贪黑从上游流经的一个渡口，到了他们手中，再往前一步，就是顾客们的餐桌和胃口了。对土地的冷漠，与农事的疏离，使他们压根儿忽略了花朵可以伪装，但遍身从肉里往外长出的刺呢？直面密密麻麻的刺，谁都无能为力，除了黄瓜自身。

像红萝卜。它头上顶着可爱的叶子，这些叶子又长又绿，拔出自己完全脱离泥土后，地上的绿与地下的红相映成了一首田园诗。顾客们只看了一眼，便被深深地吸引住了，齐声吟哦起了这首田园诗。

甚或青豆。它被一棵一棵地连根拔起，枝繁叶茂中间，一嘟噜一嘟噜饱满的豆荚，嵌着豆子青如水，结实鼓胀如乳房，撞开了薄薄青衫，溅起了脆生生的阳光。顾客们怜爱它如自己最小的女儿，一哄向前唤着它青青的乳名，牵手将它领回家。

它们身后的主人无疑都是真正的农人，他们弯腰挥锄离泥土最近，挺身荷锄是一株拔节的庄稼。在人群中判断他们的身份其实很简单，他们从不轻易丢弃饱吸了自己汗水的收成，哪怕它是一株卸下了果实的秸秆。他们会在帮你拧下红萝卜之后，留着披散的叶子，也会在一个一个地摘下豆荚以后，拢起空荡荡的豆秆。你别问他们留下它们干什么，在他们眼中它们都是宝，进城的路和回去的路一样长，他们卖了该卖的也留了该留的，除了脚印没有什么可以在外面过夜。

但有时我也会看走眼。譬如那个卖水果的中年女人，她黑如暗夜的脸庞，仿佛晒了一个中年的太阳，凭着这张脸，我一眼便认定她是真正的农妇。她卖的是当季的桃和花红，它们分别被盛在了扎根乡土的筻子中，由于怕筻子蹭坏了细皮嫩肉的它们，先在筻子里垫了一层粗布，它们就温暖地躺在了布上。她的脸庞，那两只筻子以及粗布，都使我相信她卖的桃和花红，与市场上相同面目的它们不一样，它们是她一滴汗一滴汗地，一天一天地被她在自家地里守望着长大的，她也的确是这样跟我说的。我不再怀疑，也不再犹豫，乖乖地掏钱拎回了一大包她的汗水与日子。

第二天，在另一个市场上，我又碰到了她，她已不认识我。她的身旁停着一辆农用车，车打开一侧门，就是一个流动的摊位，上面堆积着桃和花红。她的面前没了两只粗拙模样的筻子，也没了素朴面孔的粗布，这些被她暂时充作了道具，证明她和她的桃与花红来自某块土地后，随着她身份的急遽蜕变，她已经不需要它们，无情地遗弃了它们。

我理解她这样做，只是想利用顾客们爱买自卖头的心理，就像孩提时我头戴柳条编的帽子试图藏起自己一样，她摆出一些道具来伪装自己，仅仅为了多卖一些东西而已。

一位姐姐一年到头地从上游接了蔬菜来卖。她恨铁不成钢地对我说，你们这些城里人啊，满市场地想买自卖头的菜和瓜果，怎么就不动脑子想一想，现在叫拆迁和开发闹的，谁的手里还有地？有地谁还愿意种？

这样说着说着，迎面走来了一位更大的姐姐，推着一辆三轮车东张西望，车上横七竖八地扔着一穗穗玉米。

她瞅了个空儿，停下了三轮车，不是先将玉米们倒下车，而是从车后抓起一株玉米，靠在了车子边儿。

这是一株真正的玉米。若以审美的眼光来看，它是玉米中的俊男靓女，方方面面都出了众的。它一人多高的身量，要多挺拔有多挺拔，浑身上下青衣绿裤，长长的叶子舒展水袖，随风绿绿地一弄，空气就被染绿了；直直的腰杆从血液里崛起，顶着一头纷披的花穗，仿佛一顶草王冠；腰间揣着一穗饱满骚动的心事，一绺火红色的流苏，抢先挑出了青春的旗语。

一株玉米，被从土地中连根拔出，追随着她进了城。

你见过玉米的根吗？它一大半牢牢地抓住了泥土，剩下的裸露在了土外，每一条都那么遒劲，那么执著，默默地支撑着高高的玉米。此刻，它完全暴露在了外头，就像我们的脚指头，沉默地喊渴，努力想钻入泥土扎下根系寻找水源，但水泥地面坚硬干燥，吸收反射着太阳的热量，叫它无处扎根，反而灼伤了它。

它的同伴们被哗啦倒在了水泥地上，不顾身上出汗了，相互胳肢取笑，你叫我一声，我喊你一声，都是些绿绿的乳名，汁液丰盈如一条小小的河流。

唯有它，一株长腿的玉米，羡慕地俯视着它们。它站得太高了，喊它们也听不见，声音像一柱青烟都往上跑了。它觉得有点儿孤独，它说不清自己为什么会跟着她来到这儿，又为什么会独自站在这儿，像一个稻草人。

对，它就是一个稻草人，浑身上下都是草做的。

想着想着，太阳越爬越高，仿佛是被它的草王冠挑起的。

同伴们快被领光了。有人盯上了它。她不乐意。她要等卖得差不多了，再决定它的去留。

直到卖完，她都没舍得掰下它，而是将它放到车上，又推了回去。

它似乎有点儿明白了，从头到尾，它都是在以身证明同伴们和它一样，都来自托举起它们的平原大地，烤着同样的太阳火，洗着同样的月光浴。

而对她来说，它就是一盏贴满日子的灯，颗粒金黄拨动着亲情的火苗，照亮她病中的黑暗，一季又一季。

一棵树的私语

一棵树。一棵白杨。

它有旗杆一样笔直的腰身,手臂一样纷繁的枝叶,睁着无数美丽的大眼睛。

但它不会说话,像一个相貌堂堂的哑巴,就算试图用力从泥土里拔出自己,它也发不出声。从它栽种到地下那一天,它开始忍受和承担一棵树的宿命:风摧、雨打、雷劈、霜冻、雪压、鸟啄、虫咬、火烧、斧砍……它们都是它生长道路上的劫难与定数,就像一个孩子边成长边经历的一切。这个过程漫长而危险,它一声不吭地逆来顺受,默默地往下扎根和朝上生长。它一次次地侥幸躲过了天灾人祸,比如在那个墨汁似的深夜,浓重的黑埋没了它,让它喘不过气来,沉闷的雷声愤怒地炸响,一株银花似的闪电灿然绽放,不远处一棵树被击中了,像桅杆轰然折断了,熊熊着起了火,发出噼噼啪啪声,它闻到了松香的味道,知道那是一棵不幸的松树;又比如谁家手头紧了,需要伐几棵树,从这每天生长微薄利息的绿色银行里取点钱暂渡难关,他拎着磨得锋利的斧头转了一圈,停在了它面前,从脚到头端详着它,它的心像针扎似的缩紧,浑身止不住地颤抖,大概是觉得它不够高,也不够粗,没存下多少利息,他终于放弃了它,奔向下一棵树了。它缩紧的心像水舒展开了,颤抖风平浪静了,但斧刃深入树身的伐声重新让它心惊肉跳,新鲜湿润的木屑与呻吟叫它焦灼不安,它不敢肯定下一棵是不是轮到了自己。

直到它足够健壮和强大了，一些宿命对它没了威胁，无能为力了，另一些宿命仍然如影随形地追赶着它，窥伺着它，彻底消灭着它。要多久呢？至少是一生。它们是它身上解不开的枷锁与绳扣，是它挣不掉的黑暗记忆，像夜夜高潮迭起的噩梦一样。

　　正是这些噩梦似的宿命替一棵树说出了它内心的声音。

　　一枚钉子像针头刺入了树身，它受了惊吓地痉挛和抽搐，美丽的大眼睛惊恐万状，它无法躲避，也喊不出声，钉子铁了心地向前挺进，它流出了又清又亮的汁液，是眼泪，它感到了真实的疼痛，终于喊出了声。是风在替它出声。风穿行在树叶间，沙沙沙，——像呻吟，叶子仰面向上，像张开的掌心，掌纹似的脉络清晰纵横；哗啦啦，——像哀号，叶子俯身朝下，像翻转的掌背，覆手带来了雨。雨像无数透明的小拳头叩打树叶，不一会儿，就连成了线，倾盆流泻，冲刷着伤痛与记忆。焦雷当头轰鸣，滞重而激越，替它喊出了内心的愤懑与不平，它激动得扭身狂舞不已。

　　谁用尖锐的硬物在树身上刻下了"×××，我爱你"？他也许是一个害羞而浪漫的孩子，当面不敢说出自己的心事，只得通过这种方式来表达，他信赖一棵树，把心事都毫无保留地交给了它，觉得它会默默地替自己收藏好，自己的爱也会跟它一起长高长大。它在被穿透皮肤之后，肉体感到了疼痛，这是一种关于爱孤独而执著的痛，但它说不出口。鸟们听懂了。它们有时是它的花朵，还有时是叶子，现在它们跳跃在枝叶间，脚下过电似的接收到了那句话。它们牢牢记住了，随后一哄飞到了另一棵树上，带走了那句话。很快那句话在树与树中间传开了，他也听到了，但他不懂，他仍在暗恋着她，他们的故事早已通过一棵树公开了，只有他们像沉睡似的被蒙在了鼓里。

　　蝉是一棵树的器官。它趴在树上，尖尖的吸管插入树身，慢慢吮吸着树的眼泪，将欢愉嫁接到树的痛苦上面。它替树叫出了千口一律的声音。有一段时间，我一直一帆风顺的生活触礁了，我面临着前所未有的打击与考验。我常常一个人去爬山，脚步沉重地上到山顶再下来，路过一片白杨林，最挺拔笔直的那一棵吸引了我，我当时不知怎么想的，掏出随身带的钥匙在上面写下了"我努力，我成功"。我的笔画如此轻，像微风拂过，我想它很快会愈合的，一棵树不像一柄铁器，铁器尽管也不会说话，但却能够与石块擦出火花。但我忽略了蝉——这最坚定而真实的扩音器，它记住了我的话，教给了它的同类。因此整个夏天，我路过那片树林，都能听到从一棵树开始的话。我也逐渐走出了阴影，在蝉们喝彩似的加油中，开始了新的生活。

　　一棵树在疼痛中开口说话了，它让痛苦发出了声响，像一个从地下缓缓长出的留声机。

　　仅有一次，我在楼上读书，听到一棵树发出了咔嚓咔嚓的声音，我知道它被大风刮歪了，靠在了另一棵树身上，像一个人疲惫地靠到了另一个人肩头。另一棵树迎上前扶住了它，安慰它道：老伙计，别怕，有我呢，我不会让你倒下的！它的重量压在它身上，脚趾头几乎拔出了泥土，但没有谁怀疑它会倒下。

　　就这样，一棵树和另一棵树组合成了一个三角形，稳定地站在大地上。

　　它们之间交头接耳地私语了些什么，没有谁听到，但我知道，这一次它们是为自己，而不是替别人开口说话。

　　　　　（原载《文学报》2008年6月12日；入选长江文艺出版社《2008年中国精短美文精选》，入选中国青年出版社《60年中国青春美文经典》）

一棵树的吸引力

南管处的大门正冲着临山路。进了门,目光一路笔直地向前,迎面是一棵雪松。它栽在花坛里,周圈贴以赭红瓷砖,似乎高出地面一些。其实这是一个错觉,从一开始,它就将根系扎入了地下,后来砌起了花坛,随着时间的推移,千丝万缕的根像爆炸了一样,向着四下里突围,扎得愈深愈广愈牢固了。

它也的确有些年月了。大概是从拉起了这个院子,甚或还没有它左肩右肩两侧的楼房,它就站在了这儿。

一棵树的成长是多么不容易啊!它从我们的童年开始,和我们一道,并肩走过了多少日子,沐过了多少风雨,才长成了今天的根深干直,枝繁叶茂。

有一天,母亲想起说,树能够吸声音。

她说的是这棵雪松。

临山路是一条河。从早到晚,数不清的车和人,从高往低地流淌,又自低向高地洄流,如相互咬尾的鲫鱼,分贝与人声喧响成一片,拍打冲击着两边堤岸似的院落和围墙。

有时,河面上会深一脚浅一脚地,趟过一列送葬的人,他们随手牵来了一条汹涌的悲伤,边走边鼓起腮帮子,吹响乐器叫最深的悲哀悠长低回;在乐器的指引下,他们举起纸马、纸轿、纸房、纸洗衣机、纸电视机,一应俱全,等待黄昏降临后熊熊燃烧掉它们,借助青烟和灰烬送给彼岸的人。

路祭放炮，开始是类似"二踢脚"的铁炮，一枚枚地戳立在水上，次第点燃了，爆炸声伴随着冲天火光此伏彼起；后来改成了气炮，驾起机动三轮车载着气瓶和一排排炮，尾随着送葬队伍，不时地停下来，靠着电子打火将气点着，小腿粗的黄铜色炮筒几乎同时响彻半空，掠过一朵朵倏然消逝的白光，仿佛拉开一排枪栓一起射击，却更快更响。

所有这些声音，都被这棵留在原地、不会走路的雪松，忠忠实实地照单吸引了过去。

请你闭上眼，想象一扇门。它现在是关闭的，我慢慢地打开它，一点一点地向墙壁靠拢，它越来越激动，浑身像潮水一样胡乱战栗。终于，随着咔嗒一声，一切归于静止。是嵌在门后和墙壁上的门吸，像两瓣暗扣，天衣无缝地吻合到了一起。

这棵立在院子最里面、正冲着临山路的雪松，就是一副自大地生长出的门吸。各种声音上路了，它敞开空荡荡的内心，等待着声音们来敲门，像飞蛾一样凶猛地扑进来。它内心仿佛有一块磁铁，铁屑似的声音远远地就被吸引了进来，隔着一人高的大门，也隔着长长的路。声音们被吸过去，完全是不自觉的，下意识的，好像两片亲密的嘴唇，又像一对亲昵的男女。

雪松悉数吸了声音们后，不等它们消化掉，又从内心长出了扩音器，原原本本、清清楚楚地将它们无限放大了，传送了出去，仿佛它们就在这个院子里，在我们眼前。

从这棵雪松出发，目不斜视地向前，走上几步，跃过高高的围墙，面前是一排排房子。它们最高不过二层，绝大多数是红砖墙面，水泥房顶，就像它们的主人，普通平淡，代表着最低处的生活。在这些人和他们的生活中间，生老与病死同等重要，同样轰轰烈烈，就像一日三餐挑着一海碗清汤面条，吃着吃着就发出了声。譬如一位寿终正寝的老人，尽管他（她）的身后事确立了白色的基调，却被赋予了喜庆的红色，仿佛他（她）的离世，是躺在一艘船中，沿着轮回的河道，重新漂向了新生。每逢这时，他（她）的儿孙辈们会给他（她）请人搭台唱戏，游走在乡村和城市边缘的草台班子来了，信口开腔地唱着一首首流行歌曲和革命歌曲，这乍一听上去有些不伦不类，但细细想想，死亡这类关涉人最后归宿的重大命题与叙事，正是在这种滑稽与荒诞营造的氛围中被土崩了，瓦解了，不再神秘了，像走亲戚串门子一样自然，飘荡着亲切的烟火气。县剧团的名角粉墨登场了，一开口便像定盘星压住了场，引得一地喝彩。各种响器有板有眼地奏响，你方奏罢我又接上，无停无歇，不知疲倦。声音们衣袂飘飘，轻盈地穿过屋瓦，迈过围墙，投入了雪松的怀抱，被原汁原味地扩大了，无孔不入地响彻在我们楼前、窗外、眼皮底下，像是我们的左邻右舍。即使关闭了所有的门窗，它们仍然能够化作空气，到处寻觅着缝隙拥挤进来，执著地充塞着你的耳朵。有时从清晨开始，一直唱和演到深夜，一连几天，正当你被它扰得烦躁不安，几近崩溃时，它戛然停了，你还没来得及庆幸，却又响了。在这些天里，这棵雪松始终静静地站在那儿，一点不漏地吸引和扩放着声音们。

有些人听着它们，只是觉得耳根聒噪，心头烦，但他们绝对想不到，这些会与一棵他们平时熟视无睹、貌不惊人的树有关，更想不到是它敞开肺活量扩大了声。

我过去的单位内，正冲着大门也有这么一棵雪松，行人走在路上一眼就能望见它，我们每天鱼贯着进入大门，走过它身边回到各自的岗位，除了左侧坐在传达室内的门卫，欢迎我们的就是它了。它也每天如数地吸引了对面马路上的人声与车声，还有村庄里的声音，放大了，流传得满院子都是。后来的一个傍晚，有二人驾驶着吊车去给兄弟单位帮忙，过后人家请酒管饭，俩人经不住劝，放开了量喝，都醉了，歪歪晃晃地驾着吊车回单位，吊车翻了，俩人一死一重伤，其状惨不忍睹。这时，有人提出此树栽在院内和正对着大门都不吉利，形成"困"之势。很快，树被挖走了，门也改到了别处。

我关心的是，那棵忠实地记录生活的动静的雪松，究竟被挪到了何处？如果它侥幸活了下来，它又吸到了什么样的声音？

一棵树敞开内心，无遮无拦，沉默的它时刻准备着像呼吸一样，大声喊出来。

草木萤火

生在北方乡村的妻子，在她四十年如一朵石榴花绽放的记忆中，从未见过萤火虫。

在北方城市长大的儿子，今年十四岁了，从未见过萤火虫。我问他见过这种叫萤火的虫吗？他反问我有卖的吗？

大概他凭空想象，这种虫像他每年夏天以青辣椒喂养的大肚子绿蝈蝈一样，可以在虫鱼市场唾手买得，关在精致的袖珍竹笼里，随时逗它表演，引它歌唱，当做掌上娇宠。

这次他真的错了。

我自己，再也没遇见过萤火虫，也快三十年了。

邻近城市的一座县城，离我所在城市不远，新近开发了一处叫地下荧光湖的景点。打知道它那一天起，我便怂恿着妻和儿子与我一起去那儿看萤火虫，为此我不惜向他们描绘了一个在看虫中追寻流逝童年的浪漫愿景，但直到今天这个打算都没实现。在这上面，我永远心怀一腔突如其来的热血似的念头，就像儿时两块石头相互摩擦碰撞迸溅出的火花，不等持续蔓延开来，一刹那如流星熄灭在了心跳似的寂寞里。但我能够想象得到，在大地的内心深处，一泓湖水像一枚蓝宝石的眼睛，在默默流淌中宛转生波，风儿撩拨不起她的心事，她永远一望如镜，平展如丝绸，点点萤火扑翅翱翔其上，无数轻盈的倩影相互照亮了，映在了湖水的瞳孔中。这不是天上的繁星，遥不可及，而探手即可摸得到，捉在手心。有一天，这个景点在报纸间热闹地做着广告,几只萤火虫真实地点缀其间,那情景果真如我想象的一样。我不禁激动地对妻和儿子喊道:看,萤火虫。面对一只只"飞行"纸上的萤火虫,他们表现出了超常的平淡与冷漠,这让我倍感失望,又重拾起了与他们一起去看真正的萤火虫的念头。

九月初已然是白露,远在贵州的二舅和舅妈送表妹玉到北京读大学,又从京城闯到山西晋中寻找扎在荒野和窑洞间的根,这一路他们都带着遥远与陌生,同时被浓浓的亲情与激动的念想所牵引,待他们终于在晋中农村见到同根共生的亲人们后,又疲惫地来到了我们这儿。

他们到的当天傍晚,我陪他们去爬临山。天渐渐黑下来了,我们沿着一条路上山,又从另一条路下山,边走边聊,路上不时邂逅昏黄的灯光,偶尔饭菜的气息飘荡了出来,搅动了我们空荡荡的肠胃。走在下坡路上,黑暗重新笼罩了我们,忽然面前一星光亮吸引了我,只见它浮在空中,边飞边闪,那光亮耀开了浓如老抽的夜,也拨亮了我久违的记忆,我诧异地喊出了声:咦,萤火虫。迅即伸手将它压到了地上,捧起一看,果真是一只萤火虫。那一刻,我的兴奋与激动无以言表,暌别它快三十年了,就要将它忘记了,我万万不敢相信,也真的想不到,会在北方的角落,在这样的黑夜,以这样的情景,这样的方式,与它猝然遭遇,不是它惊艳了我,而是我惊艳了它。我脱口对二舅他们说,这只萤火虫是追随你们从贵州来的。他们对在这儿碰到萤火虫也很吃惊,据他们说,由于到处施打农药等原因,现在贵州当地也难觅萤火虫的踪影了。当过乡村小学语文教师、第一次到我们这儿的舅妈说,小学课本里有一篇叫《萤火虫》的课文,但她教过的一茬茬当地孩子绝大多数都没见过萤火虫,他们只能在想象中勾画与描述倏然消逝的萤火虫。

我将这只"天外来客"小心地放入了相机的布袋,攥紧了口,生怕它半路逃走了,恨不得马上带给妻和儿子看。一路上我们都在黑暗里讲萤火虫,他们娓娓道着有关萤火虫的趣闻,而那些记忆的源头大抵都能追溯到童年,是我曾经历过的,听来也饶有趣味。蓦然灯火通明了。

回到家先吃饭,舅妈进门就跟母亲说我捉到了一只萤火虫,引得和我一样快三十年没见过萤火虫的母亲好一阵感慨,同样追溯到了她的童年。我将那袋子放到书桌上,不意它竟爬了出来,向着有光亮的客厅,飞了起来,绕着风扇转呀转,我慌将它捉了进去。过了一会儿,它又不知不觉地飞出了,这回更悬,居然悄悄地落到了通往厨房的路中央,在我们纷沓繁忙的脚步中劫后余生了许多次,最终被眼尖的母亲发现,被我捧了回去。

饭后舅妈找了张白纸,循着过去的记忆,折了个纸灯笼。那时我们就提着这样的灯笼,里面闪耀着萤火虫,在黑夜走来走去。我将它撒进笼里,又套了塑料袋,赶紧回了我家。

进门我冲正在埋头学习的儿子喊道:"儿子,快来看,这是什么?"

妻和儿子闻声来了,我放出了萤火虫,骄傲地说:"瞧,萤火虫。"

他们瞪大了眼睛,盯着这只在桌上爬行,时刻准备着振翅飞翔的虫子,似乎很难穿越千年沧桑月色,将它与卷帙浩繁的唐诗宋词联系起来。它瞧上去无疑是一只普通的虫子,略长的体形,漆黑的翅翼,橙黄的肤色,头端两条毛茸茸的触须,翅膀下覆盖着自由摇摆的尾巴。如果不是尾巴末端会发光,如果不是会提着小小灯笼试图照亮黑夜,如果不是点亮过我们的童年,它就是一只貌不惊人随时会被我们忽略与遗忘的虫子,引不起我们此刻的关注与欣赏。

妻闭了灯,室内弥漫起黑暗,那点微弱的绿光在自己的领地里孤独地闪烁,湮没在了水泄不通的黑暗当中,妻失望地开灯。她仿佛不相信似的,又闭,又开。

儿子将它捉进了一个广口玻璃瓶里。置身这长方形的透明空间中,它显然患上了焦虑症,从瓶底开始,缓缓而执著地向上攀爬。光滑的玻璃像站立的墙,阻挡不住它细碎的脚步,它攀着玻璃坚定地向上,不久到了瓶口,我忙合上了盖子,它左寻右觅找不到出口,在瓶口边缘张望徘徊。我恶作剧地将它拨了下去,掉到了底,它不甘心,又开始攀爬,到了瓶口。

儿子拿到了他桌上,说要看着写日记。他趴在那儿,盯着瓶里爬来爬去的它,想着他的日记。

所有的灯都闭了,黑暗像一条硕大无边的章鱼,张开无数柔软的脚缠绕住了我们。它仍然在瓶里不放弃地攀爬,现在那瓶子在餐桌的中央,这是这间房子最中央的位置。我习惯明亮的眼睛一时不适应这猝然漫上来的黑暗,因此我看不见玻璃瓶,但可以捕捉得到它那一星渺茫的亮光,如梦似幻,执著地闪耀。

今夜,妻和儿子的梦里都飞翔着萤火虫。

但我,却无眠。说不清为啥,我固执地相信,这只萤火虫就是我童年的那只，从黔南到鲁南，穿过三十多年的漫漫时光，提着小小灯笼在前引路，逗我重返那些住在露珠里的瞬间。

小时候，在黔南山区，每到盛夏的夜晚，地与天一统在动与静之中。各种虫子贴近草儿根部，青蛙匍匐在大地的末梢神经上，都叫出了内心的声音，粉似的稻花簌簌飘落，淡淡的香气若有若无。萤火虫像被一只看不见的大手一下子扬起撒向了空中，那样子就像撒了一把种子，却是会发酵与裂变的种子，一瞬间布满了天空，再也不肯落下，静静地忽明忽暗。从大地往天空，嘈杂与喧闹渐渐升腾，接近萤火虫，穿过萤火绿莹莹的云层，等到了星星的眠床四周，便只有最深的寂静无声了。

出了门，楼与楼之间，是一长溜儿空旷地儿。一只萤火虫飞舞在我们头顶，贪玩的它似乎掉队了，我们争先恐后地想扑下它，但它飞得太高了，即使我们跳起来，也够不到它微弱的光芒，这让我们怀疑它不是一只真正的萤火虫，而是一颗离我们最近的星星。仿佛奉了某个神谕，它掉转了头，一闪一闪地引领着我们，沿着高高的围墙，向着乡间小路、稻田、鱼塘跑去，不知不觉上了山。无数萤火虫上上下下，明明灭灭，织成了网，汇作了海，与星星遥相呼应。这是别样的银河，远离了天空，靠近了大地，甚至沾染了人间的烟火气，就像我们触手可及的清欢。

我们扬手拍下了一只，或带着长长的茎采一朵南瓜叶，仔细地剔去茎上缠绵的表皮，露出翠绿透明的胴体，将萤火虫放了进去，它在这狭窄细长的空间里张翅乱飞，跌跌撞撞，有点儿不知所措，被我们攥着举着互相追逐，或将它撒进透明的宽口罐头瓶、紧口的酒瓶里，小心地捧在手上，引诱其他萤火虫，数不清的萤火虫像朝圣似的环绕瓶子和人飞舞，越来越多，稳稳站立的人好似一根圆柱，萤火虫俏皮地绕"柱"捉迷藏，我藏你找，你追我赶，有的撞到眉毛和眼睛上，是一次浪漫的小小的失事，那情景热闹、壮观极了。

更有残忍的孩子，捉得萤火虫，摔到脚下的水泥地上，穿着布鞋去踩，边踩边划着走，一条亮晶晶的荧光赫然一闪，倏忽又熄灭在了黑暗中。

这类残忍事儿我也干过不少。现在寻觅这样做的动机，除了好玩，就是好奇。想起那些无端丧生在我脚下的虫儿，真是罪过，阿门。

每逢碰到这情景，雪儿总在一旁暗自落泪。这个被父母双双健在的我们追撵着喊作"缺爹的"女孩儿，整日低垂着眼眉，看上去落寞寡欢，我们真的没意识到这玩笑似的称呼，对痛失了温暖慈爱的另一半的她，有着怎样一种痛彻骨髓的伤害，仿佛这是我们赖以炫耀与骄傲的资本和优势。她一个人是那么孤单，悄悄地徘徊在我们的热闹之外，她不敢上前制止我们，又忍不住可怜这些虫儿，就躲在不远处扑簌簌地掉眼泪。她也爱捉萤火虫，却捉了就放。她最爱的是一只一只地捉了，松松地攥了手掌，像攥了一个随时可能泄露的秘密，猛地一张开，萤火虫纷纷挣翅逃了出来，重新获得的自由让它们兴奋而意外，犹如最细微的烟火屑绽放在空中。雪儿双手像两片芽瓣儿托着腮儿，注视着它们漫天飞舞，一直飞到父亲身旁。她的父亲永远躺在了一堆冰冷冷的土堆里。

　　对我们来说，萤火虫属于没有尽头的快乐。而对与我们同龄的雪儿，它却是绵绵无尽忧伤的源头，在夜来香如梦缓缓流淌的气息中，它携着她的思念与心愿飞升到了遥远的天堂，照亮了她父亲在黑暗中的每一个瞬间。

　　我们中有人见过萤火虫吮吸尽蜗牛柔软多汁的肉，仅剩下一具空荡荡的外壳。我却没见过。那些萤火虫的残忍事儿，是自然界生存智慧与斗争艺术的生动课堂。我贫乏的想象也描绘不出那惊心动魄的情景。这才是童年，留意了一些东西，同时也忽略了一些东西，总是那么不完美，只有在似水追忆中，一切才破镜重圆似的完美。

　　记得我查过书，说萤火虫的幼虫多住在潮湿的草丛中，渴饮露珠与雨水，沐浴草儿多汁的眼神，古人甚至认为它是腐草变的。这个想法有点儿美丽。飞翔的萤火虫最终是要敛翅歇脚的，大地是它最后的家，只有草木才是托举它的葱茏眠床。母亲怕我夜晚乱跑，失脚掉进鱼塘里，吓唬我说它是从坟墓里的棺材板上飞出的，还绘声绘色地告诉我她的确见过沤烂的棺材板上，潮润乌黑的一面，一溜儿的萤火虫幼虫像纫鞋的黑线。

　　我害怕了，将它讲给了最要好的伙伴，他又讲给了其他人。恐惧像瘟疫在我们中间流传。仿佛为了印证母亲的话，我们也的确不知不觉地被萤火虫牵引着，停下脚步，竟然到了一堆坟前。竟然是雪儿父亲最后的栖身之地。荒草萋萋掩盖了它的本来面目。那儿也的确萤火虫多而稠密，且更明亮地环绕着静悄悄隆起的孤坟，只只仿佛都是从雪儿掌心驮着祈祷与祝福飞出的。

　　害怕归害怕，却拴不住我们淘气的脚步。一到晚上，我们仍然相约着从一只萤火虫开始，追逐着它预言似的光亮，直到繁星满天。

第二天，天亮了，太阳出来了，露珠熬干了，瓶子里的萤火虫死了。眼睁睁地看着它轻轻落到地上，混入尘埃，比活着时更小，像活着时一样轻，没有一丝声音，被一阵风随尘刮跑了，没留下一丝痕迹。

我莫名地涌起一丝留恋。萤火虫这小小的尸体，究竟藏着我们怎样欲说还休的心事，而这心事又曾经怎样在我们胸腔里汹涌澎湃呢？

我还是相信，这种叫萤火的虫是草木变的，夏天一到，它就点燃了萤火，照耀了我们孤独的童年。

早晨起床后，我发现瓶中的它已奄奄一息了，将它倒在了桌上，它的脚无力地抽搐，过了一会儿，不再动了，那星亮光在汹涌的白中，一刹那黯淡了下去。

我留下了它，连同那瓶子，它就躺在瓶里。我将它放在书桌上，仿佛为了某种马不停蹄地忘却的记忆，时不时看它一眼，隔着玻璃，就像隔着我被箭镞呼啸着追赶没命地落荒狂奔的时光。

就是它，带给我一夜的欢愉与兴奋，让我在与它暌别快三十年后，鬼使神差地与它重逢在我至今满脑子困惑的四十岁，这不能不说是一种冥冥中一直默默牵系的缘分，同时带给了我一份在麻木与冷漠中渐渐苏醒与战栗的感动。

因此，我有理由相信它是奉了某个神谕，在这一夜，这一刻，来找我唤起和重温什么的。

也因此，我有理由相信它真的是一盏活在时光中的小小的灯。

我将回到家后的事情讲给了二舅他们听，他们冷漠地听着，没表现出一丝热情的兴趣，仿佛与昨夜的他们换了个人。

为什么大人们总是这么易变如南方的天气？一会儿阳光灿烂，一会儿阴雨连绵……

我恍若回到了童年，小心地扒着门缝，窥视着外面窄成一线的世界。

车上有麦

从河东到河西，急性子的夏季风扬起巴掌呼呼地扇几扇，麦子就黄了，像遍地黄金似的耀眼。

挂在墙上的镰刀被摘下了，经过漫长日子的赋闲，它像一个失地农人，镀上了陈年的锈与尘。现在它被开满茧花的手指搁到磨刀石上，饱蘸了清水来回磨砺霍霍，锋芒雪亮如水，照得见人影，谁将大拇指肚压到刃上，轻轻滑过，逼出了长长血痕，像雪地绽开的红梅。

麦子齐刷刷地站在地里，掀开了盖头，露出了睫毛似的麦芒，眼睛似的麦仁，一穗穗像射向泥土内心的箭，等待被镰刀铿锵撞响。

开镰是农人的盛大节日，是农业的神圣祭坛。作为扎根大地上的事情，它代表着另一种生命轮回，耕耘、播种、收获永远像车轮一样运转不息，这听上去像人一样在人间与天堂繁衍、死亡与再生，其实一茬茬麦子就是一辈辈人，悲欢哀乐都浓缩到了从种到收的九个月中。开镰既是诚实壮丽生命的结束，又是崭新的开始。你可以想象，千万把镰刀一齐飞舞，如水的锋芒映亮了天空，太阳被迫收起了光辉，身后紧跟着千万张脊背，拱腰探头将麦子揽抱入怀，麦秆与镰刀激情地碰出金属的声音，麦子就势被攥在了手中，像攥住了土地的命运。

我读初中时，每到了这个时节，我们班上一连几天都会冒出不少空位。那些位子像塌陷的地面，人掉了进去，留下那些不会说话的椅子替主人上课，其实主人是被镰刀召唤着扑到大地上割麦子了。割麦对农人们是天大的事情，他们被麦熟的气息和景象激动并驱使着,必须赶在老天爷变脸之前打倒麦子,颗粒归仓。在这几天里,他们空前懂得了爱惜身体,拿出了平时舍不得吃的东西犒劳自己,随时积攒力气对付铺天盖地的麦子。他们在疲于奔命似的辛苦劳作间隙围坐在田埂上,举杯狂欢痛饮,直到麦收落幕,镰刀上墙。

麦子被拖拉机和地排车拉走了,卸到了路上。那些血管似的道路纵横交通,串起了每一个五脏俱全的村庄,现在它们成了麦子的温床。麦子随意躺在乡间路上,被来往的人和车辆踩踏与碾压,纷纷脱离了盖头,现出了褐色肌肤和面孔。一辆毛驴车不紧不慢地走在上面,胶皮轱辘尾随着四只蹄子碾过。麦子的温暖与芬芳气息引诱着驴子,驴子想低头衔起几穗麦子,但它不敢,它知道不等自己低下头,一道鞭影就会响亮而准确地落到它身上。它抬头机械地跋过松软如被的麦子,仿佛它来回散步仅仅为了拉着车子帮助麦子灵魂出窍。

一辆小汽车从城里方向飞速驶入村庄,冲向路上的麦子。这个后头会像炝蹶子一样冒烟的金属盒子,丝毫没有减速的想法,四只车轮滚滚扬起了麦子,像破开了一路麦浪。那些麦子被它席卷向前,没装进盒里,有些幸运地半路落了,有些不幸挂在了车的身体上,这使它看上去像挂了彩。过了一会儿,它又掉头返回了,同样冲向了麦子,丝毫没有减速的想法,四只车轮滚滚扬起了更多麦子,麦子在车前纷纷舞蹈,像是天翻地覆,不由自主地被分贝和速度裹挟上了大路,飞奔回城里。一个老农站在路旁,愤怒地盯着它冒烟的背影,仿佛要将它像麦秆一样点燃。他怎么也弄不明白,这东西怎么就不能像那些拖拉机和毛驴车一样,慢慢地碾过麦子们,而不是一阵风地席卷走了它们,又丢下它们,使它们像个没娘的孩子。

在城里,我不止一次地看到各种会奔跑的汽车,从麦收时节的乡间路上飞奔驶过,一路带来了麦子。它们免费坐了一遭车,七零八落地挂在车底下,撒得城里的街道上到处都是,仿佛一眨眼多了许多失散的孩子。

但它们最后的家不是粮仓,而是垃圾箱。似乎没有人像珍惜汗水一样怜悯它们,收容它们,给它们一个可以安稳睡觉的家。

注视着被带到城里的它们,我知道每一针麦芒都通向一个故乡,每一粒麦仁都栖居着一个农人。

我无法不悲伤地流下了泪水,为麦子不该长在车上。

(原载《高中生之友》2008 年第 9 期)

一个两个甜

对于穿制服拎黑包收钞票的人来说，铁运小区门前是个死角。这并不是说他们不知道那儿，而是他们珍惜自己的力气，一般逛不到那儿，或者是在那儿摆摊设点的都是些做小本买卖的商贩，即使真的去管，软磨硬泡半天，也收不了几个钢镚儿，有时还要生一肚子闲气。正是由于他们有意无意地睁一只眼闭一只眼，商贩们有了一平方米或两平方米逗留的自由空间，但商贩们却不感激他们。其实他们也不需要感激，他们只是偷了点懒，又没做什么。

卖馒头兼打豆汁的、贩大米的、收破烂的、用旧煤气灶换新煤气灶的（当然要添些钱）、卖自产的青菜小葱的，都在大门两旁有固定的地方，但他们同时都在的时候却几乎没有。卖馒头兼打豆汁的天天都在，她的家住小区里面，她有自己固定的顾客，近水楼台地挣些熟头熟脸的钱贴补家用。其他的有时收破烂的在，换煤气灶的就不在，仿佛俩人商量好了似的。这也没啥好奇怪的，他俩的买卖本来有一部分是重合的，都收买某些日子淘汰出局的东西，但换煤气灶的却还回了一簇簇崭新的温暖的火苗，等到有一天人们都恍然明白那些火苗是实实在在地用一个新煤气灶的价钱买来米的，而那个旧的打不着温暖火苗的煤气灶其实是在一个温柔陷阱之下白白地送给换煤气灶的时，收破烂的不知不觉地就抢了换煤气灶的饭碗，最终彻底将他像旧煤气灶淘汰出局了，因此他们的同时在场是一个尴尬而危险的举动，人有时在反复对比和吃亏上当中变得聪明和理性了。

还有卖西瓜的。大汗淋漓地拉着席夹子环围起来的地排车，气喘吁吁地蹬着那种车厢在前骑车人尾随在后的三轮车，停在了小区门口。

西瓜长着各种面孔，黑皮的、花皮的、绿皮的，但都联系着一根绿油油的藤，藤上有毛茸茸的叶子。在这上面，西瓜永远比黄瓜真实，我就许多次亲眼看到卖菜的一边往一堆黄瓜上洒水，一边不厌其烦地在黄瓜末梢安插上鲜艳的谎花，伪装得就像刚刚摘下架似的，试图像这些藤和叶一脉相连的西瓜传递给我们某些露水一样新鲜的信息。

但有时有些不真实的是卖西瓜的。比如说现在，那个有着黑皮西瓜一样黝黑面孔的瓜农，蹬着三轮车来卖西瓜居然不带秤，居然别出心裁地按个卖。瓜有大小，小的两元一个，大的一个四元。

掂掂大瓜小瓜，沉得坠手，小瓜至少四五斤重，大瓜还得翻番地重。

其时西瓜上市不久，一般六角钱一斤。

瞧热闹的比买的多。城里人习惯了与秤和斤两打交道，斤两是通过一杆秤上盛开的银色的"花"和诚实的秤砣来平衡的，没了这些，他们有些茫然，不知该相信什么了。

有的说西瓜不熟，他们仿佛长着一双X光眼，已经透视了西瓜的内心，那儿有白花花的瓤儿和软软的籽儿。

有的说西瓜是偷来的，据说现在农村常发生这类事，丢的有时是一沟葱、几穗嫩玉米，甚至是一头会哞哞叫唤的牛。

一个女人路过看到围了这么多人，以为这儿的西瓜好吃，忙下车挤进人群问多少钱一斤。等卖西瓜的告诉她时，她神色慌张地看了他一眼，像一不留神闯进了一个精神病人的领地，沉默着夺路逃走了。

其实他们都觉得这一车西瓜有些便宜，这让喜欢占便宜的城里人觉得有些不踏实，不敢相信自己的眼睛和耳朵了。

但我横心想想吃亏上当也就是几元钱，于是我买了一个，四个钢镚儿抱起了一个大个的。

陆续有人掏出了钱。一人是人，两人是从，三人是众，人有时需要一个领头的才愿从众。

卖瓜的感激地看了我一眼，边帮我往塑料袋里装边祝福似的说："一个两个甜。"

我理解他说的意思是一个大个瓜相当于两个小个瓜，假设这个瓜是甜的，那就是一个甜相当于两个甜了。

  我也觉得他是一个不善言辞但内心丰富的瓜农，这让我相信他是一个称职的瓜把式，一定能够侍弄出遍地的好瓜，就在心里默默地应了声："但愿吧。"

  回到家我迫不及待地切开了瓜，刀插进瓜的一刹那，扑哧——我听到了一声清脆悦耳的裂声，像一根竹子被一柄柴刀一劈到底了，又像一大团浮冰被凌汛裹挟着狂奔向下游了。

  果然是个好瓜。

  一个两个甜。

  细细品味这句话，我忽然满口齿芬芳，一肚子鲜美。

  西瓜不是诗。但卖西瓜的一不小心就成了诗人。

  谁叫他离水井、月光、土地这些与诗血肉交融的东西那么近呢？

  （原载《太湖》2012 年第 1 期）

回　　味

遥远的糍粑

像往年春节一样，我们搭上慢腾腾脏兮兮的长途客车，沿着螺旋形攀升的盘山路翻山越岭，提前来到了荔波的婆（黔南管外婆叫婆）家。

在婆家门前宽敞的空地上，几个壮汉光了上身，一条黑布带扎紧了玄色大裆裤，轮流打着糍粑。盛糍粑的石槽膀大腰圆，像一只桶，巍然屹立在中央。一个人操起T形木棒，一下一下地捶打着槽里蒸熟的糯米，直到满头大汗手臂酸痛地被另一个人替换下来。这种木棒结构简单，像汉字中的一横一竖，横的粗如壮汉胳膊，是浓墨重色的黑体字，竖的细比孩子臂膀，是匀称结实的楷体字。楷体字穿凿通过黑体字，被牢牢地榫接到了一起，专心致志地做着糍粑这篇槽中文章。但它却不好做，主要是劳动强度大，因为糍粑黏稠如胶，不绝如缕。木棒高高扬起，鸡啄米似的落到糍粑身上，带起了糍粑，同时被糍粑黏上了，轻易甩脱不得，必须下大力和使巧劲才能拔下木棒，继续举棒捶打。这让劳动本身看上去既有些夸张，又有象征意义，因此说夸张与象征是做这篇文章时的主要修辞手法。

糍粑缠绵多情，落槽生根似的苦恋坚硬的石，同时藕不断丝相连地热恋着激情的木，它夹在石与木中间，无奈地失脚陷入感情的漩涡，欲罢不能，又身不由己。它的象征意义大抵在此。这也给壮汉们带来了技巧难度，他们得准确无误地高举木棒呼啸着砸中糍粑，才能将它捶打得更加缠绵多情，否则一不留神砸上了石槽,敲下了碎片,木棒受损伤不说,石片溅入槽中坏了一槽糍粑。

打好的糍粑被一双双油汪汪的手生拉硬拽出槽,滚成了一个个圆饼,待慢慢阴干了,又怕它坚定不移地干下去,像土地一样四下龟裂,有一天哗啦一声彻底粉碎了,再也团不成圆了。这时需要提早赶在它粉碎之前,将它泡进干净澄澈的凉水中,像养一条条又白又胖的鱼一样,隔上两三天倒掉有点浑浊的水,换上一盆或一缸清亮亮照得出人影的水。

到了春节。天寒地冻。黔南山区的冬夜是一粒窖入黑暗的种子,点点滴滴的时光静悄悄地叩过,在冷清与孤寂的守望中等待发芽与开花。那时没有电视或其他娱乐方式可以打发和排遣这漫漫黑夜,除了头顶一盏患了黄疸似的灯泡,一切都被拖入了漆黑的泥淖。炭盆是唯一的话题,黑皮肤的木炭被烤得浑身通红,越抱越紧的温暖像电波四处发射。我们围盆夜话,张开手掌取暖,随意地拉着家常,热烈的话语像木炭快乐地喊出了声,激动的舌头像火苗噼啪四溅。我们取出铁丝编的网子,架到木炭上面烤糍粑吃。糍粑光滑细腻,被切成了薄薄的片,摊放到网上,一览无余地迅速被冲天的激情膨胀,热气蒸腾,缭绕我们有些兴奋的脸。糍粑又黏又烫,被我们扯住两头努力地拉长,像一匹冒着热气的白布,幸福生活同时被我们无限抻长了,仿佛比一万年还长。血红的火焰与雪白的灰烬躲进木炭里,热热闹闹地初恋,亲昵的私语一次次惊醒了我们垂头的瞌睡,映亮了一屋红红火火的面孔。直到那些夜晚在糍粑蘸白糖的香甜中,不知不觉地蒙着一盆棉被似的灰烬沉沉大睡,迎来了新年每一天崭新的太阳。

从这些冬夜开始,糍粑可以一直吃到清明。这时万物花开,油菜出了薹,可以采了与糍粑一锅炒,也可以寻了毛茸茸的紫云英或嫩生生的苜蓿尖儿等野菜一起炒,是油将它们恰到好处地团结在了一起,以一种白雪绿柳重新颠覆与诠释了春天。

说到底,糍粑黏稠的双脚一只迈到了新年,另一只还留在了旧年。它其实是为牛而生的,我们有时也叫它牛糕。

红茶菌

至今我不知道它的学名（也许根本没有），从头到尾，我们都叫它红茶菌。

谁也说不清它第一次现身在谁家，仿佛是一觉醒来，从东机厂到物探队，甚至整个沙包堡镇，家家户户都养起了它。这让我错觉这个铁路两旁的小镇，就像一个硕大无比的玻璃缸，漂浮着一只略小些的红茶菌。但它仍在疯狂生长着，一刻也不停止，很快与缸一样大了，挤得四壁满登登的，没有一丝缝隙，触角探出了缸外，似乎要挣身跑了。

这样说，是因为在沙包堡有限的空间里，弥漫着它强大而顽固的气息，经久不散。这种气息从家家户户的窗口间与门缝里飘出，轻如青烟，汇聚到一起，像云朵笼罩在小镇头顶，压得我们喘不过气来。它闻上去又酸又甜，像醋与糖勾兑在了一块，时至今天它留给我的就是这鸡尾酒似的混合记忆。不仅如此，这气息还被火车一路奔跑着带到了南与北，远方的人们像寻到知音一样认可和接纳了它。

那只透明的玻璃缸其实是金鱼缸。现在它抛弃了华丽而无用的金鱼，满怀希望地种上了一株红茶菌，并且小心地呵护菌扎根生长，像对待一粒种子或一个孩子。它站在我高不可及的五斗橱上，我必须踩上凳子扒着橱沿才能看到里面，菌开始生长了，像一朵含苞的花，渐渐盛开了，艳如桃花，鲜似红唇，绚烂而奢靡。酸而甜的气息一天天地浓重强烈，像单纯无限的累加，从卧室开始，一眨眼跑遍了客厅与厨房，我们一家四口每天在这流淌与包围中清醒与沉醉。仅仅三间屋已经不够它活动了，它冲出了窗与门，到外面寻找同类了。

隔上几天，母亲会抓一大把花茶，舀一大勺白糖，煮一锅开水，待它慢慢"退烧"了，滤掉了茶叶，一股脑儿地倒进缸里。菌快乐地颤抖，似乎在跳桑巴舞，双手承接这从天降临的"甘露"。是这"甘露"像乳汁哺育和喂大了它，任它在一种残酷的清洁与纯粹的甜蜜中自由舒展，轻松成长。

菌蛰伏缸中努力地发酵，液体越变越红，味道更加浓郁醇厚。我们不时可以一饱口福，酸溜溜中有甜蜜蜜，养胃。这两种口味中单独哪一种都叫我们望而生畏或饮而生厌，但它们如此亲密无间地拥抱到了一起，却让我们觉得前所未有的新鲜与爽口，当时能够将酸与甜巧妙地糅合在一起并为我们真正接受和热爱的，恐怕仅有红茶菌。

菌以惊人的速度繁殖与分蘖，这并不奇怪，它本身就是一种在默默中悄悄成长的细胞。它被里三层外三层地包裹，我们洗净了手，剥了丢进嘴里，嚼起来咯吱咯吱的，脆生有韧性，酸甜生津液，像吃海蜇皮一样。

菌洁身自好，像养在深闺的少女。它讲卫生，怕油污，哪怕是一点一星。有一次弟弟恶作剧地往缸里滴了几星油，仅仅那么几星，若有若无。开始没咋的，好像过了一夜，它就变质了，液体混浊不堪，菌有气无力地趴在缸底，迅速烂掉了，发散出酸腐的怪味，只好一倒了事。

红茶菌何时全线溃退出我们生活的，我已记不清了，仿佛也是一觉醒来的事。它挟着曾经的气息销声匿迹了，像一阵风一样，来得快去得也快，没有谁说得清它的故乡，仅仅筛下了记忆，从此再也没有现身。

我常常想，那时物质生活极端匮乏，但人并不缺少情趣，他们总是努力将生活喂养和侍弄得有声有色，有滋有味，比如像风一样席卷整个中国的红茶菌。

包谷粑

包谷粑是一款时令素食。

通俗地说，它一心跟着季节走，一味迎合大众尝鲜的胃口。这是它与糍粑同享"粑"名却不尽相同之处。

到了盛夏，漫山遍野的包谷轻舒绿油油的水袖，红缨子的包谷就长成了，仿佛是一眨眼。黔南山区种的多是糯包谷，像遇到热情如胶似漆扯拽不断的糯米一样，薄薄的皮包不住盈盈的浆，轻轻一掐，白白的汁液像箭四下喷射。煮熟了黏牙，黏手，黏一切。

掰了包谷，将空荡荡的秆弃在山野，像借腹生了孩子后狠心抱走了孩子，丢下了千万株怨妇似的母亲，在风中守望与泣诉。

肩了背篓，将孩子似的包谷背回家，去穗，剥皮，露出一排排秩序井然的牙齿，颗颗结实饱满，闪着瓷质的光泽。竖着抠开一道防线，更多防线被突破了,牙齿们纷纷滚落到搪瓷盆里,清脆出声,或簸箕中,悄无动静。渐渐,堆成了山,冒尖。

摇动石磨,周而复始地兜圈子,一勺勺包谷被塞入磨眼,白花花的汁液像乳汁,又像瀑布,顺着磨沿千条万缕地流淌下来,一路拥挤着进入磨道,汇合到一起从磨口跌入悬垂的长长的布袋里,控去了滴沥水分,留住了根似的稠。倒出,团和拍成巴掌状的粑,选两三页嫩皮儿对折过来包裹住。这上头有讲究,秆上叶子长而窄,有毛,不适合;包谷外皮绿而老,像保护它的铠甲,也不合适。唯有贴着肌肤的皮儿柔软而细腻,散发着芬芳体香,像内衣,又像胞衣,与粑贴身梯已地上笼屉蒸到一起,包谷的清香更加深刻地渗透和融合到了粑里,追随袅袅沸腾的热气充分释放出来,恋恋难舍,没齿难忘。

金黄的包谷粑像一掌掌黄金一样,曾经让我疯狂地迷醉不已,我忘不掉揭开它盖头的那一刹那,接踵涌向我的扑鼻的新鲜,满眼的灿烂,入口的香甜,绕身的缠绵。

可惜它只属于夏天。遗憾那时没有冰箱,否则可以连穗带皮地大量冷藏了,啥时想吃了,随时可以取出磨了蒸了吃,只是不知还是不是夏天的味道。

等到冰箱与我们的生活亲密接触了,我却提不起了兴致,一切仿佛都被飓风似的时光刮跑了。

还有,我人在北方,这儿的包谷似乎齐刷刷地站到了糯的对立面,可着劲儿地往不糯上长,而做粑是需要糯的,因此想做包谷粑也做不成了,只能对着记忆咽着口水空想。

也许就是这样。

盐酸菜

因为年幼无知,我那时候常常闹出笑话。

比如有一种叫盐酸菜的腌菜,大家都习惯随口叫它盐酸。在我没见过和尝到它之前,就曾经执迷不悟地想当然过,越想越被它弄糊涂了,着实奇怪与惊诧了好一阵子。我有限得可怜的常识告诉我,盐酸与能够毁容的硫酸一样，都可以不动声色地腐蚀掉东西，怎么可以拿来腌了菜吃呢？

直到见了和尝过它，疑问与困惑才豁然解开，心里仍不免暗暗埋怨如此爽口美味怎么偏偏叫了这么一个容易往歧路上联想的名字呢？

产盐酸的地方叫独山。我到过。每回从都匀搭车去荔波的外婆家，车子中途都要在这儿歇歇脚，而且一般是在吃午饭时候。乘客们会一窝蜂地涌进粉馆里，在油汪汪的八仙桌前坐下，叫上一碗热气腾腾的牛肉米粉，就着红彤彤的油泼辣子吃得满头大汗，抹抹嘴继续上车赶路。

我记忆里盐酸菜一般是装在坛子里（俗称"坛酸"），盖口封了一圈儿白沙泥，外头套了竹篾子。坛子有粗有精，粗者浑厚朴拙，如山野樵夫，精者描云绘花，似小家碧玉。吃时用刀撬去封泥，揭开坛盖，囚禁已久的香气裹挟着发酵的糯米酒味扑面涌来，由不得你不深深陶醉。等到夹了起来，椒红菜绿蒜白杂间晶透，养人眼睛，食之酸中有辣，辣中有甜，甜中有咸，多味俱全，更养胃口，仿佛敞开喇叭状的入海口，听任饕餮食欲如水滔滔不绝地前仆后继。

但东山的代销店也舀出了卖。这样暴露在光天化日下，香气与酒味相互追赶着挥发了，味道自然差了许多。却有一个好处：就是与在黑暗幽闭的坛子里相比，有些什么货色一目了然了。这给了售货员"营私"的机会，他（她）可以瞅准了菜薹和蒜瓣，盛到熟人的碗中。这两样都是我和弟弟的最爱。菜薹粗壮鲜嫩，就像青菜健壮结实的胳臂，我们叫"疙瘩头"。每次见到它，我们都像发现新大陆似的，溅起一片兴奋的惊呼。我们指着它让售货员盛，他却装作没听见，眼望着别人，快速地下勺舀起又有意抖了抖，一些疙瘩头被颠到了勺外，这让我们眼巴巴地失望又气呼呼地不平。

我们娇气的肠胃降服不了辣，因此夹了疙瘩头、嫩叶、蒜瓣等下到白开水里涮一涮，就像潦草地洗个澡，脱去红的辣椒粉，白的糯米粒，满碗红水孵出白米粒。这样是不辣了，口味也淡了不少。

只是有时例外。那时东山食堂基本被山东人把持着，他们爱蒸一种馒头，靠老酵头烫面，纯粹用手揉出来，一个个像踩着高跷，扭着身子歪着脖子，站在密如棋盘的铁丝网格中，叫"高桩馒头"。狠狠地攥紧它，柔顺地缩成了鸽蛋般大小，张开了手，立马恢复了原样，像弹簧。这样的馒头抬下时热气蒸腾游走，饭味浓郁地道，趁热吃特别好吃，在当时代表了普遍传染的乡愁，慰藉了许多北方人孤苦伶仃的胃口。母亲专门用毛巾缝了一个口袋,从东山买了馒头一路拎着快走回到家大约二十分钟,馒头仍自顾自地热身,却不黏糊,掰开夹上盐酸菜马上狼吞虎咽,既不觉得辣,又越吃越饿,不知不觉两三个下肚,打着饱嗝意犹未尽。

普天下独山的盐酸菜最好吃,是因为上天格外眷顾厚爱这儿,赐予了她适宜的气候与优良的土质,腌制盐酸菜必需的青菜茁壮生长,每一株都翠绿欲滴,叶嫩茎肥,还有辣椒碾成粉末不改纯正刚烈。只有这儿的青菜腌制出来的盐酸菜最正宗,口味最地道,稍稍往北或向南就大不一样了。这又是另一个版本的"南橘与北枳"的故事。

现在盐酸菜在腌制时仍离不开坛子,这让它从头到尾与泥土难解难分,在黑暗中缓缓自然发酵,直至满腹醇香地重见天日,随即被流水线灌装到漆黑的真空里,难得一识真容。

吃着母亲从独山风尘仆仆地背来的这种盐酸菜,我努力寻找着久违的记忆,不是觉得菜不如以前绿了,就是辣味淡了,还找不到了蒜的踪影,总之不是幼时那个味道了。我又有了新的疑问与困惑,我动摇地怀疑自己是不是像那个吃芋的人,在打马飞逝的时光面前渐渐丧失了最初的味蕾,许多叫乡愁的孩子像没头的蜜蜂误飞乱撞,找不到了回家的路?

盐酸菜还可以与反复燎过煮过的五花肉组合到一起,一片一片挨在一块亲密无间,就像伴侣们,上火蒸熟,翻扣入盘,俗称扣肉。盐酸扣肉色彩艳丽热闹,气息香糯恣肆,自不可与干巴巴的霉干菜同日而语。

知道盐酸菜是"中国最佳素菜",是最近的事情。

这话出自鲁迅之口,随后一句是"不可不吃!"

他就这样与盐酸菜既偶然又必然地联系到了一起,在1924年正月的一天,在一个羁旅京华的贵州籍学者那儿。

折耳根

带儿子下了山,路边没有野花,却有一些卖瓜果的地摊。这些果实表情丰富,内心鲜美,瓜熟蒂落或走下枝头丝毫没影响它们的饱满与水灵,仿佛仍在默默地生长,静静地成熟。仅仅惊鸿一瞥,我发现了你,喊你的名字在惊喜中:折耳根。

那女人抬头看我,重复道:折耳根。

好像对上了暗号,我和她真想从茫茫人海中伸出手来,紧紧地攥到一起,压抑不住激动地脱口叫一声"同志"。

她说的竟然是贵州话。

在这个北方小城,从千口一律的汪洋大海中辨出曾经熟稔的口音,就像邂逅了一朵昨日浪花,的确是意外中的惊喜。

折耳根们虬髯浓须,像粗犷豪爽的高原汉子,又像一团理不清的线索,纠缠到了一起。它们骨节分明,有的梢头顶出了心脏形的绿叶,还有白色的碎花。

一切和过去一模一样。时光在我们脸上走了走,随心所欲地留下了鱼尾形的足迹,轻而易举地催老了我们的容颜,却放过了折耳根,让它在泥土内心以永远的洁净与鲜活素面朝向黑暗与湿润。

小时候,在黔南山区,脚下是抽出谷舌的水稻,谷舌淡黄中噙着薄白,像鸡雏的嫩嘴儿。在田垄边儿,潮湿的泥土里,捉迷藏似的隐匿着折耳根,像一个遁土藏身的精灵。我循着它的踪迹,觅到了它的身影,执著地向土里挖去,一节又一节的茎儿又细又白,像小儿的手指破土现身。如果一直捋着它深挖下去,可以扯出一条长长的线索。

挖出的折耳根很干净,沾着泥土的气息,但有鱼腥气,清清楚楚,不是若有若无。

这小小的心脏,究竟藏着多少与鱼有关的气息,像弥天降临的潮水一样淹没了我啊!

折耳根学名鱼腥草,是因为这鱼腥气如影随形,从叶到根,一辈子都抖不掉。

我躺在田垄上,头顶白云像一团清洁的抹布,随风到处流浪,将玻璃一样的天空擦得越来越蓝,身下是密如繁星的苜蓿,椭圆状的绿叶拥挤中,挺拔出一茎茎绰约的花,白的、紫的花着开,口里嚼着折耳根,浓烈清晰的鱼腥气忧伤而深刻,仿佛发散自我的心脏,串起了我像云朵一样飘来荡去的少年时光。

折耳根娇嫩如某些花。离了土,渐黄,再也洗不出原来的白,像一些在时间中老掉的书页,变色的珠子,或青春不再的女人。

我全部买下了那些折耳根,如获至宝,今日我将以凉拌或清炒慰藉我久违的乡思。那女人一口贵州话地说着它的来历。不用听我就知道，这些折耳根和她一样，都来自于高原的一粒种子，终还归于一粒种子。

我必须赶在它渐黄之前，挽留住它的白，那种肺炎一样的白。

但我清楚自己无能为力，它最终会变老的，是时间让它的伤口裸露无遮。

老冰棒

那个时候，自行车很稀罕。谁家有一辆，像长了阔气的脸，叫人人都羡慕。

比如卖冰棒的。他们就没得自行车骑，而是拱腰推着手推车到处转悠，轱辘滚滚地一路轧过。车子前方坐着一只木箱子，刷了白漆，像唱白脸的曹操，盖子与箱体像上下牙齿合到了一起。打开，里面是一床白棉盖，厚实松软，下面就是冰棒。在炎热的夏天，狗耷拉着舌头喘着粗气，像被朝天椒辣着了似的，我们都努力脱得一丝不挂，冰棒却捂着棉被沉沉大睡，身上没出一粒痱子，反倒激起了稠密的鸡皮疙瘩。

记得有一年夏天，天气像是热到了顶，我去东机厂的冰棒厂玩（三线的工厂就是个小社会，除了没有审人的法庭和烧人的火葬场，其他像麻雀一样五脏齐全）。许多人穿着背心、短裤和裙子，抹汗如雨地在方形窗口前排队，等着从里面递出冰棒来。探头伸进窗口里，恰好卡住了脖子，可以清楚地看到一个人裹紧棉大衣，一趟趟地进出制冰棒的车间，端出一盒一盒的冰棒。他的头顶冒着白气儿，像攒劲动身的火车头，眉毛、眼睫毛上都挂满了白花花的薄霜，活像从数九寒天里走了近来。我当时真的很羡慕他，甚至有些嫉妒他，心想要是换了我就好了，我就不用在夏天热得没地方去了，到那时我也可以像他一样待在车间里，穿着最厚的棉大衣得意地嘲笑窗口外那些恨不得一丝不挂的人们。

那时常见的冰棒有两种：一种是纯白的，接近雪的肤色，稍胖些；另一种偏瘦点，有点黑，顶端点缀着绿豆和赤豆。它们都被一根细长的竹签贯穿，外头包着一层有些油腻的纸。

卖冰棒的老太太推着它们，或用一条布带拴牢木箱挎在肩头，在家属区和学校附近叫卖：冰棒哎冰棒，又凉又甜，五分钱一根。她们大都是些东机厂的家属，操着我们日常熟悉的山东话、上海话，唯独没有贵州话，年纪越老乡音越纯粹地道，仿佛胎记追随时光深彻骨髓，在我们这些候鸟似的异乡客听来，好像回到了日思夜想的故乡。乡音如水缓缓流淌，这些日子大家都被温暖潮润而无边无际的乡音包围和漫漶，觉得亲切而舒服。这些乡音仿佛有着不可抗拒的魔力，吸引我们聚拢在周围，纷纷争抢着交出五分钱，紧盯着她们掀开白箱子，揭开白棉盖，取出一根根冰棒，剥了纸，递过来。那冰棒真的又凉又甜，塞进嘴里不停地吮吸，再也不肯拿出，不知不觉一根下肚，浑身暑气一下子全退了，从汗毛孔往外觉得清凉甜蜜。

不久前，在冷饮店里，我惊喜地发现了这种叫老冰棒的东西。它裹着一身怀旧的面孔，似乎在卖力地讨好那个年代，价钱却一跃向上翻了十倍。那一瞬间，它就像一张黑白老照片，从无数花红柳绿中闪现到了我面前。

我尝了，却不是原来那种甜。我真实地品出了弥漫着化学与工业气息的甜。它让我觉得可疑，有些不放心。就像一个村姑，进了城丢掉了最初的天然朴实，不得不让人担心她也许会在适应与妥协中慢慢学坏。

还有渐走渐远的凉。

我再也掏不出来自深井内心的那一泓清凉。

棉花糖

像棉花一样的糖。

想起来就浑身温暖。在这样的北方的冬天。

我曾经写过，敲着木头梆子走街串村的叮叮糖（麦芽糖），拥挤着躺在大肚子玻璃瓶里睡觉的地瓜糖，还有恶作剧似的硌人的坚硬如砖的红糖。但关于棉花糖，这蓬松的一拳记忆，却被彻底格式化掉了，竟无从回收痕迹抑或碎片了。这感觉就像下了一场大雪，覆盖了所有的山野和道路，空空白白，真干净。

是在沿河。说是河，其实是条泄洪通道。平时养着一汪水，波澜不兴，风过了，吹皱了。两岸是倾斜的堤坝，一半没入水中，一半浮出水面。浮出一半，多了一条高高的羊肠路，可走，可坐，也可躺。

女人站在这岸。小鸟一样叽叽喳喳的孩子，蝴蝶似的成双结对的少男少女,路过,瞧见她,吵着争着要一支棉花糖。她从围裙间摸出打火机,啪地点着炉,蓝色火舌蹿了出来,脚底有节奏地踩,像在纺布。舀入白糖,一匙,两匙,三匙。横空插入一根竹签,纤细雪白的茸毛破壳涌出,一丝一缕,越来越多,攒成好大好圆的一团。像滚雪球,却轻而柔,吹弹即破。

我替儿子买了一支。他举在手上,仿佛攥着一个洁白的童话,不舍得吃。终抵不住诱惑,探出猩红舌尖,小心地一下一下舔了,收回嘴里一点一点咂摸,有点儿出神。

趁这空儿,我指着斑驳油腻的炉,问女人:"这是老东西吧?"

"嗯。"

"有多少年了?"

"七八年。"

(七八年就算老啊,我想象至少三十年了,恰好是我童年的那一只。)

我对儿子说:"你慢慢地吃,我好好地看看。"

女人开口:"边走边吃吧。"

(显然,她不欢迎身旁多一双好奇得贪婪的眼睛。她看我像个无所事事的闲人,也许是嫌烦,也许是怕耽误她卖糖。)

我只好走了。

儿子从甜里醒了,伸过糖,要我尝。我舔了一大口,像天狗吃月亮,仿佛被水兜头浇的雪,立刻沉陷了下去,留下了黄的痕迹。

儿子心疼地叫出了声。

对面走来一个女孩子,戴一顶精致的小红帽,光洁美丽的脸颊上,一个紫色的方框,填不进阳光。

她举着一支棉花糖,仿佛擎着一颗初恋的心,却不舍得吃,只是缓缓地摇转,棉花一样的糖灵巧地绕签旋舞,像摇一个转经轮。她微闭长睫毛的大眼睛,静静地祈祷着什么。

我在心里默祷:加速,加速。然后那朵棉花真的越转越快,飞了出去,上天化成了一片云彩,向西飘走了。

即使痛苦,也纯洁、干净、柔软,无忧无虑,漫天流浪,像不系之舟。

(原载《山花》2009年第8期(上))

好孩子有糖吃

我吃的最早的糖，应该算得上糖丸了——一种被甜包裹的药丸，只是我没留下一点儿关于它的回忆。

那时我还没开始记事儿。我是从儿子吃它的情景联想到了我自己，看到他皱着眉头就着温开水吞下了它，眉头像橘瓣立刻舒展开了，无限神往地问还有吗，我知道它一定很甜，足以令人忘记任何恐惧与不安。

但时光拒绝回头，我已不能也没必要吃它了，它作为我健康成长的痕迹连同它的味道被永远湮没在了并不遥远的起点。

卖叮叮糖的老头又来了。他总是等不及我们家的牙膏用完就来。他一下一下地敲着木头梆子，空洞单调的声音响彻午后，四周楼房敞开窗子探出了头。这是为我们敲响的声音，像接头暗号，叫我们马上下去报到。我飞快地跑到窗台前抓了牙膏，它不大的肚子有一段还是鼓鼓的，里面装着乳白色膏体。我攥着它奔下了楼，我们家住在二楼，因此我比他们中的绝大多数跑得要快些。我将牙膏递给了老头，他看都没看，接过丢进了袋子，揭开塑料布，一块箩筐一样大的深黄色的叮叮糖躺在筐里，有一角已经被敲去了，就像一张圆圆的大烧饼被谁咬掉了一口。他左手捏一片薄而尖利的铁皮，像石匠用的錾子，右手拿起梆子小心地敲向铁皮，铁皮顺势直下如破竹，一丁点儿薄薄的糖应声倒下，递到了我手上。我多么盼望他能大方地多敲下一点呀，可他像经过深思熟虑似的，每次都是那么一丁点儿，我彻底失望了，暗暗发誓不再理他了，但嚼着那糖，它甜蜜、清香，有着麦子的气息，黏住了牙齿，可以扯出长长的丝，我可耻地忘了失望和愤恨。到了下次梆子敲响，我攥着一条焊锡冲到了他担子边，那是我在床底下的木头箱里翻到的，它泛着银子似的光泽，握在手心冰凉舒服，我不知道它是干什么用的，但直觉告诉我它可以和牙膏皮一样换叮叮糖。那个老头见到它眼睛亮了亮，放在手里掂了掂，它像在他掌心跳舞，坠得他的手直往下沉。这一次他破例多给我敲了一点儿，却比原来薄了，像蜷身的刨花一样，我仍不满意，又不敢说什么，转身默默地走了。

没有人告诉我那糖叫什么，我们只是根据敲打梆子发出的叮叮当当声，拟声地叫它叮叮糖。许多年后，我才知道它就是麦芽糖。一根扁担挑起麦芽糖走街串村，梆子声像炒豆撒落了一路，带给了我真实而吝啬的甜。

和其他小朋友一样，我也分到了一粒宝塔糖。它穿着粉红色的外衣，像浓缩的宝塔，旋起身体一圈一圈地往上生长，到了顶上长成了细细的尖。我想把它带回家，但阿姨要求我们将双手平放在桌上，掌心向上，它就立在左手或右手中央，我们每一个人都是手托宝塔的李天王。在阿姨锐利如闪电的目光注视下，我们动作一致地丢进了口里，使劲吞下了它。我甚至没来得及嚼碎它，就咽下了，因此在它完全销声匿迹的今天我无法准确传神地描述出它的味道，但可以肯定它是甜的，却不如叮叮糖好吃，叫我边流口水，边念念不忘。我们真正地对它产生恐慌与畏惧，是在第二天，先是刚儿肚子痛上厕所，从屁股后面扯出了一条长长的虫子，他提了给我们看，吓得我们一哄散了，又提了给阿姨看，她当场就哇哇吐了。随后我们陆续上厕所时发现了虫子，我们终于明白了宝塔糖像一枚螺丝钉，狠命地拧进我们肚子里，替我们驱撵出了虫子，它让我们既好奇又害怕。

我父亲在东机厂职工医院工作，那儿的人来自四面八方，操着各种各样的口音。其中有一个阿姨，姓杨，家在上海。她每年临近年根都要不辞辛苦地奔波回到上海探亲过春节。那时人们对上海的东西就像对上海一样，都有一种狂热而盲目的崇拜与信赖，小到一块糖果，大至一件的确良衬衣，仿佛有了它们，大大的上海才在遥远的地方真实而具体地存在，跋山涉水地闯入生活甜蜜和温暖我们。父亲经常要她捎些糖果和饼干给我们吃。记得有一种奶糖，纸上印着一只白白的兔子，剥开被一层又薄又糯的米纸包裹，吃了满嘴飘散着浓浓的奶香。还有一种糖，像纽扣一样，咖啡色的皮肤。我含了它，它像积雪被我的热情慢慢融化了，除了有些腻的甜和将我的牙齿暂时染成了咖啡色，什么都没留下。当时男孩爱玩烟壳，女孩喜欢集糖纸，我变戏法似的一次次地亮出了那么多糖纸，它们五颜六色，异彩纷呈，崭新而挺括，不少女孩像跟屁虫似的追随着我，只为讨得一张薄如蝉翼的糖纸，这让我既虚荣又风光。

当时沙包堡的商店里仅有一种糖卖，它被装在大肚子的玻璃瓶里，像尊弥勒佛似的坐在正冲着门的柜台上面。隔着厚厚的玻璃，可以看到它们千块一面地拥挤在一起，几乎要涌出了瓶口。一角钱可以买上一大把，却并不好吃。剥开了黑乎乎的像非洲兄弟的脸，吃着有一种地瓜的味道，甜得有些齁人，像黑到了骨头里的那种红糖。但在甜稀缺珍贵的那时，它却是唯一唾手可得的甜，阿姨们常常用它来奖励我们，比如谁中午睡觉好了，没尿床了，都会得到一块。阿姨慢腾腾地走过我们面前，我们不自觉地伸出了手，但她心里有数，仔细地注视着我们的脸，不是往每一只手里都放一块糖，而是挑选着放。这样以糖为标志，我们就被分成了两类，一类是分到了糖的好孩子，另一类是没分到糖的坏孩子。

好孩子都会有糖吃。在托儿所，阿姨们靠这种"排排坐，分果果"的方式，从我们的味蕾开始，对我们进行着好坏对错的教育与奖罚，一些孩子在被鼓励的同时，另一些孩子却被孤立地划到了一边。

是糖做到了这一切。

我的牙齿开始坏了，日积月累的甜破坏了它们，像掏着山洞和挖着地道，它们看上去千疮百孔，深不可测。我的牙神经前所未有地灵敏与发达，它报复似的让我捂紧腮帮痛不欲生。我开始后悔那些蒙头躲在被窝里含着糖沉睡的夜晚。我不敢吃糖了，但我一直在想，阿姨给我糖吃怎么办，我还要不要做个好孩子？

（原载《文学与人生》2009年第3期）

皮包火焰

辣椒像一个烈性女子,皮包着火焰,一点即着。

我自小长在贵州,那儿是地理意义上的辣椒带,吃的记忆无不与辣椒有关。人们随意地叫它辣子,就像唤自家妹子和姑娘。到了山东我惊讶地发现,有时这儿也叫它辣子,比如我们这儿就有一道家常菜——"辣子鸡",但更多时候它被叫做了辣椒子。我理解这是南北脾胃的偶然投合与默契,是美食理想的必然邂逅与拥抱。

我与辣椒最早亲密接触,来自婴儿时候。听母亲说,我吃奶到七八个月光景,她决定给我断奶了。那时她早已上班,每天上午要从机床厂走十几里路到东山上的托儿所,赶在十点前给我喂奶。她怕乍一断奶,我会又哭又闹,自己忍不住又喂给我吃,因此听从外婆的建议,狠狠心往乳头上涂抹了些辣椒面。我像往常一样探头衔住了乳头,舌头和嘴唇立刻像被强大电流过了似的麻木和战栗,我无法准确地表达出那种滋味,心想甘甜醇美的乳汁怎么一下子变成了这样,惊吓和委屈得哇哇大哭,从此再也不敢靠近乳头了,我也顺利断奶告别了哺乳期。我一直相信,母亲是在以这种方式对我进行辣的启蒙,这也的确从生命的源头上培养了我亲辣食辣的胃口。

与我相比,儿子断奶容易多了。轮到妻给他断奶了,她将他交给了母亲,由母亲搂着他晚上睡觉,自己往乳头上涂了些紫药水,儿子两手乱抓双腿狠蹬地又哭又闹,等到抱在妻怀抱时,他瞪圆了亮晶晶的黑眼睛,盯紧了面前陌生的紫色，表情惊恐而迷惑，说啥也不肯吃了。妻成功地断绝了儿子对乳汁持久而狂热的思想与迷恋。

我们家那时似乎无辣不吃饭，主角当然是在贵州土生土长的母亲，客居的父亲就逊色多了。关于这些，我脑子一片空白，仅仅挦着母亲的讲述寻到了那浓烈炽热的味道。我开始记事儿后印象最深的一次是在街头吃米粉，桌子上放着满满一罐头瓶油辣椒，它是将辣椒面用沸油泼炸了出来，香而且辣。一个男人要了一碗牛肉米粉，在我对面若无其事地吃着，我发现他拼命地挑着辣椒，比吃米粉还猛烈与大方，嘴里咂出了陶醉而满足的声音。店家大概也看到了，她有些心疼，但她忍着不好意思说，也不能说，辣椒本来就是免费的，是她为吸引食客精心调制的，逢到了这样能吃辣的主儿，她只能自认倒霉蚀本，嚼碎了牙往肚里咽，却万万干涉不得。男人放缓了吃米粉，加快了吃辣椒，他终于吃完了米粉，那瓶辣椒也奇迹似的见了底，他边抹着嘴边啧啧赞叹"真香，真香"，不知是在夸米粉香还是辣椒香，付了账扬长走了。店家冲着他的背影狠狠地啐了一口，无奈地收起了瓶子，一只盛过辣椒的瓶子空荡荡地站在那儿，像被抽去了脊梁似的火焰，只会勾起嗜辣如命的食客们的欲望与愤怒，让他们怀疑和迁怒于店家的疏忽与小气。

从贵州到山东，母亲一直没放弃她的饮食乡愁，她一成不变地保有对辣椒的亲近与热爱。临离开前，父亲找来了许多纸板和草绳，用来捆绑保护那些家具，它们将乘上锈迹斑斑的闷罐车，尾随在我们身后走上颠簸旅程，母亲则坚定不移地带上了那只坛子，她仔细地用报纸和纸板将它包裹得严严实实，小心地用草绳一圈圈捆绑得牢牢固固，像一个等待出土重见天日的文物。在她慈爱而热切目光的注视与抚摸下，坛子和家具们一起上路了。它们经过漫漫两周的旅行，有的骨头折断了，有的被摩擦得伤痕累累，但坛子完好无损。当母亲迫不及待地替它松绑，掀开它的盖头时，它真的像一个重见天日的出土文物，精神抖擞地站在我们面前，让母亲欣喜万分。

坛子周身绘着花纹，像精美绚烂的文身，肚大口小，沿着口端一圈儿留有空间，可以随时添水，合上盖子后能够保证坛里的东西在水的滋润与养护下新鲜长久。它像采集火种的圣杯，储存着母亲的火种，始终熊熊燃烧在她日复一日的生活中。每年夏秋，鲜红的新辣椒上市时，母亲都会准备一只大铁盆，一张菜板，她戴着墨镜和胶皮手套，乱刀剁着那些洗净又晾干的红辣椒。辣椒被归拢到一起，但很快躲避刀锋似的四处迸溅，又重新被母亲划拉在了一起，在她坚定而密集的手起刀落之间，辣椒终于被水淋淋地剁碎了。它们和姜、蒜一起被装进了坛里，添加了盐、冰糖和酒，合上了盖子，注上了水。母亲是在做糟辣。这是她从外婆那儿继承过来的手艺。现在许多手艺都不可避免地被机器代替了，由繁复劳累一下子过渡到了简单轻松，剁辣椒这种体力活也不例外，完全可以将辣椒倒入机器，摁一下按钮，粉碎的辣椒就抽筋似的流淌了下来，但母亲仍然相信自己的手，她有足够的耐心和体力剁碎辣椒，就像她买肉包饺子，从不交给机器去反复加工绞碎，而是愿意一刀一刀地在菜板上剁出滋味与精细。这样做的糟辣充满了劳动的芬芳，过些日子掀开盖子，扑鼻纯粹浓郁的清香，入口鲜美醇厚，辣味绵长像一坛美酒。

若干年后，在乡村我看到岳母做酱豆儿，她先晒干了红辣椒，将它们放到碓窝子里，用杵一下一下地捣着，辛辣的气息像浓烟迷了她的眼，她流出了泪水，但她忍住了，筛出了粉面，继续捣粗大的，终于全部捣成了面粉似的辣椒面，用细腻如发的筛子轻轻一筛，纷纷扬扬地飘了下去，像下了一阵辣椒雨。她一把一把地抓起辣椒面，撒到煮熟的黄豆上，红灿灿的，像一缸落霞。

这样的情景与母亲多么相像啊！她们都是苦苦恋旧的人，像相信手一样信任劳动，她们的内心澄澈宁静无比踏实，像圣洁的阳光普照，那是创造的光芒。

我是一个饮食男人，从不拒绝和排斥厨房油烟与美食诱惑，我愿在稿纸以外厨房以内表达我的审美理想，葱姜蒜辣椒是我酣畅淋漓的文字，油盐酱醋是我锦上添花的标点。我喜欢吃那种挣身朝着天空生长的辣椒，尖尖的尾巴仿佛要刺破太阳，它是投枪与匕首似的文字，像牛虻叮你一针见血。那是一种跋扈与嚣张的辣，拼命地积攒和释放出来，孤注一掷地击中了我。我受不了了，额头汗珠密集，张嘴呼呼喘气，像口中塞了个热地瓜，肠胃蠕动加快，仿佛秤砣绑在腿间拖坠着我下沉，我终于体会到了什么是两头受气，像风箱里的老鼠。儿子嘲笑我是扛着竿子戳马蜂，能惹不能撑，想想真是敲到了点上。

我将辣椒们并排摆放，它们像一队脾气暴烈的士兵，一刀一刀地接受我的检阅。电话铃响了，我扔下刀去接，随后去方便，我完全忽视了手指间残存的火焰，火焰燃烧着灼到了那家什，起初没觉得有什么，过了一会儿，火辣辣地疼痛难忍，恨不得跳起来扑进水里熄灭它。我隔着裤子抓了几把，像隔靴搔痒，却更加痛苦了，坐也不是，站也不是，躺更不是，又说不出口，像一只被辣抽打的陀螺，平静不下来，一直折腾到筋疲力尽。

有时我会做点盐蘸，它是将辣椒们放进烧热的锅里，用铲子翻几圈身，在蒜臼子里捣碎了，调些盐和酱油。然后煮上一锅清水大白菜，血红清白，夹了白菜在盐蘸里轻轻涮了，穿了一身红衣趁热吃了，既开胃又下饭。简单朴素而后劲火爆的盐蘸总让我想起在黔南的冬天围着火盆吃火锅的情景，只是那时辣椒是顺手在火盆里烧煳了揉碎，我更喜欢那种随意散漫的方式。

在朋友家，他做了一辈子护士长的母亲端上了一盘菜，那是几个灯笼状的辣椒。我知道它有着肥厚的肌肉，像仙人掌，甘甜爽口，我习惯叫它菜椒，仿佛它不是一种代表辣的味道，而是一道菜。但此刻它被掏空了瓤，塞满了肉末，下到沸油锅里稍炸片刻，被迅疾地捞出沥净了油，又上笼屉蒸。我吃了除了肉味，竟无一丝辣椒的气息，只有那努力萎缩的形状还保持着辣椒的样子。

这辣椒是另一类女子，温吞如水，低眉顺眼。

我喜欢的一道菜：泥鳅辣椒。没有真正圆滑的泥鳅，而是这种辣椒细长弯曲，像一尾尾泥鳅，将它们放入油中大火烹炒，热烈张扬，惊天动地。吃了浑身冒火，像被火焰彻彻底底地点着了，汗流浃背，仿佛被热气结结实实地蒸了，舒坦放松，一生难忘。

像一个敢爱敢恨的奇女子。

（原载《青春》2012年第1期，《散文·海外版》2012年第4期转载）

辣到心尖

说到蒜,我自然想起了洋葱。

一头洋葱,被剥去干枯表皮,露出本真肤色,紫中透白,泛着瓷质的光泽,像婴儿胖嘟嘟的脸蛋。但我知道,它的细腻光洁层层包裹的是辛辣,那种一瞬间就能如雾似水地漫漶开来的辛辣。果然,贴着冷冰冰齐斩斩的刀锋,一瓣瓣辛辣迎刃盛开,四下飘浮在空气中,从眼睛开始,一下子狠狠地击中了我。我使劲闭紧了眼睛,将明亮关到了窗外,泪水不可抑制地恣肆流淌,像果核纷纷坠落。我不敢睁开眼睛,是因为我没有勇气正视它,但我手中的刀仍在帮助它盛开,这让我像一个盲人骑着想象的瘸马,凭空冲撞在锋利和泼辣之间。

一头洋葱轻而易举地弄哭了我。我似乎很久没像这么流泪了,即使在某些应该流泪的场合,我的眼睛像龟裂的土地挤不出一丝湿润,仿佛我真的已经心如止水坚硬如铁,但一头洋葱却弄哭了我。

我就在这时想起了蒜。

一瓣蒜,被剥去贴身表皮,露出本真肤色,纯粹洁白,泛着初雪的光泽,像婴儿吹弹即破的肌肤。但我不知道,它的细腻光洁紧紧包裹的是什么,我慢慢地咀嚼着它,辛辣迅速释放了出来,似乎不那么嚣张,也不跋扈。过了一会儿,我才发觉藐视和忽略了它,那种辛辣像寻到了合适土壤,落地生根,缓缓辣上了心。我觉得火辣辣地疼,却说不出口,也喊不出声,像哑巴吃了黄连,内心空荡荡的,仿佛放了一把大火,烧得一干二净,好半天才渐渐熄灭。

内向的蒜与内向的洋葱一样，内心都充满游走着一束束火焰，它们都将火爆热烈的坏脾气深深隐藏和伪装到了我们看不到的内心。

蒜曾经与我们沉浮飘零的童心密切相连。这样说是因为我们常常剥蒜取了中间的蒜白去钓鱼。那时钓鱼没那么多讲究，一段线、一根大头针淬火后弯成的钩子，再有一截蒜白就行了。蒜白挂在线上，被丢进水里，横渡如一叶芦苇，水下鱼儿咬钩了，拖拽得它前仰后合，一会儿沉下了水，一会儿又浮出水面，我们的心也跟着上下沉浮。朱文与我一同站在一块硕大的岩石上，它耸立在水中，表面平整如磨盘，正午的阳光将它晒得暖洋洋的，像一张等待浓睡的床。石下是一汪盘着旋儿的水，清澈得望得见鱼群稠密油黑的脊背，好似无数柳叶横插在水中，偶尔一阵风儿刮过，吹皱了一汪阳光，像随手撒下了一把碎玻璃，明晃晃刺得我睁不开眼。朱文不用钓竿，捋着岩石垂直放下了线，蒜白被水席卷着到处趔趄，他不错眼珠地盯着它，不住手地提线，一尾尾鱼拍打着尾巴水淋淋地出水了，它们在阳光下闪耀着灿烂的光芒，他兴奋极了，整个正午都沉浸在放和提串联的动词中，直到筋疲力尽。现在想想这情景像是做梦一样，但那时水清鱼旺，甩下钩去，决不会空手回家，一截蒜白的确扯着我们的心沉浮飘零，遨游在粼粼水上，带给了我们许多潮湿而新鲜的欢乐与惊喜。

我家的蒜臼子数得清，只有一只。它是用棕树刻的，表面粗糙而简朴，有一个底座儿，由下向上腰身渐渐开阔，内心真实地保持着最初的纹路与肤色，扑鼻浓郁地道的蒜味儿，仿佛一圈圈地长进了木里，又经久不绝地散发了出来。与它相依为命的是一根铁杵，它是货真价实的铁，同样表面粗糙而简朴，浑身漆黑如墨，攥在手里沉甸甸的。它们总是与水饺并肩生活在一起，每次包水饺时，父母亲就安排我和弟弟捣蒜，因此我们一看到母亲刷蒜臼子准备蒜了，就知道又有吃水饺的口福了。我们仔细地剥好蒜，倒到臼里，抓起铁杵用力捣着，那些光溜溜的蒜瓣儿圆滑淘气，仿佛故意跟我们捉迷藏似的，在杵的捣击下纷纷蹦跳，有的逃出了臼外。费了好大劲，我们才将蒜们捣成了泥，用勺子刮到盘里，淋上醋、香油等，然后静静地守着那一盘泥泞，默默地等着水饺出锅。待到水饺热气腾腾地出锅了，我们抢先探箸攥得一只，夹到泥泞里裹上一裹，迫不及待地塞进口里，蒜的香辣包罗汤汁丰盈的水饺烫得我们直吐舌头。

这只蒜臼子后来被父母亲从贵州千里迢迢地背到了山东，许多次与水饺一起现身在我们温暖和睦的生活中。直到有一天我忽然想起了它（我就是这么一个不可救药地恋旧的人），向母亲问起了它的下落，母亲有些惋惜地说："底掉了，不知丢哪儿了。"我似乎可以想象得到，那根铁杵攒足了劲，一下一下地捣打着它，底座儿如牙床慢慢松动了，终于脱落了。生活的某个角落轰然塌陷了，张开口子，许多岁月和记忆就如沙子悄悄漏走了。我的本意仅仅想知道它的下落，不意竟勾起了母亲遥远的话题，整个下午她都在努力捡拾和还原着那些漏走的岁月和记忆。

生活中不能没有蒜一类的辛辣，当然也少不了盛装它们的容器。我家又添了几只蒜臼子，它们分别有着不同的质地和体形，杵也入乡随俗地换成了木的或石的，着实比原来那根中看轻巧了许多。我们常轮流用它们来捣蒜泥蘸水饺吃，或将蒜与鲜辣椒一起砸碎了喝面条，但我感觉怎么都不如原来那只亲切与顺手，我相信是它永远让我怀上了一种遥远的旧，丢不掉舍不去了。

来到山东，我所在这座城市周边的几个县都盛产蒜。生活常识和经验姗姗迟到地告诉我，和许多其他东西一样，蒜也有土洋高下优劣分野。比如有一种杂交蒜，是蒜中的"混血儿"，个大、瓣多而味淡，像那种隔靴搔痒不疼不痛的文字；春节前后，正是寒风吹彻的数九天，有一种蒜提前上市了，是那种独头蒜，紫红的薄皮，像一盏盏红灯笼，剥开里面圆滚滚白花花的一头蒜，口味辣而有些纯正，但它们都长不大，像营养不良的婴儿，如昙花匆匆现身以后就从市场上消失了。当地最偏爱的是一种叫四六瓣的土蒜。它名副其实，每头不多不少地偶着生，不是四瓣，就是六瓣，仿佛可着劲儿长的。我前头描述的辣到了心的就是这种蒜，只是它产量低，以稀为贵，混迹于许多相似面孔中间常常叫我们莫辨真假。

有一次我去京城，顺便替人捎这种蒜，他远在加拿大的朋友点名要它。我用一只纸箱子装了，又用绳子捆了，拎着乘上火车经过一夜颠簸交到了他手里。他大概对它只听说过，却没见过，乍一见到又细又密的根须上沾着干巴巴的泥土，顿感大失所望，嘟囔着怎么会是这样的。我没问他打算怎样将它们平安送往异国他乡，我的眼前一直晃动着那一簇簇沾着泥土的根须，不知它们能不能抚慰得了那副隔着万水千山的乡愁的胃口。

平民一样生活着的蒜最风光时是闹"非典"时，那时它是一款杀毒武器，帮助心惊胆战的我们防范和剿灭着不速前来的冠状恶魔，这让它和"84"消毒液一样身价倍增，不仅市场上难觅踪影，价格也见风涨了许多，似乎打马奔跑离我们的日常生活越来越远了，但随着"非典"绝尘远去，它又回到了生活本来的位置，一切就像做了一场噩梦似的。

我儿子每年等到蒜要发芽时，都要选些剥皮用铁丝穿了，像一圈儿花环，又像一顶桂冠，放到各种容器里，浇上水，不久就茁壮出了绿油油的蒜苗。水干了，远离泥土的根像焦渴的舌头，打着卷儿地寻觅着湿润，四周洇下了一圈儿昏黄，苗面黄肌瘦像得了一场大病。我有时剪了它做菜，下了面条放上一些，养眼又养心。看着它嫩绿中泛着鹅黄的身影，齐刷刷地像麦苗，我有些不忍下剪，儿子总在旁鼓动我快剪，但它除了色彩诱人，味道却似乎淡到了没有。

蒜有时让人不能容忍的是它的气息，吃过蒜的人都有这种体会。一个人吃了蒜，只要张嘴呼吸，远远地就能闻得到。进了办公室，满屋子都充满着这种气息，敞开门窗好半天驱赶不走。它顽固而执著，随风飘散在空气中，仿佛某些生活往事和痕迹轻易抹杀不掉。曾经有人说，爱一个人就要爱他的全部，当然也包括口腔里的蒜味，大概这味道属于较难忍受的。其实要消除这味儿有很多办法，最简单的就是嚼一把茶叶，茶的清苦与沉静可以消弭蒜辛辣的虚妄与难堪，可以让你重新口齿芬芳，呼气如兰。

蒜沉默不语，将火焰深深地锁进了内心，仅在被粉碎时泼辣地漫溢和击中我们，但喜欢挑衅的我们仍不放过它，不忘在言语上讨得它的便宜，比如说那些上不得台面的琐事，像一地蒜皮，与鸡毛一道，轻飘飘的挣身欲飞，乱糟糟的数不清理还乱；而形容某人磕头如捣蒜，让我一下子想起了举杵捣蒜的情形，但蒜如此被人自作聪明地利用到头点地，我却替它鸣冤屈，抱不平；还有"装蒜"，就让我怎么也弄不明白人装糊涂碍着蒜什么事了，非得将它扯上陪绑，反倒不如猪鼻子插根大葱来得明白。

还有一种头发，叫蒜发，说的是那种壮年人的花白头发。我理解就像过去看到的那类少白头，触目惊心地花着混生乱长，底下却是一张年轻光洁的脸。黑发与白发同头杂生，而且渐显黑发哗变与倒戈、白发蔓延与领先大势，就像雪花落进了焦木中，寂静无声，淋熄的是岁月。

只是这发与蒜有什么关系呢？

叫我费解想疼了脑袋也无结果。

（原载《青春》2012年第1期，《散文·海外版》2012年第4期转载）

清水洗莲

就像花生米是花生的孩子一样,莲子是莲的孩子。

八月荡舟采莲蓬,食莲子,这是有数的。

但在随父母举家北迁以前,我却从未食过莲子,甚至连莲也极少见。

黔南山区土地金贵得像撒落的金豆豆,这些地应时耕种,不是插上了水稻,就是种满了油菜花,一年到头青黄接续,有的稻田间还放养了鱼,等到稻穗壮籽了,鱼也长肥了。几块巴掌大的水塘常年蓄满了水,被派作了养鱼,水面上密密匝匝地漂浮着一床有些油腻的细碎的绿浮萍,却难觅莲的踪影。只有一种生着长长的茎和马蹄形叶子的毛芋头,猛地瞧上去有些像莲,却是扎根在旱地的。可能是这儿不适应莲的生长,也可能是乡下人舍不得腾出紧张的水面去种在他们看来用处不大的莲,讨生活逼退了任何闲情逸致,总之莲远远地栽种在了我的视线之外,也许在铁轨的某个尽头。

沿着一路埋藏伏笔和悬念的铁轨,我们一家四口像四只包裹被丢到了郭城的站台上,然后火车继续昂首呼喊着追赶生活的源头。我说过,这是我们家第一次也是迄今唯一的一次大迁徙,是我们家族史上的一件大事。这次迁徙带给了我陌生的声音、环境和人,让我好长一段时间都保持着一种头重脚轻的失重状态,就像一个在乡下住了许多年猝然进城的农民一样。那一年我不到十四岁。

郭城离微山湖不远,湖上产莲,红的、白的都有。没了山的阻隔,直来直去的风年年送来了湿湿的空气和淡淡的莲香。有一年秋天干燥的芦苇荡着起了大火，有人爬上郭城最高的山望到那儿黑烟滚滚，遮住了火光，过路风如实地将灰烬吹送给了我们，天空中浮游着无数黑蝌蚪，丝丝缕缕像线头，慢腾腾地落下来，铺作了黑压压的一层。

我很快有了新的口福。我指的是莲子。绿油油的八月，绿衣绿裙的莲蓬经采莲人的手，充实了我们的生活。

在临山路两侧，隔上几步远，就有人坐在路牙石上，面前展开了一张塑料布，上面随意地堆放着莲蓬，像冒尖的青翠的小山，身旁还躺着一条鼓鼓囊囊的编织袋。他们热情地招呼着来往的行人，骑车的、步行的，有人驾着突突冒烟的家伙，嘎地停在摊前，却不熄火下车，骗腿骑在上面说："给我来十个。"说着递过去皱巴巴的一角钱，接了袋子挂在车把上，用力地踹了一脚油门，突突地撒下一串黑烟蹿远了。

在鱼市上，贩鱼的身旁也躺着一条鼓鼓囊囊的编织袋，袋子敞开了口，几个莲蓬相互拥挤着往外探头探脑。他们起早贪黑地跑脚是为了兜售新鲜，在鱼虾以外，莲蓬只是他们顺手牵来的心情，似乎无声地证明着他们的鱼虾确实和莲蓬一样来自湖里，而卖得好坏对他们不太重要，与需要不时洒水保鲜的鱼虾相比，莲蓬的确让他们省了许多心。

这两类卖莲蓬者有男人，也有女人，但都不是渔人。我一直幻想着有真正的渔人，最好是渔姑，身上散发着浓烈的湖的气息，颤悠悠地挑着担莲蓬进城来，脆生生地扯着湖水滋润的嗓音，清清亮亮地喊："卖莲蓬啦，鲜莲蓬，嫩莲蓬，甜莲蓬，一角钱十个，快来买哟。"就像湖面上随风飘过的渔家小调，染绿了一条街。但真正的渔人和渔姑都在上游，他们或驾船漫湖撒网打鱼，或荡舟暂入荷花池采摘莲蓬，只有那些卖莲蓬的人往湖边站了站，连鞋都没湿，就从岸上接过莲蓬来到了城市。

莲蓬是极母性化的东西，这样说是因为它翻扣过来，形肖乳房。

莲子是这房乳大的孩子。一颗颗莲子隔着胞衣似的房间，并肩站立，相依相偎，是一个个抱成团的乳名，是一尾尾唼喋的青鱼儿，也是一只只穴居的羊羔羔。

剥食莲子，我往往从莲蓬一角下手，撕开一道口子，渐渐突破，慢慢地剥完一个莲蓬，留下一个个空荡荡的房间，零乱地散落在那儿。凸出的莲子像弥勒佛的肚子，剥开青翠圆长，是乐府里的那种"青如水"，去了皮白白胖胖的，富态有余，梢端洇着一圈乳晕似的颜色，食着却并不好吃，嚼在嘴里有些干涩，还有些苦，这是因为老了，而苦的则是蜷身伏背的莲心。

那种凹进去的莲子像羞于见人似的，攒身往房间里躲，仅露出尖尖的一点。这种莲子是淡青色的，还有点泛白，个头不大，却嫩，口感极好。剥开如小花生米，细腻新鲜，绽开了陶瓷的光泽，丢进嘴里脆生生，甜丝丝，没有一点渣滓，仿佛入口即化。

有了这食的经验，我买莲蓬一般不挑那些个大凸出的，而愿挑些小个而凹进去的。这举动在旁人看来有些犯傻，莲蓬是按个卖的，过去是一角钱十个，现在是两角钱一个，不论大小一律按个查钱，似乎谁都愿拣大个的拿，仿佛买了小的就吃了大亏，可我偏偏对小的情有独钟。一次坐船到湖里去玩，两岸浓密的苇子像睫毛随风趔趄，摆船的渔人领我们钻进了荷花池，闻着无边稠密的莲香，任我们自己去摘莲蓬，我扒拉开莲叶，挑着那些小个的摘。那渔人赞许地对我说："还是你懂呀。"其实面对这一重重明艳照我的莲花，我只是觉得那些大而老的莲蓬与其摘了去，不如任它们守候在这儿如抱柱的尾生，自行苍老变黑，最终散了落了融入这百里湖水，到了明年又多生一茎莲叶、一朵莲花、一枝莲蓬……

但市面上一年到头卖的莲子多是老透后剥了晾干的，有的还用硫黄熏过了，瞧上去形迹可疑，是那种惨白而无光泽，煮起来像一颗颗铜豌豆，轻易不烂，寡然无味。莲子晒干了是会泛黄的，与书页一样，这是它自然的肤色，像个黄种人，我买莲子就买这样的。

不久前我买了把莲了，暗红的皮，像隔年的花生米，据卖主说是红莲生的，白莲生白莲子，红莲生的自然就是红莲子了。

我泡了片刻，与冰糖、银耳、百合、红枣等一起煲了，浓浓的一锅红中，珊瑚似的白宽衣解带，扑面甜蜜的腾腾热气。我找出买了多时不舍得用的一套景德镇青花瓷器盛了，蓝莹莹的花在碗沿上悄悄地开着，碗内热气缭绕之中莲子静静地卧在那儿。我尝了一颗，有些甜，不是莲子的甜，而是冰糖工业化的甜；再品则有些苦，越嚼越苦。我有些疑惑，剥开一看，只见莲子中央赫然躺着一叶莲心，翠绿欲滴，原来剥莲人为了省事，竟然没来得及去心，这让我在甜蜜的包裹里意外地尝到了莲子清苦的内心。

一叶莲心躺在莲子内心深处，像一艘袖珍的蚱蜢舟，正穿过青花瓷碗般精美雕琢的城市，涉向有水的故乡。

在这样的冬夜，我耳边又飘起了"卖莲蓬啦，鲜莲蓬，嫩莲蓬，甜莲蓬，一角钱十个，快来买哟"。

窗外大雪正撒欢似的猛烈下着。

（原载《青春》2012年第1期，《散文·海外版》2012年第4期转载）

亲亲地瓜

借用迟子建一篇小说的题目，不过，我将土豆换作了地瓜。

朱文的母亲刘井是托儿所的阿姨。她是一个哭丧着脸的女人，我们都有些怕她。据说她原来不这样，但自从她看到朱文和马刚打架，上去一把将马刚推搡倒向水泥墙，后脑勺碰出一个窟窿后就变成了这样。我们那时最爱看的节目就是小小的马刚戴着红领巾，横眉怒目地将又高又大的刘井追得无处逃窜，他面对面地冲她走过去，她低下头侧身让他，他却故意撞了她一个趔趄，恶狠狠地骂道："妈了个臭×，刘井！"她不敢还嘴，头勾得更低地快速跑了，那样子就像二鬼子见了儿童团员。

中午刘井给朱文送来了煮地瓜。地瓜煮出来不久，掰开冒着热气儿，甜甜的味道飘荡在屋里，朱文神往的面孔若隐若现在里面。我从小就喜欢吃地瓜，趁朱文不注意，我悄悄地挪到他跟前，一把夺过了地瓜。他吓呆了，但很快醒过了神，扑上前要跟我夺，我抓住了他的胳膊，在他腕上狠狠地咬了一口，他痛得嘹亮地哭了。我在一旁边吃着地瓜边自言自语："地瓜面呀地瓜面。"我是说地瓜吃起来很面，有点儿噎人。朱文的哭声唤来了母亲刘井，她哭丧的脸气得乌青，咄咄逼视着我，仿佛一头母豹子，随时要跳上来撕碎我，我害怕得直往后退，快到水泥墙了，哇地哭了。她咬着下嘴唇，看得出费了好大劲忍住了，跟阿姨嘀咕了几句，转身走了。

小朋友们都午睡了。我们的保育室是一个大房间，两边并排摆着许多张木床，中间留着长长的过道。现在我被要求站到过道中央，眼巴巴地看着别人午睡，几个调皮的孩子偷偷冲我扮着鬼脸，眨着眼睛，我却不想搭理他们。在这寂静的中午，我真实地尝到了被孤立的滋味，那是一种深刻的嘲弄和屈辱，我喃喃地念叨着"地瓜面呀地瓜面"，仿佛这一切都是地瓜面惹的祸。

　　父亲又带我和弟弟上山去落（捞）地瓜了。高原大块规整的田地都种上了水稻和油菜，它们是米和油的源头，是维持我们温饱的上游。只有山脚下的地小而散乱，施展不开水稻们的拳脚，栽上了地瓜，当地叫红薯或红苕。这些地是从群山的口里争得的，遍布着沙石，收成本来就不好，老乡们收获时又很仔细，因此我们像大海捞针似的在锄头劫后的地面，寻觅着地瓜的踪迹，最多的是些人家舍弃的瓜纽纽，偶尔落到一块大的或被乱草盖住的一窝地瓜，它们被遗留在了空荡荡的山野，像失散的孤独孩子，我们会兴奋地蹦跳咋呼，仿佛捡到了稀世珍宝。父亲是从山东农村来到高原的，那儿的地瓜像海洋一样广阔和奢侈，我猜想远离故土的他，是在以这种近似休闲的方式重温对土地的热爱和依恋。父亲拱腰挥起小锄头专注地寻着地瓜，我和弟弟找那些仍然新鲜翠绿的地瓜叶，将它们暗红的茎剔成耳环挂到耳朵上，却不能像那些苗族人撞响声音，我们感觉良好地跟随在父亲身后回家，夕阳如水在父亲面前洒下万千涟漪，就像他亮晶晶的汗水。

　　当时地瓜最经常的吃法是煮。放到锅里，添上水，咕嘟咕嘟地煮，不时地拿一根筷子插插，试试熟没熟，一旦筷子一头插到底，带起了地瓜，就熟透了。另一种是蒸。隔水放了箅子，地瓜舒坦地躺在上面，水开了游作了蒸气，像洗桑拿浴一样蒸着它们，同样可以用筷子反复地插试。还有烤。是将地瓜填进炉底，炉膛簇拥的火焰向上舒展燃烧，灰烬不停地往下簌簌降落，烧得炉底通红灿烂。心急的人抓起火钩，扯几下炉条，或从下向上地捅捅炉膛，无数火的碎屑和炉渣纷纷扬扬地落下，地瓜被燎起了泡，飘出了大汗淋漓的香气，不久就被烤熟了，外头隔着一层结痂的厚铠甲似的皮，里面是热气腾腾的瓤。这种烤出来的地瓜最香，是因为它与火肌肤亲近，焦头烂额，火焰深入它的内心都化作了香和甜。有一种地瓜，是紫心的，像紫药水的色彩，筋多，不面。红心的最好吃，煮或烤透了像糖稀，入口就化了。

　　我们家自有一种吃法：与大米一起熬汤。白的米与红的地瓜添水一锅同熬，等锅开后改用细火慢熬，熬出了一锅白肥红瘦，甜蜜蜜清爽爽的。一个叫王忠的诗人写：千疮百孔的生活／彼此相亲相爱太不容易／熬一锅地瓜稀饭／扑鼻的香甜绕指热气腾腾／我们促膝回忆通宵达旦。这是典型的北方吃法，只是人在南方，漂泊客居的胃口随机应变地将面粉改成了大米，但乡愁的内核却丝毫没变。

到了山东，进入秋天，遍地都是地瓜。它们皮肤或鲜红或土黄，无不模样粗拙，骨架壮大，我想象着它们埋在地下沉睡不醒，像一盏盏灯在悄悄燃烧，照彻了土地的内心，有一天被农具们刨挖了出来，立即点亮了我们的生活。它们被粗犷地切成了片，雪白的内心沁出乳汁似的汁液，晾晒在院落、房顶或田间地头，像大如席的燕山雪花，一夜落满了大地，震撼和刺痛了你的眼睛。还有的被加工作了地瓜枣——近年流行的一种叫法。是精选筋少糖分高的地瓜上笼屉蒸熟了，切成片任其在露天自然风干，弥漫着阳光的气息与味道。街头上有卖的，推着三轮车或骑着机动摩托一路叫卖。地瓜枣上面落着层白粉末末，像霜，又像雪屑儿，是自己生出的，嚼了甜而有韧劲，与你的牙齿拔河似的较着劲。但据知情人介绍，我们吃的都是淘选下来的下游次品，真正的上品早在上游就被出口到那个一衣带水的岛国了，我听了愤愤不平却又无可奈何，不平等随处都有，即使是最初在源头上平等的胃。

我想起了我的姑奶奶，一个离休的老护士，解放前在沂蒙山老家参军却一直在这座山身旁转悠到现在。她知道我的儿子喜欢吃地瓜干，每年冬天来临前都要保存些地瓜，等送了暖气，蒸了切成片搁到暖气片上烤，这样烤出来的地瓜干名副其实地"干"，坚硬干燥。她年年烤了放起来等着儿子大年初一拜年时给他，只是她不知道儿子喜欢的其实是超市里出卖的那种地瓜干，它们被精心加工成了条，晶莹透明，有着可疑的金黄，嚼在嘴里甜腻腻的，不像是在泥土里一点一点地积攒出来的甜。如今姑奶奶长期躺在医院病床上，绝大多数时间认不清人，经常将我认作了别人，冬天就要来了，她却无法回家烤地瓜干了，我们真的希望能够继续吃到她烤的地瓜干。

那次，我们一起去莲青山，一路在路边看到了许多地窖，敞开了口，像瓮请谁入住。生活在农村的文友说是地瓜窖，这样的窖狭窄幽深，冬天温暖漾着白气儿，地瓜一层一层地码放到里面，像在子宫里，即使窖外大雪纷扬滴水成冰,窖内也照样柔和宁静如沐春风,仿佛时光在这儿静止不走了,地瓜躺在里面酣睡做梦,可以一直到来年春天。

窖过的地瓜在时间和土地深处,水分悄悄流失了,仅剩下了纯粹地道的甜。

秋风猎猎扫荡着落叶,烤地瓜的仿佛一夜之间全冒出来了。他们在马路边支起了铁皮炉子,这种炉子竖起烟囱冒着烟儿到处行走流动,是特意加工制作的,一排一排的,像一间间单元房,住着兄弟姐妹似的地瓜,是一个亲密依偎的大家庭,可以攥了铁柄拉出来取放地瓜,下面有熊熊燃烧的炭火烘烤着它们。还有一种汽油桶改制的,炭火聚拢在中央,地瓜放到四壁,被奔跑的火焰自由烘烤,像在围炉取暖。由于直接与火接触,后者烤出的地瓜要比前者透而香,更受欢迎些。吃就是这样,同样是与火有关的举动,谁更用心地琢磨食客们的胃口与味蕾,谁就能拴住人心和舌头。

但在这儿,所有的地瓜都下炭炉,不上天堂。

烤地瓜的替我选了一块中等的,太大的怕烤不透,太小的没有吃头,我只好吃中间的了。他用纸包裹了递给我,香喷喷的热气熏得我神魂颠倒,我看到黏黏的亮亮的焦油溢了出来,那是甜蜜的内心激动得乐开了花。我剥掉了皮,露出了金黄灿烂的瓤,它热烈的内心像黄金,让我不可抑制地迷醉,我一下子觉得那是些包不住的火焰,连同汩汩奔涌的甜一起井喷般地释放了出来。

同样是那个叫王忠的诗人写:一无所有的故乡与异乡／我们发现一生中的香甜／都与泥土内外粗粗的地瓜／息息相依为命。

(原载《雪莲》2007年第5期)

手擀的家

包饺子是我儿时记忆中的温馨情景。但那时饺子不常吃,一般只在节假日才有这个口福,主要是费事。备好了面与馅,父亲擀皮,母亲包和捏。一只只饺子结实饱满,像船儿立在高粱秸编扎的锅拍上,从最外围开始,一圈一圈地逐渐向里包围,最后胜利会师似的泊满了整个锅拍,不留一点儿空白。

馅没了,面剩了,母亲就将剩面擀作薄薄的饼,一摺一摺地叠起,然后切成细细的面条,摊开晾在簸箕里,撒上一层面粉,等第二天一早与鸡蛋一起下了吃。因此我印象里我们家中似乎从没有专门和面擀面条吃,每次都是沾了饺子的光,面条应该算是饺子衍生的副产品,是对多余面的延伸加工。

近年我被大米培养大的胃口逐渐向面食倒戈和过渡,馒头仍不爱吃,主要偏好各种风味的面条。郭城开放和热闹了,人流量越来越大,各种口音和脚步从四面八方带来了各色吃食,满足了形形色色的胃口,仅面条就有兰州拉面、山西刀削面、西安扯面、新疆拌面、四川担担面……品种有十余种,如果想吃完全可以足不出郭城,半个月不带重样的,我就走马灯似的出入于各面馆,白花花米饭喂大的饮食根基开始动摇了。但遗憾的是,外来的和尚会念饮食经,这些面都是从别处舶来的,本地面却不知躲藏到哪儿去了。

仿佛一夜之间,街巷上张挂起了"郭城手擀面"的招牌,像重重包围中擎起了一面孤独而悲壮的旗帜，立刻磁铁似的吸引了不少本地与异乡的脚步和胃口。

　　这一下子激活了我儿时的沉睡记忆。对手擀面，不管别人感受怎样，我有一种油然天生的亲和与信赖，它让我想到了家、灯光、炊烟这些温暖而明亮的字眼，我想这源于它远离冷冰冰面无表情的机器，而出自一双双粗糙灵巧劳动的手。在家以外别的地方吃饭，我都有客的感觉，只有吃手擀面，不管在哪儿，我都像是在家里，手擀面就能带给我这种到处是家的感觉。

　　我经常去邮政局斜对过的那家面馆吃手擀面。它面朝大路，车来人往，左邻是一个诊所，右舍是一家花圈店，这让被夹在中间的它有些尴尬。它的格局不大，靠墙两列六七张方桌，当中留出了人行道，满打满算可以坐二三十人，在屋里擀了面条，端到了露天的锅里下。有时里面坐不下了，就搬了桌凳到门前空地，边吃边看来往的车和人，也被来往的车和人边走边看。

　　郭城的上班时间一成不变地从清晨七点半陆续开始，孩子上学略早些，大人孩子们要赶在这前头匆匆填充自己空荡了一夜的肠胃。面馆六点开门，七点前迎来第一拨客人，一直要到下午两三点钟送走最后一拨客人，其余时间都花费在采买和准备上了，是在为下一个六点奔波和忙碌，是围绕"擀"这个主题词连贯起了白天与黑夜。

　　贴紧西墙根站着一张木案，几块木板和木头被刨平了随意钉成的，是标准的白案，光溜溜的没上漆，洁白的肌肤上天然的纹理像波浪，仿佛听得见水声，经过面的浸润，更加洁净了。一根长长的擀面杖，孩子的手臂般粗细，古铜色的外表沾着面末儿，轻轻搓上一圈簌簌飘落了，像下了一阵小雪。

　　一只手抓过了一个葵花大的面饼，放到案子上，先用拳头压几下，再用擀面杖去擀，杖裹卷着面前进，后退，面像一块即将被反复融化和锤打成一页金箔的金了，越来越大，越来越薄，竟占了大半张案子，温和柔顺地摊在那儿，很快被叠成了数摺，被锋利的刀子拦腰斩断了，一刀一刀慢慢地切着，轻轻抖开，有半人长，切成几段放到盘里等待下锅。有时食客多怕跟不上，就三四个面饼一起擀，这时一个人不够了，需要两三个人同时抓着那杖，脚跟几乎离地地往下压，反复多次，然后再一个个地擀大擀薄。每次看到这情景，我耳旁都会回响着"杭育，杭育"的劳动号子，不知她们在心里是否默念着号子？但她们嘴唇紧闭，汗珠无声地滚落了下来，脸上平静而沉稳，我理解这是一种劳动的安详表情，从内心一直表现到了脸上。擀面除了面要和得好外，力气也非常重要，浑身的劲都集中到了手上，传送给了面，擀出的面就筋道、耐嚼，否则软塌塌的像一堆稀泥，下到锅里化成了一锅糊糊。但奇怪的是这力气活大都由女人干了，大概是因为光有蛮劲不行，还得细心，会使巧劲，掌握好劲道，才能侍弄好这面，如此说男人自然就靠边站了。我怎么看怎么觉得她们劳动的姿势与幅度熟悉而亲切，没错，就是面朝黄土背朝天的样子，她们拱身进退，手底用力，脚下扎实，她们是将案子当作了田地，将面当作了庄稼，这永恒而经典的姿势呀！

　　光面擀得好不够，还得浇头足。这儿的汤是用五花肉切成碎丁反复熬出的，宽醇味浓，酱油色的汤面上漂浮着细碎的肉丁，有白的，也有红的，肥瘦一锅，由于煮出了油，肥而不腻，取了浇在刚捞出的面条上，撒上芫荽等，红绿白掺在一起像一碗生机盎然的春天。

　　和其他手擀面馆一样，这儿也有自己的"吉祥三宝"：炸鸡蛋、豆腐卷、红烧肉。鸡蛋是磕了下到油锅里煎的，你说炸也行，黄白分明，酥而不焦；豆腐卷是买了新鲜豆腐皮，裹了肉末儿卷起了，用牙签别紧了，放到沸油里炸至金黄，又捞到老汤里煮的；红烧肉精心挑选了带皮的五花肉，煮熟后一片片地切了，每片几乎都一样重量，然后像我们家常那样烧了，酥烂而有形，同样肥的不腻，瘦的有嚼头。

　　我最爱吃豆腐卷，儿子则偏爱红烧肉。我们每次去，不等我说话，老板娘抢先报出"两碗面，一碗加豆腐卷，一碗加红烧肉，加豆腐卷的汤多些"，她会做生意，而且有一个好记性，仅仅一次就记住了我爱喝汤、口重的习惯。

　　我经常见到有人大清早坐在这儿，不要面条，仅要一碗"吉祥三宝"，豆腐卷上面是肉，肉上面是鸡蛋，满满的一碗，像冒尖的小山，碗旁立着一瓶白酒，也有喝啤酒的，并排站了几瓶。他们用牙咬开瓶盖，噗地吐出像吐了一粒枣核儿，仰脖对着瓶嘴咕嘟咕嘟地喝着，像喝白开水一样，我们这儿管这样喝酒叫吹。有时他们三五成群地结伴同来，每人面前一只满登登的碗，一只空荡荡的碗，一个人咬开瓶盖，挨个倒上了酒，边大口吃肉喝酒边大声说话，仿佛愤愤不平地争论着什么。他们都是一些被生活的重量压迫,渴望缓解寻找释放的人,这儿给了他们一个家以外的宣泄通道,随后他们又要像蜗牛一样背负沉重的壳,艰难而卑微地挣扎和苟活在底层。

进门一直向前走,在最里面的墙角,四平八稳地靠着一张方桌,上面摆着两只大腹便便的蒜臼子,一只装满蒜的桶,两个盆,一个盛满了青辣椒,还有一个也盛满了青辣椒。食客们在门口要了面,进屋直接奔到方桌前,剥了蒜,择辣椒,一起丢到臼里捣碎,用盐、味精、醋和咸菜等拌匀了,舀到白瓷小碟里,挑了就面条吃。那两盆青辣椒就像"吉祥三宝"一样,从早晨开始,眼睁睁地看着一点点地减少,到了午后已经见了底。臼们日积月累地经受着自上往下的捣与打,饱尝了辛与辣,牙豁了,咧开了嘴,像一个风烛老人。

这儿生意越来越红火,下岗的老板和老板娘领着三四个女人忙得团团转,像被食客们挥鞭抽打停不住脚的陀螺,自行车、摩托车和小汽车被车轮驱动着穿梭来往。但时间久了,有时又细又匀的面条里掺进了又粗又宽的一根,像水稻里忽然长出了一株不和谐的稗草。到了后来,面软如泥仿佛入口即化,汤淡寡然无味。

我终于提不起再去的兴致了。

像一堆篝火一样,一红火就放松了,不再拾柴助焰了,也不再细心呵护,开始走下坡路了,盛极渐渐衰落的岂止是一碗手擀面。

许多家一样的地方和感觉就这样不可救药地丧失了,我们带着胃口重新无家可归,四处流浪如丧家之犬。

(原载《黄河文学》2007年第11期)

一炉玉米笑开了花

父亲送走最后一个病人,已经到了晚上八点。头顶满天繁星眨着水汪汪的大眼睛,一轮胖胖的月亮吃力地爬了上来,跟赶夜路的大人与孩子捉着迷藏。

东机厂职工医院坐落在厂区绿树掩映与鲜花环抱中。出了厂子大门,是一条宽宽的水泥路,左边是正在扬花的水稻,稠密如一锅粥的蛙鸣亢奋响亮地此起彼伏,右面是一条曲折蛇行的铁路,不时有火车喘着粗气呼啸地来来往往。从这儿步行回家,途中要穿公路、越铁路,大约有十里路。

我又饿又困,心里直埋怨父亲看起病来忘了时间,出门开始打瞌睡。父亲见状要我跟他做游戏。父亲在前方走,我像跟屁虫似的尾随在他后面,父亲身材不太高,或者说我个子不太矮,恰好到他的腰间。我上身前曲,探头顶住父亲的腰,闭眼边走边左右手攥成拳互相绕着顺时针转,像缠一个线轴一样,喋喋不休地反复问:咕噜咕噜到了吗?父亲总是一遍遍地耐心答,快了,或马上。就这样一问一答,父亲在前掌握方向,我追随在后,像是与父亲焊接到了一起,枯燥无味的行走变得童趣盎然,肚子不再像青蛙那样紧迫地叫了,讨厌的瞌睡虫像苍蝇被驱赶走了,时间不知不觉地飞快流逝。我感觉父亲似乎抬腿要上楼梯了,猛地睁开眼睛,四周灯火通明,咦,到家了!

现在当我内心温暖地回忆起这情景,所有关联的一切都被记忆的撬棍启动了,像放电影一样一幕幕清晰地重现在眼前,首先跃出镜头的是炸爆米花。之所以这样，是因为那个左右手互相绕着顺时针转的动作，与炸爆米花的老头摇动转炉的动作太相似了，而且那些夜晚我的确嗅到了爆米花的香气，与水稻扬花的味道一模一样。说出来不怕你笑话，我还淌下了长长的口水，有几次在睡梦中被轰的爆炸声惊醒，呼隆一声腾地坐起呢，你千万别替我担心，原来是要上厕所了。

像走亲戚一样，炸爆米花的老头又来了。他一部银白的山羊胡子，像一把能屈能伸的钩镰枪，每次都准确无误地将我钩到了他身旁。我的玩心太重了，这让我除了半夜迷迷糊糊地尿床这类丢人的事情，还记不清他上次是何时来的，但可以肯定的是时间不长，他就像经常走动串门的亲戚一样，不等上次的爆米花吃完，又推着家什来了，但这丝毫没影响到我们欢迎他的热情与兴奋。

仍旧是在楼头的老榆树下。那株榆树太老了，不知比我们早了多少年就站在那儿了。等它枝条上千百万瓣鹅黄的榆钱渐渐变绿了，它披头散发随风跳舞，就像一杆倒立的须发怒张的毛笔。它的树干会流出清清亮亮的眼泪，有时毛毛虫躲在树叶搭成的房子里拱出小脑袋向外张望，兴致来了拽一条亮晶晶的"秋千"悠来荡去。老头可不管这些，他就是看中了树下这块地儿，生着了炭炉，架起了转炉，摆好了家什，像是搭台要唱一出热闹的戏。不用扯开嗓子吆喝招揽，已经有人早早地看到了，跑得最快的自然是我们。这不，我们都相互追撵着送米上门排队了。不一会儿，他的身边已经排起了长龙，开始时还挺笔直整齐，慢慢地就拐向了一边，像一条越流越远的小溪一样。但不是一个个活生生的人，而是形形色色的容器，有碗、盆、茶缸、塑料筐等等，大小不同，高矮不一，里面盛着白花花的大米和糯米，还有黄灿灿的玉米与黄豆。不消说这些容器与里面的粮食都代表了一家家一户户，它们和它们的主人们同样有觉悟，不懂加塞儿，老老实实地代替我们排队，沉默不语地等待那一声声激动人心的轰响，秩序井然像一支训练有素的军队。

老头一手缓缓地拉满风箱鼓足了劲头，又用力地推送了回去，那样子就像将一张弓扯得如满月后在呼啸中寻找目标，另一只手咕噜咕噜地摇动转炉，顺时针几圈，逆时针几圈，像冰刀在透明冰面上流畅地来回滑翔旋舞。火在转炉身下舔着激动的舌头，有些被黑炭头似的转炉镇压住了，另一些却趁机跑了出来，聚拢在转炉两旁，像许多燃烧飞扬的红绸子。他慢悠悠地摇着，转炉上的压力表被架到火上烧烤，表沉着冷静，屏住了心跳，不紧不慢地埋头赶路，像一个真正高明的跟踪者，在等待一下子痛快释放。时间一秒一分地摇过，在我们看来，就像摇啊摇摇过外婆桥摇过千山万水一样漫长。我们眼巴巴地盯着旋转不停的转炉，还要按住扑扑乱跳的心，防止一不小心让它蹦了出来。终于，他起身拎起了转炉，将它对准了又长又宽敞的麻袋，待伸进了半截，使劲一踩，只听惊天动地嘭一声轰响，有时将路旁边低头走路边想事的人吓了一跳，不自觉地退了一步，那些开花的粮食已经哗啦啦地滚入了袋中。我们紧张地捂上了双耳，但在袅袅升腾的蓝色烟雾中，粮食绽放的香味潮水似的涌进了我们鼻孔，我们贪婪地猛吸几口，直到完全陶醉。

那时常爆的是大米和糯米。它们需要的时间短些，爆出后体积庞大了不少，仅仅一茶缸可以奇迹似的膨胀成一大口袋，重量却没改变，似乎还轻了些。一粒粒洁白干脆，许多抱成了团，像一大堆雪。还有黄豆，它耗时长点，爆后体积变化不大，但一颗颗都张开了嘴，许多拥在一起挤眉弄眼，仿佛听得到清脆爽朗的笑声，像接踵纷沓的波浪。

我最喜欢的是爆玉米。它们有的像黄金一样金黄，有的像象牙一样亮白，代表了不同的质地与口味。一旦脱离了母体，一粒粒地单独看上去，就像一颗颗坚硬的牙齿。它们被一股脑儿地倒入转炉，被架到火上烘烤，在漆黑如地道的炉中，全发酵成了微笑的种子，你胳肢我一下，我胳肢你一下，忍不住哈哈大笑，快乐像空气萦绕与弥漫，渐渐被热情与激情感染，不由自主地膨胀。等到那一声炮响，一窝蜂地钻入暗室，像无数照片重新曝光，纷纷滚落到阳光下，统统笑开了花。从哪个角度看，它们都是笑的，不是微笑，是乐开了怀的大笑，仿佛听得见声音。芬芳甜蜜的气息浩浩荡荡，横冲直撞着我们，好像一瞬间人间万物花开。

挨到天黑，还没轮到我。老头仍然咕噜咕噜地摇啊摇，红艳艳的火苗映透了他专注的脸庞，也照亮了我们焦灼的面孔，他脸上密集的汗珠像花瓣竞相开放在褶皱中。他理解似的随手抓一把开花的玉米塞到我们手中，却不看我们，仍然慢腾腾地摇啊摇。到了冬天，寒风怒号，大地冰封，隔着厚实的棉鞋仍感觉得到那种干燥实在的冷，正一点一点地从地下拔上了脚和身体。老头像号准了我们那根馋的神经，往往赶在春节前几天来到老榆树下，集中三四天炸爆米花。在广袤无边的寒冷中，炭炉像一个微型热能发射器，不停地热身，又不停地散热。我们呵着手跺着脚围拢在它周圈，努力吸收着这不断丢失又不断聚集的热量，近距离地聆听那一声声炮响，直至火熄炉冷，夜深人静。红红火火的春节就在这香喷喷、热腾腾的味道与气氛中不请自来了。这一幕幕情景站在重重岁月背后，像那种泛黄了的老照片，想起来就觉得浑身温暖与亲切，仿佛沐浴了阳光似的至情挚爱。

　　许多年后，我久别重逢似的邂逅那个炸爆米花的中年人。他栖身在别人屋檐下，四周没有孩子与笑声包围，当然也没有形形色色的容器替他们排队，这让他身旁显得很冷清，他看上去很寂寞，机械地摇动转炉，咕噜咕噜的声音听得出单调，鼓风机煽动炭炉不停地吐着长长的火舌。我却一下子被触动和吸引了，眼前恍然串起了那一张张黑白老照片，甚至执拗地相信他与许多年前几千里以外的那个老人有着某种必然联系。究竟是什么联系，我一时说不清，也许并不需要说出来，仅仅默默感受就足够了。

　　我终于听到了期待中的那惊天动地一声炮响，也眼睁睁地看到了期待中的无数玉米笑开了花，它们欢笑着大步流星地涌向我，这些坚硬如牙齿的颗粒原来可以笑得这样灿烂，就像我掉了门牙的儿子，轻轻敲开门笑笑，就让阳光与风一起灌了进来。

　　　　　　（原载《当代小说》2008年第11期（下））

路上的它们

灰鹅进城

邂逅那群灰鹅,叫我一天的情绪倏地降到了冰点。

清晨,我早早地赶车去医院探望母亲。站台上,一对中年男女在候车。他们都是那种很普通的人,与你我没啥两样,如果他们转身融入滚滚人流,我相信,谁都很难一眼发现他们。

是他们脚边的两只编织袋引起了我的注意。

那袋就是普通的编织袋,灰不溜秋,也许装过水泥,装过化肥,装过其他。此刻,袋平躺在地上,像被充了气,大而鼓,两头都被红线密密麻麻地缝死了。一只一只的灰鹅保持着趴下的姿势,被错落有致地缝在了里面。袋被最大限度地利用了,鹅们敛起翅膀,身挨着身,像无处不在的空气,充满了袋。这姿势被我所熟稔,通常出现在水中,一平如镜的水面上,鹅们秩序井然地排着队,凫来凫去,搅碎了天光云影。鹅们趴下身子,隔着粗糙的编织袋,是冰冷的水泥地。它们骄傲地顶着的黑褐色王冠,现在被染成了粉红色,像那种染鸡蛋的色彩,也许就是洋红。像是被谁挥手施了魔法,它们一律探着脖子,嘴巴紧闭,不喊不叫,一双眼睛黑如珍珠,明亮无邪。

它们来自微山湖上,先是坐船上岸,又坐车被卸到这个站台,再坐车去往更大的城,一趟趟地奔波劳顿,最终被送入城里敞开大门的餐馆,进入食客们无限扩张的口腹。这就是一只鹅的少年成长史，是它离水越来越远，离餐桌越来越近的过程。

小时候，我曾经有过被它满地追撵的可怕经历。那时它是多么的健壮好胜啊，谁不小心惹了它，它就抖擞开两扇翅膀，身体歪歪斜斜，宽大的脚板有力地踏着大地，努力地探长了脖子，嘎嘎地叫着追撵你，差点儿咬住了你衣服的后摆，你没命地向前狂奔，一点不敢回头，惹得大人们哈哈大笑。

但现在，我的身体所有能盛下汁液的部位，都盛满了月光一样的悲悯。不仅如此，我竟然觉得从眼睛开始，我的身体正在下雨。

我想到了那首《鹅》。我捧着课本坐在教室读过它，我的儿子读过它。在我们以前，更多的人也读过它。从那时开始，它就毫无保留地徐徐打开了自己，向我们展示了一幅多么美妙恬静的乡村画卷啊！有声有色，原汁原味。用最稚嫩的童声，一字一句地诵读出来，回荡在大地和原野上，是最美的天籁，是生生不息的野芦苇，一年更比一年绿。

我俯下身子，伸出手，轻轻地摸了摸它的王冠。柔软、温暖、细致，就像童年的那张床。

我突发奇想，多么希望它们能够叫一叫啊，最好是气运丹田，探长脖子，一起清亮地叫，以初唐的声调与韵律，向着清晨的天空。它们虽然被束缚住了手脚，脱离了水面，但暂时没人割断它们的喉咙，它们仍然能够大喊大叫，以自己的方式大声歌唱。

果真如此，我记忆的磁带上将永远留下它们的声音，哪怕是一声微不足道的咳嗽。

遗憾的是，它们一动不动，始终没叫。

我不忍再看，先于它们跳上车，慌忙逃了。

一路上，我脑海中水声激扬，一只只鹅从《鹅》中凫出，一齐"曲项向天歌"，好像我和同学们整齐嘹亮的晨读。

路上有羊

所有向上的路，都通往石块重叠的山顶，云朵松软的天堂。

其中的一条水泥路上，有一只羊。

这是一只白色的山羊，身体沾上了泥土，看上去毛色有点儿脏，一条焦黄的尾巴像兔子的尾巴，想长也长不了。

但，这丝毫不妨碍我准确地辨出它的颜色，就是那种棉桃开口唱白了自己的本色。

如果它静静地站在那儿，是一朵不会下雨的云；如果它撒开四蹄奔跑起来，就是一朵到处流浪的白云，挥一把汗像在下雨。

此刻，它被迫躺在了路上。它柔软的蹄子，两只前蹄，一只右后蹄，被一小截黑布绳，紧紧地捆绑到了一起。

不知是谁临时想出了这个点子，还是羊原本就该这样捆：前蹄们叠在一起，压住了右后蹄，交成了一个"×"。这足以叫它乖乖躺下，动弹不得。剩下的一只左后蹄，逃脱了绳子的圈套，耷拉在地上，暂时变得多余了。

宾馆建在了半山腰。这几天住在里面，我像一只被掐掉了触须的蚂蚁，白天黑夜地绕着山乱转，大致了解了山周围的情形。就我所看到的，我没在山上发现一只羊。因此，我猜测它是被捆了手脚，又被扔上了车，从山下一路轰鸣着爬了上来，卸到了这儿，像一具会喘气的包裹。

我还猜测，在某个敞开的空间里，或封闭的厢体中，它与一些蔬菜、几扇肉、几只鸡、几尾鱼一道，并肩被拉上了山。

唯独它被遗弃了下来。

唯一的事实是，我什么都没有看见，就与它邂逅在了路上。

这是海拔一千三百米的凌晨六点二十六分，坚硬的风暗含着刀子，在寂静的山谷像闪电挥来舞去。风粗暴地掀起了它的毛，我看到它的身体在瑟瑟发抖，它颌下的胡须在微微颤动。它半边身体躺在冰冷的水泥地上，半个头、半张脸被另一半遮掩住了，一只眼睛、一只耳朵在呼唤着相依为命的另一只。

它也许饿着肚子，早于我们躺在这儿，绊住我们的脚步，挡住我们上山的路。我随手采了把野草喂它，它挣扎着想站起来，仅仅笨拙地动了动，头昂了昂，吓了我一跳。我怕它咬到我，慌忙扔了草，心怦怦乱跳。它张开半边嘴，就那样躺着，贪婪地咀嚼着。

待我再采了喂它，它却不吃了，保持着一个姿势，一动不动，一叫不叫。

我给它拍了照。许多天后，我翻看定格在相机中的它，它不会动，没有气息，毫无温度，但给我震撼的是它的那双眼睛。我反复地拉近又推远，放大又缩小，我惊讶地发现，那只眼睛与一种叫婴儿的小动物的眼睛何其相似，都是那么一泓纯净澄澈的泉水，卧着一粒黑葡萄似的瞳仁。

这时有人走过来说，这是给你们晚上吃的。

我不敢对视他的眼睛，但我知道我的脸肯定红了，我的心能够感知到脸的体温。我和我的同类，一群所谓的文人，大呼小叫地被邀请上了山，吃喝玩乐，无聊的脚印漫无目的，然后浅薄地呕吐出一些失重和空洞的赞美，却要一只羊为我们献身，我真的觉得羞愧不已。

巨大的抽油烟机像飞机的螺旋桨，轰隆隆地喧嚣起来，浓重的油烟夹杂着腾腾热气一浪浪地汹涌不止。我知道，这是在为我们准备早餐。它离羊这么近，仅仅隔了几步，正是生与死的距离。一个生灵的生命力如此脆弱，从早晨挨到了晚上，一切都结束了。羊仿佛嗅到了一种铁锈似的气息，浑身上下抖索得更厉害了。

我不忍再看它，更不忍说出任何一个血腥浸泡的词，悄悄地绕开了它。

吃过早饭，我再去看它，它已不在了，留下了一个似有似无的羊形，几根曾经青葱的野草渐渐枯萎了。

我空空荡荡的内心，陡然竖起了一面山谷，只有心跳忐忐忑忑。

这一次，我一鼓作气爬上了山顶。

我一直恍惚觉得，是它像一条极细极白的影子，在前面引领着我。

山顶上，我猝然遭遇了一块一块的石头。我可以肯定，它们不是用来搭建羊圈的，而是通往天堂的阶梯。

我不再担忧黑夜。一只羊，它的肉体不在尘世了，但它的味道仍在。

不信，从你的手指开始，你仔细地嗅嗅。

水葬的蜻蜓

山庄的早晨是悠闲的。

忙碌的是蚂蚁们。

你别小瞧了脚底下的它们，它们可净干些惊天动地的大事儿。

譬如说现在，荷塘身边的那条水泥路上，向南的路牙石边，它们正在蚕食着一只蜻蜓。

蚂蚁与蜻蜓，原本是不相干的。它们一个在地上爬，一个在天上飞，谁都不妨碍谁。更多的时候，蚂蚁探出游丝似的触须，瞥一眼在高高头顶做着各种飞行表演的蜻蜓，冷漠地缩回了触须。它不羡慕蜻蜓，在它针尖大的眼中，蜻蜓飞得再高再花哨，也与它无关。它仍得四肢贴着地面，从上路开始，不停地爬啊爬，还得时时当心迎面冲来的车，轻轻地抬起重重地踩下的脚。作为一只蚂蚁，在车流人海的裹挟中，像到处都是的黄土一样，卑微地匍匐前行，随时有可能丧生轮下或脚底，是它一生改变不了的宿命。

蜻蜓驱动内心飞翔的欲望，就飞了起来。它飞得比人还高，别说是蚂蚁。它转动着圆滚滚的大脑袋，掠过稻田、麦地、山脉、河流，来到了城市，看见了像蚂蚁一样搬运生活的一些人，却看不到藏在草中的蚂蚁，侧着身子让路的蚂蚁，劫后余生仓皇逃命的蚂蚁。不是它的眼眶子太高了，而是蚂蚁太小了，小得像一粒尘埃，吹一口气就无影无踪了，轻易被蜻蜓忽略自然不奇怪了。

偏偏骄傲的蜻蜓落到了蚂蚁的口中。这就像飞机被弹弓射了下来。结局充满了冥想、悖论，与不可思议。

这是一只我们常见的蜻蜓，通身呈麦穗的肤色，我从小到大都叫它老黄。它不属于蜻蜓社会中的少数，而是沉默的大多数，就像我在人群中随时可以被替换的位置。它飞在略高于我头顶的空中，落在清晨的树叶上，扬起扫帚就能拍下，探出手臂即可拈得，但我却不大在意它，是因为它太普通了，我的目光盯紧了色彩绚丽的大喜和红辣椒，它们叫年少的我油然生出捕捉的冲动和欲望，这感觉有点儿像一个欢颜女子对一个男人的吸引。

它侧躺在地上，翅膀粘连到了一起。只一眼，我便发现它赖以自豪的两对翅膀，程度不同地损坏了，破裂了，起皱了，像包裹甜蜜的糖衣，遇到潮湿纠缠不清。这也许是它从天上落入尘埃又掉进蚂蚁之口的致命原因。至于它是如何这样的，我至少猜测是它的淘气与贪玩，让它内心完整，翅膀受伤。

蚂蚁们远远地嗅到了它的气息，过去它高高地飞在它们头顶，它们连想都没想过会从一只蜻蜓的身体开始，解剖和蚕食一种飞翔的欲望，那对它们太遥远了。但现在不同了，是它破坏了自己，轻飘飘地落到了地上，散发出水源一样浓郁的气息，召唤着它们去爬近它。它们以触须为暗号，一传十，十传百，百传千，浩浩荡荡地集合在一起，是一条细细的长长的河流，水过地皮却没湿。它们锋利如剪的牙齿，在张合中咬啮着它的尾巴、身体，它们像一群亢奋的战胜者，爬上了它瘫痪的坦克一样的身体，包括踩着它的大脑袋，量着它破烂的翅膀。它的身体在不住地颤抖，脑袋在拼命地摇晃，牙齿在徒劳地咬合，次次咬住的都是流淌的空气，尾巴痛苦地弯成了钩儿，仿佛要努力藏进体内。在这个平静如石的早晨，没有谁能够真正理解一只蜻蜓正在经历的汹涌澎湃，它残损的翅膀在不自觉地抖动，也许是在渴望飞出万箭穿心的痛苦，飞离万劫不复的绝境，这些所掀起的飓风，在世界的一角惊心动魄。它的尾巴被蚕食空了，成了一小截透明的管子，它们是野蛮的侵略者，会沿着管子指引的方向向前推进，进入它的体内，抢食它的丰盈与新鲜。

我不忍看下去了，随手掐了一根野草，探向了它，它像摸到了救命的稻草，聚起爪子紧紧地搂住了草。我抬了抬手，蚂蚁们被带离了地面，这叫习惯匍匐的它们患上了恐高症，纷纷从它身上撒手，滚落到了地上。

我提着它，朝荷塘走去，扬了扬手，将它连同草一起扔进了水中。

一只蜻蜓，从水开始它不长的一生，在磕头似的频繁点击水面中，刷新了自己生命的屏幕。它是属于水的，那就叫我替无力重新飞翔的它来一次水葬吧，它也许会从温暖如子宫的水中，从才露尖尖角的荷上，重新找回自己的胎衣，自己的童年。

而对孩提时戕害了无数它的同类的我，则似乎意味着减轻了一点点罪孽。如果你非要问有多少，就去问一只飞着的蜻蜓吧。

怀念蛙鼓

幼年时，我在黔南山区，喜欢钓青蛙。当地人管青蛙叫麻拐，若用普通话念出来，准打心里往外拗口。

那时青蛙真多，水井旁、稻田里、河沟中、田埂畔，甚至扬着翠绿色大巴掌的毛芋头地间，到处都是我的战场。有时从稻田间狭窄的土路走过，不经意间，一只青蛙从我脚边的草丛蹦出，扑通跳入了田里，吓了我一跳。几乎是一瞬间，许多只也像觉察到了危险，跟着跳下去了，这情景有些像一群光屁股的孩子，在一个"孩子王"的率领下，争先恐后地扑腾进水里拍水嬉戏。不等我离开，一只只浑身沾满了细碎的浮萍，像穿了迷彩服，漂浮在水面上，昂头瞪着圆鼓鼓的眼睛嘲笑我，间或吼出一串急促的叫声。气恼之际，我便想着法子去钓它们。

青蛙是很简洁的动物，没有脖子，大嘴巴直接连着肚子，吃东西时，大嘴一张，东西就顺顺当当地吞进肚里了。钓青蛙不能用钓钩，只需一根竹竿，一条几尺长的麻线，还有钓饵就可以了。别人用狗尾巴草穿了蚂蚱做钓饵，我则喜欢用南瓜花，将盛开的南瓜花揉搓了，系在麻线上，找到山塘水井河汊这些有青蛙的地方，在草丛间或水面上一提一放地上下扯着瓜花，大概是这黄灿灿的东西刺激了青蛙的食欲，很快它聚拢上来了，稍作试探后，确定了这东西是个活物，一跃而起咬住了它，吞进肚里不愿吐出了。

我钓到了青蛙，捏住了它的两条后腿，生怕它跳走了。它的脊背绿意斑斓，是那种绿透了灵魂的老绿，锈到上面便脱不掉了。肚皮雪白，一起一伏，像一面小鼓。我恶作剧地用手指压迫它的脊背，捏它的两侧，它气鼓鼓地叫了，声音沉闷而无助，像面漏气的破鼓，又像一袋打湿的面粉倒在了地上。放开手就不叫了，再压又叫了。我这样惩罚着它对我的嘲笑，但我从不像周围某些人千方百计地将它们捉了来，当作餐桌上的一盘美味，而是惩罚完了就放掉了。

想想那时，青蛙在我的记忆里印象最深的是它的叫声，有人形象地唤作蛙鼓。漫长的夏夜，朗月似泼，暑气沉降，千万面蛙鼓一齐敲起来，声势俱备，在我听来，丝毫不比安塞腰鼓逊色。在水声无垠的地方，蛙鼓此消彼长，此起彼落，鼓声升降之间生命的热烈与奔放酣畅淋漓，这个夜晚由于有了蛙鼓而动感无限，惊心撼魄。有时它们分成了男女两拨，各自在水一方，雄蛙有声囊，叫得响，率先嘹亮地擂起腰鼓；雌蛙也不甘示弱，欢快地敲着手鼓。隔着一片宽广的水域，双方像两支同台赛歌的合唱团，又像两支同水竞渡的龙舟队。在广袤的天幕下，它们像珍藏月色般珍惜这短暂的演出季，这可是它们休眠了一冬又排练了一春才等来的。它们和睦相处，边敲边唱，既不卖弄也不炫耀，有时是男声压倒了女声，也有时是女声压倒了男声，但最终它们都两个一对地相互追逐着，随鼓起舞地自娱自乐了，一场赛歌和一次竞渡就这样落下了帷幕，水面平静如镜，朝阳踏破露珠拨跳了出来。

  青蛙是朴素的乡村歌手，从甩着脐带的蝌蚪开始，它就游弋在乡村这片水域里，就像一尾尾逗号涉行在文字域里，内心充满了歌唱的欲望。及至抖掉了那条脐带，渐渐长大有了充沛的肺活量，能够传达出乡村的声音了，它终于放开嗓子歌唱了，这就是蛙鼓，因此说蛙鼓是一种民间音乐，虽单调而高亢，但在乡村的大舞台上，却是有声有色的演出，通宵边敲边唱达旦。要下雨了，闷热像一件厚重的棉袄压迫着它们，它们用力地敲出了心中的郁闷；雨下来了，凉爽像一领透明的纱巾吹拂过它们，它们欢快地打起手鼓一展歌喉。它们就是这样率真，这样透明，毫不忸怩，也不羞涩，想唱就唱，想敲就敲。

  蛙鼓每一槌都底气十足，是擂自心灵最柔软处的最坚硬的声音，冲出胸腔击穿我们的耳鼓直抵我们的心灵，一槌紧似一槌，敲到哪儿，哪儿就稻花纷飞，米酒飘香；哪儿就有方言，就是故乡，绊住了许多匆匆赶路或流浪的脚步。

  辛稼轩说："稻花香里说丰年，听取蛙声一片。"蛙声与丰收相依为命，是收获的征兆，与布谷这些耳熟能详的声音一道构成了农业的风景线。这时的蛙鼓就是一种水生植物，与水稻比邻成长，从一株水稻拔节开始，到抽穗、壮籽，蛙鼓无拘无束地自然繁衍疯长，不知疲倦地擂鼓歌唱，却从不像稗草一样占据充斥拥挤的生存空间。它警告着那些试图乘虚袭入的害虫，有时拔起自己纵身一跃，为我们逼退了生活的千疮百孔。等到开镰那一刻，每一穗饱满壮实的稻谷都录满了蛙鼓，那是欢庆丰收的太平鼓，千面万面敲起来，沉醉了被米酒撩拨得彻夜不眠的乡村夏夜。

  现在，在水泥钢筋混凝土的丛林间，在甚嚣尘上的分贝里，蛙鼓被我们当作了噪音，遁向了穷途末路，离我们越来越远了，偶尔几声，不是从农贸市场侥幸逃逸出的，就是在人工湖里被我们放生的，那鼓声稀落而陌生，冷清而萧索，有时还听得出肺腑里咳出的血丝，只能算是哀鸣和自怨自艾，丝毫没有了那种千鼓万鼓同擂同响的气魄与声势。

  没错，蛙鼓是同水和芦苇一块消失的，就在它们身后，还拖着那截血脉相连早已游走于乡村某片水域的脐带。

  端起饭碗，咀嚼米饭，我们终于发现越来越硬的米粒里少了些什么，譬如某片柔软的水域，日子似乎也变得空洞了。

对，是蛙鼓，是忽升忽降的蛙鼓，叩开了丰收之门，殷实了我们的生活，让我们对每一个日子充满了热泪盈眶的感恩。

蝴蝶之爱

关于蝴蝶的爱情，我实在没有什么好写的，从梁祝瞳孔里飞出的那两只蝴蝶盘旋萦绕千年，终于敛翅栖落在了琴弦上，成为一曲华丽而悠远的绝唱与骊歌。

我想写的是蝴蝶之爱，发生和挣扎在七月的爱，另一种区别于爱情更为火辣辣的爱。

这时的蝴蝶正徘徊在生与死的边缘。她们几乎都已产过卵，经过了奢侈的春天，一分一秒地接近了生命的终点。一个选手在读秒中撞向跑线的一刹那，内心涌起的是狂喜和冲动，但一只蝴蝶在分秒流逝中走完生命的旅程，有的却是对生命的留恋与惋惜。

在黔南山区，遍地金黄的油菜花褪尽铅华之后，饱满的种子纷披如针。我亲眼看到一个捕蝶者探网捕得了一只蝴蝶。那是一只雌蝶，当然已经交过尾了，拖着有些笨重的尾巴。她的姐妹完成了各自的使命，先她飞升上了天堂，只有她，还在坚守着最后一滴春光。她在心里暗暗给自己鼓劲，坚持下去，在油菜籽收割之前，平安地产下卵来，再放心地瞑目离去。她格外珍惜这爱情的结晶，在她看来，一桩乱花纷飞中的爱情尽管在劫难逃，但却可以借助另一种方式繁衍和延续下来，譬如奋不顾身地留住和善待生命，就是对他和曾经春天的纪念与追忆。

爱总是在纪念与追忆中得以复活和重生的，就像我们的孩子是对我们的纪念与追忆，而我们又是对我们父母的纪念与追忆。

但不幸的是她的美丽脱俗害了她，这让她相信，世上任何一种炫目的东西都可以简洁地归结于一把刀，有时伤不得别人，却不可避免地伤了自己，当然也包括灿然绽放的美丽与脱俗。

她落网了，网内的天空稠密而琐碎，像一池被击破的春水。她想摆脱这似乎从天降临但其实早已悄悄接近她的"天网"，却不敢用力扑打翅膀，是怕一不小心弄坏了一肚子的结晶。

这是她的宿命和悲哀，也是孩子的宿命和悲哀，一切都因为她本无过错的如花似玉。

她被熟练地包进了纸里。她不是火，也不是水，而是与女人一样的母亲。纸纯洁干净的内心让她温暖，让她宁静，让她放心，她似乎听到了母亲的召唤，看到了隐藏在某个春天的背影，她凝聚起力气使劲排出了所有的结晶，然后面含微笑地永远走了。

她繁衍和延续了自己的爱，也感动和震撼了捕蝶者。他精心收好了沾着蝶卵的纸，细心地自己孵化抚养，仿佛受了神圣的托孤之命，冥冥中来自一个母亲的牵挂与嘱托。

到第二年春天，有一群蝴蝶是从一扇窗户里迎着阳光飞出的，像一些打扮一新的乳名，活泼而俏皮，很快便成为蝴蝶们追逐的花朵。

也是在黔南山区，一只有着繁密精美文身的蝴蝶在平安地产下卵后，毅然做出了一个大胆而壮烈的决定：自杀。

高高在上的人永远不能理解浅浅飞翔的蝴蝶。一只产过卵的蝴蝶尽管已迫近生命的终点，即将撞向最后的线，但在死神冰冷的唇边，至少还可以短暂地享受生活，哪怕是与爱人通宵达旦狂欢一次，激情的翅膀托起新鲜的太阳再领受死神的召唤也不迟。

但她却选择了自杀。一只黄鹂不愿意了。他已经看到了这只蝴蝶，狂热地迷恋着她的花纹。他迅疾地扑了上来，尖尖的小嘴妄想准确地啄住她。她受了惊吓似的飞入了荆棘。黄鹂有些无可奈何了。他没有蝴蝶灵巧的身子，也不具备她扑身投入的勇气，他怕伤害了自己，但他想一只蝴蝶是属于花朵的，而不属于荆棘，她不会永远藏身于荆棘而不出来，她只是暂避灾祸，等他飞走了再出来。于是他悄悄地躲到了一片树叶后面，目不转睛地盯着荆棘里的蝴蝶，等待她飞出后就一跃而起啄住她，然后慢慢地欣赏和破译她美妙炫目的文身。

不可思议的是，蝴蝶根本无意逃避荆棘，她像识破了黄鹂的诡计，又像找到了一个生命最后的安身之所，旋舞起翅膀，在荆棘中疯狂地扑打起来，她的样子凶狠而决绝，不像是一只柔弱的蝴蝶，而像是一只从高空迅猛掠下与毒蛇殊死搏斗的苍鹰。荆棘挺立坚硬的刺，划破了她的翅膀，文身粉碎了，生命的密码毁灭了，像撕碎的纸屑纷纷扬扬，落到了地上。她仍然拼命地扑打自己，一根刺致命地穿透了她的喉咙，她终于挣扎着凋零了，像一朵残败的花儿。

黄鹂傻眼了，听着裂帛似的声音，像做了场噩梦，垂头丧气地飞走了。

一只黄鹂永远也弄不明白，一只产下了卵的蝴蝶是怕他会循着她的文身，准确地辨别出自己想捕食的蝴蝶，那样，蝶宝宝未出生就已经注定难逃劫数，被笼罩在了危险的空气当中，因此她必须毅然决然地做出选择，迅速消灭自己，让自己支离破碎，随风飘散，连同自己与身俱有的一切痕迹和秘密。

我们有时也面临这样的选择，比如在迎迓生命的关口，一个母亲在破解生命的方程式时，往往已经提前放弃了自己，保全了另一个崭新的生命，她是带着对新生命的依恋与祝福，默念着叫了千万遍的乳名在哭声奏响之前坦然上路的。

面对此刻此景，我不知道应该说蝴蝶如人还是人如蝴蝶。

但蝴蝶和某些人一样，身上都沐浴着伟大而温柔的母性光辉，散发着婴儿般纯净的气息，有时直叫我们的生命黯然失色和猝然失重。

她们都是纯洁的天使，是天堂真正的主人，是三丈红尘中悄然挣出的一茎妙法莲花。

癞蛤蟆的幸福

一只癞蛤蟆，它的幸福是什么？

我说不清楚。

你同样不知道。

这就对了。你我不是癞蛤蟆，怎么会了解它的幸福呢？

午饭喝了点酒。我们几个男人，下了台阶，来到了鱼塘边。鱼塘被众口流传地叫大成了湖，其实它本是一个人工挖掘和砌就的水泥容器，注满了一潭死水，养了一尾尾活蹦乱跳，像银器一样耀眼的鱼。

正午的太阳是一个国王，短暂地流放过后，重新坐上了他的王座。这一刻，在无人仰望和欢呼中，他将自己盛大的慈悲，不偏不倚地撒了下来，大地法相庄严如一尊睡佛。

慈悲同样撒在了鱼塘周围的堤岸上，使它像一个鳌子，架到了火上，热情高涨。

水是死的，看不见自水底积攒升腾的波澜，风的手、鱼的桨搅不碎一池沉寂。绿藻像一整块斑斓的铜锈，暗暗地发酵发酵又发酵，悄悄地扩张扩张又扩张。

谁眼尖发现了一只癞蛤蟆，正趴在垂直如峭壁的堤边，一动不动像一个浮子。这个背上生满了粉刺，永远处于青春期的家伙，被人们施了魔咒，恶毒地命名后，永远走不出了黑暗的影子。

看到它这样惬意地浮在水面纳凉，露出水面的脊背，圆睁着无数眼睛，仿佛嘲笑着头顶浑身拧开了水龙头，哗哗地往外流汗的男人们。有好事者突发奇想，操起丢弃在草丛中的破渔网，直挺挺地探向它，它不躲不避，落网，抬高，顺着漏洞，滑入水中。复捞，被托出水，倒在堤岸上。

这个举动多余，却不乏善意。谁都清楚，鱼塘四下无台阶，靠着它个人，它永远不可能像一个蜘蛛人，荡一条绳索，攀上陡峭的堤，到岸上走一走，看一看，然后跃入草丛中，捕一只虫子，滚一身烂泥。

是这个沉默如香烟的男人，借助这张网，帮助它做到了。

从岸下水，又从水上岸，原来是它的本能，它的天性，是它日常生活的两张脸，岸与水是它延伸一体的眠床。

男人们不错眼珠地盯着它。铺在它脚下的两条道路是：一条回头是岸，另一条向前是水。

谁都想着它会回头，越过水泥地，没入茂盛的草丛中，甚至在背影消逝前，会转身对着男人们深深地鞠上一躬，感谢他们动手帮它实现了一个夙愿，而这恰是它泡在水里日思夜想的啊。

是男人们错了。它面朝着水，不买账地不回头，停留片刻，纵身向前跳去，重新跃回水中，姿态决绝而果断，仿佛是堤岸越烧越热，烙得它一刻也站不住了，只有内心清凉的止水，才能帮它消弭这虚妄的伤害。

目送它以曾经教会人们的泳姿，不紧不慢地双手拨水，双腿伸缩蹬水，头也不回地向前游去，男人们谁都没说话。

这只癞蛤蟆以它的纵身一跳，告诉男人们：它甘愿一辈子待在塘中，与绿的藻、银的鱼日夜为伴。

如果塘有一辈子，它就固执地追随塘下去。

直至水枯石出。

是高高在上、自以为是的男人们，在以自己对幸福的认识，来代替这只癞蛤蟆对幸福的认识，又自作聪明地强加给它。

它毫不犹豫地毅然一跃，像一记响亮的耳光，抽在男人们可怜的自尊上，火辣辣地疼。

毒

它们本来是可以互不侵犯相安无事的。即使有一天它们不幸在某个地方狭路遭遇，这种不幸很快会化险为夷，它们懂得侧开身子，躲过对方的锋芒，甚至满怀致敬地目送对方缓缓远去。

因为它们都是毒。

我说的是一尾蝎子和一条叫不出名字的虫子。

那种虫子很常见，肤色漆黑，毛茸茸的身上扎满了毒刺导弹似的细毛，走起路来一蠕一动，更多时候是扯一根亮晶晶的"秋千"，在空中逍遥地荡来荡去。我吃过它的亏，那次我在山上摘酸枣，一嘟噜又红又大的酸枣吸引了我，我迫不及待地一把抓住了它们，这时攥紧的掌心里一种柔软而尖锐的疼痛刺中了我，随即像冲击波一样扩散向了胳膊和周身，我不得不撒开了手，原来那几粒酸枣间卧着一条虫子，是它浑身的细毛扎中了我。我当时也没经验，慌忙用另一只手去拍打，这样这只手也被疼痛刺中了，那些没有重量的细毛还会飞，一刹那就飞上了我的胳膊，它们比汗毛还细还软，掉到汗毛中间像找到了适合的土壤，攒起力气拼命地往血肉里挺进，那滋味又痒又痛，火辣辣的，像辣椒入眼的感觉。更难忍受的是，那种疼痛是循序渐进的，像撒胡椒面似的，一点一点地摧毁你的耐性和意志，最后只有狂躁地崩溃掉。我不敢轻举妄动了，托着又红又肿的胳膊，用清水冲洗了，又上了些药膏，过了好几天才好了。这次经历让我一见了这种虫子就内心发毛，也提醒我大凡美好如斯的东西都有自己的保护神，比如玫瑰花有刺，酸枣树当然也有刺，但却比不上那虫子。在我看来，那长着一身会飞的细毛的虫子就是那几粒又红又大的酸枣的保护神，它像保卫甜美鲜艳的爱情一样守护着它们，这才让它们免受一只只手的蹂躏，一次次贪欲的入侵，成为硕果仅存的诱惑。而被刺中的或许不仅仅是我一个人了。

世上天生有一些游手好闲的"闲锤子"，他们不是没有事干，家里家外都有一大团乱麻似的事纠缠着等待着他们；他们也不会天天扛着把铁锹到处闲逛，那样让他们浑身不自在肩头像长出了一个多余的零件，但他们的肩头永远扛着一把无形的铁锹，随时准备派上用场，他们不是为了惹是生非，比如搬弄些口舌或找人打上一架，他们仅仅是好奇。好奇你懂吗？它往往与一些渺小的东西和琐碎的事情有关，可能是一个与众不同的表情，也可能是一个找不到内心的声音，还可能是一次马路上的偶遇。

　　比如说现在，在环山的水泥路上，一个"闲锤子"的男人正在用一根草棒将一只蝎子往一条叫不出名字的虫子身上拨拉。大路朝天，各走一边，是对人说的，也同样适用于所有会走的生灵。尽管这条路不够宽阔，但对于一只蝎子和一条虫子已经足够奢侈了，如果不是这个男人硬将它们往一块儿凑，它们是谁都不会首先招惹对方的。作为同一个上帝父亲的孩子，它们之间没有秘密和隐私，因此它们很明白，一旦它们不可避免地面对面交起手来，它们都会全力以赴地使出看家本领，这时它们都是用毒的高手，结果是可以预见的。

　　那根草棒挑起了事端，蝎子纳闷虫子今天怎么不侧身让路了，虫子也奇怪蝎子今天怎么主动挑衅了，一瞬间它们都被激怒了，蛰伏的攻击心乍起了。蝎子撑开身体，举起钳子，尾刺向前弯曲；虫子趴在地上，细毛毕张，仿佛就要根根拔了发射出去，毒与毒终于狭路遭遇了，一场被第三者撺掇的争斗一触即发。

　　那根草棒得意地冷笑了，继续将虫子往蝎子身上拨拉，交手终于开始了。蝎子扬起弯曲的尾刺去扎虫子，虫子飞起密集的细毛去刺蝎子，谁也不肯低头服输。蝎子扎中了虫子，毒流入了它绿色的血液，虫子也刺中了蝎子，毒挺进了它亢奋的血肉。这情景有些像离人类不远的某次战争，就在那次人与人狭路遭遇的战争中，"飞毛腿"与"爱国者"的相互拦截攻击让某些喜欢隔岸观战的人们着实开了一回眼界。

　　虫子大概觉得这种莫名其妙的交手毫无意义，试图掉转方向蠕动着离开，找个地方去放毒疗伤。那根草棒不乐意了，继续将虫子往蝎子身上拨拉，刚刚喘口气的蝎子狂怒了，举起尾刺雨点似的抽向虫子，虫子也拔起细毛飞蝗似的射向蝎子，它们都孤注一掷地奋力一搏了。

　　我不忍再看下去了，有那根小人似的草棒，任何交手都会从悲剧上演，到悲剧落幕。

这是一场草棒导演的战争。

那根草棒真是一根"搅屎棍"。那么，操纵它的那只手和那颗心呢？

毒在人心。小至一次被人挑拨的生灵间的争斗，大到一场以征服生命为目的的战争，无不是从人心开始，渐渐扩散开来的，像癌症一样。

黄鼠狼驾到

我一直坚信，隔了一年，两次登门造访的，就是那一只黄鼠狼。

去年离春节还有几天，苍城的那个回民小伙子，驾驶着农用车又来了。过去的几年中，我不间断地在买他的清真点心，他的姜丝、麻果（开口笑）、酥皮月饼等，都是我们一家的喜爱。他瘦瘦高高的个子，脸膛黑黑的，头戴一顶干干净净的白帽子。他一般在每个星期六，天没亮前从苍城出发，赶到郭城的这个市场时，天已经放亮了，市场上人也熙来攘往了。

这一次，他边在电子秤上称着点心，边对我说，柴油又涨价了，我的点心不能跟着涨啊，这是最后一次来这儿了，油价太高了，除去了成本，剩不下几个子儿了。

我听了有点儿失落。又买了一些芙蓉、麻果、酥皮月饼等，提了重重的一袋，回到家放在了碗柜的下面。

春节一转眼来到了。有一天清晨起来，我发现厨房的路中央，散落着一些食物残渣，它们像兔子拉的屎，沥沥啦啦地一直延伸到了阳台。循着它们往回走，在碗柜下面，是被咬破了的塑料袋，麻果如小鱼漏了出来，昨天还好端端的几根芙蓉已不见了。我蹲下仔细观察，路上的残渣正是芙蓉的碎屑，是谁的尖牙利齿将它嚼成了这样？我的第一反应是老鼠。生活常识适时地提醒我，老鼠的习性，和它上下两排尖尖的牙齿，使它具备破坏的动机和条件。但家中何时进的老鼠，此时又藏身于何处，我却不得而知了。在没弄清究竟是谁干的之前，我暂且将账记在了老鼠头上，我是想总得有谁来承担吧，老鼠不幸成了最佳选择。想到是老鼠，我嗓子眼像卡了一只苍蝇，碰都不想碰那些点心了。

当晚十点左右，母亲在厨房阳台外的防盗棂上，劈面看到了一只小动物。当时母亲在里面，它站在防盗棂上，有成人的一臂长，体形瘦小像一只猫。它后面两条腿直直地挺起，毛笔头一样披散的尾巴斜斜地翘着，前边的两个爪子拱抱在一起，娃娃似的小脸贴紧了玻璃，正在向阳台里张望。在昏黄的灯光下，又隔着玻璃，它小小的眼睛如一星鬼火，脸儿被玻璃挤压得变形扭曲了，瞧上去诡谲而神秘。母亲吓了一大跳，不自觉地扬起手去轰它，口中发出了嘘声。它没动，待母亲反复有三，它向母亲一连作了三个揖，仿佛是对自己的惊扰表示歉意，从容地隐入了黑暗当中。

母亲绘声绘色地向我们描述着当时的情景，还模仿着当时的动作，她肯定地说，那是一只黄鼠狼。

我恍然如梦醒来，是我假想中的老鼠，委屈地在替眼前的黄鼠狼背黑锅。是我们习惯地敞开了一条窗户缝儿，它原本是一类灵巧机敏的小动物，能够缩紧了自己，嵌入缝儿中，缓缓地挤大了缝儿。然后跃下窗台，落地无声，蹑手蹑脚地追踪着芙蓉的香气，到了敞开的碗柜下面，咬破了袋子，拽出了芙蓉，一路大快朵颐地咔嚓嚼着，也不停留，原路返回。

查清了真相，我却无可奈何。只有赶在天黑前，关紧了所有的窗子，不留一丝缝儿，甚至用木板抵死了，它没了空子可钻，再也没来过。

今年春节期间，我将新买的鸡蛋，一股脑儿地放到了灶台下的塑料筐中。一连几天，我发现鸡蛋每天都少几个，原本小山似的鸡蛋迅速"矮"了下去。开始我没在意，认为是早起去学校的儿子吃了，读高中的儿子正是长身体的时候，一顿早餐吃掉几个鸡蛋毫不奇怪，我还暗暗地为此而高兴。一天早晨起来，筐被移到了路中央，里面仅剩下孤零零的一个鸡蛋。第一个起床去厨房做饭的妻子，像烫着了似的惊叫着喊我去看。我默默地看了看，这条路又短又窄，通往对面的墙，两边堆放着杂物，仅可容一人走过。顺着路向前，仔细地搜索，我在靠墙根放粮食的小方桌上，找到了一枚遗漏的鸡蛋，紧接着在桌下发现了滚落的一枚，它们都被打开了一个方形小洞，就像被开了天窗，可以看到里面丰盈的蛋清养着一汪黄。我本能地判断，是黄鼠狼又来了，也许就是那一只去而复返了。我根据凌乱的现场，做出了如下推论和还原：是我们的健忘和疏忽，再次给黄鼠狼预留了一条窗户缝儿。它从那儿跳了进来，先是依据过去几天的记忆，轻车熟路地找到了筐中的鸡蛋，美美地饕餮了一顿。它边吃边在心里嘲笑，这家人脑瓜子咋就这么刻板呢，鸡蛋一天天地少了，也不知道换个地方，跟它捉捉迷藏，看它找不找得到，活得多没情趣啊。临来前它就想好了，这次它索性一不做二不休，将剩余的鸡蛋全部搬走。它手脚并用，还加上了尾巴，搬运着鸡蛋，最后一枚鸡蛋说啥也搬不走了，只好遗憾地放弃了。在跃上方桌前，滚落了一枚；待上了方桌，借力跳上窗台时，又遗漏了一枚。在这几天里，它究竟吃掉和搬走了多少枚鸡蛋，对我是一笔糊涂账。我能做的仅仅是关闭上所有窗子，不留一丝缝儿，它当然就没了可乘之机。

现在让我们暂且认定两次系同一只黄鼠狼所为，那么，总结它的两次登门造访，我们会得出下列结论：两次造访，前后隔了一年，都是在一年中最寒冷的时候，也是食物最短缺的时候。外面天寒地冻，西北风狂野地吹啊吹，它寄身于自己的巢穴中，饥肠辘辘，冷倒还在其次。它嗅到了随风飘过的家家户户准备年夜饭的气味，决定要去登门造访几户有空可钻的人家，在大快朵颐的同时，也为这个漫漫无尽头的寒冬储存一些口粮，更以此方式提醒我们它的存在，叫我们别忽略了它。

这样想似乎有点儿道理。除了冬季，我们平时也爱将窗户留着条缝儿，怎么不见它来造访？随处搁在外头的各种食物，静静地躺在那儿，就像最初时一样。

偏偏到了春节。坐在暖气正热的室内，热闹、丰足、团聚都是人们的，唯有冷清、寂寞、饥饿才属于它。它油然动了凡心，想往人堆里扎一扎，沾一沾烟火气，一不小心，就进入了人的洞穴。

听那个卖鸡蛋的黑脸汉子说，它会像人一样直立走路，也能双爪抱在一起，捧着鸡蛋走。如此说我那个手脚并用加尾巴搬运鸡蛋的想象犯了常识性错误，黑脸汉子所说的一切，都是他亲眼看到的。他开了一个规模不算大的养鸡场，养着数百上千只鸡，平时提防得最多的就是黄鼠狼。譬如他说，黄鼠狼反应灵敏，跳得快而高，有一次它溜到他的鸡场里来偷鸡，被他堵住了。他掩上了门，挥起一根木棒虎虎生风地去砸它，它没命地上下躲避，左右腾挪，眼看愤怒的棒子就要落到它头上了，它却纵身一跃，奇迹似的跳上房梁，蹿向涌出光亮的窟窿，仓皇逃走了。还有一次，它被他下的老鼠夹子拦腰夹住了，想方设法脱身不得，越挣扎夹得越紧，仿佛勒入了血肉和灵魂中。它凄厉地吱吱乱叫，像是哀告，像是讨饶，又像是抗议，响彻了白天与黑夜，一连几天不吃不喝，拼命挣扎，直到衰竭而死，一缕极细极白的灵魂彻底挣脱了束缚，悄悄地遁走了。

是我去买他的鸡蛋，偶尔跟他聊了鸡蛋被黄鼠狼偷吃的事，他就滔滔不绝地向我讲了这些。当时还有一位阿姨在场，她听了一脸虔诚，忙打断他说，别说诳话了，会遭报应的。黑脸汉子正讲到兴头上，不理会她，也许他根本就不相信民间关于黄鼠狼系大仙化身的说法，心中荡然无存丝毫敬畏与后怕，仍然自顾自地讲着。

　　他说它喜欢阴处，譬如坟墓，他就在自己养鸡场附近一个暴雨后坍塌的墓中，发现了大量碎鸡蛋壳。那一地鸡蛋壳哟，红的白的相间，好似一地碎贝壳，都是隐匿于墓中的它或它们经年累月地，偷了他的鸡蛋后留下的。

　　它第一次登门造访后，母亲跟我说，过去她和外婆一家住在黔南的荔波，几间瓦房位于粮食局附近，那儿地势稍高些，过去是一片乱葬岗。现在盖起了粮食局，周遭有了住户，时常能够看到成群结队的黄鼠狼，有花的，有黑黄杂间的，大白天还跑出来，像一支浩浩荡荡的游行队伍，猛地见到了双腿直立高高在上的人，仰起脸眨眨眼，然后惊惶地到处奔窜，有的就撞到了人的脚上，甚至身上。

　　我们现在住的这片地方，过去是一片菜地，有深井，其间多有坟墓。刚开始挖地基盖房时，每到清明等节日，或某个人的忌日，总有人旁若无人地穿过门口，准确无误地找到自己的那一个念想，哭上几声，叨上几句，留下一堆堆黑色灰烬，风吹过像蝴蝶一样张翅翩飞。我们家住在前楼时，院内几幢住房已经相继拔地盖起了，我亲眼看到过一对男女趁着黑夜进了院子，径直来到了一楼的陈家窗户下，一张一张地烧着纸，腾起的火光像一束火柴滑过含磷的黑暗，擦亮了两张平静而虔诚的脸。

　　是我们为了自己的居住梦想，掘了坟墓，挖地三丈，盖起了空中楼阁似的住房，扰了先人的清静，和他们田园牧歌的沉睡。

　　被我们侵占和打扰的还有它们。深井被填了，洞穴坍塌了，低头遍地水泥，举头是一架架钢筋混凝土的鸽子笼，它们寻不到水泥的破绽，无处藏身于光天化日之下，无奈地带着悠远的记忆，纷纷迁移，背井离乡，另寻藏身之处。有的舍不得走，寄身于各种管道下，偶尔出来觅食，不知不觉，就窜到了家里。

一尾临刀的鱼

那尾乌鱼让我出尽了洋相。

看到它旁若无人地游动的样子,我就想起了水蛇。

幼年时,在黔南山区,群山的臂弯里出其不意地捧出了一带溪水,夹岸丛生齐腰高的芦苇和叫不清名字的水生植物,还有许多锈着青苔可以在上面捶打衣服的石头,凌乱地长在水中或撂在河滩上。印象里往往是在最炎热的夏天,在静悄悄的午后,水面平整如镜,阳光照在上面反射着白花花的亮光,瞧上去有些晃眼。一条水蛇不知从哪儿滑脱出来,挣身入了水,一下子如鱼得水了,高昂起头和半截身子,像一条细长的龙舟,笔直地向前渡去,随后越聚越多,整个水面都是昂起的蛇头和绽开的水花,水蛇们都争先恐后地拼命往前游,真的就像一场没有预告但秩序井然的端午龙舟赛。这样的场景恐怖而生动,无数次上演在我的睡梦里,水蛇过境犁出的水花哗哗拍打着木床,吓醒了脑子一片空白的我,而白天幸运地错过了这场景的弟弟睡梦正酣,嘴角扯过了一条亮晶晶的幸福的涎线。

那种水蛇有着乌鱼一样的脑袋和精细的文身。

童年经历的情景清晰深刻,就像那种用烙铁在木板上烫出的烙画,烧得正热的烙铁携带看不到影子的火焰游走在木板光洁的肌肤上,一朵朵青烟缠绵地缭绕着消散了,烙下了一些深浅不等浓淡不一的伤痕。

那时的阳光在嘚嘚马蹄声中飞旋着绝尘远去了,无数水蛇过境的记忆却保留了下来,是烙在我光洁童年上的伤痕。

但乌鱼毕竟不是水蛇。而我也手握寸铁(我指的是一柄又窄又短的菜刀),自忖能够对付得了它,我这样暗暗给自己打气。

我从水里捞出了它,攥着它滑腻的身体,它使劲向前挣去,我恍然觉得它就是水蛇,这错觉让我油然底气不足。它的身上像是涂抹了肥皂,越来越滑,仿佛就要挣脱我的手,重新跳进水里变作一个识水性的动词。

我慌忙将它摔到了水泥地上,它是将天衣无缝的水泥地当作了凝固的水面,一骨碌地挺起了身体,甩着尾巴扭动身子亢奋地兜圈子,浑身裹满了灰尘,地上印下了鼻涕似的黏液和淡淡的血痕。

裹满了灰尘的身体不那么滑了，我抓起它扔进了洗菜盆里，它似乎嗅到了水的气息，更加不安分地扭动起来，但头顶却没有滴水降临。不是冷漠的水管心硬如铁，而是这个县城恰好停水一天，对人和鱼都概莫能外。

我紧握菜刀，用刀背砸它的头，它一阵剧烈的痉挛，圆鼓鼓的眼睛像噎着了似的瞪了瞪我，却喊不出任何疼痛，有一次它甚至弓身跳了起来，仿佛要迎头射向我手中的刀，差点碰到了我的手。

我又想到了水蛇，会将自己弯成一张弓，飞翔着射击人的水蛇。

它面无表情地继续滑动，像一个若无其事的鼠标，身后没有影子，却拖着一条黏糊糊的涎线，那是它弹出的眼泪吗？

我没辙了，重新抓起了它，放进了来不及倒掉的水里。

它的身上不停地分泌液体，像胶水一样，沾在手上轻易洗不净。

那柄菜刀悬挂在它的头顶，与许多明晃晃硬邦邦的同类，随意组合成了有着一副好胃口的烟火生活。

它很快忘记了杀机与危险，欢快地游开了，重返水的保护让它觉得安全和踏实。在这上面，一尾鱼常常背叛自己，入了水的它是孤独的，而孤独的鱼往往是安全的，它凭借最柔软又最坚硬的内心保护自己，水就是最柔软又最坚硬的内心。

潜伏在水下的刀的倒影夸张地扭曲作了两段，它勇敢地冲向了水中的刀，水声泼剌如沸，倒影支离破碎，搅开了无数不用缝合又复原如初的伤口。

它一次次地冲向水中刀，一次次地粉碎了冰冷的阴谋，也一次次地戏弄了虚拟的死神。

这让它终于相信，任何刀最锋利的部位，其实都不过是一抹受人操纵的长长的永远无法愈合的伤口，就像这一盆水。

谁能看得清水的伤口，听得到水的呻吟呢？

这个世界上有两个地方鱼最多，一个是各种各样的水里，比如江河湖海，一个是鱼市，这是鱼在城市腹地或边缘的集散地。

现在我就站在鱼市中间。鱼市与鸡市一样，往往占据偌大市场的边缘位置，仿佛它们与青菜、干货势不两立。我猜想是它们的气息让它们孤独，也孤立了自己，它们在相同的遭遇中抚摸和体贴着同类。相对于那么多左挑右拣的手和面孔来说，它们只不过是从厨房端上餐桌的一道菜，没有人在意它们的悲欢感受。

我看到一尾又长又大的乌鱼，身体右侧绽露出白花花的肉，喘着气趴在塑料布上，就像一件胸前露出了白棉花的黑袄子。卖鱼的女人说是被鱼叉扎的。我似乎可以想象得到，它正在并不太浑浊的水里游动（这让它半遮半掩在了危险的笼罩之中），一个持叉的渔人瞧见了它，悄悄地接近它，敏捷地扎中了它，随手将它掼向了船舱内，又挺着叉寻觅下一个目标了。在这儿，叉是张开尖锐手指的飞刀，指指都扎向它致命的内心。一尾被扎中的鱼除了苟延残喘地忍受，既不会喊疼，也不会反抗，但它已经不属于水了，水会像找到漩涡似的汹涌着灌进它受伤的身体，这将加速它的腐朽，也让它痛苦不堪，因此它得逃避曾经给予它保护的水的伤害，选择另一种方式向人展示它赤裸裸的痛苦，甚至巴不得在伤口开始溃烂之前死得其所。

更多的鱼游在各种容器的水里。同一容器的水里游着同一种类的鱼，它们有着清晰的性别和不同的体积，在水中愉悦地肌肤相亲，发出喹喋的声音，那是它们吞吐水花盛开自己的声音。它们都是水中的美人，细密闪亮的鳞片是紧身的泳衣，漂亮灵巧的鳍和尾巴戏水如出水芙蓉。

就在这时，一只手横伸入水，一把捉起了一尾鱼，扔到了砧板上，就像一下子从广大群众中揪出了一个破坏分子，押到前台来亮相。

那砧板四个角嵌着深深浅浅的苔痕，中间凹了进去，却是被水冲刷得干干净净的。它的旁边放着些奇怪的工具，都与鱼有关，裸露着尖锐的伤口。

躺在砧板上的鱼尝到了被孤立的滋味，砧板传达出的浓郁的死亡气息让它恐惧不安，它慌乱地挣扎，弓起身体，甩开尾巴，蹦着高儿，像一个垂死挣扎的动词，试图逃避这种越陷越深的尴尬情境。它沉默的呼喊如毛发怒张，一齐刺向冷漠的空气，鳞片如灰指甲纷纷剥落。

但那只捉它出水的手毫不理会这些。他甚至不屑于用刀，仅仅操起一个坚硬的玩意儿在它头顶致命一击，一切喋血的嚣骚都归于平静了。刮鳞、挖腮、开膛，一个个动作都在熟练中按部就班，每一件工具也都陆续登场派上了用途，正是这些工具串起了一尾鱼紧锣密鼓的命运。

还有更简捷干脆的。是那种白鲢或花鲢，长着胖胖的鱼头，与有些瘦的身体不成比例，但它们胖胖的头颅适合烧制鱼头汤，这正是它们灾难的源头。每逢这时，那只手操起快刀，迅速割下了它的首级，一眨眼的工夫它来不及呼喊，就身首异处了，只有那头还禽张着最后一抹阳光，那尾还甩动着最后一滴泪珠。

那只手的果断与残忍如此，这让他在许多只手中一下子被辨认了出来，因为他离鱼的气息最近，沾满了鱼的血腥，洗都洗不净。

想想那尾让我出尽洋相的乌鱼，我真不知是该为它还是为自己庆幸，我没有一只那样的手和像鱼刺般扎入灵魂的硬硬的心。

（原载《中华散文》2004 年第 5 期，《阳光》2006 年第 10 期转载，《山花》2008 年第 4 期（上）转载）

后　记

编辑出版《文学鲁军新锐文丛》，是省作协按照中央和省委省政府关于促进文化大发展大繁荣的部署要求，为繁荣发展山东文学事业确定的一项战略措施，是围绕"多出精品、多出人才"的中心任务，为发现文学新人、扶持青年作家实施的一项系统工程。《文学鲁军新锐文丛》第一辑于2001年组织编选出版，入选的10位青年作家由此脱颖而出，得到文学界广泛关注，已经成为"文学鲁军"的中坚力量。十多年来，山东的文学队伍新人辈出，青年作家的优秀作品引人注目。为集中展示山东青年作家的新气象和新阵容，省作协决定编辑出版《文学鲁军新锐文丛》第二辑。

省委及省委宣传部领导对《文学鲁军新锐文丛》的编选工作非常重视，省委常委、宣传部长孙守刚多次听取汇报，对编选工作作出重要指示，并欣然为"文丛"第二辑作序。省委宣传部副部长刘为民亲自担任编委会主任，对编辑出版"文丛"提出指导性意见，给予了大力支持。

为确保《文学鲁军新锐文丛》第二辑编选工作的高质量和权威性，省作协组建了由有关领导、专家等组成的编委会。编委会对入选青年作家的人员构成、文学导向的宏观把握、题材和体裁的合理布局、风格形式的丰富多样以及总体设计的协调统一等方面，进行了认真研究，确定了编选方案。

在各市、大企业文联作协和有关方面广泛推荐的基础上，省作协组织专家评审委员会对申报作品进行认真审议论证，经向社会公示后，最后确定10位青年作家的作品集入选《文学鲁军新锐文丛》第二辑。这10部思想性、艺术性、可读性俱佳的优秀作品,是对我省近年来涌现的优秀青年作家及其代表作品的一次集中展示和重点推介。这里需要说明的是,我们在征集作品时确定,已入选中国作家协会和中华文学基金会编辑出版的《21世纪文学之星丛书》的作家原则上不再编入本"文丛"。《21世纪文学之星丛书》是为发现、扶植文学新人而创办的一项具有跨世纪意义的文学工程,它以年卷的形式,为文学创作方面取得显著成绩的40岁以下的青年作者出版第一本文学专集。自1994年首卷至今,已出版了157位青年作家的作品集,山东有15位青年作家忝列其中。为了展示山东青年作家整体形象,特将入选该丛书的作家作品名单作为《文学鲁军新锐文丛》第二辑的附录,同时我们将入选《21世纪文学之星丛书》之后创作成绩特别突出的作家纳入"文丛"第二辑的评选,但要求重复收录的篇目不得超过五分之一,除了过去发表的代表作外,其余全为新发表作品。经研究,已入选《文学鲁军新锐文丛》第一辑的作家,不再进入第二辑。由于第一、二辑出版的时间相隔较长,加之近年来我省文坛涌现出的创作成绩突出的文学新人比较多,遗珠之憾肯定在所难免。好在我们已将《文学鲁军新锐文丛》编选工作确定为一项制度化、常规化的文学工程,固定出版周期,持续定期地编辑出版下去。我们愿与广大青年作家一起努力,不断提高"文丛"的文学品位和艺术水平,把"文丛"打造成一个响亮的文化品牌。

省作协领导班子成员和有关方面专家参与了《文学鲁军新锐文丛》第二辑的编选出版工作。省作协主席张炜对"文丛"的编选工作提出了具体指导性意见;省作协党组书记、副主席杨学锋主持了"文丛"的策划、评审与编辑出版工作;省作协巡视员王兆山,党组成员、副主席刘海栖,党组成员、纪检组长李军,副巡视员杨发运参与了"文丛"的策划、评审与统筹。省作协副主席赵德发、李广鼐、苗长水、谭好哲、许晨、李掖平等对"文丛"的编选提出了许多建设性意见和建议。王延辉、朱建信、陈文东、王耕夫、杨文学、孙书文等作家、专家参与了"文丛"书稿的评审工作。省委宣传部文艺处对"文丛"的编选工作给予了指导,省作协创联部的全体同志承担了"文丛"的统稿和通联工作,省作协办公室的同志承担了编委会的会务工作。为了保证"文丛"的质量和水平,省作协还邀请刘玉栋、赵月斌、马兵、张丽军、何志钧、张艳梅等作家、评论家担任"文丛"的特约编辑,对入选书稿进行了认真审阅和编辑。山东文艺出版社对"文丛"的出版工作给予了大力支持和帮助,社长李宁、总编辑张海珊参与了编辑出版的统筹和策划工作,责任编辑李燕、林蕙、王玲玲、李玉玲、冯晖对书稿进行了精心编辑和校对。在此,对所有为《文学鲁军新锐文丛》第二辑编选出版工作给予大力支持和付出辛勤努力的单位和个人,表示诚挚的谢忱。

编 者

2012 年 10 月

附录一：

入选中国作协"21世纪文学之星丛书"的山东青年作家书目

张　继　《玉米地·玉米地》（1994年卷·小说集）
路　也　《风生来就没有家》（1996年卷·诗集）
陈　原　《祖父是一粒粮食》（1996年卷·散文集）
凌可新　《老白的枪》（1999—2000年卷·小说集）
江　非　《一只蚂蚁上路了》（2004年卷·诗集）
瓦　当　《去小姨家》（2004年卷·小说集）
蓝　野　《回音书》（2005年卷·诗集）
邰　筐　《凌晨三点的歌谣》（2006年卷·诗集）
张锐强　《在丰镇的大街上号啕痛哭》（2007年卷·小说集）
徐俊国　《鹅塘村纪事》（2007年卷·诗集）
东　紫　《天涯近》（2008年卷·小说集）
徐　颖　《面包课》（2009年卷·诗集）
简　默　《活在时光中的灯》（2009年卷·散文集）
赵月斌　《迎向诗意的逆光》（2011年卷·评论集）
方　如　《声铺地》（2012年卷·小说集）

附录二：

《文学鲁军新锐文丛》第一辑书目

张　继卷　　《村长的耳朵》（小说集）
凌可新卷　　《避邪》（小说集）
王方晨卷　　《王树的大叫》（小说集）
路　也卷　　《我是你的芳邻》（小说集）
刘玉栋卷　　《我们分到了土地》（小说集）
老　虎卷　　《潘西的把戏》（小说集）
陈　原卷　　《大地的语言》（散文卷）
王黎明卷　　《贝壳说》（诗集）
张宏森卷　　《战争笔记》（电视文学剧本集）
吴义勤卷　　《目击与守望》（文学评论集）

图书在版编目（CIP）数据

身上有锈：简默卷 / 简默著 . —济南：山东文艺出版社，2012.11

（文学鲁军新锐文丛 / 山东省作家协会编）

ISBN 978-7-5329-3981-7

Ⅰ . ①身… Ⅱ . ①简… Ⅲ . ①散文集 – 中国 – 当代 Ⅳ . ① I267

中国版本图书馆 CIP 数据核字（2012）第 251980 号

身上有锈
简默卷

山东省作家协会 编

主管部门	山东出版集团
集团网址	www.sdpress.com.cn
出版发行	山东文艺出版社
社　　址	山东省济南市英雄山路 189 号
邮　　编	250002
网　　址	www.sdwypress.com

读者服务　0531-82098776（总编室）
　　　　　0531-82098775（发行部）

电子邮箱　sdwy@sdpress.com.cn

印　　刷	山东临沂新华印刷物流集团
开　　本	680 毫米 ×1000 毫米　16 开
印　　张	17.5　插页 / 2
字　　数	248 千字
版　　次	2012 年 11 月第 1 版
印　　次	2012 年 11 月第 1 次印刷
书　　号	ISBN 978-7-5329-3981-7
定　　价	30.00 元

版权专有，侵权必究。如有图书质量问题，请与出版社联系调换。